KB165502

명사들과의 만남

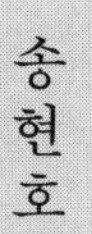

태학사

머리말

산이 병풍처럼 배경을 이루고 시냇물이 아름다운 전경을 이루고 있는 곳…… 아지랑이가 피어오르는 시냇가에서 얼룩소가 한가로이 풀을 뜯어먹던 곳…… 고향을 그릴 때마다 내 머릿속에는 그런 정겨운 풍경이 떠오르곤 한다. 아울러 고단한 일상 속에서도 자신의 미래에 대하여 야무지게 다짐을 하던 소년의 모습도 떠오른다. 소년은 농부나 다름없이 집안의 일을 거들면서 학교를 다녔다.

소년은 1968년 7월 극심한 가뭄으로 서울행 야간열차를 타고 서울로 가서 뚝섬유원지의 하천 부지에서 김을 매고 왕십리에서 공장생활을 하다가 8월 마지막 날 호남선 완행열차를 타고 고향으로 돌아왔다. 입석표를 구매하여 저려오는 다리를 주무르면서 밤을 지새우다가 여산 부근에 이르러 여명을 맞았다. 붉은 빛이 산 위를 붉게 물들이다가 이내 태양이 그 모습을 드러냈다. 수면 부족과 피로에 지친 소년에게 일출은 어둠 속에서 발견한 희망의 등대였다. 소년은 전율을 느꼈다. 속으로 무수히 되뇌었다. 아무리 힘들더라도 희망을 잃지 말고, 열심히 살자고. 도시를 체험하고 돌아온 농촌에서의 삶은 소년을 더욱 강인한 인간으로 만들었다.

시골 청소년들은 창조적이고 원초적인 인간의 모습을 지니고 있다. 자연의 섭리를 이해하고 도덕에 토대를 두고 행동한다. 반면에 도시의 청소년들은 남과 더불어 살아가거나 남을 배려하려는 모습을 찾아보기 어렵다. 그것이 우리가 지향하는 21세기 인간상은 분명 아닐 것이다. 극에 달한 사회양극화와 인간의 생명에 대한 경시는 신자유주의 교육에 영향을 받은 바 크다. 아류에서 벗어나려면 일류를 모방하는 것보다 우리의 것을 세계적인 수준으로 끌어올리기 위한 노력이 필요하다. 인의예지(仁義禮智)를 중시하던 우리 교육은 인성을 지닌 인간이 넘쳐나는 사회를 만들기 위해서 필요불가결한 우리의 전통과 미덕이다. 중국이 문화대혁명으로 파괴된 전통의 복구에 얼마나 노심초사하고 있으며, 역사가 일천한 미국이 새로운 전통의 창조에 얼마나 노력하고 있는지를 냉철히 바라보고 우리 교육의 현실을 직시할 필요가 있다.

이제 우리 사회가 평화롭고 행복해지려면 어떻게 해야 하는가를 생각해볼 때가 되었다. 문학을 가르치는 교육자들은 인성 교육에 관심을 가지고 모든 사람들이 평화롭게 살아가는 세상을 만들기 위해 노력할 필요가 있다. 평화로운 세상을 만들려면 인성을 지닌 인간이 넘쳐나는 사회가 되어야 한다. 이를 위해 대학은 인문학의 가치와 인간 교육의 중요성을 인지하고 그 역사적 책임을 다해야 할 것이다.

필자는 오랜 기간 책에서 본 명사들을 현실에서 어떻게 만나고 명사들과의 만남을 통해 시골 소년이 어떻게 성장해왔는가를 집필하여 학회지, 대학논문집, 문예지, 신문, 잡지, 대학신문, 교지 등에 발표하고 그들을 묶어 단행본으로 출간하였다. 거기에서 다루지 못한 내용을 보충하여 이 책을 출간한다. 소년이 어른으로 성장할 수 있도록 길잡이 역할을 해주신 조용기 학원장님, 한계전 선생님, 김상대 선생님, 김준엽 이사장님, 김효규 총장님, 정재완 선생님, 김종순 선생님께 감사드리며, 책이 출간될 수 있도록 도움을 준 태학사 지현구 사장님과 관계자들께도 감사드린다.

2019.2.28.

송 현 호

차례

머리말 3

이광수를 매개로 만난 명사들 7

학교와 학회에서 만난 명사들 34

안창호와 이광수의 탈식민화 전략 70

문학이란 무엇인가—춘원의 삶과 문학을 중심으로 94

『무정』에 구현된 도산의 정의돈수사상과
유정한 사회에 대한 연구 115

『흙』에 구현된 도산의 정의돈수사상과
유정한 사회에 대한 연구 139

제3지대로서의 동북지역의 문학지정학 165

공존 공생하는 세상을 꿈꾼 작가 황순원 184

순수한 영혼의 소유자 - 내가 본 조창환 선생님 188

꿈꾸는 여행자의 구경적(究竟的) 삶 192

농민 해방과 민족 통일에 대한 염원 - 김용택의 『맑은 날』 206

진정성과 삶의 통찰에 대한 표출 방식 …… 215
아름다운 시간을 마감하며 남긴 마지막 선물 …… 225
행복하게 살아갈 평화로운 세상을 꿈꾸며 …… 232
등신불이 소신공양을 한 까닭 …… 242
가을에는 책을 읽자 …… 246
성숙한 다문화 사회를 기다리며 …… 250
中國地域 海外韓國學 振興事業의 未來 …… 255
조용기 학원장님과의 만남 …… 270
한 톨의 밀알이 된 한국교육계의 살아있는 전설 …… 274
총장 추대와 추천 과정에서 만난 명사들 …… 283
김준엽 이사장님의 영전에 …… 293
21세기 한국학 국제학술 세미나 …… 296
세계 인문교류와 주요 행사 참가 현황 …… 298

이광수를 매개로 만난 명사들

1. 도입부

속담에 옷깃만 스쳐도 인연이라는 말이 있다. 부부의 인연은 더 말할 나위 없다. 불경에 이르기를 부부가 될 확률은 항하사에서 바늘을 찾는 일만큼이나 어렵다고 하였다. 천년의 인연이 있어야 가능하다고도 하였다. 천생연분이라는 말이 나오는 것은 그 때문이다. 부부의 인연보다는 못하지만 춘원과의 만남도 우연은 아니라고 생각한다. 그렇지 않다면 어린 시절부터 시작된 만남이 이토록 오랜 기간 지속되지는 않았으리라.

김원모 교수는 춘원의 친일을 위장 친일이라고 했지만 구체적으로 확인되거나 증명된 바 없다. 연통제와 관련이 있을 것으로 보이지만 연통제가 점조직으로 비밀리에 시행된 탓에 당사자들만 알 수 있다. 춘원의 경우 도산과 김구가 사망하여 증언을 해줄 사람도 없다. 춘원은 1892년 3월 4일에 태어나 우리나라가 일제에 실권을 빼앗긴 1894년 이후 해방될 때까지 식민지 치하에서 살았고, 1907년부터 1937년까지 민족계몽운동을 하다가 1938년 이후 친일을 하였다. 그런데 중요한 시기를 도산과 함께 보냈고, 해방 후 김구와 만나 『백범일지』를 윤문한 것으로 보아 친일파라고 매도하기에 석연치 않은 점이 있다.

춘원과의 특별한 만남은 세 번에 걸쳐 이루어졌다. 첫 번째는 1960년대 전라도 지역의 극심한 旱害로 학업을 중단하고 상경하여 형의 자취방에서 발견한 『이광수대표작선집』(삼중당, 1968)과의 만남이었고, 두 번째는

1980년대 劉麗雅가 석사학위논문을 쓰고 내가 박사학위논문을 쓰면서 다시 구매한 『이광수전집』(우신사, 1979)과의 만남이었다. 세 번째의 만남은 2009년 향촌 김용직 선생님의 요청으로 춘원연구학회 총무이사를 맡은 이후 다시 읽게 된 춘원의 저술과 그의 행적과의 만남이었다.

춘원과의 세 차례 만남, 50여 년에 걸친 길고 긴 만남의 과정에는 수많은 일들이 있었고, 수많은 명사들과 지인들과의 만남이 있었다. 나의 긴 학문적 여정이 될 수 있는 춘원과의 만남을 통해 알게 된 명사들과 지인들의 언행과 저작들에 대해 개략적으로 살펴보려고 한다.

2. 성동구 송정동의 자취방에서 발견한 춘원과 도산

내가 처음 춘원과 도산을 발견한 것은 1968년의 일로 아주 극적이었다. 1967년 8, 9월과 1968년 6, 7월에 걸친 전남지역의 한해는 농촌을 초토화시키고, 이주민을 양산하였다. 특히 68년의 한해는 60년 만에 겪는 최악의 가뭄으로 모내기를 할 수 없는 지경에 이르렀다. 당시 상황은 『전남일보』에 자세히 나와 있다. 신문에서는 찾지 못했지만 전남도지사와 농림부장관이 기우제를 지내고 국무총리가 관계 장관 회의를 전남도청에서 개최한다는 라디오 뉴스를 들은 기억이 아직도 생생하다. 옥과중학교의 어린 학생들이 논에 쭈그리고 앉아서 마른 땅을 호미로 파고 모를 심은 다음 물을 주던 풍경은 아직도 내 눈에 선하다. 7월 25일자 『전남일보』에는 '가뭄으로 벼농사 전멸에 직면'이라는 기사를 보도하고 있다. 심각한 가뭄이 계속되면서 8월초부터는 날품팔이를 하려고 고향을 떠나는 사람들이 늘어나기 시작한다. 고향을 등진 수많은 전라도 사람들은 아주 먼 거리에 있던 서울과 제주도로 이주하였다.[1]

1 http://www.nsori.com/news/articleView.html?idxno=4912

우리 집의 논에도 옥과중학교 학생들이 동원되어 모를 파종했지만 극심한 가뭄으로 모가 타들어가고 논바닥이 갈라져서 하늘만 쳐다보는 처지가 되었다. 부친은 내게 학교를 그만두고 서울에 가서 공장에 취직하여 돈벌이를 하라고 하셨다. 나는 7월 중순경 모친과 옥과 읍내 정류장에서 털털거리는 낡은 버스를 타고 곡성역으로 가서 서울행 야간열차 입석권을 구하였다. 680원이었던가? 바람 한 점 없는 뙤약볕을 온몸으로 받으며 몇 시간을 기다렸다가 가까스로 야간열차에 몸을 실었다. 좌석이 아닌 입석이라 어디 앉을 염두도 못 냈다. 콩나물시루를 연상시키는 사람들 틈에서 크고 작은 흔들림을 다리의 힘으로 조절하면서 균형을 유지하다보니 다리도 아프고 잠도 쏟아져서 여간 힘든 게 아니었다. 기차는 신호 대기로 정차를 반복하면서 12시간을 채워서야 서울역에 도착하였다. 밤새 초만원의 승객들이 흘리는 땀 냄새와 소음에 시달렸던 터라 아침이 되었을 때는 다리도 저리고 머리도 멍하였다. 중간 중간 화장실 앞에 가서 쭈그리고 앉아 졸기도 했지만 피곤한 것은 매한가지였다. 동행하던 모친은 어린 여동생을 엎고 계셨으니 더욱 힘이 드셨을 것이다. 모친은 짐을 머리에 이고, 나는 등에 지고 대합실을 나와서 지나가는 사람들을 붙들고 물어 입석버스를 탔다. 버스안내양의 화양사거리라는 외침에 급히 하차하여 성동구 송정동의 구일정공주식회사 부근에 있는 지인의 집을 찾았다. 지인은 같은 마을에 살다가 남편의 인공시절 행적 때문에 서울로 이사를 했지만 고향으로 행상을 다니면서 살고 있던 아주머니였다. 모친은 아주머니에게 우리의 일자리를 부탁하고 형이 사는 곳으로 갔다. 집은 제법 큰 규모로 여러 개의 방을 세를 놓고 사는 집이었다. 집 앞에는 마차가 놓여있었다. 조금 어수선해 보이는 집이었다.

당시 형은 시계를 만드는 구일정공주식회사에서 프레스 일을 보고 있었다. 중학교만 졸업하고 공장 노동자 생활을 하던 형은 지적 욕구가 강했던 것 같다. 책상 위에 여러 권의 책이 놓여 있었다. 당시 형이 읽고 있는 책을 모두 기억해낼 수는 없지만, 지금까지 내가 소장하고 있는 책들로 미루어 『이광수대표작선집』, 함석헌과 강두식이 서문을 쓰고 송영택이 번역한 칼 힐티의 『잠 못 이루는 밤을 위하여』(휘문출판사, 1968), 양주동이 서문을 쓰고 인태성이 번역한 스탕달의 『연애론』과 오자운이 번역한 알랑의 『행복론』을 묶은 『사랑과 행복의 조건』(휘문출판사, 1968), 김팔봉・박영준・여석기・김동길 등이 공동으로 저술한 『고독이 번지는 창가에서』(휘문출판사, 1968), 오상순이 서문을 쓰고 송영택이 번역한 쇼펜하우어의 『삶과 죽음의 번뇌』(휘문출판사, 1969), 폴 에드워즈가 편집하고 윤무병이 번역한 버트란트 러셀의 『나는 왜 기독교인이 아닌가』(휘문출판사, 1969), 마르첼리노 신부가 서문을 쓰고 이목삼이 번역한 니노사르봐네스키의 『보람 있는 그날까지』(휘문출판사, 1968) 등을 읽고 있었다. 내가 처음으로 춘원 이광수와 도산 안창호를 접하는 순간이었다. 삼중당에서 발간한 『이광수대표작선집』은 1. 무정, 2. 흙, 3. 유정/재생, 4. 그 여자의 일생/꿈, 5. 사랑, 6. 무명/돌베개 외, 7. 마의태자, 8. 단종애사, 9. 이순신/도산 안창호, 10. 이차돈의 사/사랑의 동명왕, 11. 세조대왕/허생전, 12. 원효대사/나 소년 편・스무 살 고개 등으로 구성되어 있었다. 대부분 재미있게 읽을 수 있는 소설들로 구성되어 있는데, 아마 대중성을 염두에 둔 편집으로 보였다. 선집을 통해 도산과 춘원이 대한제국 말기로부터 일제강점기에 이르기까지 불우한 삶을 살았지만 고학을 하면서 성장한 사람이라는 것을 알게 되었다. 그들이 민족을 위해 어떤 일을 했는가에 대해서도 조금은 알 수 있었다. 춘원이 자신과 같은 조선의 고아들에게 교양물을 제공하기 위해 고심하였다는 사실도 알게 되었다. 이광수의 소설을 읽으면서 이순신과 안창호에 대해서도 관심을 갖게 되었고, 학업을 계속해야겠다는 생각을 굳혔다.

며칠 뒤 아주머니의 소개로 강변에 있는 지인의 하천 부지에서 김을 매고 모종을 하였다. 채전의 주인은 고향의 초등학교 동창인 추영석 군의 누나인 추옥순의 시할아버지인데, 머리가 벗겨지고 구릿빛 얼굴을 하고 있는 노인이었다. 추영석 군은 초등학교만 졸업하고 누나 부부가 살고 있는 그 집에 기거하면서 공장에 다니고 있었다. 종일 뙤약볕 아래서 풀을 뽑는 일은 쉬운 일이 아니어서 땀이 억수로 쏟아지고 허리에 통증을 느끼곤 하였다. 노인은 잠시 쉬는 것조차 허용하지 않고 타박을 하였다. 일당 노동을 하다가 왕십리 산동네의 어느 허름한 공장에 취직을 하였다. 실내에서 하는 일이라 작열하는 태양을 피할 수 있었으나 본드 냄새가 공장 안에 진동하였다. 송정동에서 왕십리까지는 꽤 먼 거리였지만, 걸어서 출퇴근을 하였다.

화양 사거리에서 왕십리까지 버스가 다녔지만 돈이 아까워서 타지 못하고 걸어서 출퇴근하면서 전차가 지나가는 것을 보았다. 전차를 지나기를 기다리면서 길 가운데서 서있던 풍경은 아직도 눈에 선하다. 그것은 내가 서울에서 본 마지막 전차였다. 차비를 아끼기 위해 아침 일찍 고향의 선배들과 함께 성동구 송정동 1번지 구일정공주식회사, 송정시장, 화양 사거리, 성동교, 한양대를 지나 1시간 이상을 걸었던 것 같다. 밤에는 혼자 걸어서 오곤 했는데, 등골이 오싹한 경우도 적지 않았다. 하루에 12시간씩 망치로 가죽벨트에 구멍 뚫는 일을 하였다. 완도에서 초등학교만 졸업하고 상경한 아이와 함께 일을 하였다. 제법 똘똘하고 씩씩한 아이였는데, 그 역시 가난 때문에 상경한 듯하였다. 일거리가 산더미처럼 쌓여 있어서 자주 특근수당을 받고 16시간씩 야간 일까지 하였다. 가끔 쉬는 날이면 추영석 군과 신세타령을 하면서 형의 헤픈 씀씀이를 비판하였다. 당시 형의 급여가 얼마인지는 잘 모르지만 선집의 정가는 1권에 700원, 수필집은 1권에 550원이었으니 그 씀씀이를 가늠해볼 수 있다. 내가 벌어다 준 돈을 형은 자기가 관리한다고 가져가서 완행열차표를 끊어주고 동시상연 영화를 보여주고, 자장면을 사준 것으로 끝냈다.

형이 중학교만 졸업하고 공원생활을 한 것이나 내가 중학 재학 중에

공원생활을 한 것은 아버지의 가난에 대한 두려운 때문이었다. 부친은 1926년 10월 20일(호적 1928.5.5.) 가난한 선비의 둘째 아들로 태어나 서당 공부 대신 유기공장에서 일을 하다가 16세 때인 1942년 8월 일본으로 끌려가 철강공장에서 3년간 일하다가 징병 소집 명령을 받았으나 해방과 함께 극적으로 귀국하였다. 호적 나이로 14세인 부친이 철강공장에서 일하면서 제대로 급여를 받기는 했을 것인가? 그토록 힘들게 벌었던 급여를 제대로 관리는 할 수 있었을까? 징용과 징병이 어찌 본인의 의지로 된 것이었으랴. 어쩌면 부모를 원망하고 조국을 원망하면서 일본에 끌려가서 생활했을지도 모른다. 술을 마시고 얼큰하게 취할 때면 구슬픈 노래를 부르면서 신세타령을 하던 일이 눈에 선하다.

1949년 가을 결혼을 하여 분가하지 않고 조부모님과 함께 살다가 한국전쟁이 일어나자 참전하여 강원도 금화에서 싸우다가 대구 제일병원에 후송되어 3년 만에 전역한 국가유공자이기도 하였다. 전역 후에는 지리산 토벌대로 차출되어 1955년이 되어서야 귀가를 하셨다.

모친은 1931년 11월 19일 전라북도 순창군 풍산면 두승리 656번지 김삼금의 외동딸로 태어나 유복하게 살다가 경제권을 가진 오빠의 강요로 멀리 전라남도 곡성군 옥과면 무창리 761번지 가난한 선비인 송근헌의 차남과 결혼하여 모진 시집살이를 하신 분이다. 입대하는 부친에게 분가를 간청했지만 묵살당하고 6년간 시집살이를 하면서 낮에는 집안일을 하고 밤에는 베를 짜면서 사셨다. 부친이 통합병원에 입원해 있을 때는 문병 한 번 가보지 못하고 소박을 맞을 뻔하였다. 조모는 며느리를 쫓아내기 위해 분가해서 살고 있는 큰 동서와 갖은 모략을 하였다. 모친의 인내 덕에 형과 나는 조부의 집에서 출생하였다.

분가 직전인 1955년 3월 12일에야 혼인 신고를 하고 5월 2일 곡성군 옥과면 무창리 579번지로 분가를 하였다. 거의 무일푼으로 오두막을 구해서 분가하였으니 모친의 한은 대단했을 것이다. 1980년대 중반 나를 데리고 외조부모님의 산소에 가서 한풀이 굿을 할 정도였다. 모친의 한의 깊이를 알고 있었던 것인지 아니면 자신의 삶이 한스러워서였던지 극락왕생을 염원하는 시를 재일한국문인협회 회장이 보내왔다.

애도

이제 국화가 피어가는 시절
고운 향기
아름다운 하얀 꽃빛
맑은 하늘
가시는 길마다
고운 향기 감돌고
아름다운 꽃빛 비치니
그 길 따라 고이 가시옵소서
고이 가시옵소서

4348(1915).9.30.

한밝 김리박 송현호 회장 모친께 삼가 바침

일본에서 귀화하지 않고 '조선인'으로 살아간다는 것이 얼마나 힘들고 버거운 일인가를 「재일동포 문학의 민족주의적 성격 연구」라는 프로젝트를 수행하면서 절감하였다. 京都의 김리박 시인과 자주 만나면서 경계가 허물어자 밤새도록 김리박 선생의 집에서 정종을 마시거나 가모가와 천변 인근의 술집에서 그간에 켜켜이 쌓인 한을 풀어가면서 한이 서린 노래를 부르던 일이 엊그제의 일만 같다. 정지용은 무엇 때문에 가모가와를 거닐면서 시간을 낚고 있었을까?

鴨川 十里ㅅ벌에
해는 저물어…저물어…

날이 날마다 님 보내기
목이 자졌다…여울 물소리…

찬 모래알 쥐여 짜는 찬 사람의 마음,
쥐여 짜라. 바시여라. 시원치도
않어라.

역구풀 우거진 보금자리
뜸북이 홀어멈 울음 울고,

제비 한 쌍 떠ㅅ다,
비맞이 춤을 추어.

수박 냄새 품어오는 저녁 물바람.
오랑쥬 껍질 씹는 젊은 나그네의 시름.
鴨川 十里ㅅ벌에 해가 저물어…저물어…

정지용이 가모가와 천변에서 본 노동자는 시간의 차이는 있지만 바로 부친의 모습이리라. 모친과 마찬가지로 부친의 한도 대단하였다. 일본에 16세에게 이주노동자도 끌려가서 힘들게 번 돈으로 논을 샀으나 큰집에 빼앗기고 분가하였고, 젊은 날을 고난 속에서 살아왔으니 충분히 이해가 가고도 남는 일이었다. 부친은 울분과 분노를 이겨내기 위해 술을 마시면 쓰러질 때까지 계속 마셔서 아침이면 고통을 호소하면서 누워 있곤 하였다. 통음이 원인이 되어 30대에 대장을 절개하는 수술을 했지만 농부와 유기공 생활을 병행하면서 자식들을 농부이면서 학생으로 만들 정도로 모질게 가난에서 벗어나고자 몸부림쳤다.

그런 부친에게 자식의 학업은 사치스러운 일이었는지도 모른다. 내가 초등학교 6학년 때 형은 중학교 3학년, 큰집 장형은 고등학교 3학년이었다. 큰집 형은 광주의 친척집에서 하숙을 하면서 태권도 도장을 다녀 단증을 딸 정도였다. 공부하면서 운동까지 하였으니 생활비가 적지 않게 들었을 것이다. 동네 부잣집 아들은 논을 팔아 학비를 충당하면서 대학을 졸업하였다. 도시로 학교를 보내면 논을 팔고 집이 망하는 것으로 알고 계시던 부친은 초등학교 졸업을 얼마 남겨두지 않은 어느 날 형과 나를 안방에 불러 앉혀놓고 둘을 상급학교에 진학시킬 수 없으니 한 사람이 양보하라고 하였다. 그러면서 형은 장남이니 고등학교를 가고, 나는 차남이니 집에서 일을 하라고 하였다. 당시 부친은 대장 수술을 하고 40세까지 살 수 있을지 모른다는 의사의 진단을 받은 상황이었다. 광주 진학을 꿈꾸던 내게 아버지의 말을 청천벽력이었다. 그때 초등학교 6학년 학생인 나는 무섭기만 하던 아버지에게 중학교는 졸업해야 사람 구실한다면서 거칠게 대들었다. 어디서 그런 용기가 났는지 모를 일이다.

한 달 뒤 형은 공장에 취직해서 서울로 가고 나는 중학교에 진학하였다. 말이 중학생이지 농부나 다름없었다. 새벽에 일어나 소죽을 끓이고, 보리를 맷돌에 물을 붓고 하얗게 될 때까지 갈고, 학교에 갔다 와서는 깔을 베고, 땔감을 베어오고 밤에 먹일 소죽을 끓여야 하였다. 농번기에는 결석을 하는 것이 일상이었다. 땔감이 없으면 10여 리 산골까지 가서 땔감을 구해 와야 하였다. 부친은 평소에 말이 없었지만 술을 마시면 밤새도록 자신의 신세타령을 하면서 가족을 괴롭히곤 하였다. 왜 형이 도시로 떠나게 되었는가를 절절하게 느낄 수 있었다. 형이 떠나고 나니 형과 같이 했던 시간들이 주마등처럼 뇌리를 스치고 지나갔다. 형과 나는 늘 꼴

망태를 메고 들판을 헤매곤 하였다. 모두가 베어간 논둑에서 꼴을 찾아내기는 여간 힘든 일이 아니었다. 뜨거운 햇볕에도 아랑곳 하지 않고 우리는 꼴망태를 채워야 귀가할 수 있었다. 일요일에는 야산에 나무를 하러 가곤 하였다. 크리스마스에도 예외는 아니었다. 교회에서 노트와 연필을 받을 수 있는 기회를 놓친 것도 나무를 하는 시간과 겹쳤기 때문이다.

이러한 풍경은 당시 시골 청소년들의 일반적인 모습이었을 것이다. 내 친구들이나 선배들은 대부분 초등학교만 졸업하고 시골에서 농사일을 하거나 도시로 가서 공장에 다녔다. 부부동반으로 만나는 용띠 모임의 멤버들 가운데 문시동 · 김판용은 중학교를 졸업하고, 송재보 · 권봉선 · 신봉식은 중학교를 졸업하지 못하고 도시로 나와 공장에 다니거나 중국집에서 일하다가 자수성가하였다. 고향의 선배 · 친구 · 후배들인 김남표, 강대남, 공철만, 권희수, 김달수, 김영수, 김완수, 김점동, 김정순, 김종선, 김태곤, 문춘옥, 문춘자, 문행자, 박경환, 박순자, 박중근, 박창순, 박철순, 배옥태, 송승호, 이종권, 전영창, 전승철, 김영한, 김인수, 추영만, 김남용, 강성주, 한두호, 전계학, 송명호, 배옥선, 김영모, 김근수, 정석렬, 지재인, 김주선, 김정수, 박영무, 심재봉, 윤재술, 박동순, 김기호, 김지문, 허영표, 임학래, 최성호, 김명규, 박광수, 박진우, 김종기, 강석구, 추봉용, 심재운, 조광오, 이남수, 성태섭, 심은식, 허영무, 선현호, 김재덕, 허홍석, 조영한, 송종선, 김용욱, 박기준, 한상인, 허민호, 한경동, 김정범, 심장섭, 윤영섭, 양상원, 김형호, 박연주, 김용렬, 조양래, 박상구, 박상환, 한장석, 이수창, 김삼수, 김용엽, 김용선, 윤서호, 장미숙, 허현님, 이강문 등은 모두 어려운 여건 속에서 자신의 꿈을 이룬 사람들이다. 그들은 어려운 여건 속에서 공부한 사람들인만큼 애향심도 강하고 어려운 여건에서 공부하는 후학들에게도 고나심이 많았다. 2003년 옥과중고 재경연합동문회를 구성할 때 강석구, 박상환, 권희석, 김지문, 송현호, 성태섭, 김명규, 김재덕, 허영표, 김정이, 김용렬, 윤영섭, 김주선, 심재운, 한상인, 이남수, 박기준 등이

기부하여 동문회가 활성화되고, 2003년 무창향우회를 구성할 때 김정순, 문행자, 추영만, 송현호, 무창리청년회, 김남표, 송재보, 강대남, 권봉선, 송재은, 김팔례, 김달수, 권희석, 박창순, 지성복, 김태곤, 배옥태, 김점동, 김완수, 박중근, 권귀선, 전승춘 등이 기부하여 향우회가 활성화되었다.

방학이 끝나갈 즈음 고향에서 귀가하라는 전보를 받았다. 고향에 내려간다고 했더니 공장 사장은 월급을 정산해주었다. 형은 그 돈으로 영화를 보여주고 자장면과 입석권 완행열차표를 사주었다. 나중에 고향으로 내려가는 내게 쥐어준 돈은 달랑 버스 차비 정도였다. 어린 손으로 밤늦게까지 야근해서 번 돈을 가로챈 것을 이해할 수 없었다.

8월 마지막 날 밤늦게 전라선 완행열차를 타고 서울을 떠났다. 고향의 지남용 선배가 나와 동행하였다. 지인 아주머니가 사는 집의 지하에서 월세를 살면서 의자공장을 다니는 선배였다. 같은 마을에 사는 서 양을 만나기 위해 고향까지 내려간다고 해서 참 낭만적인 사람이라고 생각하였다. 우리는 이런 저런 이야기로 무료한 시간을 보내면서 차창으로 스쳐가는 것들에 의미를 부여하였다. 내가 처음 본 수원은 시커먼 어둠에 쌓여 있었고, 수원역사만이 기억에 남아 있다. 여산 부근에 이르러 여명을 맞았다. 붉은 빛이 산 위를 붉게 물들이다가 이내 태양이 그 모습을 드러냈다. 장관이었다. 수면 부족과 피로에 지친 내게는 어둠 속에서 발견한 희망의 등대와 같은 것이었다. 나는 전율을 느꼈다. 속으로 무수히 되뇌었다. 희망을 잃지 말고, 열심히 살자고.

도시를 체험하고 돌아온 농촌에서의 삶은 나를 더욱 강인한 인간으로 만들어 주었다. 온실의 화초가 아니라 쓰레기장 옆에 핀 야생화나 다를 바 없는 삶이었지만, 무위자연의 사상을 자연스럽게 수용하고 겸양과 예의를 철저하고 배울 수 있었다. 나를 키워준 것은 대자연이라고 해서 과언이 아니다. 방과 후 망태를 메고 들판으로 나가 꼴을 베거나 지게를 지고 논밭으로 나가 일하면서 대자연과 헤아릴 수 없이 많은 대화를 나누었다. 자연에 순응하기도 하고 저항하기도 하면서 자연의 섭리를 이해하고 원초적이고 자연적인 수련을 착실히 한 것이다. 자신의 꿈이 여물어 가는 것을 몰랐지만, 다시 도시로 나왔을 때 비로소 농촌에서의 삶이 자신에게 얼마나 값진 것이었는지를 깨닫기 시작하였다. 서울 자취방의 책상 위에 있던 책들은 고향에 있는 나의 책상으로 옮겨졌다. 그렇게 해서 『이광수대표작선집』은 나의 애독물이 되었다.

3. 학위 논문 작성 과정에서 만난 魯迅, 老舍, 신채호, 梁啓超

1982년 서울대 국어국문학과 석사과정에 다니고 있던 劉麗雅가 석사학위논문으로 魯迅과 춘원을 비교 연구하겠다면서 『이광수전집』(우신사, 1979)을 사들고 왔다. 반포와 방배동 그리고 봉천동으로 이주하면서 나의 이삿짐 속에는 춘원의 전집이 두 세트로 늘어났다. 1980년대에는 춘원과 魯迅의 비교 연구로 석사학위논문을 준비 중인 劉麗雅와 토론하면서 근대초기 한국과 중국 현대문학의 유사성과 변별성에 관심을 갖게 되었다.

춘원은 우리 근대문학사에 크고 뚜렷한 발자취를 남긴 문학가요 사상가요 지식인이기에, 그를 건드리지 않고 한국문학을 논의하는 것은 魯迅을 건드리지 않고 중국문학을 논의할 수 없는 것이나 다를 바 없다. 두 사람은 모두 일본에 유학한 지식인으로 1910년대부터 문학을 통해 민중을 각성시키고, 근대문학을 개척한 사람들이다. 그런데 한 사람은 해방정국의 한복판에서 민중의 심판을 받았고, 한 분은 1936년에 사망하여 국민의 추앙을 받았다.

만약 춘원이 魯迅이 사망한 해인 1936년에 사망하였다면 후세사람들은 어떤 평가를 내렸을까? 반대로 魯迅이 1960년대까지 살아 있었다면 어떤 대접을 받았을까? 춘원이 1936년에만 죽었어도 그는 魯迅처럼 국민적 추앙을 받고도 남았을 것이다. 魯迅이 살아서 반우파투쟁기와 문화대혁명의 혹독한 시기를 거쳤더라면 老舍보다 더한 비판을 받았을 가능성이 크다.

老舍는 1918년 베이징 사범대학을 졸업하고 초등학교 교장과 중학교 교사를 역임했으며 1924년부터 1930년까지 영국 런던대학에 유학하였다. 유학 기간 중『老張的哲學』등 세 편의 장편소설을 발표하였다. 귀국한 뒤 齊魯大學, 山東大學 등에서 교수를 역임하였고, 이 기간에『駱駝祥子』를 썼다. 1946년 미국에 강연을 하러 갔다가 1949년 말 공산주의 정권이 들어선 뒤에 귀국했으며, 1950년부터 1966년에 죽을 때까지 중국 작가협회 부회장, 중국 정치 협상 회의 위원, 北京市 문인협회장 등을 역임하였다. 1951년에는 北京市로부터 '인민 예술가'라는 칭호를 받기도 하였다. 1966년 문화대혁명이 시작되면서, '반동적인 학술 권위자'로 몰려 비판과 박해를 당한 뒤 베이징시의 한 호수에 몸을 던져 자살하였다. 이 무렵 노벨문학상 수상자로 선정되었으나 생존자가 아니라는 이유로 노벨상이 취소되는 불운을 겪기도 하였다.

老舍가 八旗族의 후예로 北京의 빈민촌에서 성장한 반면 魯迅은 浙江省 紹興市의 지주 집안에서 태어났다. 비교적 유복한 유년기를 보내다가 22세 때 관비유학생으로 日本으로 유학하여 1904년 9월부터 센다이 의학 전문학교에서 입학하였다. 1906년 3월에 센다이 의학 전문학교를 퇴학하고 도쿄 생활을 시작하면서「狂人日記」를 썼다. 1912년 辛亥革命이 일어나자 中華民國臨時政府의 교육부원으로서 참가하였다. 1918년「狂人日記」를 잡지『新青年』에 발표하고, 이후 '루쉰' 등의 필명을 사용하면서 문예 활동을 본격화하면서 모든 봉건적 전통에 대하여 반항하게 되었다. 베이징 대학, 베이징 여자사범대학 강사로 출강하면서 혁명 청년들도 양성하였다. 이후 중국 사회의 현실과 민중 정신을 담아낸「阿Q正傳」을 발표하였다. 1926년의 북양 정부와 공산당과 가까운 학생 시민 데모 충돌 뒤 잇따른 충돌 사건을 계기로 베이징을 탈출하여 廈門을 거쳐 廣州로 옮기었으며, 다시 장제스의 국민당 혁명으로 中華民國 國民政府 수립 후에는 상하이로 옮겼다. 상하이에서는 1930년대 초반부터 國民政府와 투쟁을 가속시킨 지하 좌익작가 연맹의 발기인으로 참여한 뒤 그의 정치적 성격도 짙어졌다. 하지만 그는 자신을 '소부르주아'라고 여겼고, 철저한 공산주의자로 경도되었던 것은 아니다. 공산주의적 시각에서 볼 때 그 나름대로 평가받을 일도 있지만 비판받을 일도 없지 않았다. 때문에 그가 살아서 문화대학명기를 보냈다면 혹독한 비판을 받았을 가능성이 크다.

실제로 毛澤東의 지시로 전국적으로 일어났던 '정풍운동'이 '반우파투쟁'으로 돌변하였던 시기에 毛澤東이 남긴 말은 문학인들이 깊이 되새겨볼 필요가 있다. 1957년 7월 7일 毛澤東은 上海 중쏘우호빌딩에서 上海에 거주하는 과학, 교육, 문학, 예술, 공상 분야의 대표들을 접견하였다. 이 자리에서 羅稷南이 '魯迅이 오늘날도 살아계셨더라면 그분은 어떻게 되었겠습니까?'라고 묻자 毛澤東은 '감옥에 갇혀서 계속 제 글을 쓰지 않았으면, 한 마디도 말을 하지 않고 입을 다물고 있겠지요'라고 대답하였다. 또한 중국사회과학원 부원장을 지낸 李愼之가 2000년에 발표한 「5.4로 회귀하여 민주주의를 배우자-魯迅, 胡適과 계몽에 관하여 舒蕪에게 보내는 편지」에서 '魯迅의 가장 큰 행운은 56세에 타계한' 것이고, 毛澤東의 최측근인 喬冠華는 1962년에, 胡喬木은 1982년에 모두 '魯迅이 만일 살아계셨더라면 십중팔구는 우파가 됐을 것이다'라고 말한 적이 있다. 해외인사들이 대륙에서 '胡風을 청산하는 것'을 보고 '魯迅이 죽지 않고 살아있었더라면 목이 잘렸을 것이다'라고 말한 사람들이 많다. 胡適과 老舍와 같은 저명한 작가들도 정치적인 이해관계에 따라 추앙을 받다가 희생양이 될 수밖에 없었던 점을 감안하면 춘원에 대한 평가가 정권에 따라 달라지는 것은 불가피한 일이다.

춘원이 남기고 간 발자취를 더듬으면서 우리는 춘원 개인의 부조리함과 왜곡된 민족성을 확인할 수 있다. 그러나 그가 남긴 많은 문학적 유산들을 친일이라는 미명하에 폄하하는 것은 온당해 보이지 않는다.[2] 문학

연구는 문학작품에 대한 연구가 중심이 되어야 한다. 정치적인 논리나 진영 논리가 개입하면 감정적이 되고, 객관적인 연구가 진척될 수 없다. 공과 과를 분명히 가리고 논의 자체를 논리적이고 이지적으로 전개해야 한다. 그렇게 해야 재론의 여지가 생길 수 없다. 그렇지 못하면 끊임없이 논쟁거리로 전락할 수밖에 없다.

劉麗雅의 석사학위논문을 준비하면서[3] 춘원의 소설론에도 관심을 갖기 시작하여 나의 박사학위논문에 반영하였다. 나는 춘원에게 문학이란 무엇이며 전시대나 동시대 문학과 춘원의 문학은 어떤 관계가 있는가를 밝히려고 시도한 바 있다. 학계에 일반화된 이식사관을 극복하기 위해 한국현대소설론의 형성을 우리 소설의 내적 발전과정에 초점을 맞추어 논의를 개진하였다.[4]

한국과 중국의 현대문학에 대한 관심은 신채호와 梁啓超, 춘원과 魯迅, 현진건과 魯迅, 김동인과 郁達夫 등을 비교 연구하고 한국근대소설론의 형성과정을 추적하면서 이식사관의 극복과[5] 동아시아 문학의 정체성 탐구에 커다란 도움이 되었다. 1990년대에는 현진건의 「운수 좋은 날」과 老舍의 『駱駝祥子』를 읽으면서 조선의 인력거꾼과 北京의 인력거꾼에 관심을 가지고, 근대화 과정에서 차별받은 노동자와 인권을 유린당한 여성들의 문제에 대해 관심을 갖게 되었다. 이러한 관심은 후일 동아시아 문학의 유사성에 대한 연구로 연결되었다.[6]

---

2 송현호, 「춘원의 영원한 화두-'민족'의 실체에 대하여」, 『춘원연구학회 뉴스레터』 제3호, 2009.4.10, 36~38면.

3 劉麗雅, 「魯迅과 춘원의 비교 연구」, 서울대 석사학위논문, 1984.

4 송현호, 「한국 근대소설론 연구」, 서울대 박사학위논문, 1989.
송현호, 「한국근대초기소설론연구-춘원의 소설론을 중심으로」, 『국어국문학』 101, 1989, 241~260면.

5 송현호, 「20년대 소설연구의 현황과 문제점」, 『한국학보』 32, 1983, 189~214면.

6 송현호, 「郁達夫와 金東仁의 小說 比較研究」, 『中韓人文科學研究』, 1996.
송현호, 「玄鎭健과 魯迅의 「故鄕」 비교연구」, 『比較文學』 23, 1998.

4. 춘원연구학회 임원을 하면서 다시 발견한 춘원

1970년대부터 춘원학회나 육당학회 구성의 당위성과 필요성에 대한 논의가 우리 학계에서 있어왔지만 친일 문제로 그 누구도 선뜻 나서지 못하였다. 그런데 향촌 김용직 선생님께서 춘원과 그의 저술을 객관적으로 평가하여, 한국현대문학사와 한국문화사에서 춘원이 제 자리를 찾을 수 있게 해주기 위해 2006년 지인들을 중심으로 서울대에서 창립발기인대회를 개최하고 2007년 창립학술대회를 개최하고 그 자리에서 학회장을 맡았다. 학회명도 춘원을 연구하는 학회라는 의미에서 춘원연구학회라고 명명하였다. 부회장은 윤홍로 단국대 총장, 김원모 단국대 명예교수, 신용철 경희대 명예교수, 총무는 서울대 최종고 교수가 맡았다. 2009년 어느 날 김용직 선생님께서 만나자는 전화를 주셨다. 학회 운영에 어려움이 크다면서 총무이사를 맡아달라고 하였다. 당시 나는 한중인문학회 회장을 맡고 있었고, 한국현대소설학회 차기 회장으로 확정된 상태였다. 한국현대문학회 부회장도 맡고 있었다. 난색을 표했지만 정년퇴임한 나도 회장을 맡고 있는데, 도와주면 좋겠다고 하셨다. 더 이상 거절할 수 없었다. 춘원연구학회의 편집회의와 학술대회에 참석하면서 그간 보지 못한 춘원의 모습을 발견하였다. 김원모 교수, 윤홍로 총장, 신용철 교수, 최종고 교수는 춘원의 팬이었다. 김원모 교수는 춘원의 친일 행위를 위장 친일로 재해석하고 춘원 관련 글을 지속적으로 집필하고 있었다. 그 글들을 당시와 후일에 책으로 묶어 출판하였다.[7] 윤홍로 교수는 도산 사상과의 교류관계를 점진주의, 무실역행사상 등과의 관계 속에서 춘원을 조명하고, 도산 사상과 진화론의 관련성을 중심으로 춘원의 「민족개조론」을 언급하였

송현호, 「韓中現代小說의 賣女 주제연구」, 『比較文學』 25, 2000.

7 김원모, 『영마루의 구름』, 단국대출판부, 2009.

김원모, 『자유꽃이 피리라』, 철학과현실사, 2015.

다. 도산은 인간과 동물의 차이를 종차를 개조하는 힘의 유무에서 찾고 있다. 이때의 개조란 인격개조이다. 민족개조론은 진화론과 기독교 사상에 근거하고 있다.[8] 춘원은 '한 민족의 역사는 그 민족의 변천의 기록'이라 하고 고도의 '문명을 가진 민족의 변천은 의식적 개조의 과정'이라고 하였다.[9] 신용철 교수는 춘원이 해방 후 학생들을 가르친 바 있는 봉선사 부근의 광동학교 출신으로 광동학교 이사를 하면서 봉선사의 주지였던 이학수와 춘원에 지대한 관심을 가지고 있었고, 춘원문학관 혹은 기념관 건립에 대한 관심이 지대하였다. 최종고 교수는 한국인물전기학회 회장으로 블라디보스토크와 치타에 춘원의 기념비를 세우려는 계획을 가지고 있었다. 학회에 참석하는 원로 학자들이나 관료 출신들도 춘원에 대한 애정이 각별하였다. 학술대회 때마다 청중들이 춘원을 옹호하는 발언으로 발표자들을 곤혹스럽게 하곤 하였다. 2005년 제9회 춘원연구학회 학술대회에서는 아주 심각한 문제가 노정되었다. 당시 학술대회는 광복 70주년을 맞아 주제를 '해방공간과 춘원'으로 잡았다. 충남대 허종 교수가 「반민특위와 이광수」를 발표하였는데, 윤덕순 회원의 집중적인 포화가 이어졌다. 허 교수는 학술대회가 끝나자마자 대전으로 내려갔다. 어렵게 초청하여 학술대회에 참가하였는데, 욕만 먹고 내려간 것이다.

춘원을 친일파로 매도한 대표적인 인물은 임종국이다. 그는 1909년에 춘원이 발표한 「사랑인가」에 나타난 동성애적 사랑을 반민족적 발상의 효시로 보았다.[10] 그에 대한 반론은 필자가 이미 다른 논문에서[11] 밝힌 바 있다. 그런데 임종국의 주장을 사실로 받아들여 임헌영은 이광수를 일생

---

8 윤홍로, 『이광수 문학과 삶』, 한국연구원, 1992.

9 방민호, 「무정 독해의 국면들과 무정 · 유정의 사상」, 『춘원연구학보』 10, 2017.6, 55~56면.

10 임종국, 『실록 친일파』, 돌베개, 1991, 86~87면.

11 송현호, 「춘원의 「사랑인가」에 나타난 이주담론의 연구」, 『韓國學報』, 2017.1, 3~29면.

에 걸쳐 친일 행위를 한 인사로 규정하고 그의 민족적 행위가 이상하다는 논지를 전개하였다.

이광수에 대한 깊이 있는 연구들은 그의 친일의식의 단초를 「대구에서」보다도 훨씬 더 거슬러 올라가 그가 일본의 기독교 선교사계 교육기관 메이지(明治)학원에 다닐 때(18세인 1909년) 쓴 단편 「사랑인가」에서 찾고 있다. 소설은 11세 때 고아가 된 조선인 유학생 문길이 고독과 번민 속에서 사랑을 찾다가 일인 소년 마사오에게서 그 감정을 느끼나 여전히 만족할 만한 애정은 얻지 못한 채 괴로워하는 모습을 그린 것이다. 그는 마사오를 만나면 제왕의 앞에라도 선 것처럼 얼굴을 들 수가 없고 말도 나오지 않았다. 극히 냉담한 태도를 꾸미는 것이 보통이었다. 그는 또한 그 이유도 몰랐다. 그저 본능인 것이었다. 그래서 그는 붓으로 입을 대신하였다. 3일 전에 그는 손가락을 잘라서 혈서를 보냈다. 바로 이 대목을 인용하면서 임종국은 이 동성애적인 사랑의 의미를 반민족적인 발상의 효시로 보고 있는 것이다. 사실 이광수의 친일행위는 역사적으로 볼 때 일생에 걸친 것이었다. 즉, 2.8 독립선언에서부터 상하이에서 귀국하기까지의 기간 동안 했던 독립운동이 도리어 특이하게 보인다는 주장이 나올 정도로 그의 일생은 시종 국가권력에 대한 신뢰와 성취욕구, 안일함에 대한 갈망이 그치지 않았던 것이다.[12]

춘원이 1919년 2.8독립선언서를 작성하고 上海에 가서 대한민국 임시정부 수립에 관여하고, 『독립신문』의 사장을 역임한 모든 행적을 의심스러운 눈으로 본 것이다. 어떤 젊은 학자는 춘원이 일본의 앞잡이로 임정에 참여하였다가 사이토의 문화정책에 순응하여 민족계몽운동을 했다는 논리를 내세우기도 하였다. 이러한 주장은 다음과 같은 행적과 관련하여 반

---

12 https://ko.wikipedia.org/wiki/%EC%9D%B4%EA%B4%91%EC%88%98 각주 6)

론을 제기할 수 있다. 춘원이 1914년 3월 러시아 연해주에서 주창한 독립전쟁론은 허구가 아닌 진실이다.[13] 그 연장선상에서 1919년 2.8독립선언서 작성에 참여한 것으로 볼 수 있다. 上海로 이주하여 대한민국 임시정부 수립에 기여한 바 크고, 대한민국 임시정부 기관지인 『독립신문』의 사장을 맡은 것은 일본의 철저한 세뇌를 받고 上海에 기획 잠입한 사람으로서는 도저히 할 수 없는 일들이다.

일제강점기의 춘원의 모든 행위를 친일로 보는 것은 온당하지 않다. 그의 친일을 부정하는 것은 아니지만 功過를 객관적으로 살펴볼 필요가 있다. 이를 분명히 밝히기 위해 1913년에서부터 上海 임시 정부에 가담하기까지의 과정에서 있었던 춘원의 해외 이주가 어떻게 이루어지고 있으며, 해외에 이주하여 한 일들은 어떤 것들이었는지 살펴볼 필요가 있다. 특히 춘원의 1913년 시베리아 체류와 1919년 上海 체류는 춘원의 이주담론을 살펴볼 수 있는 좋은 근거가 될 수 있다. 필자는 그간 지속적으로 근대문학에 나타난 이주담론을 연구해오면서 조선인들의 국내외 이주에 대해서도 논의한 바 있다. 당시 조선인들은 선인으로 불리면서 일본인들에 의해 타자 혹은 주변인으로 대접받았다. 많은 조선인들이 일제의 억압과 수탈로 자유롭지도 평등하지도 않은 대우를 받으면서 자신들이 오랜동안 일구어온 삶의 터전을 빼앗기고 낯선 곳으로 이주한 바 있다. 이주는 더 이상 안정과 영속의 이미지를 충족하지 못하기 때문에 이루어진다.[14] 특히 기득권을 가진 사람들의 따돌림이나 차별에 의해 이주를 하는 경우가 허다하다. 춘원의 이주도 그러한 시각에서 살펴볼 수 있다. 우리 사회의 주요한 이슈가 되고 있는 이주의 문제는 21세기 들어오면서 아주 활발하게 소설로 형상화되고 있다. 20세기와 21세기의 가장 큰 차이는 이

---

13 김원모, 『자유꽃이 피리라』, 철학과현실사, 2015, 4면.

14 이-푸 투안, 구동희 · 심승희 역, 『공간과 장소』, 대윤, 2007, 54면.

주담론의 보편화 여부라 해도 과언이 아니다. 필자는 한국연구재단의 『재일동포문학자료 수집, 정리 및 민족주의적 성격연구』와,[15] 『중국조선족문학의 탈식민주의 연구』[16] 프로젝트 수행을 계기로 한민족의 해외 이주(emigration)와 외국인의 국내 이주(immigration)에 대한 담론의 의의를 탐색한 바 있다.[17] 춘원은 1910년대에 러시아와 중국으로 이주하여 많은 글들을 남겼다. 이 글에는 그의 이주가 왜 이루어졌고, 그가 추구하고자 한 바가 무엇인가가 아주 분명히 드러나 있다.

춘원이 1938년 이후 전향하여 친일을 한 것은 사실이지만 당시의 정황은 우리가 생각하는 것처럼 간단하지 않다. 조선의 히틀러라고 불릴 정도로 악명 높은 미나미 지로 총독은 창씨개명과 국어사용을 강요하였고, 조선어와 민족문화를 말살하기 위해 온갖 악행은 자행하였다. 나라를 잃고 민족만 남아 있는 조선인들이 먹고살기 위해 증산한 미곡은 군산항과 인

---

15 한승옥・송현호 외, 『재일동포 한국어문학의 민족문학적 성격연구』, 국학자료원, 2007.

16 송현호・최병우 외, 『중국조선족문학의 탈식민주의 연구 1』, 국학자료원, 2008.
송현호・최병우 외, 『중국조선족문학의 탈식민주의 연구 2』, 국학자료원, 2009.

17 송현호, 「일제강점기 소설에 나타난 간도의 세 가지 양상」, 『한중인문학연구』 24, 2008.8.
송현호, 「최홍일의 『눈물 젖은 두만강』의 서사적 특성 연구」, 『현대소설연구』 39, 2008.12.
송현호, 「「코끼리」에 나타난 이주 담론의 인문학적 연구」, 『현대소설연구』 42, 2009.12.
송현호, 「일제강점기 만주 이주의 세 가지 풍경」, 『한중인문학연구』 28, 2009.12.
송현호, 「「이무기 사냥꾼」에 나타난 이주 담론 연구」, 『한중인문학연구』 29, 2010.4.30.
송현호, 「다문화 사회의 서사 유형과 서사전략에 관한 연구」, 『현대소설연구』 44, 2010.8.30.
송현호, 「『잘 가라, 서커스』에 나타난 이주담론의 인문학적 연구」, 『현대소설연구』 45, 2010.12.
송현호, 「중국조선족 이주민 3세들의 삶의 풍경」, 『현대소설연구』 46, 2011.4.30.
송현호, 「「조동옥, 파비안느」에 나타난 이주담론의 인문학적 연구」, 『현대소설연구』 50, 2012.8.30.
송현호, 「「가리봉 양꼬치」에 나타난 이주담론의 인문학적 연구」, 『현대소설연구』 51, 2012.12.30.
송현호, 「『광장』에 나타난 이주담론의 인문학적 연구」, 『현대문학연구』, 2014.4.30.
송현호, 「『완득이』에 나타난 이주 담론의 인문학적 연구」, 『현대소설연구』 59, 2015.8.30.

천항을 통해 일본군의 군량미로 공출당하고, 제2의 고향을 건설하겠다고 만주에 가서 논농사를 지어 생산한 미곡은 일본군의 군량미로 조달되던 시대였다. 이광수, 최남선, 김동인, 염상섭, 주요한, 이상, 이효석, 김동환, 모윤숙, 노천명, 유치환, 최재서, 백철, 김기진, 박영희, 정지용, 윤동주, 안수길 등도 창씨개명을 하였고, 일부는 통독부나 『滿鮮日報』에서 일제의 간도이주정책에 동조하면서 생존을 위해 일제에 협력한 바 있다.

그런데 해방 후 춘원은 채만식과 달리 자신의 과오를 반성하지 않고 자신의 신념을 굽히지 않고 변명성이 강한 글을 세상에 내놓았다. 민족을 위해 친일을 하였고, 민족을 위해 자기희생을 했노라고 하였다. 춘원의 변명은 많은 사람들로부터 질타를 받기에 충분하였다.

물론 문학을 연구하는 입장에서는 이광수가 친일의 전력을 반성했느냐 그러지 않았느냐 하는 문제보다는 국가와 민족을 위한 그릇된 집착과 좌절된 이상의 실체를 밝히는 일이 더 중요할지도 모른다. 上海의 대한민국 임시정부에서 『독립신문』의 사장 겸 편집주간을 맡은 바 있고 민족 계몽을 위해 식민지하에서 문필활동을 했던 일은 누구도 부인하지 않은 점에서 민족의 염원에 반하는 가야마 미쓰로(香山光郎)라는 특정인의 이상과 그 이상이 빚어낸 항아리의 의미를 조합하여 명확하게 규정되지 못한 민족의 의미를 드러내는 일이 무엇보다도 중요한 일인지 모른다.

> "이름은?"
> "이광수요"
> "또……?"
> "춘원이라는 아호가 있읍니다만……"
> "그럼 香山光郎이란 누구인가?"
> 이때 그는 백짓장같이 창백한 얼굴이다. 고개를 푹 숙이고 대답한다.
> "일제 때 잠시 붙인 이름이지 이광수가 본명입니다."

"일제 때 무슨 일을 했나?"

"거기에 대해서는 제가 고백서를 쓸까 합니다."

"쓰는 건 별도로 하고 대답을 하라."

"내가 친일한 것은 표면상 문제이고 나는 나대로 그러지 않을 수가 없었기 때문에 한 것이외다."

"하지 않을 수가 없었다는 뜻은 무엇인가. 감옥이 무서워서 인가? 아니면 잘 살아보고자 반역행위를 하게 되었다는 뜻인가?"

"너무 할 말이 많아서 말로 대답하기는 어려운 사정입니다."[18]

인용문은 반민특위에서 신문인과 피신문인이 주고받은 대화이다. 이광수는 신문인에게 자신이 준비한 답을 되풀이 하고 있다. 1948년 12월 작성한 「나의 고백」에서 춘원은 이미 그 대답을 준비하고 있었다. 일본이 미국과 영국에 대하여 선전 포고를 하고 협력을 요구하자 우리 민족의 처지로는 반항하고 독립운동을 일으키거나 일본의 요구대로 협력하는 두 가지 길밖에 없는데, '전쟁이 끝날 때까지 나는 일본이 요구하는 대로 협력하는 태도를 취하리라' 결심하였다. 그러한 결론에 이른 이유를 7개 항으로 나누어 제시하고 있다. (1) 물자 징발이나 징용이나 징병이나, 일본이 하고 싶으면 우리 편의 협력 여부를 물론하고 강제로 제 뜻대로 할 것이다. (2) 어차피 당할 일이면 자진해서 협력하는 태도로 하는 것이 장래에 일본에 대하여 우리의 발언권을 주장하는 데 유리할 것이다. (3) 징용이나 징병으로 가는 당자들도 억지로 끌려가면 대우가 나쁠 것이니 고통이 더할 것이요, 그 가족도 그러할 것이다. 그러나 자진하는 태도로 가면 대우도 나을 것이요, 장래에 대상으로 받을 것도 나을 것이다. (4) 징병이나 징병은 불행한 일이어니와, 이왕 면할 수 없는 처지일진댄 이 불행을

18 李丙壽 외, 『解放二十年史』, 希望出版社, 1965, 281~282면.

우리 편이 이익이 되도록 이용하는 것이 상책이다. 징용에서는 생산 기술을 배우고, 징병에서는 군사 훈련을 배울 것이다. 우리 민족이 현재의 처지로서는 이런 기회를 제하고는 군사 훈련을 받을 길이 없다. 산업훈련과 군사훈련을 받은 동포가 많으면 많을수록 우리 민족의 실력은 커질 것이다. (5) 수십만 명의 군인을 내어 보낸 우리 민족을 일본은 학대하지 못할 것이요, 또 우리도 학대를 받지 아니할 것이다. 그래서 정치적, 경제적, 사회적으로 우리 민족을 압박하고 괴롭게 하던 소위 '내선 차별'을 제가할 수가 있을 것이다. (6) 만일 일본이 이번 전쟁에 이긴다 하면 우리는 최소한도로 일본 국내에서 일본인과의 평등권을 얻을 수 있을 것이다. 우리 민족이 일본인과의 평등권을 얻는 것이, 아니 얻는 것보다는 민족적 행복의 절대 가치에 있어서 나을 것이요, 또 독립에 대하여 한 걸음 더 가까이 갈 것이니, 대개 정치적, 경제적, 군사적 훈련을 받을 수가 있고, 또 민족적 실력을 자유로 양성할 수가 있기 때문이다. (7) 설사 일본이 져서 우리에게 독립의 기회가 곧 돌아오더라도 우리가 일본과 협력한 것은 이 일이 장애는 안 될 것이다. 왜 그런가 하면, 우리는 일본 국내에서 정치적 발언권이 없는 백성이므로 전시에 있어서 통치자가 끄는 대로 끌려갈 수밖에 없기 때문이다.[19]

「나의 고백」을 보면 춘원은 자신이 세워둔 논리에 따라 친일의 불가피성을 설명하고 있다. 해방 전에는 '협력해서 손해 볼 것이 없다'는 논리를, 해방 후에는 '국가의 죄인이라도 용서하지 않으면 국가만 손해다'라는 논리를 내세우고 있다. '조선 민족의 생존을 위해서는 절대로 필요하다고' 믿었기에 '하나를 희생함으로써 이 자유를 건질 수 있다 하면, 그렇게 해서라도 동우회의 사업과 동지들을 살리고 싶었다.' '황군 위문사'를 보내는 모임에서 '문단의 총의인 것을 보이기 위하여' '앓고 숨어 있는 나까지도

---

19 『이광수전집』 7, 우신사, 1979, 276~277면.

끌어 내인 것이었다. 이것이 내가 이른바 일본에 협력한 시초였다. 문인의 단체를 만들어서 연맹에 가입하지 아니하면 필시 탄압이 오리라 하고, 문인의 단체만 만들면 시오바라가 후원한다고 하며 내게 의향을 묻기로, 나는 좋겠다고 대답하였다. 이것이 나의 두 번째 훼절이었다.

이광수의 술회에서 볼 수 있듯, 1938년 이후 문화 사업을 하려면 일제의 침략정책에 어느 정도 동조하는 태도를 보일 필요가 있었다. 이러한 '협조의 제스처'는 그 진정성을 가리기 어렵고 따라서 반역자라는 낙인이 찍힐 위험이 있었다. 그런 위험을 피하기 위하여 이광수는 '민족'이라는 기치를 내세운다. 민족을 위한 반역이다. 역으로 민족을 위해 자기희생을 한 것이라는 논리를 만들어내고 있다.

춘원의 행위가 진정 국가와 민족 혹은 진리와 정의를 위한 것이었는지는 따져봐야 할 것이다. 그러나 그가 남긴 많은 문학적 유산들을 친일이라면 이름으로 폄하하는 것은 온당해 보이지 않는다. 학계의 협조가 미진한 것은 아직도 우리 사회에 만연하고 있는 춘원에 대한 부정적인 평가 때문임을 모르지 않는다.

춘원연구학회에서는 춘원의 공과 과를 객관적으로 평가하는 장을 마련하기 위해 창립대회부터 지금까지 공론의 장을 마련해 왔으며, 새로운 이광수전집 발간을 준비해 왔다. 전집발간 준비가 막바지에 달한 2015년 9월 YMCA 다방에 김용직, 윤홍로, 김원모, 신용철, 최종고, 이정화, 배화승, 신문순, 송현호 등이 모여 모 출판사 사장과 원문으로 전집을 낼 것인가 현대어로 전집을 낼 것인가와 출판경비는 어느 정도로 할 것인가로 논의를 했으나 합의점을 찾지 못했다. 2016년 9월 춘원연구학회 6기 회장단이 출범하면서 전집발간위원회와 전집발간실무위원회를 구성하였다. 전집발간위원회는 송현호(위원장), 김원모, 신용철, 김영민, 이동하, 방민호, 배화승, 김병선, 하타노 등으로, 전집발간실무위원회는 방민호(위원장), 이경재, 김형규, 최주한, 박진숙, 정주아, 김주현, 김종욱, 공임순 등으로 구성하였다. 전집발간위원들과 전집발간실무위원들은 연석회의를 열어 구체적인 방안들을 논의하고 전집발간실무위원들은 감수자들과 연석회의를 하여 세부적인 사항들을 논의하여 2017년 6월 선천에서 춘원연구학회장 겸 전집발간위원장 송현호, 태학사 사장 지현구, 유족대표 배화승, 신문순 등이 만나 이광수전집발간 계약을 체결하였다. 춘원이 남긴 작품이 방대한 관계로 장편소설과 단편소설을 먼저 발간하고 기타 장르를 순차적으로 발간하기로 하였다. 전집발간위원회에서 젊은 학자들로 감수자를 선정하여 실명으로 해당 작품을 감수하게 하며, 감수자가 원전(연재신문, 초간본, 삼중당본, 우신사본 등)을 확정하여 통보해 주면 출판사에서 입력하여 감수자에게 전송해 주고, 감수자는 판본 대조, 현대어 전환을 하고 작품 해설까지 책임지기로 하였다. 일본어로 발표된 소설을 추가하되 번역문을 함께 수록하기로 하였다. 이광수전집 발간은 현대어 입력 작업이나 경비 조달 측면에서 간단한 일이 아니어서 오랜 시일이 소요되었다. 전집발간에 힘을 보태 주신 김용직 명예회장은 영면하셨고, 윤홍로 명예회장은 요양 중이다. 두 분 명예회장님을 비롯하여 전집발간위원회 위원, 전집발간실무위원회 위원, 감수자, 유족대표 그리고 태학사의 지현구 사장님께 감사드린다. 아울러 실무를 맡아 협조해 준 전집발간실무위원회 김민수 간사와 춘원연구학회의 신문순 간사 그리고 태학사의 관계자에게도 고마운 마음을 전한다.

2018년 3월 24일 미국의 수도 워싱턴 DC에서 열린 AAS & CCEC에 초청받아 한국근대문학사상 최초의 장편소설인『무정』에 구현된 도산의 정의돈수사상과 유정한 사회」에 대해 강연을 하였다. 춘원은『무정』에서 조선을 무정한 사회와 무정한 사람들이 사는 곳으로 서술하면서 조선을 유정한 사회로 만들기 위해 도산의 정의돈수사상을 수용하였다. 식민지 수탈 정책으로 삶의 터전을 잃어버린 백성들을 교육하여 일제의 압제로부터 벗어나 자립 갱생할 수 있는 힘을 줄 수 있는 조선의 페스탈로치로 만들기 위해 이형식을 교육학의 요람인 시카고대학으로 유학을 보냈다. 언더우드가 미국의 페스탈로치였다면 도산이 조선의 페스탈로치라고 생각한 춘원은 이형식을 설정하여 도산의 사상을 실천하려고 한 것이다. 도산의 실력양성론이나 정의돈수사상은 언더우드에 영향 받은 바 크다. 1894년 동학농민전쟁과 청일전쟁에서 무수한 조선인들이 학살당한 것을 본 도산은 경성으로 가서 구세학당에서 공부를 하고 제중당에서 일하다가 언더우드의 추천으로 미국 유학을 한 바 있다. 『무정』은 평화에 대한 염원과 유정한 세상에 대한 염원을 담은 소설이다. 억압과 차별 그리고 미움에서 벗어나 자유롭고 평등하고 사랑을 받는 세상에서 살고자 하는 염원을 그린 소설이라 할 수 있다.

워싱턴의 학술발표회장에 참석자는 대부분 1960년대와 70년대에 미국으로 이주하여 자수성가한 분들로 문학 활동을 하는 분들이었다. 서울대의대를 졸업하고 미국에서 정신의학을 전공한 강창욱 번역문학가, 미국국방성 장관 보좌관을 하였고 서울시립대학에서 한국문학을 강의한 바 있는 최연홍 시인, 섬유 무역을 하여 성공한 이영묵 소설가, 조지 워싱턴대학에서 한무숙 작가의 강좌를 운영하면서 한국어를 가르치는 김영기 교수, 코넬대학에서 정신의학을 강의하는 김해암 평론가, 서울대 영문과 교수로 정년퇴직하고 워싱턴에서 한국문학을 강의하고 있는 김성곤 교수, 육사교수를 하다가 버클리대에서 한국문학을 강의하고 있는 이경재 교수, 이광수의 막내딸 이정화 박사, 두란노 문학회장 최수잔 시인, 손지아 시인 등이 참석하였다. 그분들과의 대화를 통해 워싱턴에는 20만 명의 교민 가운데 이 씨가 18만 명이고 유 씨가 2만 명이라는 이야기를 들었다. 이 씨는 이주노동자들이고, 유 씨는 유학하다가 정주한 사람들이다. 최연홍 시인은 '이민자의 문학은 떠난 자의 문학으로 노스텔지어, 가슴 시린 그리움을 그릴 수밖에 없다'고 하였다. 이영묵 작가는 미주 이민 100주년을 기념하여 쓴 『우리들의 초상화』에서 '자신의 살아온 적나라한 원색의 삶'을 보고하여 '서로 마음을 열고, 이해하며, 서로 사랑하고 또 하나가 되어 다음 이민 100년을 위해 힘찬 행군에 조그만 힘이라도 되기를 바란다'고 하였다. 고향을 떠나서 고향을 그리워하는 마음을 글로 형상화하고 있는 그분들의 이야기는 바로 우리들의 이야기다.

춘원연구학회의 학회지인 춘원연구학보가 2018년도 한국연구재단 학회지 신규 및 계속평가에서 등재학술지로 선정되었다. 그동안 학회 발전을 위해 애써주신 (고) 김용직 전임 회장님, 윤홍로 명예 회장님, 김원모 부회장님, 신용철 부회장님, 방민호 편집위원장 및 편집위원, 임원 및 회원님들께 진심으로 감사드린다.

2019년 4월에는 2.8독립선언 100주년, 3.1운동 100주년, 대한민국 임시정부 수립 100주년을 기념 학술대회를 杭州 浙江大學 한국연구소의 협조를 받아 '기미년 독립운동과 민족운동'이라는 주제로 개최하고 上海와 杭州의 대한민국 임시정부 기념관, 紹興의 魯迅紀念館을 답사하게 된다. 독립운동에 대한 역사적 사실의 확인과 함께 魯迅에 대한 중국인들의 생각도 확인하는 자리가 될 것이다. 역사는 사실을 바탕으로 귀감도 되고 은감도 될 수 있도록 객관적으로 서술해야 한다. 향후 춘원에 대한 평가도 객관적으로 이루어질 기대한다.

학교와 학회에서 만난 명사들

1. 중고교 시절에 만난 사람들

고향에 돌아와서 다시 농부 겸 학생이 되었다. 그 역시 모친의 배려였음을 나중에 알았다. 농사일이 많거나 소에게 먹일 꼴이 없을 때 혹은 땔감이 없을 때는 학교에 나가지 않았다. 당시 담임은 정환호 선생님으로, 오산면 봉동의 고향에서 자전거로 출퇴근을 하면서 우리에게 과학을 가르쳤다. 결석하는 날이나 시험 성적이 1점이라도 떨어지는 날이면 어김없이 회초리를 들었다. 3학년이 끝나가는 어느 날 남들은 고등학교 입시로 분주한 나날을 보내고 있을 때 집에 땔감이 떨어져 새벽밥을 먹고 오산면 율전까지 땔감을 구하러 갔다. 10여 리나 되는 산골인 그곳에는 막내 삼촌의 처가가 있었다. 빈 손수레를 끌고 그 마을에 도착하니 먼동이 트기 시작하였다. 사돈집에 손수레를 맡기고 높은 산으로 올라갔다. 해가 서산에 걸릴 무렵까지 땔감을 모아서 손수레에 실었다. 부친과 모친 그리고 내가 모은 땔감이 너무 많아서 손수레에 가득 찼다. 나는 손수레를 앞에서 끌고 부친과 모친은 뒤에서 밀었다. 여간 힘이 든 게 아니었다. 땀을 뻘뻘 흘리면서 손수레를 끌고 가는데 멀리서 자전거를 타고 퇴근을 하는 담임선생님의 모습이 보였다. 고개를 숙이고 피하려고 했지만 담임선생님은 금방 나를 알아보았다. 무안하기 짝이 없어서 쥐구멍이라도 있으면 숨고 싶은 심정이었다. 담임선생님과 부모님은 상당한 시간을 이야기하였다. 아마 고등학교에 보내라는 이야기였을 것이다. 그 뒤로 담임선생님은 내개 회초리를 드는 일이 없었다. 대학원 재학 시절 고향에 내려 가는 길에 서방 정류장에서 선생님을 잠깐 뵈었다. 광주로 전근하여 학생들을 가르치고 있다고 하셨다. 나중에 마포 의자공장에 다니는 선배를 통해 교장으로 정년퇴임을 하였다는 이야기를 들었다. 중학교 시절을 생각하면 늘 떠오르는 은사였다. 그때의 만남이 마지막이 될 줄은 꿈에도 생각하지 못하였다.

중학교를 졸업하고 집안일을 돕고 있을 때 시골 고등학교의 교무과장인 김종순 선생님의 부인이 찾아왔다. 외가의 먼 누이였다. 누이의 설득으로 나는 집안일을 도와우면서 고등학교에 다니기로 하였다. 누이와 모친이 짠 각본인지, 아니면 고등학교에서 학생 모집을 위해 한 일인지 모친과 누이가 모두 영면하여 알 길이 없다. 어찌되었든 그렇게 해서 나는 3월 중순에 고등학교에 진학하였다. 내가 다닌 고등학교는 가난한 농민의 자식들을 위해 만든 옥과농민학교로 시작하여 옥과농업고등학교, 옥과종합고등학교를 거쳐 옥과고등학교로 명칭이 고착된 일하면서 공부하는 학교였다. 당시 교장 선생님은 조용기 설립자로 후에 전남과학대학, 남부대학교를 창설한 입지전적 인물이었다.[1] 김종순 선생님은 광주서중만 졸업하고 교사자격증을 획득하여 국어를 가르치고 있었는데, 조용기 교장의 부탁으로 시골학교인 옥과고등학교에서 근무하다가 나중에 광주서석고등학교로 전근하여 교장으로 정년을 하였다.

고등학교 생활은 농부 겸 학생의 연속이었지만, 이 시기에 예술 방면에 남다른 소질을 지닌 친구를 만나 문학성을 키워갔다. 같은 마을에 사는

---

1 송현호, 「입지전적 인물 우암 선생의 실상」, 『우암조용기선생문집』, 호남문화사, 1986, 361~366면.

송현호, 「한 톨의 밀알이 되신 우암 조용기 선생님」, 『우암학원 50년사』, 학교법인 우암학원, 2000, 763~765면.

송현호, 「한국교육계의 살아 있는 전설」, 『우암의 교육과 삶 下』, 조선뉴스프레스, 2017, 452~459면.

지형복은 나의 초등학교 1년 선배였다. 초등학교 재학 시절 도내 미술상과 문학상을 휩쓸다가 서울로 전학하여 중학교를 마치고 시골로 내려와서 나와 고등학교 동창이 되었다. 그는 인근에서 가장 부유한 집의 아들이어서 일을 하지 않았지만 나는 학생 겸 농부였다. 우리가 어울리는 시간은 주로 늦은 밤이었다. 그는 성인이 되어서 시로 등단하였고, 바둑에도 일가견이 있어서 전국바둑교실협회 회장을 역임하였다. 고교시절 지형복, 이철호, 김형덕 등과 자주 어울렸다.

임종을 얼마 남겨놓지 않은 2005년 6월 18일 마천동 집을 찾았을 때 지형복 군은 힘들어하면서 소파에 누워 있기도 하고 여운선, 임학래, 김광성, 김학곤, 김진의 등과 어울려 놀다가 『하얀 구름에 쓴 그리움의 시』(우리두리, 2005.5.15.)를 주었다. 시집을 받아놓고 평을 하려고 했으나 학생처장으로 분주한 나날을 보내다가 친구를 보냈다. 다음 해 그의 딸 지민희 양이 결혼할 때 주례를 서주면서 친구의 이야기를 한 마디로 입에 올리지 않았다. 신부가 서러움이 복받칠 것 같다고 하여 애써 친구의 이야기를 하지 않은 것이다. 친구가 떠나고 한동안 잊고 지내다가 평을 하여 『곡성문학』에 보냈다. 책을 친구의 부인이면서 나의 초, 중, 고교 동창인 김진의에게 주어 출판연도를 정확히 기억할 수 없어서 곡성문학회 회장을 역임한 이재백 소설가에게 전화하고 책을 받았으나 확인하지 못하였다.[2]

고등학교 시절에는 예습이나 복습은 할 수도 없고, 숙제도 해갈 수가 없었다. 내가 집안일에서 벗어나 공부에 전념할 수 있었던 것은 고등학교 3학년 2학기 때였다. 모친의 설득으로 부친이 대학 진학을 허락하고 공부할 수 있는 시간을 주셨다. 그때 비로소 농부의 생활에서 벗어날 수 있었다. 그래도 부친은 집안을 거덜낼까봐 불안했던 것 같다. 술을 드시면 공부하고 있는 방문 앞에서 대학에 보낼 수 없다고 고함을 치시곤 하였다.

---

2 송현호, 「아름다운 시간을 마감하며 남긴 마지막 선물」, 『곡성문학』, 2007~2009.

예비고사를 며칠 앞두고 담임인 학생과장과 교련 선생님이 3학년 강의실로 들어와서 두발 검사를 하였다. 추운 겨울 큰 시험을 앞둔 제자들에게 용기를 북돋아주기는커녕 갑질을 일삼아 화가 나서 대들었다가 교무실로 오라는 것을 무시하고 집으로 갔더니 징계위원회도 없이 바로 정학 처분을 내렸다. 김종순 선생님께서 학교에 나올 것 없이 집에서 공부하라고 하셨다. 예비고사가 끝나자 학교는 방학으로 들어갔다. 방학 동안 수학문제를 푸는 것이 재미가 있어서 『수학의 정석 2』와 『解釋 徹底的 整理』를 풀었다. 한 달이 지나고 예비고사 합격자 발표가 났다. 우리 학교에서는 6명이 합격하였다. 1년 선배들은 한 명도 합격하지 못했는데, 대단한 성과였다. 6명은 모두 대학에 진학하였다. 나는 학비가 저렴한 지방의 국립대로, 김봉수, 권병두, 김사채, 이요상은 목포와 광주의 교육대학으로, 박평하는 서울의 야간대학으로 진학하였다. 대학입학원서를 쓸 때 수학과를 갈까 고민했는데, 김종순 선생님께서 국어국문학과의 진학을 권하였다. 고등학교 재학 중 문학상을 받은 게 발단이 되어 나의 진로는 국어국문학과로 정해졌다.

개학이 다가올 즈음 전세방을 학교 부근의 허름한 곳에 정하였다. 미나리꽝이 옆에 있고 학교 방향으로 길을 따라가다 보면 논과 벽돌공장이 있는 전형적인 시골풍의 도시 변두리였다. 도시적 정취는 어디에서도 찾아보기 어려웠다. 개학이 얼마 남지 않은 어느 날 조성수가 자취방을 같이 사용하자고 하였다. 내가 다닐 학교는 걸어서 15분 내외의 거리이지만 성수가 다닐 학교는 중흥동에서 서방삼거리까지 걸어 나가야 버스를 탈 수 있고, 버스로도 30분은 가야하는 먼 곳에 있었다. 불편하지 않겠느냐고 했지만 상관없다고 하여 우리는 같이 자취방을 사용하게 되었다. 입학 직전 조용기 이사장께서 성수와 나를 사무실로 불러 많은 이야기도 해주고 시계도 선물로 주셨다. 앤드류 마벨이 이야기한 것처럼 세월이 날개 달린 전차처럼 빠르게 지나가는 것 같다. 2019년 8월에 정년퇴임을 하니 벌써 50년이 다 되어간다. 그 세월동안 나는 땅을 한 평도 사지 않고 책을 구하여 읽는 일에 전념했다. 수집한 책들은 애정도 가고 자식처럼 소중한 느낌이 들기도 한다. 많은 책들 가운데는 한 권에 백 원을 넘는 책들도 있다. 한국연구재단의 대형프로젝트를 수행하면서 취득한 책들도 있다. 우암학원 산하의 대학들은 역사가 짧아서 오래 전에 출간된 책들은 소장하고 있지 않을 것 같아서 기증하려고 교섭 중에 있다. 중국조선족문학의 경우 한국의 많은 연구자들이 자료들을 보기 위해 내 연구실을 수시로 방문하였다. 문화체육관광부 산하 한국문학번역원에서 조선족문학 자료의 기증을 요청해 와서 일부는 기증을 하게 되었다. 이 책들의 가치를 알고 있는 한국문학번역원의 한국문학도서관에서 해외 이산문학 자료실이라는 별도의 공간을 만들어 보관하겠다고 하였다. 중국의 여러 대학에서도 옛날 책들을 구하기 어렵다면서 기증을 요청하고 있다. 그런데 조용기 학원장님께 입은 은혜도 갚을 겸 모교에 해줄 수 있는 일이 책을 기증하는 것보다 좋은 일이 없을 것 같다는 생각을 했다. 무상으로 기증하여 후학들이 연구하고 독서하는데 도움이 되었으면 한다.

2. 대학시절에 만난 사람들

대학에 입학하여 중국어를 제2외국어로 선택하고 수학을 교양과목으로 선택하였다. 독일어나 불어를 공부한 적이 없으니 중국어를 선택하는 것이 좋을 것 같았고, 수학 과목에 대한 자신감과 수학과에 진학하지 못한 아쉬움으로 문과생들이 기피하는 수학을 선택하였다. 3월에는 행사가 많았다. 신입생 환영회, 체육대회, MT, 야유회 등에 참가하여 대학에 대한 낭만적 기대와 환상을 키워갔다. 4월이 되자 데모가 시작되었다. 민주화에 대한 열망과 군부 독재에 대한 저항감이 날로 커져갔다.

자취방에 4월경 지인의 부탁으로 고등학생인 상선 군이 입주하여 좁은

방에서 3명이 같이 생활하였다. 책상 두 개가 윗목에 놓여 있고, 머리는 책상 밑으로 들어간 상태에서 잠을 잘 수밖에 없었다. 이 방에 석곡이 고향인 이희규와 광주가 고향인 박효선, 박정권이 가끔 찾아왔다. 옆방에는 목포출신의 상대를 다니는 사람이 기거하였고, 그 옆방에는 기관차 기사들이 기거하였다. 맞은편에는 오누이가 기거하였고, 본채의 부엌 맞은편에는 공장에 다니는 아가씨들이 살고 있었다. 가까운 곳에 고등학교 선배인 김지문이 심우영과 자취하면서 과외를 하고 있었고, 해남이 고향인 영어영문학과의 김옥삼이 그의 형과 자취를 하고 있었다. 시골 출신들은 대개 하숙을 하지 않고 생활비를 아끼기 위해 자취를 하였다. 그해 첫 학기는 데모와 휴교령 속에서 보냈다. 방학이 되어갈 무렵 박효선, 이희규, 박정권과 동인회를 구성하였다. 세 명이 작품을 완성하여 등사판을 밀어가면서 동인지 『화선』을 출간하였다. 방학이 끝나갈 즈음 박효선 군이 산수동 오거리에 친구를 만나러 가자고 하였다. 자신과 고등학교 때 제일 친한 친구라며 동국대학교 국어국문학과에 재학 중인 정찬주를 소개하였다. 그는 우리의 글을 평했는데, 고등학교 백일장에서 문학상을 탄 것 말고 소설을 써본 적이 없는 나의 소설에 대해 비교적 긍정적인 이야기를 해주었다. 그 글이 지금까지 내가 쓴 유일한 소설이다. 친구들은 걸핏하면 내 자취방에 쳐들어와 반찬도 없는 밥을 간장과 고추장에 비벼 먹었다. 간혹 허름한 주막에서 막걸리를 마시기도 하였다. 그해 2학기에도 10월쯤 휴교령이 내려졌다. 예비고사가 끝나는 날 3수를 하던 김규성 군과 추월산 아래 산동네에 사는 김정수 군을 방문하였다. 장성댐이 만들어지면서 수몰지구로 지정된 곳이어서 을씨년스럽기 짝이 없었다. 나보다 나이가 몇 살 많은 김정수 군은 우리들을 위해 마을 친구들을 동원하여 서리를 해왔다. 흑염소였다. 마을 청년들이 모두 모인 것 같았다. 모처럼 산골마을이 흥성거렸다. 즐거운 시간을 보냈지만, 염소 임자는 얼마나 마음이 아팠을까를 생각하니 마음이 아팠다. 친구에게 내 심중을 이야기했더니 친척이라 괜찮다고 하였다. 그 친구와 연락이 끊긴 지 오래되었다.

1974년 1학기가 시작되고 학내 분위기가 뒤숭숭하던 무렵 나승만 학우와 시국 모임에 참가하였다가 교직원들에게 발각되었다. 한참 후 직원들과 문리과대학 학생과장인 홍 교수와 양복을 입은 몇 사람이 나타나서 우리를 차에 태워 어디론가 데려갔다. 목적지가 경찰서인 것은 도착해서야 알게 되었다. 같은 학과의 제자들을 경찰서에 인계하고 표연히 사라지는 홍 교수에게 크게 실망하였다. 우리는 공포분위기 속에서 취조를 당하였다. 취조가 끝나고 초조하게 기다리고 있을 때 형사가 나를 경찰서장실로 인도하였다. 형사의 뒤를 도축장에 끌려가는 황소마냥 겁을 잔뜩 집어먹고 따라갔다. 경찰서장은 부드러운 미소로 어디 송가냐고 물으면서 자기도 송가라고 하였다. 명패를 보니 송무강이라고 쓰여 있었다. 자신은 서울대 법대를 졸업하고 사법고시에 합격했으나 사정이 있어서 경찰이 되었노라고 하면서 부모님 생각해서 공부에 전념하라고 하였다. 한참의 설교를 듣고 취조실로 돌아와 기다리고 있었더니 귀가하라고 하였다. 우리 일행은 허기진 배를 채울 생각도 않고 헤어졌다.

얼마 지나지 않아 다시 휴교령이 내려졌다. 당시는 걸핏하면 휴교령이 내려지고 대학문을 걸어 잠갔다. 귀가 후 많은 생각을 하였다. 어머니를 떠올렸다. 장학금을 받고 대학에 다니겠노라고 호언장담했던 일이 생각났다. 학기가 끝나갈 즈음 김유현 군과 함께 ROTC에 응모하였다. ROTC 합격을 기다리다가 얼음장에 갇힌 것 같은 중압감을 견딜 수 없어서 전투경찰에 지원을 하였다. 필기시험을 마치고 신체검사장에서 박효선 군을 만났다. 그 역시 힘든 나날을 보내고 있었던 것 같다. 10월에 휴교령이 내려 학교는 문을 닫았다. 10월 말경에 합격 통지와 함께 입소 명령이 떨어져 ROTC 합격을 통보받지 못하고 1985년 1월 박효선 군과 함께 논산 훈련소에 입소하였다. 입소하던 날 부엌에서 눈물을 훔치던 어머니의 모습이 평소의 모습과 대비되어 묘한 여운을 남겼다. 논산 훈련소에서 전반기 6주, 후반기 4주 훈련을 마치고 부평 경찰학교로 배치를 받았다. 또 다시 4주간의 교육을 받았다. 모친이 박효선의 모친 그리고 급우 한안순 양과 면회를 왔다. 급우를 통해 ROTC에 합격되었고, 2월에 강의가 시작되었다는 사실을 알게 되었다. 입대 중이라 출석은 물론 시험도 보지 못하여 거의 모든 과목에서 F학점을 받았다. 그런데 정익섭 선생님은 평소의 성적을 감안하여 A학점을 주셨다.

제대 후 공부에만 전념하겠다며 1977년 9월 복학하였다. 복학 후 얼마 되지 않아 체육대회가 열렸다. 교수와 학생들의 친선 모임이 이어졌다. 홍이 겨운 자리에서 홍 교수에게 제자를 팔아먹은 교수라며 폭언을 하였다. 1978년 초 학과 후배 허 양이 내게 유인물을 돌려달라고 부탁하였다. 나는 자신과의 약속에 충실하기로 하고 거절하였다. 사실 나는 박 효선이나 다른 친구들처럼 여유가 있어서 대학에 들어간 게 아니었다. 부친은 농부였고, 모친은 농부 아닌 농부이면서 밤으로는 길쌈을 하면서 모진 세월을 사신 분이다. 그분들에게는 나를 학교에 보내는 것이 그림의 떡이나 마찬가지였다. 당시 어머니의 후원이 없었다면 국졸의 농부가 되었을 것이다. 그런 내가 복학생이 되어 학교에 돌아왔을 때 어떻게 다시 유인물을 들 수 있었겠는가?

학업에 전념하면서 당시 재평가 받기 시작한 풍자문학과 농촌문학에 관심을 가지고 대학신문에 「백릉문학의 역사적 접근—채만식론」, 「겸허문학의 해학성 연구—김유정론」, 「손창섭 문학의 인간상 연구」 등을 투고하여 상을 받고 게재되었다. 영어영문학과의 범대순 교수의 원고청탁으로 당시 이슈가 되고 있던 한국과 중국의 분단 현실에 눈뜨고 통일에 대한 염원과 민족운동 그리고 친일 청산에 대한 문학적 형상화에도 관심을 가지기 시작하였다.[3] 공부는 주로 정재완 교수실과 도서관 지하 고시

3 송현호, 「70년대 한국문학의 특징」, 『월간문학』 제11권 118호, 1978.12, 243면.

원을 이용하였다. 따라서 고인이 되신 정재완 선생님에 대한 감회가 남다를 수밖에 없다. 아주대 재직 중 회갑기념 혹은 정년기념 원고 청탁이 들어와서 정익섭,[4] 김희수,[5] 송기숙,[6] 정재완[7] 선생님의 논문집에 논문을 보냈다. 장흥 축제에 초청받아 송기숙 작가 관련 논문을 발표하고, 그 글을 정리하여 학회지에 발표하려다가 랜섬웨어에 감염되어 논문이 날아갔다. 다른 글을 쓰다가 아직까지 사라진 논문을 복원하지 못하였다.[8]

3. 대학원에서 만난 사람들

1980년대 초는 정말 암울한 시기였다. 1980년 3월 대학원에 진학하였을 때 국문학을 전공하는 입학생은 본과 졸업생 4명, 국어교육과 졸업생 3명, 경북대 국어교육과 졸업생 1명, 전남대 국어국문학과 졸업생 1명 등 8명이었다. 학번으로 보면 학부 65학번부터 76학번까지 아주 다양한 편이었다. 1979년에 대학원에 입학한 선배들 역시 비슷하였다. 대학원 79학번과 80학번은 같은 교실에서 공부하였다. 급우들 가운데 나이가 많은 이용남, 윤용식, 장부일, 이재오 선생님과 가깝게 지냈다. 학기가 시작되고 전광용, 정한모, 김용직, 김윤식 선생님의 강의를 들으면서 바쁘게 지내고 있을 즈음 1980년 민주화의 봄이 시작되었다. 매일 데모가 이어지고 그 파장은 컸다. 급기야 시위대가 서울역까지 진입하였다. 이를 노린 듯 5월

---

4 송현호, 「상상력에 의한 소설의 미학」, 『정산 정익섭 박사 화갑기념논문집』, 전남대학교 어문학연구회, 1985, 315~336면.

5 송현호, 「대학수학능력시험과 문학교육」, 『국어와 국어교육』, 박이정, 1995, 338~349면.

6 송현호, 「송기숙 문학의 세 갈래와 저항문학적 성격」, 『송기숙의 문학세계』, 태학사, 2001, 13~44면.

7 송현호, 「求道者의 자세와 純粹 自然에 대한 탐구」, 『석화 정재완 박사 정년기념논총』, 전남대학교출판부, 2002, 33~56면.

8 송현호, 「「자랏골의 비가」에 나타난 근대성 연구」, 『제2회 전국문학인대회 행사자료집』, 2000.7.30, 40~47면.

16일 밤을 기해 전국대학에 기습적으로 공수부대원들이 투입되었다. 17일 아침 일찍 등교하다가 정문 앞을 가로막고 있는 장갑차에 막혀 학교에 들어가지 못하였다. 원로 교수가 항의하자 장교가 내려와서 군화로 노교수의 정강이를 걷어찼다. 하는 수 없이 289번 버스를 타고 신림동을 빠져나왔다. 반포에서 137번 버스로 갈아타고 건국대 후문 부근의 자양동 가정교사를 하는 집으로 돌아왔을 때는 온몸에 맥이 빠졌다.

라디오에서는 전국에 비상계엄령이 내려졌다는 뉴스를 반복해서 내보내고 있었다. 5.18 광주항쟁이 시작되면서 학교는 문을 닫았다. 자양동 방안에 처박혀 있으면서 동생들이 걱정이 되어 광주와 시골집으로 전화를 하였다. 동생들이 광주에서 빠져나오지 못하였다면서 모친이 데리러 가겠다고 하여 위험하니 다른 방법을 찾아보자고 했지만 고등학생들이 많이 죽어 걱정이라면서 데려오겠다고 하였다. 상황이 급박하게 돌아가 속이 탔다. 그런데 가정교사를 하는 집의 아주머니가 광주유혈사태로 사업이 엉망이 되었다면서 비행기로 광주를 공습해서 싹 쓸어버려야 한다고 하였다. 평양에서 지주의 딸로 살다가 월남하여 청소 용역을 하는 여사장이었고, 그녀의 남편은 가정교사를 그만 두고서야 경찰임을 알았다.[9] 무고한 시민들이 죽고 어린 학생들이 죽어가고 있는데, 비행기 공습이 무슨 말이냐고 따졌더니 입을 다물었다. 민심수습책의 일환으로 전두환이 가정교사 금지령을 내렸을 때 고3 학생을 두고 떠나면 어떻게 하느냐면

---

9 박효선 군이 광주를 탈출하여 도피 중일 때 나를 만나려고 전화를 하였다가 주인이 받아서 누구냐고 꼬치꼬치 물어서 자신이 '크베'라고 했으나 경찰인 것 같아서 전화를 끊었다는 이야기를 오랜 시간이 흐른 뒤에 그로부터 직접 들었다. 박효선 군은 평소에 '크베'라는 말을 극도로 싫어하였다. 우리는 허름한 주막집에서 취기가 오르면 어김없이 그를 크베라고 놀려대곤 하였다. 10월 말에 태어난 그의 부모가 너무 젊어서 붙여준 별명인데, 정말 혼전에 임신하여 그를 생산한 사실을 나중에 알고 다시는 크베라는 말을 입에 올리지 않았다. 그가 사망하여 망월동 묘역에 묻히던 날, '5월 광대 故 박효선 민족예술인장'을 지켜보고 「「금희의 오월」에서 「모란꽃 필 때까지」」라는 글을 집필하기 시작하였다. 나중에 손질하여 발표할 예정으로 초고를 보관하고 있었는데, 바이러스에 걸려 망실되었다.

서 친척이라고 할 터이니 계속 있어달라고 붙들었다. 그 집을 박차고 나온 것은 그때의 망언과 무관하지 않다. 고등학교 3학년인 전형규 군을 생각하면 더 머물러야 할 상황이었지만 모든 게 싫었다. 서초동 무지개아파트 앞에 있는 조기환과 강석구가 동업한 가구공장 지하실에서 잠시 지내다가 사당동의 산동네에 전세를 얻어 나왔다. 형 가족과 같이 살면서 살벌한 분위기 속에서 개헌 투표를 하고, 전두환이 실내 체육관에서 대의원들이 대통령을 선출하는 과정을 지켜보았다.

사당동 전세 집에 방이 너무 좁고 어두워서 독서실과 학교 도서관에 가서 공부하다가 지도교수이신 한계전 선생님의 연구실로 들어가게 되었다. 선생님과 이야기를 나누면서 인연이 각별함을 알게 되었다. 선생님의 선조인 남당 한원진의 스승이 권상하이고, 권상하의 스승이 우암 송시열이다. 선생님은 남당의 이야기를 즐겨 하셨고, 나는 연구실에서 청소에서부터 자료 구입에 이르기까지 선생님을 도와드리면서 공부에 전념하였다. 홍정선, 이동하, 이강옥, 박일용, 박종홍 등과 일본어로 된 문학이론서를 윤독하고, 연구실에 있는 대학원생들과 밤늦게 공부하다가 귀가 길에 일요일이면 박일용, 이강옥, 정호웅 등과 홍합국물에 소주를 마시기도 하였다. 한국방송통신대학의 과제를 채점할 때면 모처럼 생긴 돈으로 그간 신세진 장부일, 이재오 선생님께 빚을 갚는 마음으로 삼겹살과 소주를 사들고 관악산으로 올라가 구워먹기도 하였다. 선생님의 연구실에 있었던 인연으로 전국 대학의 많은 선생님들과 알게 되었다. 서울대 1동 4층 연구실에 계신 이익섭, 고영근, 김윤식, 김병국, 민병수, 이병근, 권두환, 권영민 선생님, 3층에 계신 전광용, 정한모, 정병욱, 장덕순, 이기문, 최학근, 김진세, 김용직 선생님, 해직교수인 유병석 선생님, 시립대의 성기철, 권오만 선생님, 아주대의 김상대, 천병식 선생님, 전북대의 김준영 선생님, 사대 조교인 전영태, 최병우 선생님, 강릉대 교수인 박호영 선생님 등과의 만남은 모두 연구실에 있으면서 이루어졌다. 우한용 교수는 1980년 가을 교육대학원에서 공부를 마치고 귀가하는 길에 박숙윤과 함께 연구실에 찾아와서 처음 인사를 나누었다. 강의실에 불이 켜져 있어서 한계전 선생님께 인사를 드리려고 왔다고 하였다. 또한 전광용,[10] 정한모,[11] 한계전,[12] 송백헌,[13] 이주형,[14] 조남현,[15] 우한용,[16] 김상대[17], 조창환[18], 최기인[19], 정찬주,[20] 황순원[21] 선생님의 책에 글을 쓰게 된 것도 한계전 선생님과의 인연에 기인한 바 크다.

1982년 서울대에서 석사학위를 받으면서 한국현대문학회에 가입하고 『심상』[22], 『현대시』[23], 『현대시학』[24], 『소설과 사상』[25], 『문학수첩』[26], 『우

---

10 「정을병의 삶과 문학」, 『한국현대작가연구』, 민음사, 1989.

11 「고정희론」, 『한국현대시연구』, 민음사, 1989.

12 「동국시계혁명과 개화기시론」, 『한국 현대시론사 연구』, 문학과지성사, 1998.

13 「새로운 전통의 모색과 절충적 문학론-유종호론」, 『현대문학비평사연구』, 초강송백헌박사화갑기념논총 간행위원회, 1995.

14 「「치숙」의 서사구조와 서술방식 연구-탈식민적 근대소설의 형성을 중심으로」, 『채만식연구』, 태학사, 2010.

15 「애국계몽기의 문학개혁운동과 문학론」, 『역사적 전환기와 한국문학』, 도서출판 월인, 2005.

16 송현호, 「꿈꾸는 여행자의 究竟的 삶」, 『낙타의 길』, 태학사, 2002.

17 「맹순사의 풍자적 성격과 언어적 진실」, 『언어와 진실』, 국학자료원, 2003.

18 「순수한 영혼의 소유자」, 『견고한 서정 따뜻한 엄격주의-조창환의 시와 삶』, 책만드는 집, 2010.

19 「신성과 물신주의의 갈등과 그 극복」, 『가락시장의 밤』, 신지성사, 1999.

20 「공핍한 시대의 이타행」, 『만행』, 민음사, 1999.

21 『선비정신과 인간 구원의 길-황순원』, 건국대출판부, 2000.

22 「憑虛의 文學觀 一考」, 『心象』 11호, 1982, 45~55면.

「휴머니즘의 시」, 『心象』 4호, 1986, 141~144면.

「都市詩의 어제와 오늘(송현호, 박호영 대담)」, 『心象』 11호, 1991, 26~36면.

「서사시의 전개양상과 문제점(송현호, 박호영 대담)」, 『心象』 12호, 1991, 25~33면.

「포스트 모더니즘과 한국의 현대시」, 『心象』 2호, 1992, 42~49면.

「포스트 모더니즘 시대에 있어서 시의 역할(송현호, 유시옥 대담)」, 『心象』 4호, 1992, 79~89면.

「혁명시(오양호, 송현호 대담)」, 『心象』 5호, 1992, 153~163면.

「현대생활과 시(송현호, 유시옥과 대담)」, 『心象』 6호, 1992, 46~56면.

리문학』[27], 『올해의 문제소설』[28], 『곡성문학』[29], 『중부일보』[30] 등에 평론을 발표하였다. 여러 신문사와 잡지사, 학보사, 총동창회의 청탁으로 수많은 수필, 시론, 사설을 써서 해당 지면에 발표하였다.

「모더니즘과 포스트 모더니즘의 유사성과 변별성(송현호, 전기철 대담)」, 『心象』 3호, 1992, 126~136면.

23 「유치환의 삶과 문학 – 시의식이 형성과정을 중심으로」, 『現代詩』, 1985, 251~264면.

24 「해금시인의 작품 및 그 의미」, 『現代詩學』 2호, 1989, 51~57면.

25 「해방 50년, 소설 장르의 전개와 그 유형화」, 『소설과 사상』, 1995.6, 258~275면.

26 「절망과 죽음에 대한 관찰과 응시」, 『문학수첩』, 2003.11.20.

27 「초현실주의)」, 『우리문학』, 1993, 326~360면.

28 「존재의 원형 탐색과 객관적 자기 인식의 길」, 『올해의 문제소설』, 2000.
「비전향 장기수의 신념과 혈연의식의 회복」, 『올해의 문제소설』, 2001.

29 「소외와 길 찾기의 어려움」, 『곡성문학』, 1997, 267~276면.
「정상인의 금기와 비정상인의 자유」, 『곡성문학』, 1999.
「존재의 원형 탐색과 자기 인식의 길」, 『곡성문학』, 2003.
「농민해방과 민족통일에 대한 염원」, 『곡성문학』, 2004.
「나혜석의 시에 나타나 페미니즘」, 『곡성문학』, 2005.
「진정성과 삶의 통찰에 대한 표출 방식」, 『곡성문학』, 2006.
「아름다운 시간을 마감하며 남긴 마지막 선물」, 『곡성문학』, 2009.

30 「우리 땅에 대한 집착과 끈질긴 생명력」, 『중부일보』, 2002.5.6.
「자유와 평등의 추구, 밀실과 광장의 소통」, 『중부일보』, 2002.5.20.
「청산과 속세의 경계 허물기와 열반의 세계」, 『중부일보』, 2002.6.8.
「민중사관과 새로운 세상에 대한 염원」, 『중부일보』, 2002.7.8.
「민족의 화해와 중성적 세계관」, 『중부일보』, 2002.8.12.
「겉과 안이 공존하는 세계」, 『중부일보』, 2002.8.26.
「분단의 비극과 엄마와 딸의 멍에」, 『중부일보』, 2002.9.9.
「우리 것을 지키려는 세력과 독재 추종 세력의 갈등과 화해」, 『중부일보』, 2002.9.23.
「지배자와 피지배자의 갈등과 농민의 집단적 항거」, 『중부일보』, 2002.10.7.
「분단민족의 상처와 혈육 간의 화해」, 『중부일보』, 2002.10.21.
「물질적 허무주의와 사물화」, 『중부일보』, 2002.11.18.
「깊어진 한의 예술적 형상화」, 『중부일보』, 2002.12.2.
「화해를 통한 한의 극복」, 『중부일보』, 2002.12.16.
「격동기 민족적 비극과 그 극복」, 『중부일보』, 2003.1.6.
「공동체의 와해와 농촌소설」, 『중부일보』, 2003.1.20.
「끈질긴 생명력과 재생」, 『중부일보』, 2003.2.3.
「타인에 대한 인식과 소외」, 『중부일보』, 2003.2.17.

서울대학교에서 강의를 하고 공부하고 있다 보니 많은 사람들이 연구실로 찾아왔다. 도자기를 팔아달라고 들고 온 친구로부터 고향 사람에 이르기까지 다양하였다. 법학과 윤서호, 수학과 김성재, 대학원 심리학과 윤관현, 대학원 화학과 전승원 군을 만난 것도 한 선생님의 연구실에서였다. 김성재 군은 시도 창작하고 역술에도 관심이 많은 친구였다. 현재는 미국 미시시피대학에서 수학을 가르치고 있다.

당시 해직 교수가 되어 일본에 가려는데 추천서를 써줄 곳이 없다면서 국어국문학회 대표이사인 정한모 교수를 만나려고 서울대로 찾아오신 정익섭 선생님도 연구실에서 공부하고 있다가 아주 우연히 만났다. 인연이 있으면 만나게 되어 있는 것 같다. 선생님은 광주민주화과정에서 교수시국선언서를 작성하고, 교수 대표로 낭독까지 하셨다. 전두환 정권에 밉보일 수밖에 없었고, 해직교수가 되어 아무 것도 할 수 없었다. 그런 암울한 시기였기에 일본 여자대학의 초청을 받았지만 추천서를 써주는 사람이나 단체는 거의 없었다. 일본에 갈 수 있는 마지막 방법이 학회의 추천서를 받는 일이어서 국어국문학회를 찾은 것이다. 정한모 교수는 부재중이었다. 국어국문학회 대표이사의 직인은 국어국문학과의 윤정룡 조교가 가지고 있었다. 나는 전후 사정을 윤정룡 조교에게 이야기하였고, 윤 조교는 흔쾌히 직인을 찍어주었다. 그도 친일이나 군부 독재에 대해서는 대단히 비판적이었다. 그런 내게 춘원은 일본군 박정희가 연상되어 연구 대상이 될 수 없었다. 빙허 현진건 문학 연구를 석사학위청구논문의 주제로 정한 것은 그가 일제강점기에 어떻게 살 것인가를 심각하게 고민하고 민족운동의 일환으로 문학 활동과 기자생활을 한 작가였기 때문이다.[31]

학회 활동도 열심히 하고 학술논문도 많이 발표하였다. 처음에는 국어국문학회와[32] 한국비교문학회에[33] 가입하여 논문을 꾸준히 발표하고 서

---

31 송현호, 「빙허 현진건 문학 연구」, 서울대 석사학위논문, 1982.

울대 국어국문학과 학술지에도 논문을 발표하였다.[34] 1992년 11월 28일 이화여대에서 구인환, 윤병로, 김상태, 이용남, 김정자, 우한용, 송하춘, 전혜자, 김현숙, 송현호, 최병우 등이 한국현대소설학회를 창립하고, 1996년 대우재단과 한국국제교류재단의 지원으로 중국 대학의 한국연구소에서 이루어지고 있는 한국학 연구를 활성화시킬 목적으로 김준엽, 김상대, 한계전, 송현호, 정규복, 임영정, 윤여탁, 전인영, 박옥걸, 전기철, 남윤수, 양명학, 손희하, 신범순, 김대현 등이 한중인문학회를 창립하였다. 이 시기부터 한국현대소설학회와[35] 한중인문학회의[36] 활동에 적극 참여하여

---

32 「문학사기술방법론」, 『국어국문학』 92호, 1984.12.
「이원조문학론연구」, 『국어국문학』 93호, 1985.6.
「한국근대초기소설론연구」, 『국어국문학』 101호, 1989.12.
「한국근대소설의 전통예술 수용양상」, 『국어국문학』 108호, 1992.12.
「만해의 소설과 탈식민주의」, 『국어국문학』 111호, 1994.12.

33 「플롯의 탈전통화와 근대소설의 형성에 관한 연구」, 『비교문학』 17집, 1992.12.
「1930年代 中韓小說的 女性問題 比較研究」, 『비교문학』 20, 1995.12.
「李範宣과 白先勇의 分斷小說 比較研究」, 『비교문학』 21, 1997.12.
「현진건과 魯迅의 고향 비교연구」, 『비교문학』 22, 1998.12.10.
「한중현대소설의 유사성과 변별성에 대한 연구」, 『비교문학』 25, 2000.8.
「「운수좋은 날」과 「낙타상자」의 비교연구」, 『비교문학』 22, 2002.2.

34 「김환태 문학연구(1)」, 『관악어문연구』 7, 1982.12.
「채만식의 탈식민적 경향에 대한 고찰」, 『관악어문연구』 17, 1992.12.

35 「채만식의 지식인 소설 연구」, 『현대소설연구』 1호, 1994.6.
「애국계몽기의 탈식민주의와 페미니즘」, 『현대소설연구』 3, 1995.12.
「영상매체의 발전과 소설의 변화」, 『현대소설연구』 11, 1999.9.
「魯迅의 『광인일기』와 나혜석의 「경희」 비교연구」, 『현대소설연구』 21, 2004.3.
「최홍일의 『눈물 젖은 두만강』의 서사적 특성 연구」, 『현대소설연구』 39, 2008.12.
「「코끼리」에 나타난 이주 담론의 인문학적 연구」, 『현대소설연구』 42, 2009.12.
「다문화 사회의 서사 유형과 서사전략에 관한 연구」, 『현대소설연구』 44, 2010.8.
「「잘 가라 서커스」에 나타난 이주 담론의 인문학적 연구」, 『현대소설연구』 45, 2010.12.
「중국조선족 이주민 3세들의 삶의 풍경」, 『현대소설연구』 46, 2011.4.
「「조동옥, 파비안느」에 아나난 이주담론의 인문학적 연구」, 『현대소설연구』 50, 2012.8.
「『완득이』에 나타난 이주담론의 인문학적 연구」, 『현대소설연구』 59, 2015.8.
「『무정』의 이주담론에 대한 인문학적 연구」, 『현대소설연구』 65, 2017.3.
「문학이란 무엇인가-춘원의 삶과 문학을 중심으로」, 『현대소설연구』 67, 2017.

이사, 부회장, 회장, 명예회장을 역임하였다. 또한 한국현대문학회[37], 춘원연구학회[38], 한국문화연구소[39], 중화민국한국문화학회[40], 한국문학평론가협회 등에도 참가하여 국내외의 학자와 작가들을 만날 기회가 많아졌다. 학교생활과 학회 활동을 통해 김준엽, 전광용, 정한모, 구인환, 김은전, 김용직, 이어령, 김윤식, 한계전, 김병국, 박동규, 권영민, 조남현, 김학준, 이홍구, 김상대, 임영정, 변인석, 박옥걸, 김영래, 김광해, 윤여탁, 신범순, 전기철, 김대현, 천병식, 조창환, 양명학, 장부일, 윤정룡, 최학출, 한승옥, 박현규, 권용옥, 정규복, 윤병로, 강신항, 최병헌, 이장희, 김종원, 이양자, 고혜령, 김영하, 고병익, 김하중, 윤사순, 김정배, 신승하, 조성을, 이원희, 최병우, 우한용, 송하춘, 임홍빈, 고영근, 강신항, 정양완, 윤사순,

---

「『무정』에 구현된 도산의 정의돈수사상과 유정한 사회에 관한 연구」, 『현대소설연구』 70, 2018.

「『흙』에 구현된 도산의 정의돈수사상과 유정한 사회에 관한 연구」, 『현대소설연구』 69, 2018.

36 「郁達夫와 金東仁의 小說 比較硏究」, 『中韓人文科學硏究』, 1996.

「현진건소설에 나타난 돈에 대한 반응양상 연구」, 『한중인문학연구 7, 2001.12.

「『북간도』에 투영된 탈식민주의 연구」, 『한중인문학연구』 16, 2005.12.

「김학철의 『격정시대』에 나타난 탈식민주의 연구」, 『한중인문학연구』 18, 2006.8.

「김학철의 『해란강아 말하라』 연구」, 『한중인문학연구』 20, 2007.4.

「김학철의 『20세기 신화』 연구」, 『한중인문학연구』 21, 2007.8.

「일제강점기 소설에 나타난 간도의 세 가지 양상」, 『한중인문학연구』 24, 2008.8.

「해방 후 국어국문학 지형도에 관한 연구」, 『한중인문학연구』 27, 2009.8.

「일제강점기 만주 이주의 세 가지 풍경」, 『한중인문학연구』 28, 2009.12.

「「이무기 사냥꾼」에 나타난 이주 담론의 인문학적 연구」, 『한중인문학연구』 29, 2010.4.

「현행인문학 학술지 평가제도의 문제점과 개선방안」, 『한중인문학연구』 34, 2011.12.

「중국지역의 한국학 현황」, 『한중인문학연구』 35, 2012.4.

「「춘원의 이주담론에 대한 인문학적 연구」, 『한중인문학연구』 51, 2016.6.

37 「『탁류』의 서사구조와 서술방식에 관한 연구」, 『한국근대장편소설연구』, 1992.

「『광장』에 나타난 이주담론의 인문학적 연구」, 『현대문학연구』, 2014.4.

38 「『삼봉이네 집』에 나타난 이주담론의 인문학적 연구」, 『춘원연구학보』 9, 2016.12.

「안창호와 이광수의 탈식민지 전략」, 『춘원연구학보』 13, 2018.12.

39 「중국에서의 한국학연구동향」, 『한국문화(서울대)』 33, 2004.6.

40 「춘원의 「사랑인가」에 나타난 이주담론의 연구」, 『韓國學報』, 2017.1.

한용수, 최원식, 임영정, 전인영, 김헌선, 남윤수, 손희하, 박영원, 정태섭, 심경호, 김태승, 이춘식, 최병헌, 주승택, 박민수, 방인태, 이재오, 배공주, 김형규, 이장희, 최박광, 이영춘, 조건상, 강우식, 송백헌, 민현식, 정병헌, 유인순, 이정숙, 김현숙, 이상희, 이정식, 김영철, 서준섭, 이용남, 장사선, 이주형, 송하춘, 김일영, 김종철, 박윤우, 김중신, 윤홍로, 이시윤, 이재선, 이주영, 김경동, 김재은, 김창진, 유양선, 김홍식, 임영무, 이석구, 나병철, 이상경, 양승국, 이은애, 신수정, 소래섭, 전봉관, 남기혁, 박상준, 유철상, 이양숙, 류순태, 윤명구, 정호웅, 공종구, 김광휘, 이동하, 홍정선, 박종홍, 이강옥, 서인석, 김원모, 신용철, 김영민, 방민호, 김유중, 임경순, 이경재, 최주한, 송민호, 서영채, 김동식, 김현주, 권보드래, 박진숙, 김주현, 정주아, 홍기돈, 황정현, 황종연, 민병진, 이미순, 홍혜원, 이자성, 배화승, 노양환, 김공환, 류종렬, 박경현, 박순애, 박인기, 윤석달, 조창환, 조광국, 문혜원, 박재연, 조하연, 곽명숙, 이상신, 김종욱, 최유찬, 이은희, 박일룡, 문철영, 김성룡, 차성만, 장현숙, 임치균, 이명찬, 유문선, 유성선, 송기한, 이후일, 김하림, 박경수, 이선이, 구재진, 윤의섭, 김정우, 박강, 윤선자, 김근호, 김현, 신재홍, 전긍, 김환기, 정충권, 김원중, 김호, 조원일, 조현일, 이태숙, 최재선, 류수열, 최인자, 최형용, 고정희, 권성우, 류보선, 정혜영, 홍순애, 김상태, 김정자, 전혜자, 이덕화, 김승환, 김승종, 서경석, 김동환, 강진호, 강헌국, 김명석, 권성우, 김찬기, 이재봉, 윤대석, 손유경, 연남경, 이만영, 우정권, 정혜경, 최성윤, 박훈하, 이경, 장수익, 이익성, 안미영, 이미림, 최인훈, 이청준, 송기숙, 한승원, 황석영, 최인호, 홍상화, 윤후명, 정찬주, 임철우, 沈善洪, 毛昭晰, 鄭造桓, 羅衛東, 金健人, 黃時鑒, 兪忠鑫, 劉俊和, 任平, 徐朔方, 王國良, 任平, 呂洪年, 何忠禮, 楊渭生, 崔鳳春, 謝肇華, 桂西鵬, 張金山, 鄭小明, 胡建淼, 陳新錡, 陳輝, 周行一, 蔡連康, 劉德海, 李明, 曾天富, 陳慶智, 謝目堂, 尹允鎭, 付景川, 李德昌, 許世立, 于柱, 이인순, 박화염, 權基虎, 전영근, 張光軍, 曹中屛, 張伯偉, 曹虹, 윤해연, 김용, 張紹杰, 遼

寧大 劉志東, 張東明, 姜宝有, 孫科志, 洪軍, 石援華, 姜銀國, 황현옥, 方秀玉, 趙建民, 楊通方, 宋成有, 徐凱, 葛振家, 沈定昌, 趙存生, 趙杰, 김경일, 金京善, 苗春梅, 임향란, 牛林杰, 李德征, 박은숙, 陳尙勝, 姜宝昌, 金哲, 劉寶全, 고홍희, 유충식, 金基石, 馬池, 金柄珉, 蔡美花, 김관웅, 金虎雄, 金强一, 박찬규, 金光洙, 李光一, 李敏德, 우상렬, 전영, 柳燃山, 李官福, 왕방, 鄭杭生, 姜日天, 方龍南, 陳校語, 林明德, 이해영, 魏志江, 太平武, 李巖, 金春善, 오상순, 김명숙, 張存武, 李正子, 김홍대, 姚委委, 漆瑗, 왕평, 池水涌, 李洪甫, 테레사 현, 이인숙, 마이클 신, 팔레, 소렌슨, 박성배, 블라디미르 티호노프(박노자), 이유재, 허남린, 閔東曄, 伊藤英人, 金文京, 尹健次, 芹川哲世, 하타노, 白川豊, 호테이 토시히로, 吳香淑, 정백수, 김학렬, 김리박, 송재숙, 김해암, 최경희, 강창욱, 최연홍, 이영묵, 최수잔, 손지아, 이정화, 김영기, 김성곤, 高喆君, 우광훈, 최홍일, 허련순, 석화, 정상진, 이석구, 이중오 등을 만났다. 책을 통해서 보았던 명사들을 학교와 학회 활동 중에 만난 경우도 많다.

1983년 10월경 한계전 선생님께서 아주대학교에서 현대소설분야의 교수초빙을 한다고 하시면서 이력서를 하나 작성해서 달라고 하셨다. 당초에는 강원대학교 국어교육과의 해직교수였던 유병석 교수를 초빙할 생각이었는데 한양대학교로 가기로 하여 다른 사람을 뽑기로 하였다는 것이었다. 경기대학교에서도 현대소설을 뽑는다면서 교무처장인 정태영 교수가 서류를 내보라고 하였다. 1983년 3월부터 전형대 선생님의 소개로 경기대학교에 나가서 교양 국어를 가르치고 있었다. 전형대 선생님께서 박물관장인 장주근, 교무처장인 정태영, 기획처장인 임기중 선생님을 소개해주셔서 가끔 찾아뵙곤 하였다. 모두 친절하게 대해 주셨다. 정태영, 임기중 선생님은 동국대학교 출신들로 정익섭 선생님, 박준규 선생님, 이돈주 선생님과도 각별한 사이라면서 많은 관심을 보여주었다. 정태영 선생님께서 후학을 위해 자리를 마련해주려는 것으로 알고 고맙게 생각하였다. 그런데 어느 날 정태영 선생님께서 이화여자대학교 대학원에 다니고 있는 딸이 있다면서 집으로 초대를 하였다. 난감한 상황이었지만 사실대로 말할 수밖에 없어서 사귀는 사람이 있다고 했더니 섭섭해 하는 눈치를 보였다. 후배 전승원 군을 데리고 갔으나 인연이 되지는 못했다. 얼마 후 경기대학교에서는 동국대학교 출신을 대우교수로 뽑았고, 아주대학교에서는 현대시를 뽑았다.

아주대학교는 나와 인연이 되려고 했던 것인지, 1980년부터 관심의 대상이 되었다. 1968년 고향으로 내려가면서 완행열차에서 보았던 수원을 처음 찾은 것은 1980년 구정 직전이었다. 당시 용산에서 의자공장에 다니고 있던 정원조 군이 구정 전에 결혼을 하려고 서두르고 있었다. 내게 사회를 봐달라면서 함을 팔러 조기환, 권희우, 박영기 등과 같이 가자고 하였다. 정원조 군은 나의 고향 1년 선배이면서 막역한 친구인 조기환의 동료로 70년대부터 알고 지냈다. 매탄시장 부근에서 그의 누이가 장사를 하고 있었고, 신부는 매탄아파트에 살고 있었다. 함을 팔고 상경했는데, 4월경에 정원조 군의 초대를 받았다. 대학원에 같이 공부하고 있던 박종홍 군과 매탄시장을 찾아가서 원천유원지를 가는 길에 아주대학교 교문을 지나게 되었다. 언젠가 대학안내 책자에서 본 학교였다. 처음으로 아주대학교가 매탄시장 부근에 있다는 사실을 알게 되었다.

4. 교수 시절에 만난 사람들

1984년 3월부터 아주대학교에서 강의를 시작하였다. 강의 첫날 일찍 아주대에 도착하여 김상대 교수의 연구실을 찾았다. 전임교수로 뽑기에는 너무 젊고 나에 대해서 잘 모르기 때문에 1년 간 지켜보고 결정하겠고 하였다. 반가우면서도 부담스러운 말이었다. 그렇게 하여 1984년부터 아주대학교에서 강의를 시작하였고, 1985년 전임강사로 발령을 받았다. 국어국문학과의 교수는 국어문법 김상대, 고전시가 천병식, 현대시 조창환,

현대소설 송현호 4명이었다. 아주공대로 출발하여 종합대학으로 승격한 지 몇 년이 지났지만, 인문계에 대한 배려나 교수 충원은 상당히 열악한 편이었다. 나중에 교무부처장을 하면서 교수 정원 배정 기준이 이공계 위주로 잘못 설계되어 있음을 발견하고 총장과 교무처장을 설득하여 조정하고 우리 학과에도 8명의 정원 배정을 받게 되었다. 당시 국어국문학과는 문리과대학 소속이었다. 문리과대학은 인문계, 사회계, 자연계, 고양학부 교수들이 함께 소속되어 있었다.

부임 첫해 국어국문학과의 총무를 맡아 대부분의 일을 도맡아 하였다. 85학번의 지도교수가 되어 MT도 따라 가고 가정방문도 하고 한 학기를 어떻게 지냈는지 모를 정도로 정신없이 보냈다. 학교의 요청으로 화성군 봉담면에 사는 박명규의 집과 지동에 살고 있는 유성현 군의 집을 방문하여 학부모님을 면담하기도 하고, 김범정과 정상화 그리고 오경태의 자취방을 찾아가서 함께 밥을 지어 먹기도 하였다. 학기가 끝나갈 즈음 학보사 편집장인 국어국문학과 3학년 김성호 군이 이호철 작가와 대담을 해달라고 부탁을 하였다. 실천문학가협회 회장인 이호철 소설가는 당시 민주화운동을 하고 있던 양심적인 작가였다. 당국이 주시하고 있는 작가였지만 대담 내용이 학술적이라면 크게 문제되지 않을 것으로 생각하였다. 대담은 서울 장춘동의 지하 다방에서 이루어졌다. 선풍기가 돌아가고 있었지만 흐르는 땀을 주체하기 어려운 무더운 날이었다. 꼬박 4시간을 대담을 하고 수원으로 돌아왔을 때는 피로가 엄습해왔다. 면담 내용을 정리하여 학보사에 넘겼다. 며칠 지나지 않아 학보사 주간교수로부터 만나자는 연락이 왔다. 대담 내용을 수정해달라는 것이었다. 크게 문제될 것이 없는데, 왜 이러는 것인가 하고 의아하게 생각하였다. 수정한 글을 보냈더니 학과 교수회의를 소집하였다. 이어서 다른 회의가 소집되고, 마침내 대담 내용이 학보에서 삭제되었다. 나중에 알게 된 일이지만 관계기관장 회의에서 계속 문제를 삼았던 모양이었다. 세월이 흐르고 학생처에서 보직을 맡으면서 관계기관회의가 무엇인지 알게 되었다. 전두환 정권에서 노태우 정권으로 바뀌고 민주화 바람이 불 때 이호철 작가를 학교에 초청하여 강연을 듣고 총장실에서 당시 상황을 설명하였다.

1985년 4월쯤 교무처에서 입시업무를 도와달라고 하였다. 1985년부터 입시에 관여하여 1991년 입시를 총괄하는 교무부처장을 맡았던 시기까지는 광주 목포 순천 여수의 명문고를 방문하여 진학담당 교사들에게 자료를 전달하고 설명을 하다가 1993년 학생선발본부가 만들어지면서 입시설명회가 시작되었고 나중에는 입시간담회로 바뀌었다. 입학시험 설명회 행사에 참여하여 아주대학교에 대한 긍정적인 이미지를 전달하기도 하고, 아주대학교에 대한 정확한 입시정보를 제공하여 진학부장 선생님들이 진학지도를 할 때 학생들에게 보다 적절한 조언을 할 수 있도록 돕기도 하였다. 1985년에 시작하여 2000년대까지 입시설명회를 다니면서 문성고 하태수 교감, 서석고 김종순 교장 선생님, 정백영 교장, 수피아여고 박정권 교장, 광주진학상담교사협의회장 서강고 왕중영, 인성고 나승만, 박길성, 대동고 김경옥, 살레시오여고 이희규, 광주진학부장협의회장 고려고 문형수, 동아여고 전영타, 동신여고 정태환 교장, 전남외고 김원기, 진흥고 윤영익, 조재영, 김호연, 석산고 김연호, 지병철, 송원여고 김학휘, 금호고 강현구, 광덕고 장홍, 살레시오고 문은주, 순천고 김재갑 교감, 진선호, 매산고 심우영, 목포고 김준오, 여수고 최호범, 창평고 송병엽 양신섭, 옥과고 김천식, 김승기 선생을 만나 도움을 받았다.

1985년 2학기가 시작되고 얼마 지나지 않아 강미애, 조명희, 김미화, 송용호, 김용성 등 84학번 활동기수들이 연구실로 찾아와서 이데알레의 지도교수를 맡아달라고 하였다. 이데알레는 정의, 사랑, 봉사를 창립정신으로 하여 1982년 수원에서 결성되었고, 아주대학교에서는 1983년에 결성된 봉사활동 동아리였다. 이데알레의 졸업생이나 회원들은 정의심이 강하고 이웃을 사랑할 줄 알고 남을 위해 헌신할 줄 아는 사람들이었다. 우리 아이들에게도 이데알레 학생들의 아름다운 삶의 정신을 배우게 하고 싶어서 아주 어릴 때부터 양로원인 감천장에도 데리고 가고 나들이와 경로잔치에도 데려가곤 하였다. 이데알레 지도교수를 맡은 덕분에 이데알레를 후원해줄 기업이나 단체를 찾아보기도 하고, 봉사 학점 제도를 제도화하기도 하고, 비교과활동을 학적부에 기록하는 일과 음성적 장학금의 양성화를 통한 장학금 수여 사실의 학적부 기록을 제도화하기도 하였다. 이데알레의 후원자들 가운데 태원과학의 김태갑 사장과 벤타코리아 김대현 사장에게 정말 많은 마음의 빚을 졌다. 이데알레 졸업생들은 재학 중에는 열심히 사회봉사를 하고 졸업 후에는 후원회를 결성하여 재학생들에게 많은 도움을 주고 있다. 졸업생들이 우리 사회의 동량이 된 것을 보고 그들과 함께 한 세월을 정말 자랑스럽게 생각하고 있다. 다만 재학생들이 경제적 부담 없이 봉사활동을 할 수 있도록 해주고 싶은 것이 작은 소망이며, 그것을 제도화하기 위하여 1+1+1 장학금을 권하였다. 한두 사람에게 활동비와 장학금을 영원히 의존할 수 없는 일이기에 한 달에 1만원씩을 납입하게 하여 후원회 회비로도 사용하고 장학금으로도 사용할 수 있게 하였다. 30년 이상 지도교수를 하면서 이데알레에서 많은 사람들을 만났다. 김태갑, 김윤기, 이현상, 이승제, 손희, 황종태, 이준은, 안치규, 김태중, 문영준, 조병훈, 이원석, 공재영, 김대현, 김도영, 김용택, 남정식, 이종호, 임동혁, 김영원, 김민서(명순), 김성자, 김자영, 류덕수, 류장선, 문종영, 오동근, 유현미, 이혜영, 임병수, 최정렬, 강미애, 김광준, 김미화, 최은숙, 김용성, 김태형, 김현우, 김희중, 송용호, 신성휴, 양세직, 유진성, 조명희, 최재승, 김범호, 노봉주, 전창윤, 조주철, 고봉진, 김도룡, 김영숙, 문승경, 이영경, 홍민자, 강상헌, 강진, 김용범, 김민성, 김지희, 김형진, 박성규, 이미화, 임선일, 정지호, 박미선, 지미린, 최병철, 채수권, 곽태형, 김용환, 김종인,김종태, 김진형, 김태균, 류길석, 양희종, 양창익, 유주현, 윤대감, 오부성, 이규일, 이상필, 이영균, 심형성, 김영나, 이경은,

하태경 이재용, 이재정, 신현철, 김달영, 김정옥, 강수완, 강진성, 김동석, 김법진, 김상교, 김소진, 서영환, 정연식, 조영진, 박종훈, 반수형, 남석희, 박정은, 송영자, 이동근, 최종국, 김덕수, 김준성, 신병철, 이미미, 이상덕, 이수범, 한주영, 황동준, 송은진, 김여원, 박상진, 강남석, 김국현, 김용일, 정준호, 오세훈, 최윤종, 안유진, 이은숙, 이정진, 김동영, 김종현(김명완), 김민성, 김상윤, 김상현, 김태황, 신진영, 이윤상, 김재열, 박태용, 신영호, 이지인, 전한별, 현석민, 최세훈, 김기용, 김범모, 박정환, 백승한, 서상완, 정승균, 이동민, 안경모, 이석규, 김민진, 이상현, 이미정, 오범규, 김정래, 서희원, 박상현, 김동휘, 박태진, 유현주, 홍이슬, 김원, 이유진, 안경호, 이창원, 이승훈, 강모란, 최희진, 조민기, 정고운, 김효정, 고도원, 노희석, 심가은, 문은중, 장수진, 박예진, 허정원, 임혁순, 박선현, 서혜리, 최보아, 신종호 등을 만났다. 이들 가운데는 내가 주례를 서준 졸업생들도 있고, 주례를 서주기로 하였다가 약속을 지키지 못한 졸업생도 있다. 목포까지는 가서 주례를 섰지만 당시 제주도까지 가는 것은 무리인 것 같아서 사양을 했는데, 지금도 그 졸업생에게는 미안한 마음이 크다.

1987년 3월 국어국문학과 학과장을 맡았고, 9월 인문대학장을 불어불문학과의 김동현 교수가 맡으면서 학장보를 겸하였다. 1988년 9월에는 학생처의 부처장 겸 취업보도실장 겸 축구단 부단장을 맡게 되었다. 전두환 정권에서 노태우 정권으로 넘어가는 시기여서 데모도 많고 문제도 많았다. 그러나 대학시절 데모와 경찰서 체험 등을 바탕으로 학생들에게 도움이 되는 방향으로 일처리를 하였다. 총학생회 임원들은 나를 신뢰하였다. 그들 가운데 지정섭, 이돈춘, 임지묵 등의 주례를 서주었다. 물론 주례는 국어국문학과 졸업생, 이데알레의 졸업생, 호남학우회 졸업생, 교직원들과 지인들의 자녀들과 서주었다. 지성섭, 이돈춘, 고제상, 오현숙, 김용성, 김지희, 유진성, 송용호, 김남진, 최병철, 박정식, 황선원, 강도상, 박희지, 임지묵, 고경은, 정지호, 박미선, 김병석, 남미진, 윤용구, 김종대, 김정옥,

채수권, 한정순, 김형진, 임선일, 이범석, 임순정, 김형정, 김화정, 박성순, 오복섭, 김법진, 손치배, 김형규, 김동욱, 권장아, 김소진, 김미화, 김성민, 염하나, 신병철, 윤혜정, 김정환, 노수현, 이후광, 최원미, 이현주, 지민혜, 주인혁, 최영미, 유승훈, 권세나, 정지우, 신태영, 진선우, 이선영, 김민석, 정혜영, 권준호, 윤진, 나승신, 이새물, 인형우, 백연주, 이승규, 이은지, 이한상, 강문진, 나승민, 한비, 김영봉, 전미선, 조현구, 서희, 송찬호, 신명은, 채민성, 추여진, 김동준, 소희경, 조태희, 박지은, 김보석, 김진, 추병호, 이수진, 추경호, 이선아, 김재현, 황정연, 김지수, 최고은, 이하진, 김민지, 권일혁, 서해리, 이호종, 노수경, 문형진, 이재연, 신관룡, 김미진 등은 내가 기억하고 있는 이름이다. 파일이 깨어져서 초창기의 기록이 없어지는 바람에 모든 사람의 이름을 기억해내지 못하고 있다. 1992년의 시대적 상황이 지정섭의 주례사가 반영되어 하객이 운동권 교수라고 하여 혼자 웃기도 하였다. 총학생회 임원들과 일반 학생들을 인솔하여 중국과 일본의 문화답사를 다녀오기도 하고 아주대학교 축구단을 이끌고 일본 도카이대학의 교류행사에 다녀오기도 하였다.

학생처에 이어 교무처에서 보직을 맡으면서 김효규 총장, 김철 교무처장과 아주 친밀하게 지냈고, 아주대학교를 방문한 인사들과도 소통을 할 기회가 많았다. 한중 수교 직후 北京大學과 杭州大學의 관계자들이 아주대학을 방문하여 상호 교류 협정을 체결하기도 하였다. 그런데 아주대학교는 공과대학으로 출발하였기에 모든 자원이 공과대학에 편중되고 단과대학 시절의 규정과 규칙을 토대로 시행세칙이 운영되고 있어서 많은 문제점이 노정되고 있었다. 우수 교수 초빙이라는 명목으로 이공계의 박사학위 소지자들에게 인문계열의 비슷한 나이와 능력의 교수보다 4~10호봉 이상 부여하는 제도를 총장, 교무처장, 교수협의회 의장과 협의하여 전면적으로 보완하였다. 이공계 위주의 교수 충원을 전면적으로 수정 보완하여 인문계열에도 적정한 인원의 교수를 충원할 수 있게 하였다. 교육과정도 교양필수를 26학점에서 17학점(경영학과는 종전대로 운영)으로 줄이고 대신 교양필수 선택을 10학점에서 20학점으로 늘렸다.

교무처에서 열심히 일하고 있을 때 충남대학교 중어중문학과에 근무하는 아내가 아이들을 챙겨달라고 하여 김효규 총장님께 부탁을 하여 가까스로 보직을 면하였다. 그런데 몇 개월 뒤에 총장선출방법개선 특별위원회가 구성되면서 위원이 되었고, 이어서 구성된 총장추대위원회 간사 겸 인문대학 대표가 되었다. 대학병원 설립문제로 설립자의 요구를 수용하여 진통 끝에 김효규 총장을 다시 선출하였다. 1994년 말에는 총장추천위원회 위원이 되어 정근모 박사를 총장으로 선출했으나 과기처장관으로 발령을 받는 바람에 다시 총장추천을 받아 김덕중 교수를 아주대총장으로 선출하였다. 1995년 9월에는 浙江大學 교환교수로 파견되어 있으면서 한중인문학회를 만들어 한중인문교류에 전념하였다.[41]

1996년 학교로 복귀하여 인문학부 국어국문전공 주임교수를 맡았다. 학부제의 전면적인 시행으로 기초학문 분야가 크게 위축되었고, 국어국문학 전공 학생이 크게 감소하였다. 사학전공과 불어불문학전공도 마찬가지였다. 인문학부의 학생들은 대부분 영어영문학을 전공하였다가 경영학전공으로 전과를 하였다. 1998년 10월 정찬주 군이 『산은 산 물은 물』(민음사, 1998)을 출간하여 출판기념식에서 축사를 하였다. 서술자인 정검사는 한국 불교계에 굵직한 발자취를 남긴 성철의 구도 과정을 추적하면서 청산과 속세가 둘이 아니라 하나임을 인식해 간다. 내화에 등장하는 주요 인물들은 성철, 태고, 나옹, 서산, 경허, 만공, 만해, 효봉, 청담 등의 선사와, 중국과 한국의 역대 조사와 선사 그리고 일사 등이다. 이어서 1999년에 발간한 『卍行』(민음사, 1999)에 「궁핍한 시대의 이타행」이라는 작품 해설을 썼다. 이 시기에 교수불자회원인 나는 월간 『불교』에 「자신의 내면

---

41 송현호, 『한중인문교류와 한국학 연구 동향』, 태학사, 2018.

에 존재하는 부처」, 「정보화 시대 불교의 역할」, 「가을에는 책(불서)을 읽자」 등을 게재하였다.

1999년 총장퇴진운동이 벌어질 때 김종철 교수가 서울대 국어교육과로 이직을 하여 다시 국어국문학전공 주임교수를 맡았다가 인문대학 비대위원회 위원장을 맡았다. 당시 김덕중 총장이 만나자고 하여 교육부총리로 갔다가 복귀하는 과정에서 소통이 미흡하여 일이 잘못된 것임을 말씀드렸다. 새로운 천년이 시작되던 날 친구 부인이 외상을 입어 고향 친구들과 정릉의 어느 대형병원을 찾았다. 복도의 간이침대에 누워 고통을 참으면서 의료진을 기다렸다. 환자들의 신음소리가 여기저기에서 들려왔다. 의료진은 환자를 물건 취급하였다. 병원의 어디에서도 묵은 천년과는 다른 모습을 발견할 수 없었다. 언론매체가 조성한 새로운 천년에 대한 환상이 무너지기 시작하였다. 인간성을 상실해버린 시대, 그것이 우리가 사는 포스트모더니즘 시대의 모습임에 틀림없었다.[42]

김덕중 총장이 사임하고 김철 교수가 총장 직무대리를 하면서 교내 문제는 가닥을 잡기 시작하였고, 2001년 인문대 학장으로 발령을 받았다. 학장에 취임했을 때 학부제의 폐해가 절정이 달하여 인문대학의 여기저기에서 불만이 터져 나왔다. 1993년 대우그룹 김우중 회장의 도움으로 인문과학연구소에 매년 5000만원씩 지급되던 연구비가 전액 삭감되고 몇 년간 교수 충원도 이루어지지 않고 있었다. 교내 연구비와 장학금도 대폭 축소되어 혹독한 시기를 보내야 하였다. 학장 재임 기간은 오명 총장과 이승호 교무처장과의 길고 긴 싸움의 연속이었다. 인문대학발전위원회를 구성하여 인문학부 발전방안을 마련하여 교수회의에서 심의하고 토론하여 확정하였다. 서론과 결론만 제시하면 다음과 같다.

---

42 송현호, 『황순원』, 건국대학교출판부, 2000, 5면.

지난 30년 동안 아주대학교는 정도를 걷는 대학, 모범적인 사학으로 평가를 받아 왔다. 다른 대학에서 우리 대학의 사례를 연구하고 그것을 모델로 받아들이려는 경향은 수도 없이 보아왔다. 인문대학이나 교양교육이라고 해서 예외는 아니다.

그런데 인문대학의 현재의 상황은 너무나 비극적이다. 전공이 고작 4개에 불과한 것도 그렇고 교수 확보율을 보아도 말이 아니다. 전공과 교양과목의 거의 대부분을 강사에 의존하고 있는 오늘의 현실은 기초학문이 응용학문의 발에 치어 제 자리를 찾지 못한 데 기인한다. 이를 통하여 지금까지의 사회적 인식이 얼마나 허구인가가 분명하게 드러난다. 우리는 지탄의 대상이 되고 있는 사학, 3류 대학에서나 볼 수 있는 오늘의 현실에 분노를 느끼며, 이를 극복하기 위하여 부단히 노력할 것임을 밝혀둔다.

대학 교육의 두 축은 인간교육과 직업교육이다. 인문대학에서는 미래사회가 필요로 하는 인재양성을 위하여 균형 있고, 조화 있는 전인격적 인간교육을 교육목표로 삼고자 한다. 우리 사회에 팽배해 있는 도덕불감증과 윤리 전도 현상을 극복하고 미래 사회를 건전한 방향으로 선도할 양식 있고 이웃과 더불어 살아갈 수 있는 지성인의 양성을 위하여 우리 나름대로의 역할을 하려고 한다.

아울러 시대적 요청에 부응하여 직업교육에도 관심을 가지고 인성교육과 실용교육의 조화를 꾀하려고 한다. 국제화, 정보화 사회에 적응할 수 있는 외국어 교육의 계발과 건전한 가치관을 심어주는 내실 있는 인성교육의 실시로 창조적 교양인과 진취적 전문인으로서의 자질을 겸비할 수 있도록 지도하고, 육성하려고 한다.

또한 교양과 전공으로 이원화되어 있는 현행 교과과정을 기초단계 → 전공단계 → 심화단계로 재편하려고 한다. 아울러 전공 간의 벽을 허물 수 있는 고전강독(상상과 현실, 인문학과 인간, 지성과 시대, 언어와 문화)과 같은 교과목을 꾸준히 개발하려고 한다.

1. 학부제를 시행하면서 5년 후 평가를 해보겠다고 했으나, 아직 실시한 바 없다. 학부제가 기초학문분야의 존립 기반을 흔들 정도로 문제점들을 드러내고 있다. 일반 전공 혹은 교양전공 학생의 양산, 자신의 진로에 대한 불확실성, 학생들의 소속감 결여, 중도 포기율 100위, 열악한 편입학 시험 성적, 수강 제한 등이 그 좋은 예이다. 향후 학부제의 현황과 문제점에 대하여 심각하게 재검토해 볼 것을 요청한다.

2. 아주대학교는 수교 이전부터 중국의 대학들과 관계를 가져왔으며, 杭州大學, 北京大學, 南京理工大學, 復旦大學 등과 교류 협정을 체결하고 인적 물적 교류를 시행해 오고 있다. 중국의 인구는 약 13억 명으로 세계 인구의 약 22%를 차지한다. 중국은 현재까지 정치, 경제, 사회, 과학, 문화 등 모든 분야에서 우리나라 역사에 지대한 영향을 미친 나라이다. 오늘날 우리나라는 중국과의 국교 수교를 통해 여러 분야에서 협력관계를 증진시키고 있다. 이러한 상황에서 역량 있는 중국 전문가의 양성은 더욱 확대될 필요가 있다. 아직까지 중어중문학 전공을 개설하지 않아 뒤늦은 감이 있지만, 지금이라도 하루빨리 증설하여 인재 배출의 시대적 요구에 부응해야 할 것이다.

3. 인문대학의 교수강의 분담률은 현재 20% 수준에 불과하다. 그런데 2002년 8월에 불어불문전공에서 1명, 2003년 2월에 국어국문학전공에서 1명, 2003년 8월에 국어국문학전공에서 1명의 교수가 정년퇴임할 예정이다. 따라서 2003학년도 2학기에 투입할 국어국문학전공 2명(한국고전시가분야, 국어문법론분야, 국어음운론분야), 영어영문학전공 1명(영어학 분야)의 전임교수의 충원을 요청한다.

4. 통합사무실 직원, 조교, 전공주임교수의 업무량 과다의 문제를 해소하고, 전공학생들에 대한 지원 및 관리 강화를 위하여 전공별로 조교를 한 사람씩 배정하되 영어영문학전공의 경우 추가로 1인을 더 배정하여 조교의 총수가 5명이 되도록 지원해 줄 것을 요청한다.

이승호 교무처장이 중도에 사임하고 제해성 공대학장이 교무처장이 되면서 문제가 조금씩 풀리기 시작하였다. 학부제의 전면적 시행과정에서 발생한 문제들을 수습하기 위해 전공예약제를 도입하였다. 인문대학, 사회대학, 자연대학의 대부분 학과들이 기본적인 학생을 확보할 수 있는 계기가 되었다. 또한 교내 연구비를 확충하여 교수들이 연구하여 논문을 발표할 수 있는 환경을 조성하였다. 그리고 수원교차로에 생활수기 심사위원장을 하면서 같이 식사도 하고 친하게 지낸 황필상 회장의 도움으로 인문대학에서 1억 원의 발전기금을 받아 적립하고 인문과학연구소에서 1천만 원의 기부금을 받아 외부 연구비로 사용할 수 있게 되었다.

인문대학 학장의 임기가 끝나고 21세기 한국학 국제학술세미나를 준비하는 일에 전념하였다. 2004년 오명 총장이 과기부장관으로 가고 박재윤 총장이 새로운 총장으로 발령을 받았다. 연구실을 찾아와 인사만 나누고 3월 서울대학교 인문대학의 한국문화연구소의 객원연구원으로 발령을 받았다. 연구와 중국 관련 일에 전념하면서 4월경에는 「중국에서의 한국학 연구 동향」을 발표하였다. 그런데 8월경 박재윤 총장으로부터 만나자는 전화가 왔다. 아주대학교가 여러 가지로 어려우니 도와달라고 하였다. 인문대학 학장 시절 제출한 발전 계획의 실행도 문제가 되었다. 박재윤 총장은 서울대 기획처장을 하고 청와대 경제기획 수석과 부산대학교 총장을 한 사람으로 대학 교육에서 인문학과 국어교육의 중요성을 잘 알고 있는 분이었다. 서울대학교 한국문화연구소 파견 도중에 학생처장으로 복귀하여 교양교육을 정상화하기 위해 노력하면서 대학의 발전에 혼신의 노력을 다하였다. 국어작문이 글쓰기라는 과목명으로 교양필수과목으로 확정되어 운영된 것이나 강의교수가 전담하게 된 것도 박재윤 총장의 인문학에 대한 관심과 배려에 기인한 바 크다. 또한 역사가 짧고 아주대학교만의 문화를 내세울 것이 없어서 「문학의 이해」와 「영상문학기행」 강의 시간에 시행하다가 교육대학원의 행사로까지 발전시켜 시행한 바 있는 문학현장답사를 개선하여 모든 1학년 신입생들이 수원화성을 답사할 수 있도록 정규과목으로 편성하였다. 수원에서 4년 이상을 살다가 다른 지역으로 이주해간 졸업생들이 유네스코에 세계문화유산으로 등재되어 있는 정조 시절 조성된 계획도시인 수원 화성을 알리자는 취지에서 시작한 사업이었다. 그리고 대학 문화를 발전시키기 위해 모든 학생들이 동아리와 소학회 활동을 할 수 있도록 200개의 동아리와 200개의 소학회를 만들어 활동하게 하면서 1년간의 활동을 보고하여 우수한 그룹을 선정하여 시상을 하는 동아리와 소학회 콘테스트를 시행하였다. 2005년 8월에는 총학생회 임원들과 일반 학생을 30여 명씩 선정하여 고구려 발해문화 유적을 답사한 바 있다. 이때 단장을 맡아 박옥걸, 이원희, 조성을, 윤승구, 이병근, 오용직, 오상탁 선생 등과 함께 학생들을 인솔하고 단동, 집안, 장춘, 延吉 등을 답사하고 遼寧大와 延邊大를 방문하여 한국문화국제학술대회를 개최하고 있는 학술대회 현장에서 김준엽, 김병민, 김호웅, 장동명 등을 만나 교류하기도 하였다.

2004년 9월 「재일동포문학자료 수집, 정리 및 민족주의적 성격연구」라는 과제가 한국연구재단의 인문사회 기초연구과제 지원 사업에 선정되어 한승옥, 소재영, 송현호, 허명숙, 김형규 등과 숭실대학교 인문과학연구소 기초학문연구팀을 구성하여 세미나를 개최하고 東京과 京都를 방문하여 자료를 수집하고 김리박, 오카야마 젠이치, 김학렬, 오향숙 등과 교류하였다. 2005년 6월 7일 김리박 회장의 『믿나라』 출판기념회에서는 축사를 하였다. 한밝 선생님의 저술은 일본에 살고 있는 우리 동포들의 얼, 삶의 애환과 자긍심, 통일에 대한 열망, 주변인들의 탈식민주의적인 감정을 능란한 모국어로 생생하게 서술하고 있어서 민족문학의 소중한 자산이 되기에 부족함이 없었다. 이국에서 모국어를 사용하고 민족의 얼을 지키고 탈식민주의적인 입장을 견지하면서 살아간다는 것이 얼마나 힘들고 위대한 일인가를 지난 2월 김리박 시인과의 만남과 이 책을 통하여 다시 한

번 확인하였다. 따라서 이 책의 머리에 '하찮은 노래 묶음'이라고 밝히고 있지만, 내가 보기에 그것은 지나친 겸손이고 아주 귀중한 통일문학사의 사료들이 될 것으로 확신하였다. 이후에도 한승옥, 소재영, 허명숙, 김형규 등과 여러 차례 東京과 京都를 방문하여 자료를 수집하고 수집한 자료를 바탕으로 학술대회를 개최하였다.

2005년 9월에는 「중국조선족문학의 탈식민주의 연구 및 DB구축」이라는 과제가 한국연구재단의 인문사회 기초연구과제 지원 사업에 선정되어 송현호, 최병우, 김형규, 윤의섭, 한명환, 김은영, 정수자, 차희정, 박지혜, 김인섭, 최은수, 조명숙, 박두현, 박민숙, 최옥화 등과 아주대학교 인문과학연구소 기초학문연구팀을 구성하여 세미나를 개최하고 延邊을 방문하여 자료를 수집하였다. 처음에는 연구원과 연구보조원 8명이 延吉에 가서 延邊民族出版社, 延邊作家協會, 延邊大學 한국문학연구소 등을 방문하여 자료를 복사하는 일로 시작하였다. 몇 차례 延吉을 방문하였으나 성과는 기대 이하였다. 그때 김호웅 교수가 암 투병 중인 권철 교수의 병원비를 보태주고 책을 달라고 해보자는 긴급 제안을 해왔다. 김호웅 교수의 제안을 수용하여 권철 교수댁을 방문하여 협의하는 중 권철 교수로부터 돈을 받고 책을 팔았다는 소리는 듣고 싶지 않으니 협조해달라는 부탁을 하였다. 어렵게 자료를 구했으나 항공편으로 우송하기에는 금액도 많이 들고 정부에서 협조를 받기도 어렵다는 이야기를 듣고 연구원들이 수시로 延吉에 가서 책을 여행용가방에 담아서 가져왔다. 누락된 자료들은 다시 延邊大學과 서점을 방문하여 구매하기도 하고 복사하기도 하였다.

2006년 3월에는 延邊大學 한국학연구소의 교환교수로 가서 자료들을 수집하여 국내로 반입하는 일에 박차를 가하였다. 구매할 수 없는 귀중본들은 여기저기 다니면서 복사해왔다. 9월에는 사업팀이 송현호, 최병우, 김형규, 윤의섭, 한명환, 김은영, 정수자, 차희정, 박지혜, 김인섭, 최은수, 조명숙, 박두현, 공정원, 김경은으로 일부 변경되었다. 延邊에서 가져온

자료들을 입력하면서 일의 효율성을 위한 조치였다. 복사본은 한국의 출판법으로 보면 불법의 소지가 있겠으나 그만큼 귀중한 자료들이다. 이들을 입력하여 국내에서 출판하려고 협조를 구했으나 延邊作家協會와 延邊大學에서 허락하지 않았다. 연구자들이 자료를 공유할 길이 막힌 것이다. 때문에 국내의 많은 연구자들이 내 연구실로 찾아와서 자료를 복사해가기도 하고 대여를 해주기도 하였다. 지금 연구자들은 사드문제로 중국을 방문하더라도 자료 열람은 물론 복사도 할 수 없게 자료와 차단되어 있다. 8월에 정년퇴임을 하면 자료를 집으로 가져오는 것보다는 공적 기관에 기증하여 많은 사람들이 자유롭게 이용할 수 있게 하고 싶어서 자료를 한국문학번역원의 한국문학도서관에 기증하기로 하였다. 한국문학번역원에서는 해외 이산문학 자료들을 구비할 계획이 있어서 다행스럽게 생각하며, 귀중한 자료들이어서 많은 연구자들이 자유롭게 이용할 수 있도록 별도의 공간을 마련하여 보관에 신경을 써줄 것을 부탁하였다.

2006년 9월 학교에 복귀하여 2007년 처음 시행되는 인문한국지원사업(HK, Humanities Korea)을 준비하였으나 인문대학 구성원들의 반발로 신청을 하지 못하였다. 인문한국지원사업은 교육부의 인문학진흥사업의 일환으로 대학 내 연구소 중심의 연구체제를 확립하여 인문학 연구 인프라와 세계적 수준의 연구역량을 확보하기 위해 2007년도부터 한국연구재단에서 공모를 통해 선정하였다. 10년간 지원받는 연구 사업으로 연구 활성화와 학교발전을 위해 대단히 필요한 사업이었다. 2007년 11월 한국학진흥사업단에서 「한국학 교재 개발 및 출판지원-러시아」라는 과제를 수주하여 송현호, 김형규, 장호종 등과 연구팀을 구성하였다.

2007년 9월 김봉철 교수가 인문대학 학장으로 부임되면서 다시 인문과학연구소장을 맡아 2008년도 인문한국지원사업 수주 준비팀을 구성하고 '문명사적 전환기 인문학의 지형도와 한국대학의 역할'이라는 주제로 송현호(위원장), 김영래, 김용현, 김미현, 김종식, 문혜원, 박재연, 정재식,

조광순, 조성을을 공동연구원으로 구자광, 문영주, 이경돈, 이성재, 정경남을 연구원으로 김인섭, 박지혜, 차희정, 최은수를 연구보조원으로 하여 프로젝트를 준비하였다. 그런데 2007년도에는 10개 과제를 선정하였으나 2008년도에는 1개 과제만을 공모하여 선정되지 못하였다. 2009년 1월 다시 2009년도 인문한국지원사업 수주 준비팀을 구성하고 「국내 이주인의 언어문화 연구」라는 주제로 송현호(위원장), 김용현, 김미현, 김종식, 문혜원, 박재연, 정재식, 조광순, 조성을을 공동연구원으로 구자광, 문영주, 이경돈, 이성재, 정경남을 연구원으로 김인섭, 박지혜, 차희정, 최은수를 연구보조원으로 하여 프로젝트를 준비하였다. 2009년 3월 이주문화연구센터를 만들어 센터장을 맡아 사업 진행에 만전을 기하였다. 2009년 7월 송현호, 강지혜, 김용현, 박구병 등이 아주대학교 우수연구그룹 육성지원사업에 선정되어 「이주의 인간학-이주문화의 인문학적 연구」라는 과제를 수행하였다.

2010년 9월 세계적 인명사전인 마르퀴즈 Marquis Whos Who in the World 2011에 등재되었다. 2011년에는 교육과학기술부 산하 한국학진흥사업위원회 위원장에 위촉되었다. 2011년 9월 안재환 총장의 요청으로 다시 학생처장 겸 종합인력개발원장을 맡았다. 학교 발전을 위해 중국의 인맥을 활용하여 많은 일들을 도모하고 대학발전본부를 설치하여 대학발전을 도모했지만 원칙과 절차가 문제가 되어 만족할만한 결실을 맺지는 못하였다. 2012년에는 한국연구재단 인문학단 전문위원으로 위촉되었고, 2012년 中國中央民族大學에서 교육부에 해외 석학 신청을 하여 선정되어 소설의 본질, 형식적 리얼리즘, 한국현대소설의 성격, 한국의 민주화운동과 소설의 미적 대응, 21세기 다문화 서사 등을 강연하였다. 2013년 9월에는 中國中央民族大學에 교환교수로 발령을 받았다. 2016년 10월 유네스코 한국본부, 교육부, 한국연구재단 공동 주최 제4회 세계인문학대회 한국대표(고전문학 조동일, 현대문학 송현호, 국어학 백두현, 국어교육 김성룡)

로 선정되어 「한국현대문학에 나타난 이주담론의 인문학적 연구」를 발표하였다.

1983년 창설한 국어국문학과는 짧은 역사를 지니고 있음에도 학부제가 시행되기 전까지 탄탄하게 성장하였고, 학부제의 시행으로 야기된 험난한 시기에 위기를 극복하기 위해 국어국문학과 동문회를 구성하였다. 국어국문학과 동문회는 2001년 처음 구성되었는데, 안현규 회장과 임원진의 노력에도 유야무야되었다. 2012년 국어국문학과 창설 30주년 기념행사를 준비하면서 윤황, 이성식, 강미애, 고재상, 윤의섭, 배공주, 김형규, 이준영 등의 노력으로 동문회가 재건되었다. 30주년 기념행사에는 김상대, 조창환, 김성렬, 박선자(천병식), 송현호, 조광국, 박재연, 문혜원, 곽명숙, 조하연, 이상신, 김대현(벤타코리아 사장), 지현구(태학사 사장), 조영호(경영대학원장) 등이 발전기금을 기부하고, 송현호, 조광국, 박재연, 문혜원, 곽명숙, 조하연, 이상신, 강기룡(대학원), 강동구, 강병혁(대학원), 강태호, 고재상, 권세영, 권주연, 권혁용, 김경희, 김국회(대학원), 김미숙(대학원), 김시환, 김영숙, 김옥현, 김용성, 김유겸, 김은영, 김정효(대학원), 김현우, 김형규, 노숙경, 민찬규, 박정운, 반정호, 배공주, 서순영, 손치배, 송영숙, 송혜영, 신용덕, 안송숙, 안현규, 어미자, 오명숙, 오현숙, 옥정미, 유상원, 윤의섭, 윤준구, 윤황, 이경재, 이경환, 이기명, 이성식, 이영경, 이영록, 이일표, 이점용, 이정헌, 이희연, 정규순, 정성종, 조은주, 최수연, 최은숙, 최재승, 한상란, 한중희 등이 1+1+1 장학기금을 약정하였다. 납부액과 약정액의 총액이 1억을 상회하였다.

그 결과 구조조정의 그림자가 짙게 드리운 현실에도 2018년도 중앙일보 학과평가에서 아주대학교 국어국문학과는 전국 5위권에 속하는 좋은 평가를 받을 수 있었다. 인문학의 위기로 교수 충원이 이루지지 않고 학과 통폐합이 자연스러운 현상으로 받아들여지고 있는 엄중한 시기에 후임 자리까지 확보하고 퇴임하게 되어 후배 교수들에게 조그만 위안거리를 남겨놓고 떠나게 되었다. 학령인구의 감소로 2023년까지 대학입학정원이 16만 명이나 감축하는 과정에서 인문학 분야의 통폐합과 구조조정이 일상화되고 대학의 위기가 인문학의 위기라는 인식을 지울 수가 없게 되었다. 대학의 구조조정이 인문학의 구조조정으로 귀결되는 현실이 안타깝다. 대학 교육의 두 축은 인성교육과 직업교육이다. 대학 교육이 인성교육을 도외시하고 직업교육에만 매달린다면 대학은 직업훈련소와 다를 바 없다. 인성교육과 직업교육의 균형 발전 없이는 정상적인 교육이 이루어지기 어려우며, 미래사회가 요구하는 창조적 지성인을 만들어낼 수 없다. 인성교육의 중요성은 아무리 강조해도 지나침이 없다. 인문학적 토대에서 생성되는 정신적인 교양의 완성과 올바른 가치관의 확립은 후기 산업사회의 반문명적 파괴로부터 인류를 구원할 수 있고, 논리적이고 비판적인 의사소통능력은 젊은 학생들을 열린 사고를 지닌 창의적 인간으로 성장할 수 있게 해줄 것이다.

1990년대 중반부터 많은 학생들과 교수들이 아주대 대학원에 진학하여 나의 지도를 받았다. 교육대학원의 경우는 대부분 학위를 받았으나, 일반대학원의 경우는 절반 이상이 학위를 받지 못하였다. 교육대학원에서 초창기에 지도한 학생들을 기록한 자료를 바이러스 감염과 랜섬웨어 감염으로 망실하여 모두 기억해낼 수 없으나 최근의 기록에 남아 있는 학생은 장응범, 김순자, 김대원, 박민숙, 김성주, 양정현, 우미희, 노상곤, 강기룡, 민영미, 문미정, 문명환, 이주영, 박가영, 김윤미, 오동금, 박원주, 강신길, 변민영, 방윤선, 유미숙, 이은정, 최희숙, 김성수, 황재혁, 강현주, 김문기, 김민경, 박수정, 신은정, 엄동현, 이진아, 장수정, 김동환, 장보미, 김주리, 김지선, 김지영, 박미선, 박선희, 박영지, 배민지, 서미나, 안지원, 유호선, 이미라, 임경환, 전유선, 황광숙, 황지영, 황은진, 이슬기, 김덕희, 송용주, 송용호, 이해진, 탁미영, 전은지, 위한샘, 김민정, 강지영, 이사랑, 김미숙, 박은실, 김기현, 양정현 등이다. 일반대학원에서는 양명학, 최명자, 이은희, 김형규, 차희정, 박지혜, 김인섭, 고비, 한홍화, 왕명진, 최선호, 권세영, 이언홍, 김정효, 은미숙 등이 박사학위를, 박영관, 김형규, 김인섭, 박지혜, 김민지, 왕명진, 강문진, 남홍숙, 부견일, 양혜, 우해륜, 왕한, 왕정정, 임경환, 장소연, 전학근, 조미미, 정아남, 조남, 주의선, 채봉, 최옥화, 동기, 장평평, 박은실, 곽노옥, 조인순 등이 석사학위를 받았다. 박사과정을 수료한 이옥자, 박영관, 박홍재, 김국회, 강기룡, 장진천, 이향환, 최은수, 김정애, 공정원, 고선옥, 서복희, 서은주, 오명숙, 진현, 양녕, 왕한, 전창석 등은 박사학위를 받지 못하였고, 석사과정을 수료한 이미숙, 김건형, 조미향, 홍준석, 양승찬, 주의선, 이윤희, 정아남, 안수희 등은 석사학위를 받지 못하였다. 학위 지도를 너무 까다롭게 하지 않았나 반성을 하고 있다.

안창호와 이광수의 탈식민화 전략

1. 문제의 제기

국내외 학계에서 춘원을 식민지 근대화론자로 보려는 경향이 강하다. 식민지 시대 문명화운동을 일제의 식민지 근대화론에 연계시키려는 학자들이 있다. Michael Robinson은 춘원이 『개벽』에 실은 글들을 소개하면서도 춘원의 「민족개조론」을 일본의 개화정책을 옹호하는 글로 서술하고 있다.[1] Ellie Choi는 춘원을 서양, 도쿄, 상하이의 현대적 풍경에 매료된 국제적인 학생으로 보고, 「민족개조론」을 자율적이고 외세에 방해받지 않는 근대적인 한국 문화 운동의 형태를 취한 것이지만 역설적으로 일제의 정책이 택한 길과 공통된 길을 가서 식민지 지배자가 시민 사회의 패권을 잡을 수 있도록 한 글이라 하였다.[2] Michael Shin은 근대 한국 민족주의가 외국 점령, 내전, 분단 등 20세기 한반도를 흔들고 변화시킨 격동의 역사적 세력에 의해 형성되었음을 밝히고 있다. 1919년 3월 1일 운동 이

---

1 Michael Robinson, *Cultural Nationalism in Colonial Korea, 1920~1925*, University of Washington, 1988, p.217.

2 Ellie Choi, Yi Kwangsu, Introduction and Translation, On National Reconstruction, *Imperatives Of Culture 2013*, pp.1~28.

Ellie Choi, "Yi Kwangsu and the Post-World War I Reconstruction Debate", Cornel University, J of Korean Studies 20 no 1, 2015, p.61.

Ellie Choi, Yi Kwangsu and Post 1919 Reconstruction debate, *The Journal of Korean Studies 20, no. 1, Spring 2015*, pp.33~76.

후 국가가 집단 정체성의 패권 형태로 출현한 것을 이광수의 집필활동과 언론매체 그리고 독자층의 분석을 통해 시도하고 있다.[3] 강만길은 춘원이 일제의 조선민족 분열정책에 호응하였고, 침략전쟁시기에 그 참모습을 드러냈다고 하였다.[4] 박성진은 춘원이 「민족개조론」을 발표하여 임시정부의 독립운동이나 3.1운동을 부정하고 일제의 체제에 순응한 민족성 개조의 정신적 이론적 바탕을 제공한 것으로 서술하고 있다.[5]

이들의 논의는 문화운동에 관심을 가진 지식인이라는 평가에서부터 사이토의 문화정책에 부응한 식민지 근대화론자라는 평가에 이르기까지 다양하다. 춘원을 식민지 근대화론자로 보는 사람들은 독립운동의 노선이 이동휘 계열의 무장투쟁론, 이승만 계열의 외교독립론, 안창호 계열의 실력양성론 등 다양하다는 사실과 실력양성운동이 1907년 신민회 이후 도산에 의해 지속적으로 전개되었던 사실 그리고 「민족개조론」은 3.1운동 이후 조직적이고 통일적인 민족운동이 시대적 요구가 되고 있음을 강조한 것으로 수양동맹회를 염두에 두고 서술한 글이라는 사실과 수많은 애국지사들을 친일로 전향시키기 위해 일제가 1937년 수양동우회 사건을 일으킨 사실을 애써 외면하고 있다. 그 결과 춘원을 일본의 관비 유학생으로 일제로부터 철저하게 세뇌당한 사람, 안중근이 이토 히로부미를 암

---

3 Michael Shin, *Korean National Identity under Japanese Colonial Rule: Yi Gwangsu and the March First Movement of 1919*, Routledge, 2018.

4 강만길, 『20세기 우리 역사』, 창비, 2009.

5 박성진은 『민족문화백과사전』의 '민족개조론'에서 이 글이 '지사적 계층과 청년들의 맹렬한 비난과 분노에 직면'한 이유를 '첫째, 독립을 외면한 개조의 방법론이 갖는 허구성이 청년층의 분노를 유발하였다. 둘째, 개조론이 재외동포 중에서 발생한 것이라는 주장은 투쟁론을 주장하던 해외 망명객들을 심하게 모독하는 발언으로 받아들여졌다. 셋째, 3.1운동 참가자를 무지몽매한 야만인이라고 하여 3.1운동을 비하한 모멸적 발언이 많은 사람들의 공분을 자아냈다'고 서술하였다. 춘원은 이 글에서 독립하려면 실력을 양성해야 하며, 임시정부의 분열을 염려하면서 조직을 결성해서 단결해야 하며, 조직적인 민족운동이 필요하다는 주장을 하고 있다. 박성진은 백과사전의 성격상 객관적인 사실을 서술해야 함에도 춘원의 글과 행적을 있는 그대로 서술하지 않고 왜곡하고 있다.

살하던 당시에 친일적인 「사랑인가」를 발표할 정도로 민족의식이 없는 사람, 일본인의 도움을 받아 『무정』을 발표했으며 조선을 무정한 세상으로 보고 부정적으로 형상화한 작가, 사이토의 문화정책에 순응하여 3.1운동과 대한민국 임시정부의 독립운동을 부정한 사람으로 평가하고 있다.

이러한 주장은 춘원의 행적과 어긋나는 것들이 많고, 근대화운동에만 초점을 맞추어 객관적이지 않은 부분이 많다. 춘원은 일진회의 이용구가 아닌 손병희의 추천을 받은 유학생으로 학비 문제로 경성으로 돌아와 공사장에서 돈을 벌어 학업을 계속하였다. 1907년 이후 도산과 깊은 인연을 맺고 재일 유학생들과 비밀모임을 결성하여 민족의식을 담은 글들을 써서 『신한자유종』을 출간하였다. 「사랑인가」는 자전적 소설로 억압받고 차별받고 사랑받지 못한 조선인 유학생의 절망적인 상황을 서술한 소설이다.[6] 오산학교 교사시절에는 용동 체험을 하고 이후 지속적으로 실력양성론에 관심을 가졌으며, 러시아에서 수많은 이주담론을 생산하여 동포들의 독립의식을 일깨웠다.[7] 2.8독립선언서를 작성하고 上海로 가서 대한민국 임시정부에서 활동했으며, 조선에 귀환하여 1922년 흥사단 국내지부 창립을 주관하고 수양동맹회를 만들어 흥사단 활동을 계속하였다. 젊은이들에게 민족의식을 고양할 수 있는 작품들을 발표하다가 총독부의 검열에 걸려 연재가 중단되기도 하였다.[8] 춘원은 언더우드를 미국의 페스탈로치, 도산을 조선의 페스탈로치로 보고 무정한 세상을 유정한 세상으로 변혁시킬 수많은 페스탈로치가 필요함을 역설하였다.[9]

도산은 독립국 국민의 자격을 갖추기 위해 민족을 개조하여 정의돈수

---

6 송현호, 「춘원의 「사랑인가」에 나타난 이주담론의 연구」, 『韓國學報』, 2017, 3~29면.

7 송현호, 「춘원의 이주담론에 대한 인문학적 연구」, 『한중인문학연구』 51, 2016, 26~37면.

8 송현호, 「문학이란 무엇인가-춘원의 삶과 문학을 중심으로」, 『현대소설연구』 67, 2017, 5~30면.

9 송현호, 「『무정』의 이주담론에 대한 인문학적 연구」, 『현대소설연구』 65, 2017, 105~128면.

사상과 실력양성운동을 실천하고 모범촌을 조성하려고 하였다. 조선의 고아들에게 페스탈로치나 언더우드와 같이 정의를 돈수할 인재를 양성하기 위해 노력하였다. 모범촌은 민족공동체라는 조직을 통해 경제와 문화 수준을 제고하고, 무정한 사회를 유정한 사회로 만드는 민족운동을 할 수 있는 실력양성운동의 전초기지였다. 춘원은 도산의 사상을 수용하여 유정한 사회를 만들기 위해 1907년 이후 1937년까지 지속적으로 실력양성 운동과 민족계몽운동에 동참하였다.[10]

최근 국문학계에서 도산과 춘원의 관계에 주목하는 학자들이 늘어나고 있는 것은 아주 다행스러운 일이다. 그 가운데 김용직은 춘원은 '안창호가 품은 민족운동의 경륜을 원고로 작성하여 국내에' 반입하였다. 이것으로 '우리는 귀국 후의 사회활동을 일관하여 지배한 것이 흥사단 개체의 인격적 도야와 그를 통한 민족적 역량함양임을 명백히 파악할 수 있다'고 하였다.[11] 윤홍로는 도산 사상과의 교류관계를 점진주의, 무실역행사상 등과의 관계 속에서 조명하고, 도산 사상과 진화론의 관련성을 중심으로 「민족개조론」을 언급하였다.[12] 송현호는 춘원의 이주담론을 도산의 정의돈수사상의 수용에 주목하여 춘원이 차별받고 억압받고 사랑받지 못한 조선의 고아들을 구제하고 유정한 사회를 만들려고 했음을 밝혔다. 방민호는 『무정』 126회에서 유정한 미래를 기약하는 낙관적 결말을 보이고 있는 것을 안창호의 글과 연계시켜 '정'의 의미 수준을 시마무라 호게츠, 칸트의 '지 정 의'론 이전에 안창호의 무정/유정론으로 소급시켜 볼 수 있게 한다면서 『무정』의 독해에 있어 126회의 의미 기능을 활성화해야 한다고 주장하였다.[13]

---

10 송현호, 「『무정』에 구현된 도산의 정의돈수사상과 유정한 사회에 관한 연구」, 『현대소설연구』 70, 2018, 147~174면.

11 김용직, 「춘원 이광수와 민족의식」, 『춘원연구학보』 1, 2008, 138면.

12 윤홍로, 「춘원의 용동체험과 글짓기 과정」, 『춘원연구학보』 3, 2010, 9~69면.

도산의 정의돈수사상은 다정한 가정을 회복하여 유정한 사회를 구축하려는 것으로 무실역행사상과 함께 한국인의 민족성을 회복하기 위해 가져온 사상이다. 춘원은 도산의 영향을 가장 많이 받은 사람으로 1907년 이후 1938년 도산이 임종할 때까지 민족운동의 동지요 흥사단 단우로 함께 지내면서 민족계몽운동을 하였다. 춘원이 1938년 전향을 하여 일제의 요시찰 인물에서 친일 인사로 바뀐 것은 사실이다.[14] 도산과 춘원은 흥사단, 수양동맹회, 수양동우회, 동우회 등을 통해 민족계몽운동을 계속하였고 임시정부에 참여하여 1937년까지 총독부의 요시찰 인물로 분류되어 있었음에도 도산을 문명화의 시각에서 평가하면서도 춘원을 「민족개조론」을 예로 들어 식민지 근대화론의 시각에서 평가하는 것은 수긍하기 어렵다.

따라서 「민족개조론」의 후속편인 「민족적 경륜」에서 구사하고 있는 용어가 논란이 되고 있어서 정치하게 분석해볼 필요가 있지만 도산의 정의돈수사상, 무실역행사상, 실력양성론 등과 긴밀한 관련이 있음을 밝히지 않고서는 식민지 근대화론과의 거리를 확인하기 어려운 실정이다. 이에 도산이 독립국 국민의 자격을 갖출 수 있는 민족성의 개조를 위해 조직하거나 참여한 대한인국민회, 신민회, 흥사단, 수양동맹회, 수양동우회, 동우회 활동을 통해 정의돈수사상과 실력양성론을 어떻게 실천하고 있는가를 살펴보고, 그것이 춘원의 「민족개조론」에 어떻게 녹아 있으며 그들

---

13 방민호, 「무정 독해의 국면들과 무정 · 유정의 사상」, 『춘원연구학보』 10, 2017.6, 52~67면.

14 김원모는 『영마루의 구름』(단국대출판부, 2009)에서 위장 친일을 주장하고, 하타노 세츠코는 『이광수, 일본을 만나다』(최주한 역, 푸른역사, 2016, 237면)에서 춘원이 회원들과 협의하여 1938년 11월 3일 사상전향표명서를 일본어로 작성하여 재판소에 넘긴 정황을 서술하고 있다. 일제의 폭압으로 동우회의 민족계몽운동이 여의치 않자 도산이 임종 전에 인편으로 보낸 '회원들을 부탁한다'는 유언을 춘원이 수용하여 전향을 한 것으로 보인다. 동우회가 임시정부의 연통제를 부활시켜 국내에서 민족운동을 한 것으로 볼 때 도산의 유언과 춘원의 전향에 대한 해석과 논란은 계속될 것으로 보인다.

이 흥사단, 수양동맹회, 수양동우회, 동우회 등과 어떤 관계가 있는가를 구명하여 춘원이 식민지 근대화론과 거리가 있음을 밝히려고 한다.

2. 도산의 정의돈수사상과 실력양성운동

도산은 1902년 미국 유학 이후 한인공립협회, 신민회, 대한인국민회, 흥사단, 수양동맹회, 동우구락부, 수양동우회 등의 활동을 하거나 후원을 하면서 동포들이 정을 느끼면서 살 수 있는 유정한 사회를 만들기 위해 노력하였다. 수양과 교육을 통해 정의를 돈수하게 하여 민족성을 개선하고 경제와 문화 수준을 향상시켜서 독립국 국민의 자격을 갖추고, 4대 정신인 무실, 역행, 충의, 용감에 입각한 인재 양성을 통해[15] 정의가 넘쳐나는 유정한 사회를 만들려고 하였다.

그는 왜 일생동안 정의돈수와 실력양성을 중요시하여 수양과 교육에 매달린 것인가? 그것은 나라를 잃고 억압받고 차별받고 굶주리면서 살아가는 동포들을 보면서 자유롭고 평등하고 사랑받는 사람들로 이루어진 민족공동체를 만드는 일이 무엇보다도 중요하다고 생각했기 때문이다. 그는 1년의 계획으로는 곡식을 심고, 10년의 계획으로는 나무를 심고, 100년의 계획으로는 사람을 기른다는 '교육은 백년지대계'라는 管子의 말을 가슴에 새겼다.

도산은 동학농민전쟁에 참전하여 전횡을 일삼는 일본 관헌들과 약소민족의 비참한 삶을 목도하고 남에게 멸시 받지 않고 하려면 실력을 양성하야 한다고 생각하고 공부하기로 결심한다.[16] 그는 가족들의 반대에도 불구하고 상경하여 언더우드의 구세학당에서 교육을 받고[17] 독립협회와

15 『도산 안창호』, 『이광수전집』 7, 우신사, 1979, 130면.

16 위의 글, 118면.

17 송현호, 「『무정』의 이주담론에 대한 인문학적 연구」, 114면.

만민공동회에서 활동하다가 1902년 미국으로 유학을 떠난다. 미국에서 목격한 동포들은 인, 의, 예, 용을 중시한 한민족의 후예답지 않게 이전투구의 삶을 영위하고 있었다. 도산은 동포들을 독립국을 운영할 실력 있는 국민으로 만들기 위해 한인친목회, 한인공립협회 등을 창립하여 생활개선운동을 하였다. 그런데 생활개선이 곧 정신생활의 개선으로 연결된다는 사실을 인식하게 된다.[18]

1905년 을사보호조약이 체결되자 조국에서 민족계몽운동을 전개하기 위하여 귀국한다. 1907년 「신민회」를 발기하여 장지연, 신채호, 박은식, 이동휘, 이갑, 이종호, 이승훈, 이동녕, 이회영 등 전국의 인재들과 함께 국권회복을 위한 실력양성운동을 전개한다. 지역감정과 파벌의식 없는 민족운동을 전개하기 위해 새로운 국민성을 조성하여 '신민'의 탄생을 도모하였다. 진정한 민족 향상은 지도자층의 자기 개조가 아니고서는 이룰 수 없다고 생각하여 민족성의 개조에 전념한다.[19] 자신을 면담한 이승훈에게 모범촌의 조성과 학교 설립을 권하였다. 이승훈이 정주군 오산면 용동에 모범촌을 조성하고 오산학교를 설립하자 도산도 1908년 평양에 대성학교를 설립하여 전국적인 학교설립운동의 촉매제가 되었다. 함북에 경성중학교가 생긴 것은 그 좋은 예이다. 또한 신용을 바탕으로 사업에 성공한 이승훈을 모델로 마산동에 회사를 만들어 산업 운동의 본보기로 삼았다. 이는 민족공동체 조성을 통한 근대화의 추구인데, 모범촌 역시도 그 연장선상에 있다.[20]

한일병탄이 이루어지자 도산은 미국으로 돌아가 공립협회를 국민회로 확대하고 흥사단을 설립한다. 국민회는 '일종의 민족 수양운동이요, 독립을 위한 혁명 운동이요, 민주주의 정치를 실습하는 정치 운동'을 하는 단

---

18 『도산 안창호』, 118~119면.

19 위의 글, 121~126면.

20 위의 글, 127면.

체였다.[21] 도산은 자신의 생각하고 실행한 것들을 정리하여 흥사단의 약법을 만들어 1912년 로스앤젤리스에서 송종익에게 보여주었다. 아울러 홍언(경기도, 위원장), 조병옥(충청도), 송종익(경상도), 미상(강원도), 정원도(전라도), 강영소(평안도), 김종림(함경도), 김항주(황해도) 등 팔도에서 한 명씩 창립 위원을 선정하여 1913년 5월 13일 샌프란시스코의 강영소 집에서 흥사단을 창립하였다.[22] 흥사단 약법에는 '무실역행으로 생명을 삼는 충의 남녀를 단합하여 정의를 돈수하며 덕, 체, 지 삼육을 동맹수련하여 건전한 인격을 지으며 신성한 단체를 이루어 우리 민족의 전도번영의 기초를 수립함에 있다'고 명시하였다.

흥사단과 국민회의 활동에 전념하던 도산은 1919년 국민회의 중앙총회를 열어 이승만을 파리평화회의 한국대표로 추천하였다. 국민회의에서는 하와이 국민회를 중앙 총회로부터 분리시킨 이승만에 대해 불만이 많았다. 도산이 동지들을 설득했지만 上海에 있는 신한청년단에서 김규식을 파리에 파견하여[23] 이승만은 구주로 가는 여행권을 발급받지 못하였다. 도산은 국민회의 특파원으로 원동을 향하여 출발하였다. 도산이 上海에 도착한 것은 1919년 5월이었다.

도산이 上海에 도착하자 유현진, 신익희 등이 찾아와서 내무총장 겸 국무총리 대리를 맡아줄 것을 간청하였다.[24] 도산이 도착하기 전에 신한청년단에서는 2.8독립선언서를 이광수로부터 전해 받고 불란서 조계에 사무소를 개설하였다. 4월 10일 上海 프랑스 조계에서 대표자회의를 열고, 11일 대한민국 임시정부를 수립하였다. 출석 의원은 각계를 대표하는 신익희, 김철, 이회영, 이시영, 이동녕, 김동삼, 이광수, 신채호, 조소앙, 여

---

21 위의 글, 120면.

22 위의 글, 179면.

23 위의 글, 143면.

24 위의 글, 144면.

운형, 남형우, 조완구 등 29명으로[25] 비밀결사조직인 신민회 출신들이 다수였다. 헌법을 제정하여 대한민국의 영토, 인민의 평등권, 삼권 분립 등을 명기하였다. 국무총리에 이승만, 총장에 안창호 김규식 이시영 최재형 이동휘 문창범, 차장에 신익희 현순 남형우 윤현진 조성환 선우혁을 임명하였다.[26]

도산은 일본이 연합국의 일원이고 승전국이어서 민족 자결의 원칙이 통용되지 않을 것이며, 2.8독립선언과 3.1운동이 자주 독립의 의지를 세계에 알리는 데는 성공했지만 독립을 달성할 수는 없을 것이라면서 자신이 上海에 온 목적이 '독립운동을 할 수 있는 실력을 기르는 운동을' 하려는 것임을 분명히 밝혔다.[27] 그러나 실력 양성을 하더라도 임시 정부의 이름으로 하는 것이 효과적일 것이라는 소장파들의 간언을 받아들이면서 3.1운동을 계기로 국내외에 수립된 수많은 임시정부를 통합하기 위해 거두들을 上海로 모으기로 하였다.

도산은 취임 후 국민회로부터 자금을 가져다가 불란서 조계지에 임시정부청사를 마련하고 정무를 보았다. 아울러 '준비 없는, 계획 없는 운동'이나 '즉흥적 운동'이 우리 민족의 과거의 습관인데,[28] 독립을 할 수 있는 실력을 기르기 위해 독립운동 자료를 편찬할 독립운동사료편찬위원회를 구성하고 연통제를 즉시 시행하였다. 사료편찬 요원으로 이광수, 김병조, 이영근, 김두봉 등을 임명하였다. 이들은 독립운동방략을 준비하면서 임시정부의 기관지 『독립』을 발간하여 일본의 폭정과 민족 운동사를 국내외를 향한 홍보 선전 활동에 치중하였다. 『독립』이 신문체재로 바뀐 것은 1919년 8월 21일부터다.[29] 『독립신문』의 사장 겸 주필에 이광수, 편집국

---

25 김원모, 『자유꽃이 피리라』 상, 철학과현실사, 2015, 248면.

26 김승학, 『한국독립사』, 독립문화사, 1965, 263면.

27 『도산 안창호』, 144면.

28 위의 글, 147면.

장에 주요한이 취임하였다. 이광수는 창간사에 민족사상의 고취와 민심의 통일을 이룩하고, 정부를 독려하고 국민의 진로방향을 제시하며, 문명국민으로서 필요한 새로운 학술과 사상을 소개하고, 새로운 국민성을 조성할 것을 제시하였다.

거두들이 上海로 모이자 도산은 이승만을 대통령, 이동휘를 국무총리로 하는 공화제 정부를 공포하고 독립운동방략을 제시하였다.[30] 독립운동방략은 임시 정부 유지 방법, 국내에 향한 운동방법, 건국방략 등으로 구성되어 있었다. 북간도, 서간도, 러시아령, 미주, 하와이의 다섯 지역을 대한민국의 영토로 보고 그곳에 거주하는 동포를 국민 전체로 보아서 그들의 납세로 재정적 기초를 삼고 동시에 그들에게 교육과 산업의 발전을 꾀하여 경제와 문화의 수준을 증진하는 것을 행정의 목표로 삼았다. 다섯 지역은 각각 조직이 있었고 그 지도자가 임시 정부의 구성원들이었다.[31] 독립운동 방략은 1920년 1월 국무 회의에서 만장일치로 가결되었다. 재외 다섯 지역의 단결 등의 업무도 진행되었다.

도산은 국무총리 대리 시절 이광수, 주요한, 박현환 등과는 자주 만나 독서, 정좌, 기도를 통한 수양생활에 힘썼다. 도산의 추구하는 바를 알면 임정 내각 사퇴와 춘원의 임시정부 이탈을 이해할 수 있다. 파리강화회의에 파견된 조선인 대표들의 회의장 출입이 거부되자 신민회 이후 추구했던 강연 및 출판을 통한 민족계몽운동, 민족 산업 육성 운동 등에 관심을 갖게 된다. 재정난으로 1920년 말 사료편찬위원회가 해산되고 『독립신문』이 속간되지 못하였다. 1921년에는 연통제와 교통국 조직이 일본 경찰에 발각되어 해체되었다.

임시정부 내에서는 이동휘 계열, 이승만 계열, 안창호 계열 간에 독립

---

29 김윤식, 『이광수와 그의 시대 2』, 한길사, 1986, 646면.

30 『도산 안창호』, 147면.

31 위의 글, 148면.

운동의 노선을 둘러싸고 갈등이 야기되었고, 국무총리인 이동휘는 시베리아로 가버렸다.[32] 신채호 등은 이승만이 윌슨에게 위임통치청원서를 제출한 사실로 임시정부의 해산을 주장하기에 이르렀다. 내분이 심각한 상황에 처하면서 1923년 상하이에서 국민대표회의가 열렸다. 국민대표회의는 국내외의 민족 지도자 130여 명이 참석하였다. 4개월 동안 계속된 논쟁은 신채호 그룹과 안창호 그룹으로 나뉘어 평행선을 그리다가 결렬되었다. 이에 실망한 많은 애국지사들이 上海를 떠나면서 임시정부는 침체에 빠졌다.

도산의 대한민국 임시정부 참여는 두 가지 특징을 지니고 있다. 하나는 국민회의 대표로 원동지구의 독립운동을 살펴보기 위해 上海에 갔다가 임시정부에 참여하게 된 것이고, 다른 하나는 도산이 독립투쟁을 하기 위해서가 아니라 독립할 수 있는 실력양성 운동을 하려고 임시정부에 참여하게 된 것이다.[33] 도산은 국무총리 대리를 맡은 기간에 독립운동방략이나 연통제처럼 오랜 기간에 걸쳐 독립의 기반을 다지는 일들이나 해외 동포의 산업과 교육을 장려하고 모범촌을 조성하는 일에 전념하였다. 도산은 독립국의 국민이 되기에는 부족한 점이 많다고 생각하고 독립의 실력을 기르는 일에 전념하였다.

도산도 임시정부에 낙망한 국민회의 요청으로 미국으로 돌아갔다. 미국에도 공산당이 생기고 당쟁의 폐단이 발생하였다. 도산은 국민회의 자랑스러운 역사를 발전시키고 경제와 문화 수준의 향상과 인격 수양에 정진할 것을 당부하였다. 흥사단 회원의 일부는 정치 운동으로 방향을 전환할 것을 주장하였다. 도산은 우리 민족의 유일한 목적이 완전한 독립 국가의 건설이며, 흥사단의 수양 운동이 독립 운동이요, 정치 운동의 몸체

---

32 김용직, 앞의 글, 130면.

33 『도산 안창호』, 144면.

라고 주장하였다.[34] 도산은 흥사단의 주지를 동지들에게 강조하여 흥사단을 안정시켰다.

도산은 한국이 무정한 사회라고 보았다. 무정한 사회여서 나라가 망하였고, 지방색이나 파벌에 강하여 우리 민족이 질병에 걸려 있다고 하면서 질병을 치유하고 나라를 되찾기 위해서는 '정의'를 '돈수'하여 무정한 사회를 유정한 사회로 개조해야 한다고 하였다. 자신이 오랜 동안 연설과 강연에서 내세운 정의돈수사상이 국가 개조, 민족 개조의 첩경임을 1926년 『동광』에 발표한 「무정한 사회와 유정한 사회-情誼敦修의 의의와 요소」에서 구체적으로 밝히고 있다.[35]

이 글에는 대한민국 임시정부에 참여하였다가 내분이 일었던 것이나 上海에 체류하는 동안 발생한 미주지역 흥사단의 분규 등에 대한 복합적인 감정이 반영되어 있다. 춘원이 「민족개조론」에서 긍정적으로 언급한 우리 민족성의 본질적인 부분까지 부정하고 있다. 도산은 신민회와 흥사단 그리고 임시정부를 구성할 때 지방색을 없애기 위해 노력하였다. 그러나 임시정부의 내분은 지방색과 파벌에 의해 야기되었다.

흥사단의 기관지에 이 글을 수록한 것은 정의돈수사상의 중요성을 다시 한 번 강조하여 흥사단의 약법을 널리 알리려고 한 것으로 보인다. 도산이 생각하는 유정한 사회, 다정한 사회는 모친이 자식을 사랑하는 마음으로 서로 신뢰하고 정을 느끼면서 평화롭게 살아가는 공동체다. 그런 사회를 만들기 위해서는 정의돈수사상을 필연적이다. 아울러 '정의가 있어야 단결도 되고 민족도 흥하는 법이'라고 하였다. 때문에 '무정'한 사회를 '유정'한 사회로 바꾸기 위해서는 국민의 정신 개조 또는 민족 개조가 불가피하다고 보고, 끊임없이 국민정신의 개조를 주장하였다. 도산은 한인

---

34 위의 글, 154~155면.

35 안창호, 「무정한 사회와 유정한 사회-情誼敦修의 의의와 요소」, 『동광』, 1926.1, 29~30면.

공립협회, 신민회, 청년학우회, 대한인국민회, 흥사단, 수양동맹회, 동우구락부, 수양동우회 등의 활동을 하거나 지원을 하면서 '무실역행'하고 '정의를 돈수'하여 동포들이 정을 느끼면서 살 수 있는 유정한 사회를 만들기 위해 생활개선운동에서 시작하여 민족개조운동까지 확장한 것이다.

3. 춘원의 도산 사상의 수용과 민족계몽운동

1922년 5월 『개벽』에 발표한 「민족개조론」은 갑신정변, 갑오경장, 독립협회의 실패를 예로 들어 단체의 조직과 단결이 중요함을 역설하고 있어서[36] 수양동맹회를 염두에 두고 쓴 글임이 분명히 드러난다. 도산은 미국 체류 이후 끊임없이 생활개선을 주장하고 민족정신 개조를 위한 수양운동을 전개한 바 있다. 춘원은 上海 임시정부 시절 흥사단에 가입하고 도산과 수양운동을 하였고, 임시정부의 기관지 『독립신문』의 창간사에서 민족사상의 고취, 국민의 진로방향 제시, 새로운 국민성 조성 등에 대해 밝힌 바 있다. 귀국 후 「중추계급과 사회」(『개벽』, 1921.7.), 「소년에게」(『개벽』, 1921.11~1922.3.), 「예술과 인생」(『개벽』, 1922.1.), 「문학에 뜻을 두는 이에게」(『개벽』, 1922.3.), 「상쟁의 세계에서 상애의 세계로」(압수물, 전집 참조) 등을 발표하였다. 흥사단의 지원조직을 만들 작심을 하고 귀국하여 글쓰기를 한 것으로 볼 수 있는 이들 글에서 수양동맹, 수학동맹, 소년동맹 등을 강조하면서 사회 개조나 민족 개조를 문제 삼고 있다. 특히 「소년에게」에서 '소년동맹'을 조직해야 함을 강조하고 있는데, 그 강령을 보면 흡사 흥사단의 강령을 연상케 한다.[37]

그런데 「민족개조론」은 발표 당시는 말할 것도 없고 오늘날까지도 국

---

36 「민족개조론」, 『이광수전집』 10, 우신사, 1979, 123면.

37 김윤식, 『이광수와 그의 시대 3』, 한길사, 1986, 732면.

내외 학자들 사이에서 부정적인 평가가 지속되고 있다. 춘원이 일본의 관비 유학생 때부터 일본에 세뇌당하여 사이토의 문화정책에 순응하고 임시정부를 탈출하여 「민족개조론」으로 일제에 유화적 태도를 보였다는 주장까지 등장하고 있다. 이러한 주장은 춘원의 글에 나타난 문제적 발언에만 초점을 맞추고[38] 그가 행한 수양동맹회나 동우회 활동을 배제한 것이다. 춘원은 조선에 귀환하여 3.1운동 이후 조직적이고 통일적인 민족운동이 시대적 요구로 부상하고 있다고 하면서[39] 수양동맹회를 만들어 활동하였다. 또한 민족의식을 고양할 수 있는 글을 총독부의 검열로 연재 중단되기도 하고 삭제되기도 하면서 끊임없이 발표한 바 있다.[40] 『삼봉이네 집』은 일제의 토지 수탈, 민족 자본의 해체, 만주의 공산주의 운동 등을 다루었다고 하여 총독부로부터 출판 불허 판정을 받았다.[41] 일제와 타협하여 그들의 구미에 맞는 글을 발표하려고 하였다면 굳이 이런 글들을 썼을 리 없다.

춘원이 일제의 탄압에도 끊임없이 글쓰기를 한 이유는 읽을거리를 가지지 못한 '젊은 조선의 아들딸'들에게 '이익을 주'고, '민족의식, 민족애의

---

38 김윤식 교수는 지사적 계층과 청년들의 격분을 산 이유로, 민족전체를 향한 논설, '민족개조의 사상과 계획은 재외동포 중에서 발생한 것으로서 내 것과 일치하여'라고 서술한 것, '무지몽매한 야만인이 자각 없이'라 서술한 것 등을 들었다(위의 책, 736~738면). 그런데 춘원은 대한민국 임시정부에 비협조적인 국내지사들과 사분오열된 민족운동에 대한 반성적인 입장에서 수양동맹회를 만들어 함께 민족운동을 하자는 취지에서 이 글을 쓴 것이다. 국내 지사들은 자신들을 비판하는 춘원에게 반박한 것인데, 이를 일부 학자들은 임시정부의 독립운동과 3.1운동을 부정한 것으로 곡해하고 있다.

39 「민족개조론」, 116~117면.

40 『선도자』는 도산의 인물전이라는 이유로, 『무명씨전』은 이갑의 인물전이라는 이유로, 『공민왕』은 동우회사건 관련자로 피검되면서 연재가 중단되었다. 연재된 작품 중에도 문제가 될 만한 작품이 상당수이다(송현호, 「문학이란 무엇인가-춘원의 삶과 문학을 중심으로」, 17~18면).

41 송현호, 「『삼봉이네 집』에 나타난 이주담론의 인문학적 연구」, 『춘원연구학보』 9, 2016.12, 170면.

고조, 민족운동의 기록, 검열관이 許하는 한도의 민족운동의 찬미'를 하여 민족의식을 심어주려고 한 것이다.[42] 총독부의 감시를 받고 있던 춘원이 1931년에 발표한 글임에도 민족의식 운운한 것은 매체를 통한 민족운동을 지속할 것임을 천명한 것이어서 주목할 만하다.

춘원은 임시정부에서 독립운동의 방법과 노선의 차이로 심각한 내분이 일었던 일과 국내 인사들의 임시정부에 대한 비협조적인 태도에 충격을 받은 바 있다. 따라서 도산이 언행을 통해 보여준 바를 바탕으로 독립을 준비하려면 조직을 만들어서 하되 조직의 단결이 최우선이라 생각하여 민족성의 개조를 당면과제로 내세워 「민족개조론」을 서술한 것이다.

「민족개조론」의 본문에서 밝히고 있는 바와 같이 '개조할 것은 조선민족의 근본적 성격이 아니요, 르봉 박사의 이른바 부속적 성격이라' 개조 가능성이 농후하다고 생각하였다. 우리 민족성의 본류인 '인', '의', '예', '용' 즉 관대, 박애, 예의, 금욕적, 자존, 무용, 쾌활 등은 긍정적인 요인들이지만 그로 말미암아 발생한 허위, 나태, 비사회성, 경제적 쇠약, 과학의 부진 등과 같은 근본적 민족성의 '半面이 가져온 禍'를 개조하자는 것이다.[43]

개조의 내용은 거짓말과 속이는 행실이 없기, 옳다고 생각하고 의무라고 생각하는 바를 부지런히 실행하기, 신의 있는 자가 되기, 옳은 일이나 작정한 일을 위해 만난을 무릅쓰고 나가는 자가 되기, 사회봉사를 생명으로 알기, 전문 학술이나 기예를 배워 직업을 가지기, 경제적으로 독립을 가지기, 청결과 운동으로 건강한 체격을 소유한 자가 되기 등을 제시하였다.[44] 개조의 방법은 '강연을 하고 학교를 세우고 회를 조직하고 신문이나 잡지를 경영하고 서적을 출판하는 등 여론과 문화사업으로 족히 이 민족을 구제하여 행복과 번영의 길'로[45] 이끌려고 한 것이니, '세계 각국에서

---

42 「여의 작가적 태도」, 『이광수전집』 10, 460~462면.

43 「민족개조론」, 131면.

44 위의 글, 137면.

쓰는 문화운동의 방법에다가 조선의 사정에 응할 만한 독특하고 근본적이요 조직적인 방법을 첨가한 것이니, 곧 개조동맹과 그 단체로서 하는 가장 조직적이요 영구적이요 포괄적인 문화운동'이라고 밝히고 있다.[46] 이는 신민회에서 추구한 강연이나 매체를 통한 문화운동, 대한민국 임시정부에서 제시한 독립운동방략과 연통제, 임시정부 시절 가입한 흥사단과 귀국 후 수양동맹회, 수양동우회, 동우회를 통해 행한 무실역행과 사회봉사심에 의거한 문화운동 등과 유사한 내용으로 도산이 정의가 넘치는 유정한 사회를 만들기 위해 제시한 덕목들이다.

우리 민족성의 부속적 성격 때문에 나라를 잃었으니 민족성을 개조하자는 주장이나 민족 지도자에 대한 봉사와 복종이 없다면 민족의 개조가 불가능하다는 주장은 양계초에 영향 받은 도산의 주장을 수용한 것이다.[47] 그럼에도 이를 두고 공화제를 부정하고 입헌 군주제를 수용한 것이라고 해석하기도 하고, 민족성의 폐해를 현대적으로 개선하자는 것을 식민지 근대화론으로 해석하는 경우도 적지 않다. 적절하지 않은 지적임에 틀림없다.

「민족개조론」의 후속편인 「민족적 경륜」에서 '우리는 조선 내에서, 허하는 범위 내에서, 일대 정치적 결사를 조직하여야'[48] 한다는 주장을 당대 상황과 관련지어 보면 수양동맹회와 수양동우회를 염두에 둔 것이고 정치적인 색체가 없다고 했지만 그 역시 총독부의 감시를 피하기 위한 위장 선언일 가능성이 크다. 총독부의 감시를 피하기 위하여 용동의 모범촌에서 가시화되기 시작한 민족자치단체를 조직하여 민족운동을 하려는 의

---

45 위의 글, 146면.

46 위의 글, 146~147면.

47 도산은 양계초의 『飮氷室文集』을 대성학교의 교재로 사용하고, 양계초의 지도자의 4대 덕목을 가져와 務實, 力行, 忠義, 勇敢을 지도자의 덕목으로 강조한 바 있다(김종욱, 앞의 글, 71면).

48 「민족적 경륜」, 『이광수전집』 10, 184면.

도는 '정치적 결사와 산업적 결사와 교육적 결사가 조선민족을 구제하는 삼위일체의 방안'[49]이라는 주장에서 발견할 수 있다. 이 글에서 정치 단체는 단기간에 성과를 낼 수 없고 오랜 시간이 흘러야 한다고 했는데, 이를 증명이라도 하듯 15년을 넘기면서 수양동우회, 동우회의 활동은 민족운동 단체의 본색을 드러내기 시작한다. 총독부는 동우회가 대동아전쟁의 걸림돌이 될 것으로 생각하여 1937년 동우회사건으로 수많은 독립지사들을 탄압하고 전향을 유발하는 사태를 일으켜 사망자가 속출하였다. 그럼에도 그에 대해서는 간과하고 '모든 정치적 활동, 즉 참정권, 자치론의 운동'[50] 등의 언급을 문제 삼아 친일 전향의 글로 평가하고 있다.

이재선 교수가 지적한 바와 같이 「민족개조론」은 '민족성의 부족한 취약성을 점검하고 이에 대한 대응 방법으로 사회운동의 전개를 제기한 것'이어서 '민족에 대한 희망의 사상으로 꼭 부정적으로만 평가할 것은 아니'다.[51] 「민족개조론」에서 '孫文, 顧維均, 王正廷이 아무리 혁명과 외교를 잘한다 하더라도 중화인의 구제는 오직 민족개조운동자에게서만 찾을 것'[52]이라고 서술하고 있는 대목은 임시정부의 노선 갈등에서 춘원의 입각점이 어디에 있는가를 분명히 보여준다. 그는 이동휘 계열의 무장투쟁론이나 이승만 계열의 외교독립론이 아닌 안창호 계열의 실력양성론을 지지하고 있었던 것이다. 따라서 춘원이 공화제를 부정하고 입헌 군주제로 돌아섰다는 판단은 춘원이 「민족개조론」을 서술한 진정한 의도를 곡해하고 왜곡한 것으로 볼 수 있다.

춘원은 도산의 영향을 가장 많이 받은 사람이다. 춘원은 「조선 사람인 청년들에게」(『소년』, 1910.6.)와 「여의 자각한 인생」(『소년』, 1910.8.)에서

---

49 위의 글, 187면.

50 위의 글, 184면.

51 이재선, 「이광수 문학론의 원천과 형성」, 『춘원연구학보』 4호, 2011, 25면.

52 「민족개조론」, 136면.

'신민'의 이념과 부합하는 주장을 하여 '박은식과 신채호의 뒤를 잇는 신민회의 문학적 적자'[53]라는 지적을 받을 정도로 도산의 추종자였으며, 이후 일관되게 도산의 '정의돈수'와 '실력양성'을 통한 유정한 사회 만들기에 전념하고 신문 연재를 통해 민족계몽운동을 전개하였다. 도산은 1902년부터 동포들의 무정한 삶을 보고 생활개선을 강조하다가 1907년 신민회를 만들면서 민족성 개조까지 언급하였다. 흥사단의 약법에도 정신 개조가 중심을 이루고 있다. 춘원의 모범촌 조성에 대한 관심은 신민회의 민족진흥사업운동의 연장선상에서 경제와 문화의 수준을 제고하여 우리 민족의 해외 유출을 막기 위한 유정한 사회 조성 사업이었다. 춘원이 문학작품을 신문에 연재한 것은 연통제가 차단된 상황에서 매체를 통해 우리 민족의 독립 의지를 전파하고 민족계몽을 할 수 있는 통로였다.

춘원은 임시정부에 대한 국내외 인사들의 미온적인 태도와 자금난 그리고 『독립신문』의 발간 중지 등으로 절망감을 느끼다가 1921년 4월 조선으로 귀환한다. 당시 춘원의 귀환에 대해서는 논란도 많았고, 아직도 풀리지 않은 수수께끼들이 많다.[54] 김원모 교수에 의하면 당시 허영숙은 총독부 고위인사의 도움으로 上海에 갈 수 있었고, 그 사실을 알고 있는 김구에 의해 살해 명령이 하달되었으며, 이 사실을 알게 된 춘원이 허영숙을 살리기 위해 도산의 만류에도 귀국하였다. 이정화 박사에 의하면 허영숙은 上海에서 병원을 개업하고 춘원과 같이 살기 위해 上海로 갔으나 알 수 없는 일로 급히 귀국하였다.

김원모 교수와 이정화 박사의 주장을 토대로 하여 새로운 가설을 세울 수 있다. 당시 국내 인사들의 미온적인 태도로 임시정부의 재정 상태가 최악에 달하였고 연통제가 일제에 발각되어 붕괴되었다. 도산은 연통제

---

53 김종욱, 「이광수, 신민회, 량치차오」, 『춘원연구학보』 12, 2018, 81면.

54 송현호, 「문학이란 무엇인가-춘원의 삶과 문학을 중심으로」, 19~20면.

를 되살리기 위해 춘원과 허영숙을 이용했을 가능성이 있다. 도산은 연통제를 대단히 중시하여 총독부와 경찰 그리고 언론기관에 밀정을 심어놓은 바 있다. 도산이 임시정부 총리 대리에서 물러난 후 춘원과 흥사단의 일을 하면서 자신은 연설로 춘원은 신문연재로 민족계몽운동을 한 것은 신민회 이후 임정까지의 매체를 통한 민족계몽운동의 연장선상에서 해석이 가능하다.

도산이 1921년 이광수의 귀국을 적극 만류하였고, 수양동우회의 단원 자격을 무기한 정지시킨(『원동발』 제6호, 1922.7.11.) 것으로 알려졌으나 석연치 않다. 춘원이 1921년 귀국 직후 불기소로 석방이 되었으나 오랜 기간 총독부 경찰의 감시를 받았고 「소년에게」로는 출판법 위반 혐의를 받고 종로경찰서에 연행된 일, 도산의 명을 받아 흥사단의 국내지부를 만들고 1922년 2월 12일 수양동맹회를 조직한 일, 1926년 1월 8일 수양동맹회와 동우구락부를 합하여 수양동우회를 조직한 일, 1928년 11월 23일 해외에 있던 흥사단과 합하여 동우회를 조직하여 이끌면서 줄기차게 민족운동을 전개한 일, 1937년 6월 7일 동우회사건으로 도산 안창호와 함께 동우회 회원 181명 전원이 총검거되어 수감된 일 등은 자격 정지와 거리가 먼 일들이다.[55] 미국에서 흥사단을 창립할 때 충청도 대표였던 조병옥이[56] 1925년 귀국한 이래 '흥사단의 이심동체인 수양동우회를 춘원 이광수 씨와 함께 조직, 참여'하였다는[57] 증언, 흥사단 활동을 계속하면서 집필활동을 통해 도산의 정의돈수사상과 실력양성론을 실천하기 위해 활발하게 활동한 일, 해방 후 김구의 요청으로 『백범일지』를 한글로 윤문하여 국사원에서 출판한 일 등은 춘원이 대한민국 임시정부를 배신한 사람이라면 일어날 수 없는 일들이다. 따라서 이들을 통하여 우리는 연통제를

---

55 김원모, 「이광수의 민족주의적 역사의식」, 『춘원연구학보』 1, 2008, 24면.

56 『도산 안창호』, 179면.

57 조병옥, 『나의 회고록』, 선진, 2003, 85~86면.

복원하기 위해 도산과 춘원이 공모했을 가능성을 조심스럽게 추정해볼 수 있다.

4. 결론

본고는 도산이 독립국 국민의 자격을 갖출 수 있는 민족성의 개조를 위해 조직하거나 참여한 대한인국민회, 신민회, 흥사단, 수양동맹회, 수양동우회, 동우회 활동을 통해 정의돈수사상과 실력양성론을 어떻게 실천하고 있는가를 살펴보고, 그것이 춘원의 「민족개조론」과 민족운동에 어떻게 녹아 있는가를 구명하여 춘원이 식민지 근대화론과 거리가 있음을 밝힌 글이다.

도산은 1902년부터 동포들의 무정한 삶을 보고 생활개선을 강조하다가 1907년 신민회를 만들면서 민족성 개조까지 언급하였다. 흥사단의 약법에도 정신 개조가 중심을 이루고 있다. 그는 독립국 국민의 자격을 갖추기 위해 우리의 경제력과 문화 수준을 향상시키고, 정의를 돈수하여 백성들이 정을 느끼면서 살 수 있는 유정한 사회를 만들어야 한다고 주장하였다. 국민의 정신을 개조시키기 위해 민족계몽운동을 하던 도산은 1919년 5월 대한민국 임시정부 국무총리 대리를 맡으면서 독립할 수 있는 실력을 기르기 위해 독립운동방략을 준비하고 연통제를 즉시 시행하였다.

1922년 5월 춘원이 발표한 「민족개조론」은 우리의 민족성의 본질적인 부분을 잘 살려나가고 부속적인 면을 개조하려는 것으로 도산의 정의돈수사상과 무실역행사상을 바탕으로 민족성의 개조를 주장한 글이다. 춘원은 박은식과 신채호의 뒤를 잇는 신민회의 문학적 적자라는 지적을 받을 정도로 도산의 추종자였으며, 일관되게 흥사단, 수양동맹회, 수양동우회, 동우회 활동을 하면서 도산의 정의돈수사상, 무실역행사상, 실력양성론을 실천하였다. 또한 신문 연재를 통한 민족계몽운동은 연통제가 차단된 상황에서 매체를 통해 우리 민족의 독립 의지를 전파하고 민족계몽을 하는 통로였으며, 모범촌 조성에 대한 관심은 신민회의 민족진흥사업운동의 연장선상에서 경제와 문화의 수준을 제고하여 우리 민족의 해외 유출을 막기 위한 유정한 사회 조성 사업이었다.

참고문헌

1. 자료

『이광수전집』 1~10, 우신사, 1979.

『이광수전집』 별권, 우신사, 1979.

2. 단행본

강만길, 『20세기 우리 역사』, 창비, 2009.

김동인, 『춘원 연구』, 신구문화사, 1956.

김승학, 『한국독립사』, 독립문화사, 1965.

김영민, 『한국근대소설의 형성과정』, 소명, 2005.

김용직, 『시각과 해석-한국현대시 이렇게 본다』, 2014.

김원모, 『영마루의 구름』, 단국대출판부, 2009.

김원모, 『자유꽃이 피리라』 상, 철학과현실사, 2015.

김원모, 『자유꽃이 피리라』 하, 철학과현실사, 2015.

김윤식, 『이광수와 그의 시대』 ①, 한길사, 1986.

김윤식, 『이광수와 그의 시대』 ②, 한길사, 1986.

김윤식, 『이광수와 그의 시대』 ③, 한길사, 1986.

류보선, 『한국문학의 유령들』, 문학동네, 2012.

박성진, 『사회진화론과 식민지사회사상』, 선인, 2003.

송현호, 『한국현대문학의 이주담론 연구』, 태학사, 2017.

윤홍로, 『이광수 문학과 삶』, 한국연구원, 1992.

이재선, 『이광수 문학의 지적 편력』, 서강대학교출판부, 2010.

이재선, 『한국현대소설사』, 홍성사, 1984.

하타노 세츠코, 최주한 역, 『이광수, 일본을 만나다』, 푸른역사, 2016.

Michael Robinson, *Cultural Nationalism in Colonial Korea, 1920~1925*, University of Washington, 1988.

Michael Shin, *Korean National Identity under Japanese Colonial Rule: Yi Gwangsu and the March First Movement of 1919*, Routledge, 2018.

3. 논문

김원모, 「이광수의 민족주의적 역사의식」, 『춘원연구학보』 1, 2008, 24면.

김용직, 「춘원 이광수와 민족의식」, 『춘원연구학보』 1, 2008, 138면.

김종욱, 「이광수, 신민회, 량치차오」, 『춘원연구학보』 12, 2018, 81면.

류수연, 「응접실, 접객공간의 근대화와 소설의 장소-이광수의 『무정』과 「재생」을 중심으로」, 『춘원연구학보』 11, 2017, 7~32면.

리범수, 「중국에서의 『무정』에 대한 평가와 문학사적 의의」, 『춘원연구학보』 10, 2017, 107~134면.

방민호, 「무정 독해의 국면들과 무정 · 유정의 사상」, 『춘원연구학보』 10, 2017.6.

서은혜, 「이광수의 上海 시베리아행과 유정의 자서전적 텍스트성」, 『춘원연구학보』 9, 2016.12, 223~256면.

송현호, 「『무정』의 이주담론에 대한 인문학적 연구」, 『한국현대소설』 65, 2017.3, 105~128면.

송현호, 「『삼봉이네 집』에 나타난 이주담론의 인문학적 연구」, 『춘원연구학보』 9, 2016.12, 165~188면.

송현호, 「문학이란 무엇인가-춘원의 삶과 문학을 중심으로」, 『현대소설연구』 67, 2017, 5~30면.

송현호, 「춘원의 「사랑인가」에 나타난 이주담론의 연구」, 『韓國學報』, 2017.1, 3~29면.

송현호, 「춘원의 이주담론에 대한 인문학적 연구」, 『한중인문학연구』 51, 2016.6, 23~42면.

송현호, 「한국근대소설론연구」, 서울대 박사학위논문, 1989.1.

송현호, 「한국현대문학에 나타난 이주담론의 인문학적 연구」, 『제4회 세계인문학포럼 희망의 인문학 프로그램북』, 2016.10, 726~735면.

송현호, 「『흙』에 구현된 도산의 정의돈수사상과 유정한 사회에 관한 연구」, 『현대소설연구』 69, 2018, 5~33면.
송현호, 「『무정』에 구현된 도산의 정의돈수사상과 유정한 사회에 관한 연구」, 『현대소설연구』 70, 2018, 147~174면.
안창호, 「무정한 사회와 유정한 사회 情誼敦修의 의의와 요소」, 『동광』, 1926.1, 29~30면.
윤홍로, 「『흙』과 민족갱생력」, 『춘원연구학보』 2, 2009, 53~55면.
윤홍로, 「춘원의 용동체험과 글짓기 과정」, 『춘원연구학보』 3, 2010, 9~69면.
윤홍로, 「이광수의 치타에서의 체험과 그의 작품배경」, 『어문연구』 105, 한국어문교육연구회, 2000.3, 219~235면.
이언홍, 「「유정」에 나타난 이주와 '정(情)의 연구」, 『춘원연구학보』 8, 2015, 109~134면.
이유진, 「일본에서의 『무정』에 대한 평가와 문학사적 의의」, 『춘원연구학보』 10, 2017, 71~106면.
이재선, 「이광수 문학론의 원천과 형성」, 『춘원연구학보』 4호, 2011, 12~24면.
장영우, 「『무정』의 맥락화와 문학사적 의의」, 『춘원연구학보』 10, 2017, 11~42면.
정하늬, 「이광수의 『흙』에 나타난 투사적 지도자상 연구」, 『춘원연구학보』 10, 2017, 199~236면.
최선호, 「『무정』에 나타난 디아스포라 의식」, 『춘원연구학보』 8, 2015, 83~108면.
최주한, 「'번역된 (탈)근대론'으로서의 『무정』 연구사」, 『한국근대문학연구』 27, 2013, 287~313면.
최혜림, 「『무정』 탄생 100년, 번역사 고찰」, 『춘원연구학보』 11, 2017, 33~60면.
황정연, 「여성주의적 시각과 『무정』 연구사」, 『춘원연구학보』 11, 2017, 61~92면.
황정현, 「이광수 소설 연구사」, 고려대 박사학위논문, 2009.

문학이란 무엇인가
-춘원의 삶과 문학을 중심으로

1. 문제의 제기

최근에 삶의 위기가 문학 인구의 감소로 이어지면서 문학의 위기를 이야기하는 사람들이 많아졌다. 지하철이나 버스에서 스마트폰을 만지작거리는 사람들은 수없이 많지만 책을 보는 사람은 찾아보기가 어렵다. 책을 구매하여 소장하던 풍속도 사라지고 문학의 역사성만이 중시되는 시대가 되었다. 인터넷이 커뮤니케이션의 수단으로 자리를 잡고 매체 간의 경계가 무너지면서 문학의 위기를 말하는 사람들도 많아졌다. 마셜 매클루언(*Understanding Media*, 1964)이 활자 문화의 종말과 영상 매체 시대의 도래를 선언했지만,[1] 미디어의 변화를 창작 환경에 반영하여 영화를 보는 느낌을 주는 소설[2]이나 음악을 들으면서 읽을 수 있는 소설[3]이 등장할 정도로, 활자 문화는 환경의 변화에 적응하면서 그 생명력을 유지하고 있다.

문학의 위기론은 어제오늘의 일이 아니다. 망국의 상황에서 억압받고 차별받으면서 생존에 위협을 느낀 신진사대부들이 소설개혁론을 들고 나오고, 춘원이 민족계몽을 위해 당대의 젊은이들에게 읽을거리를 제공할 수밖에 없었던 시기의 위기감은 오늘날에 비해서 강도가 더하면 더했지 결코 덜하지 않았을 것이다. 문학이란 무엇인가를 끊임없이 고민하고 천

1 마셜 매클루언, 박정규 역, 『미디어의 이해』, 커뮤니케이션북스, 1997.

2 송현호, 「영상매체의 발전과 소설의 변화」, 『현대소설연구』 11, 1999, 27~42면.

3 장미영, 「소설과 미디어콘텐츠의 상호매체성」, 『국어문학』 52, 2012, 266면.

착했던 흔적이 춘원의 삶과 글에는 잘 나타나 있으며, 춘원은 자신의 생각을 정리하여 「文學이란 何오」를 『매일신보』(1916.11.10~1916.11.23.)에 연재하기도 하였다.

이재선은 춘원의 문학을 "심미주의의 표방보다는 문학의 현실 개량이라는 공리적인 효용주의에서" 시작한 것으로 평가하면서,[4] 춘원의 문학론의 원천과 형성을 여덟 개의 물음과 해답으로 설명하려고 하였다. 이러한 시각은 우리의 근대문학과 문학론이 "어떻게 형성되었는가"를 "동서의 영향사적 접근 방법으로" 해명하려고 한 것이다.[5] 김윤식은 고아인 춘원이 '사랑기갈증 콤플렉스'에 걸려 정신적 구원을 받기 위해 정육(情育)을 강조하였다[6]고 하였고, 한계전 등은 춘원의 문학에 나타나는 정적 분자나 정적 만족을 사랑이나 연애와 결부시켜 설명하였다.[7] 필자는 1980년대 후반 춘원에게 문학이란 무엇이며 전 시대나 동시대 문학과 춘원의 문학은 어떤 관계가 있는가를 밝히려고 시도한 바 있다.[8] 학계에 일반화된 이식사관을 극복하기 위해 한국현대소설론의 형성을 우리 소설의 내적 발전과정에 초점을 맞추어 논의를 개진하였으나 춘원의 문학에 대한 인식이 시대에 따라 변모하고 있음을 간과하였고, 이주 담론[9]에 주목하지 못하여

---

4 이재선, 『한국현대소설사』, 홍성사, 1984, 201면.

5 이재선, 「이광수 문학론의 원천과 형성」, 『춘원연구학보』 4, 2011, 12~24면.

6 김윤식, 『이광수와 그의 시대 1』, 한길사, 1986, 220면.

7 한계전 · 박호영 · 송현호, 『문학의 이해』, 민지사, 1987, 293~295면.

8 송현호, 「한국근대소설론연구」, 서울대 박사학위논문, 1989.

9 송현호, 「춘원의 이주 담론에 대한 인문학적 연구」, 『한중인문학연구』 51, 2016, 26~37면.
송현호, 「『삼봉이네 집』에 나타난 이주 담론에 대한 인문학적 연구」, 『춘원연구학보』 9, 2016, 170면.

송현호, 「한국현대문학에 나타난 이주 담론의 인문학적 연구」, 『제4회 세계인문학포럼 희망의 인문학 프로그램북』, 2016, 726~735면.

송현호, 「춘원의 「사랑인가」에 나타난 이주 담론의 연구」, 『韓國學報』, 2017, 3~29면.
송현호, 「『무정』의 이주 담론에 대한 인문학적 연구」, 『현대소설연구』 65, 2017, 105~125면.
송현호, 「『흙』에 구현된 도산의 정의돈수사상과 유정한 사회에 관한 연구」, 『현대소설

작가의 체험과 문학의 관계를 충분히 밝혀내지 못하였다.

춘원은 일본 유학 중 억압받고 차별받고 사랑받지 못한 자신을 발견하면서부터 나라 잃은 조선의 고아라는 인식을 하게 되고 내면에서 끓어오르는 민족의식을 문학에 담기 시작하였다.[10] 러시아에 이주해서는 조선인 이주자들을 위해서 민족담론을 생산하고, 上海에 이주해서는 임시정부에서 『독립신문』의 사장 겸 편집인을 하면서 독립에 대한 열망을 담은 글들을 서술하였다.[11] 조선에 귀환해서는 총독부의 강요로 연재가 중단되거나 출판 불허 판정을 받으면서까지 일관되게 조선인들에게 민족의식을 일깨워주는 글쓰기를 계속하였다.

민족계몽운동으로 일관하던 춘원은 1937년 동우회 사건으로 구속되었다가 풀려난 후 대일 협력을 하였다. 자신의 전향이 충격적인 사건이라는 것은 춘원도 잘 알고 있었다. 그럼에도 춘원은 해방 후 자신의 과오를 반성하지 않고 민족을 위해 친일을 하였고, 민족을 위해 자기희생을 하였다고 변명하였다.[12] 「나의 고백」에서 춘원은, 조선인이 시국에 협력하여 욕만 먹은 전례를 최린, 최남선, 윤치호를 통해 잘 알고 있었지만 민족주의자인 자신의 전향이 총독부의 최대의 관심사였기에 자신의 희생으로 동포의 희생을 덜고 민족의 고난을 늦출 수 있다고 판단하여 대일 협력을 한 것이라고 하였다. 대일 협력은 민족의 반역자로 평가받을 소지가 다분하여 춘원은 '민족'을 위해서라는 논리를 내세우고 있다.[13]

춘원의 친일이나 민족담론은 문제적인 영역임에 틀림없다. 춘원이 남

연구』 69, 2018, 5~33면.

송현호, 「『무정』에 구현된 도산의 정의돈수사상과 유정한 사회에 관한 연구」, 『현대소설연구』 70, 2018, 147~174면.

10 송현호, 「『무정』의 이주 담론에 대한 인문학적 연구」, 위의 책, 111면.

11 송현호, 「춘원의 이주 담론에 대한 인문학적 연구」, 위의 책, 26~37면.

12 송현호, 『한국현대문학의 이주 담론 연구』, 태학사, 2017, 92면.

13 이광수, 『이광수전집』 7, 우신사, 1979, 278~279면.

기고 간 발자취를 더듬으면서 우리는 그의 앞에 놓였던 수많은 선택의 기로에서 그가 선택한 길에 의문을 제기하지 않을 수 없다. 그는 왜 끊임없이 이주를 했으며, 미국으로 가려고 한 것일까? 이형식을 시카고 대학으로 유학시켜 상상적 이주를 한 것은 무엇 때문인가? 그는 억압을 받고 검열을 받으면서도 왜 끊임없이 글쓰기를 한 것일까? 그에게 민족이나 문학이란 무엇이었을까? 그가 1914년 여비를 마련하여 미국으로 이주하였다면 어떻게 되었을까? 1921년 조선으로 귀환하지 않았다면 어떻게 되었을까? 1937년 동우회 사건으로 투옥되지 않았다면 어떻게 되었을까? 이러한 질문은 1938년 대일 협력 때문에 제기된 의문들이다.

춘원이 국내외의 여러 곳으로 이주를 하고 그의 소설적 인물들을 이주시켜서 얻고자 한 바가 무엇일까를 밝힐 수 있다면 그에게 문학이 무엇이었는가를 분명히 밝힐 수 있을 것이다. 그는 식민지 백성으로 살면서 평화를 얻을 수 없었다. 때문에 그는 평화를 얻기 위해 끊임없이 글쓰기에 전념하였다. 따라서 본고에서는 춘원이 평화를 얻기 위해 어떻게 글쓰기를 하였으며, 그에게 민족이나 문학은 무엇이었는지를 그의 삶과 연계시켜 살펴보려고 한다.

2. 개인의 발견과 이주자의 글쓰기

흥선대원군의 쇄국 정책으로 조선에 한 발도 들여놓지 못하던 일제는 강화도 조약 이후 조선에서 영향력을 키워오다가 갑오농민전쟁에 참전하여 농민군을 격퇴하면서 조선에서 영향력을 강화하기 시작하였다. 이를 계기로 1896년 인천에 미두장을 설립하여 조선의 쌀을 가져감으로써 일본은 자국의 식량 문제를 해결하였다. 1910년부터 1918년까지 조선의 토지조사사업으로 수많은 토지를 몰수하여, 동양척식주식회사와 이주 일본인들에게 헐값으로 분배하였다. 또한 식민지 통치자금을 확보하기 위하여 가혹한 지세를 부과하여 민족 자본을 해체하였다.[14] 미두장을 통해서 조선의 쌀을 빼돌리던 것도 모자라, 겨울을 나기 위해 남겨놓은 쌀마저 공출이라는 미명하에 빼앗아 일본으로 가져가고 전선으로 보내 군량미로 사용하였다. 심지어 조선인들을 간도로 이주시켜 논농사를 짓게 하여 중국인과 갈등을 조장하고 만보산 사건을 유발하여 만주사변을 일으키기도 하였다. 일제의 간계로 조선에서는 중국인에 대한 적개심을 드러내는 행동이 거침없이 행해졌고, 중국인들은 분개하여 조선인과 독립운동을 하는 임정요인들까지 비판하기 시작하였다. 만보산 사건으로 조선인들에게 등을 돌린 중국인들의 마음을 일순간에 돌려놓은 것은 동경에서 이봉창 열사가 일왕 히로히토에게 수류탄을 투척한 사건이었다.

일제강점기에 나라를 잃고 민족만 남아 있는 상황에서 조선인들은 결코 자유롭지도 평등하지도 않은 삶을 영위할 수밖에 없었다. 춘원이라고 해서 예외일 수는 없었다. 춘원은 어린 시절 정주군에서 월세를 낼 돈이 없어서 이사를 빈번하게 다녔고, 조실부모하여 어려서부터 정주 지역 동학당 책임자인 박찬명의 서생 노릇을 하였다. 또한 동학 조직원들에게 비밀문서를 전달하는 일을 하면서 '포덕천하(布德天下) 광제창생(廣濟蒼生) 보국안민지대도(保國安民之大道)'를 도모하는 동학의 정신을 배웠다. 춘원은 일본 관헌의 동학교도 탄압으로 1904년 경성으로 이주할 수밖에 없었다. 경성에서 그가 믿을 곳은 동학교당밖에 없었다. 막노동과 심부름으로 생계를 꾸려가면서 동학의 일을 하던 춘원은 손병희의 「삼전론(三戰論)」의 영향을 받아 유학을 결심한다.

> 첫째는 인전, 즉 사람의 싸움이요, 둘째는 언전, 즉 말의 싸움이요, 그리고 끝으로 셋째는 재전, 즉 재물의 싸움이다. 그러므로 잘난 사람이 많고 말

---

14 송현호, 앞의 책, 16~19면.

을 잘하고 재물이 많은 자는 이기고, 그것들이 없는 자는 진다. 그런데 잘난 사람이 많게 하는 방법은 공부에 있고 (……) 교육과 산업으로 민족의 실력을 기르자는 것이었다. 나도 지금 공부하러 떠나는 길이었다.[15]

「나의 고백」에는 춘원의 향학열과 유학의 배경이 잘 드러나 있다. 춘원은 1905년 손병희의 추천으로 대성중학(大城中學)에 입학하였다. 손병희는 이용구의 스승으로 동학당의 실세였지만 겉으로 드러나지 않은 인물이다. 실세 역할을 하던 이용구는 진짜 실세가 되기 위해 스승을 배신하고 동학도인으로 조직된 진보회를 일진회와 통합하여 친일 단체로 탈바꿈시켰다.[16] 친일파 이용구와는 무관하게 손병희의 추천으로 유학을 한 춘원은 학비 조달이 여의치 않자 11월에 귀국한다. 혹자들은 일진회의 유학생이라는 점에서 춘원을 이용구와 연관시켜 친일 교육을 받은 것으로 논의하기도 했지만 이용구가 아닌 손병희의 추천을 받은 점에서 그러한 주장은 사실이 아닌 것으로 보인다. 경성에서 막노동을 하여 학비를 모은 춘원은 1906년 3월 대성중학에 복학하였다. 고아 소년인 춘원은 어려운 이주 생활을 하면서도 글쓰기에 전념하였다.

1908년 홍명희, 문일평, 안재홍 등과 소년회를 조직하여 『신한자유종』을 발간하고, 국내외의 잡지에 글을 쓰기 시작하였다. 춘원은 이 시기에 「국문과 한문의 과도시대」(『태극학보』 21, 1908.5.), 「수병투약」(『태극학보』 25, 1908.10.), 「혈누-희랍인 스팔타쿠스의 연설」(『태극학보』 26, 1908.11.), 「사랑인가」(『白金學報』 19, 1909.12.), 「옥중호걸」(『대한흥학보』 9, 1910.1.), 「今日 我韓靑年과 情育」(『대한흥학보』 10, 1910.2.), 「어린 犧牲(외국소년의 과외독물)」(『소년』 2, 3, 5, 1910.2~5.), 『무정』(『대한흥학보』

15 이광수, 『이광수전집』 7, 221~222면.

16 위의 책, 222면.

11, 12, 1910.3~4.), 「특별기증작문」(『부의 일본』 2, 1910.3.), 「문학의 가치」(『대한흥학보』 11, 1910.3.), 「우리 영웅」(『소년』 3, 4, 1910.4.), 「일본에 재한 아한 유학생을 논함」(『대한흥학보』 12, 1910.4.), 「여행의 잡감」(『신한자유종』 3, 1910.4.)을 발표하였다.

이 가운데 「혈누-희랍인 스팔타쿠스의 연설」, 「옥중호걸」, 「우리 영웅」, 「사랑인가」는 당시 춘원이 무엇을 생각하고 있었으며, 왜 글쓰기를 한 것인가를 알 수 있는 좋은 자료들이다. 「혈누-희랍인 스팔타쿠스의 연설」은 로마의 식민지인 그리스 출신 노예 검투사 스파르타쿠스가 자유를 찾기 위해 동료들에게 연설을 하여 반란을 선동한다는 내용이다. 춘원이 영화를 보고 정리한 글로 그의 최초의 글쓰기가 애국 계몽기의 역사 전기소설을 창작한 신채호나 박은식 등과 마찬가지로 번역이나 번안에서 시작했음을 짐작하게 한다.[17] 「옥중호걸」은 일제의 부당한 조선 침략에 "항거하다 자유를 빼앗기고 투옥당하여 울분을 곱씹는 선구자의 모습"[18]을 철창에 갇힌 호랑이로 서술한 우화적 서사시이다. 옥에 갇혀 있는 호랑이의 위엄과 용맹스러운 호랑이와 노예와 같은 개, 말, 소 등의 대비 그리고 노예로 살지 말고 자유를 쟁취하기 위해 죽을 때까지 투쟁하자는 결의를 차례대로 서술하고 있다.[19] 「우리 영웅」은 왜구의 침략으로 초토화된 조국을 수호하기 위한 "충무공의 우국 충정하는 모습"과 활동상을 생동감 있게 서술하고 있는 시이다.[20] 일본의 식민지가 된 조선의 상황에서, 일본과 싸워 이긴 바 있는 세계 해전사의 영웅인 이순신을 끌어다가, 민족적 패배감에서 벗어나 정신적으로나마 승리감을 맛보려는 목적이 있었던 듯하다. 「사랑인가」는 조선인 학생이 친구의 집을 찾아갔다가 외면

17 하타노 세츠코, 최주한 역, 『이광수, 일본을 만나다』, 푸른역사, 2016, 79면.

18 김용직, 『시각과 해석-한국현대시 이렇게 본다』, 세창출판사, 2014, 348면.

19 『대한흥학보』 9, 1910.1.20, 29~32면.

20 김용직, 앞의 책, 346면.

당하고 극심한 절망감에 철길에 누워 "십육억여 인류 중 내 마음을 들어 주는 사람은 없는 것일까" 탄식하면서, "한 번이라도 좋으니 누군가에게 안기고 싶다"고 절규하는 내용이다.[21]

춘원은 왜 자유를 찾기 위해 동료들을 선동하는 노예 검투사, 자유를 잃고 철창에 갇힌 호랑이, 왜구의 침략에 맞서 우국 충정하는 이순신, 이국에서 차별당하고 자살을 기도하는 조선인 학생을 소설화한 것일까? 「사랑인가」의 문길은 춘원의 투영으로 볼 수 있는 소지가 다분하다. 문길은 "식민지 당대를 살아가는 삶의 태도나 정조에 대한 작가의 가치관을 공유하고자 하는 실제 저자의 의도와 밀접하게 관련되어"[22] 있어서 작가를 연상시켜주는 인물이다. 그러나 실제 작가라기보다는 함축된 작가로 보는 것이 타당하다. 춘원과 야마자키 도시오의 동성애 관계에 대해서도 의심해볼 여지가 있다. 야마자키 도시오의 「크리스마스 전날 밤」[23]에는 자신이 동경하는 여성이 이보경에게 연애편지를 보낸 사실을 계기로 일본 학생은 "연인을 조선인, 그것도 혼혈아 따위에게 빼앗기는 것은 일본인으로서 커다란 치욕"이라고 토로하고 있다.[24] 이로 미루어 야마자키 도시오는 대부분의 일본인과 마찬가지로 조선인에 대한 차별의식을 지니고 있었음이 분명하다.[25] 그렇다면 춘원은 문길을 통해 자신의 절망적인 상황을 형상화한 것으로 볼 수 있다.

춘원은 조선에서 가난한 고아라는 이유로 온갖 욕설과 수모를 견디면서 살다가 일본에 유학하여 민족적 차별을 받고 억압받으면서 자신이 조선의 고아라는 사실을 인식하게 되고, 그로 인하여 자신의 문제가 자신에

---

21 이광수, 「사랑인가」, 『문학사상』, 1981.2, 445면.

22 서은혜, 「이광수 소설의 '암시된 저자' 연구」, 서울대 박사학위논문, 2017, 224면.

23 『帝國文學』, 1914.1.

24 하타노 세츠코, 앞의 책, 84면.

25 송현호, 앞의 책, 51면.

국한되지 않고 조선인 이주자들의 문제임을 깨닫게 된다. 이토 히로부미를 저격하고 투옥된 안중근이나 로마의 노예로 살아가는 검투사는 본질적으로 모두 노예의 상태에서 벗어나려다가 좌절하는 사람들이다. 춘원은 이들의 삶을 통해 당시 조선과 조선인의 참담한 현실을 고발하면서 자유롭고 평등하고 사랑받고 싶은 조선인의 생각과 감정을 드러낸 것으로 보인다.[26] 춘원은 문학이 "정을 만족시켜주기 위해" 인간의 "보편적인 생활과 사상 그리고 감정을 표출"해야 한다고 했는데,[27] 이 점에서 본다면 춘원은 자신의 상처받은 마음을 치유하고 평화를 찾기 위한 방편으로 글쓰기를 했을 가능성이 크다.

3. 민족의 발견과 민족의식을 노출한 글쓰기

1910년 3월 메이지 학원을 졸업하고 조선으로 돌아온 춘원은 오산학교에서 남강 이승훈의 인정을 받아 "학교의 중책을 맡"고 용동에서 "야학과 동회 일에 헌신"하였다. 용동은 안창호의 제안을 받아들여 조선에서는 처음 동회 조직이 만들어지고, 민족교육과 애국 운동이 전개된 모범촌이다.[28]

1911년 신민회 사건으로 남강을 잃고 동료 교사들이 떠나간 학교에서 바이런의 시와 톨스토이의 휴머니즘에 경도된 춘원은 교회와 충돌을 일으킨다.[29] 1913년 11월 학교를 그만두고 무전여행을 떠난 춘원은 1914년 1월 上海에서 신규식으로부터 미주 『신한민보』의 주필로 임명받았다.[30] 그러나 여비를 구하지 못하여 블라디보스토크에 머물면서 조국의 독립에

---

26 위의 책, 37~54면.

27 송현호, 「한국근대소설론연구」, 서울대 박사학위논문, 1989, 111면.

28 윤홍로, 「『흙』과 민족갱생력」, 『춘원연구학보』 2, 2009, 53~55면.

29 김윤식, 앞의 책, 331~332면.

30 김원모, 『자유꽃이 피리라』, 철학과현실사, 2015, 101~103면.

대한 열망을 담은 시와 논설문을 『권업신문』에 연재한다. 1914년 6월 『대한인정교보』의 주필을 맡은 후에는[31] 민족의식을 담은 글들을 집중적으로 발표하였다. 춘원이 목격한 조선인 이주 노동자들은 돈을 벌기 위해 러시아에 온 사람들이었지만 노예나 다를 바 없는 삶을 영위하고 있었다. 때문에 끓어오르는 분노와 비애를 감당하기 어려워 당시 국내에서는 금기시되던 독립이나 일제에 대한 비판을 거리낌 없이 구사하고 민족의식을 강하게 드러낸 것이다. 「자리 잡고 사옵니다: 노동하시는 여러 동포들에게」에서는 조선인 이주자들의 비참한 현실을 고발하고 있으며,[32] 「본국 소문: 청년들은 목자 잃은 양-굴레 벗은 망아지」에서는 동양척식주식회사를 통한 한반도의 토지 수탈과 조선인의 만주 이주에 대해 서술하고 있다.[33] 「우리 주장」에서는 적국에 패하여 노예처럼 살다가 나라를 되찾은 사례를 월나라와 서구의 예를 들어 조선인들이 나라를 되찾기 위해서 어떻게 해야 할 것인가를 밝히고 있다.[34] 「한인 아령 이주 오십 년에 대하여」는 조선인의 러시아 이주를 조국을 "빼앗기고 이족의 압박을 견디지 못하여 쫓겨가는" 줄어드는 이주라고 밝히고 있다.[35] 이 당시의 글에서 주목할 것은 해외 이주로 인구가 감소하는 문제를 조선의 흥망성쇠와 관련지어 심각하게 토로하고 있는 점이다.[36]

이들을 「농촌계발의견」(『대한인정교보』 9, 1914.3.1.), 「모범촌」(『대한인정교보』 11, 1914.6.1.), 「용동」(『학지광』 8, 1916.3.4.), 「농촌계발」(『매일신보』 1916.11.2~1917.2.18.) 등과 연계시켜보면 당시 춘원이 용동 체험

---

31 위의 책, 110면.

32 위의 책, 113~114면.

33 송현호, 앞의 책, 62~63면.

34 김원모, 앞의 책, 129~130면.

35 송현호, 앞의 책, 64~66면.

36 송현호, 「춘원의 이주 담론에 대한 인문학적 연구」, 앞의 책, 26~33면.

과 러시아 체험을 바탕으로 모범촌을 조성하여 조선인의 해외 유출을 막고, 조선인들만의 유정한 사회 공동체를 건설하려고 한 것으로 보인다. 『흙』은 이러한 생각들이 정리되어 나타난 결과물이다.

그런데 세계 제1차 대전이 동맹국의 승리로 끝나자 춘원은 서둘러 제2차 유학을 떠난다. 와세다 대학교에 재학하면서 춘원은 「어린 벗에게」(『학지광』 8, 1916.3.), 「크리스마슷밤」(『학지광』 8, 1916.3.), 「文學이란 何오」(『매일신보』 1916.11.10~11.23.), 『무정』(『매일신보』 1917.1.1~6.12.), 「천재야! 천재야!」(『학지광』 12, 1917.4.), 「소년의 비애」(『청춘』 8, 1917.6.), 『개척자』(『매일신보』 1917.11.10~1918.3.15.), 「오도답파여행」(『매일신보』 1918.6.29~9.12.), 「방황」(『청춘』 12, 1918.3.), 「윤광호」(『청춘』 13, 1918.4.), 「자녀중심론」(『청춘』 15, 1918.9.) 등을 국내의 신문과 잡지에 발표하였다. 1919년 2월에는 「민족대회 소집청원서」와 「2.8독립선언서」를 작성하여 끝까지 일제에 투쟁할 것을 대내외에 선포하였고, 1920년 2월 17일에는 『독립신문』에 「독립군가」를 발표하였다.[37]

이 시기에 문학이란 무엇인가를 고민한 흔적이 가장 잘 드러난 글로는 「文學이란 何오」와 『무정』이다. 「文學이란 何오」에서 춘원은 문학의 목적이 정의 만족에 있음을 재삼 강조하면서 정을 만족시켜주는 과정에서 처세와 교훈, 선행의 근원인 동정심 유발, 타락의 예방, 품성의 도야와 지능의 계발 등의 부수적인 실효를 가져올 수 있다고 하였다. 또한 정신적 문명을 전하는 데 가장 유력한 것이 민족문학이며, 문학이 없는 민족은 관습이나 구비로 전승되는 야만적이고 미개한 민족이기에 조선인의 사상과 감정을 표현하여 후대에 전할 유산을 만들어내어 민족문학을 수립해야 하고, 국문을 사용하여 신정신적 문명의 창작에 전념하고 우수한 문학유산을 많이 전해야 한다고 하였다.[38] 그런데 조선에는 과거제로 인하여 전

37 위의 책, 33~37면.

설적 문학, 중국의 번역문학, 시조와 가사만 있을 뿐이고, 국문소설도 재료를 중국에서 취하여 조선인의 사상과 감정을 자유롭게 표현하지 못하여 후대에 전할 유산을 만들어내지 못하였다는 것이다.[39] 이러한 주장은 일본의 국민문학을 전범으로 삼은 것이어서 식민지 근대화론에 동조한 것이라는 비판을 받을 소지가 있지만 그가 민족문학을 정립하여 후대에 전하기 위해 글쓰기에 전념한 사실을 확인할 수 있는 좋은 자료라 할 수 있다.

『무정』에서는 도산의 사상을 수용하여 교육구국론을 내세우고 있다. 도산의 전도사라 할 수 있는 춘원은 '식민지 수탈 정책으로 삶의 터전을 잃어버린 백성들을 교육하여 일제의 압제로부터 벗어나 자립 갱생 할 수 있는 힘을' 줄 수 있는 '조선의 페스탈로치로 만들기 위해' 이형식을 교육학의 요람인 시카고 대학으로 유학을 보낸다. 언더우드가 미국의 페스탈로치였다면 도산이 조선의 페스탈로치라고 생각한 춘원은 이형식을 설정하여 도산의 사상을 실천하려고 한 것으로 보인다. 특히 도산과 춘원의 미국 지향성은 '조선의 변혁과 조선인의 계몽에 필요한 선진화된 교육의 자양분을 공급받을 수 있는 공간'을 통해 구체화된다. 도산은 무정한 사회인 조선을 유정한 사회로 만들려고 한 것이며,[40] 도산의 실력양성론이나 사상은 언더우드에 영향을 받은 바 크다. 이에 대해서는 이미 다른 논문에서 구체적으로 밝힌 바 있다.[41]

이 시기에 발표한 글들에는 일본이나 조선이 아닌 블라디보스토크, 치타, 上海 등과 같은 이주지에서 쓴 글들이어서 검열을 의식하지 않고 제

---

38 「文學이란 何오」, 『매일신보』, 1916.11.15.

39 위의 글, 1916.11.23.

40 방민호, 「『무정』 독해의 국면들과 무정 · 유정의 사상」, 『춘원연구학보』 10, 2017.6, 59~64면.

41 송현호, 「『무정』의 이주 담론에 대한 인문학적 연구」, 앞의 책, 111~116면.

국주의 일본에 대한 반감을 노골적으로 드러내며, 독립의 불가피성을 숨김없이 드러내고 있다. 그에게 일본은 민주적이고 평화로운 나라가 결코 아니었다. 춘원은, 국력이 약하여 일제의 식민지가 되었지만 오나라에 점령당하였다가 독립한 월나라처럼 혹은 패망하였다가 다시 일어선 이탈리아처럼 식민지에서 벗어날 날이 가까운 날에 도래할 것이라 굳게 믿고 조선의 미래를 설계하고 있었다. 춘원은 上海 임시정부에 있을 때 국내의 지식인들이 上海 임시정부에 무관심하거나 비협조적인 것에 불만을 토로했는데, 이를 통해서도 알 수 있듯 그는 일제에 순종하거나 패배에 젖어 사는 나약한 지식인이 결코 아니었다.[42]

4. 검열의 의식과 민족의식을 감춘 글쓰기

上海 임시정부에서 일하던 춘원은 도산의 만류에도 불구하고 上海로 찾아온 허영숙과 1921년 4월 조선으로 귀환한다. 당시 춘원의 귀환에 대해서는 아직도 풀리지 않은 수수께끼들이 많다.[43] 귀국 즉시 검거되어 구속되었어야 마땅한 임시정부 인사인 춘원이 선천에서 일본 경찰에 체포되어 서울로 압송되었다가 불기소 처분을 받고 풀려난 일은 두고두고 논란이 되었다. 이 일로 춘원은 변절자라는 비난을 받았지만, 귀를 닫고 글쓰기에만 전념하였다.

1922년 5월 『개벽』에 발표한 「민족개조론」은 춘원이 글의 서두에서 암시한 바와 같이 도산 안창호의 사상과 일맥상통한 생각을 담은 글이다.

42 송현호, 앞의 책, 71~72면.

43 2017년 3월 16일 아시아연구포럼(AAS)에서 춘원의 막내딸 이정화 박사로부터 세간의 풍문과는 다른 이야기를 들었다. 上海에 병원을 개업하려고 간 허영숙을 총독부 고위층의 도움을 받아 여행허가를 받았다는 이유로 밀정으로 의심된다면서 체포령을 내렸고, 이를 알게 된 춘원이 허영숙을 보호하기 위해 서둘러 귀국하게 되었다는 것이다.

그것은 「중추 계급과 사회」(『개벽』 1921.7.), 「소년에게」(『개벽』 1922. 11.), 「민족적 경륜」(『동아일보』 1924.1.2~1.6.), 1930년대 『동광』에 실린 논설들에서도 일관되게 나타나고 있다. 우리의 민족성을 개조하여 실력을 기른 다음 독립을 하자는 취지의 글이다. 그런데 민족주의자들이나 사회주의자들은 이 글이 조선 총독부의 회유책에 응한 글, 혹은 임시정부에서 탈출하여 일제에 항복하는 반성문으로 보고 강력하게 비판을 한다. 물론 이 글에서 조선 민족을 '비사회적이고 이기적이고 나태하고 겁이 많고 진실성이 없는', 아주 '열등한 성격'을 지닌 민족으로 표현한 것이나 그러한 민족성 때문에 나라를 잃었으니 정신을 개조하여 우등 민족이 되자는 것이나, 민족 지도자에 대한 봉사와 복종이 없다면 민족의 개조가 불가능하다고 주장한 것은 식민지 사관을 수용한 것으로 볼 수 있는 소지가 다분하다. 그럼에도 이재선 교수가 언급한 바와 같이 "민족성의 부족한 취약성을 점검하고 이에 대한 대응 방법으로 사회운동의 전개를 제기한 것"은 "민족에 대한 희망의 사상으로 꼭 부정적으로만 평가할 것은 아니"다.[44] 분명한 것은 춘원이 민족의 미래를 생각하고 민족을 위해 이 글을 썼다는 사실이다. 이후에도 「인생의 향기」에서 밝힌 바와 같이 춘원의 민족계몽운동은 집필 활동을 통해서 지속되며, 『무정』에서부터 보여주었던 도산의 '정의돈수'를 통한 민주적이고 평화로운 사회, 즉 유정한 사회를 만들기 위해[45] 최선을 다한다. 이에 대해 방민호 교수는 이광수의 『무정』의 사상이 "타자에 대한 지극한 사랑과 슬픔 없는 세계로서의 조선을 겨냥한 것이며, 그 원천은 안창호의 것으로 소급될 수 있음을 시사한" 바 있다.[46]

---

44 이재선, 앞의 글, 25면.

45 안창호, 「무정한 사회와 유정한 사회 情誼敦修의 의의와 요소」, 『동광』, 1926. 1, 29~30면.

46 방민호, 「『무정』 독해의 국면들과 무정 · 유정의 사상」, 앞의 책, 64면.

춘원은 이 시기에 『선도자』(『동아일보』 1923.3.27~7.17, 연재 중단), 『허생전』(『동아일보』 1923.12.1~1924.3.21.), 『금강산유기』(시문사, 1924), 『재생』(『동아일보』 1924.11.9~1925.9.28, 신병으로 연재 중단), 『일설춘향전』(『동아일보』 1925.9.30~1926.1.3.), 『마의태자』(『동아일보』 1926.5.10~1927.1.9.), 『단종애사』(『동아일보』 1928.11.31~1929.12.11.), 『혁명가의 아내』(『동아일보』 1930.1.1~2.4.), 『사랑의 다각형』(『동아일보』 1930.3.27~10.31.), 「충무공유적순례」(『동아일보』 1930.5.21~6.8.), 『삼봉이네 집』(『동아일보』 1930.11.29~1931.4.24.), 『무명씨전』(『동광』 1931.3~6, 연재 중단), 『이순신』(『동아일보』 1931.6.26~1932.4.3.), 『흙』(『동아일보』 1932.4.12~1933.7.10.), 『유정』(『조선일보』 1933.10.1~12.31.), 『그 여자의 일생』(『조선일보』 1934.2.18~1935.9.26.), 『이차돈의 사』(『조선일보』 1935.9.30~1936.4.12.), 『애욕의 피안』(『조선일보』 1936.5.1~12.21.), 『그의 자서전』(『조선일보』 1936.12.22~5.1.) 『공민왕』(『조선일보』 1937.5.28~6.10, 연재 중단) 등을 집필하였다.

『선도자』는 111회를 연재하던 중 도산의 인물전이라는 이유로 총독부의 강요로 연재가 중단되었고, 『삼봉이네 집』은 일제의 토지 수탈, 민족자본의 해체, 만주의 공산주의 운동 등을 다루었다고 하여 1935년 총독부로부터 출판 불허 판정을 받았다.[47] 『무명씨전』은 이갑을 모델로 하여 쓴 인물전이라는 이유로 총독부의 강요로 연재가 중단되었고, 『공민왕』은 14회를 연재하고 동우회 사건 관련자로 피검되어 연재가 중단되었다. 연재된 작품 중에도 문제가 될 만한 작품이 상당수이다. 신병을 이유로 연재를 중단하였다가 다시 연재한 작품도 있다. 춘원은 일제의 탄압에도 왜 끊임없이 글을 써야 했는가? 그에게 문학이란 무엇이었던가? 이러한 의문에 대한 실마리는 1931년 『동광』에 발표한 「여의 작가적 태도」에서 찾

47 송현호, 「『삼봉이네 집』에 나타난 이주 담론에 대한 인문학적 연구」, 앞의 책, 170면.

을 수 있다.

내가 소설을 쓰는 데 첫째가는 목표가 '이것이 조선인에게 읽혀지어 이익을 주려' 하는 것임은 물론이다. 나는 내 소설이 조선인 이외의 다른 사람에게 읽혀지기를 바라지 아니한다. 내가 생각하기에 읽을 것을 가지지 못한 이는 조선인이요, 또 내가 조선인인 까닭이다.

(……)

아무려나 나는 글을 쓸 때에 반드시 조선인-그중에도 나는 나와 같이 젊은 조선의 아들딸을 염두에 둔다. 나는 붓을 들고 종이를 대할 때 그들 젊은 조선인에게 하고 싶은 말, 하고 싶은 통정이 샘솟듯 솟아나는 것을 깨닫는다.

(……)

나는 사실주의 청년 시대에 청년의 눈을 떴는지라 내게는 사실주의적 색채가 많다. 내가 소설을 '모 시대의 모 방면의 충실한 기록'으로 보는 경향이 많은 것이 이 때문이 아닌가 한다.

『무정』을 일로전쟁에 눈뜬 조선, 『개척자』를 합병으로부터 대전전까지의 조선, 『재생』을 만세운동 이후 1925년경의 조선, 방금 『동아일보』에 연재 중인 「군상」을 1930년대의 조선의 기록으로 나 스스로 생각하는 것이 이 때문인가 한다. 이 졸렬한 시대의 그림이 어느 정도까지 그 시대의 이데올로기와 감정의 고민상을 그렸는지는 내가 말할 바가 아니다. 내 의도가 그것들의 충실한 묘사에 있었다는 것만은 사실이다.

흔히 내 작품 중에 나오는 인물들의 무위 무기력함을 조소하는 비평을 들었거니와 그러한 비평을 들을 때에 나는 혼자 고소를 불금한다. 왜 그런고 하면 내가 유위 유기력한 인물을 그리려던 의도가 무위 무기력하게 되었다면 그 비평이 아프기도 하련마는 내가 그리려던 의도가 정히 그러한 무위 무기력한 인물이었으니까, 비평가들의 조소는 도리어 내 작품 중의 성공을 의미하는 것이니 내가 고소 아니 하고 어찌하랴.

(……)

내가 소설을 쓰는 근본 동기도 여기 있다. 민족의식, 민족애의 고조, 민족운동의 기록, 검열관이 許하는 한도의 민족운동의 찬미, 만일 할 수만 있다면 선동, 이것은 과거에만 나의 주의가 되었을 뿐만 아니라 아마도 나의 일생을 통한 것이라 믿는다.[48]

1931년에 쓴 글이어서 검열을 의식하고 썼을 것임에도 비교적 자세히 자신의 소신을 밝히고 있다. 춘원이 일제의 탄압에도 끊임없이 글쓰기를 한 이유는 "읽을 것을 가지지 못한" 조선인, 그중에도 "나와 같이 젊은 조선의 아들딸을 염두에" 두고 "조선인에게 읽혀지어 이익을 주려" 하는 것이고, 자신이 소설을 쓰는 근본 동기가 "민족의식, 민족애의 고조, 민족운동의 기록, 검열관이 許하는 한도의 민족운동의 찬미"라고 밝히고 있다.

춘원은 1938년 이전까지는 연재가 중단되거나 출판 불허 판정을 받기도 하면서 민족담론의 글쓰기를 계속하였다. 당시 일제는 조선 민족의 언어 수용과 고유문화의 계승 발전을 인정하였다. 따라서 언론이나 저술을 통해 민족사상을 고양할 수 있었다. 춘원이 신문 연재로 민족계몽운동을 한 것은 신민회 이후 임정까지의 매체를 통한 민족운동의 연장선상에서 해석이 가능하다.[49]

---

48 이광수, 『이광수전집』 10, 우신사, 1979, 460~462면.

49 송현호, 「안창호와 이광수의 탈식민화 전략」, 『춘원연구학보』 13, 2018, 25~27면.

5. 결론

본고는 춘원이 평화를 얻기 위해 어떻게 글쓰기를 했으며, 그에게 민족이나 문학은 무엇이었는지를 그의 삶과 연계시켜 살펴본 글이다. 문학이란 무엇인가를 끊임없이 고민하고 천착했던 흔적은 그의 삶과 글에 잘 나타나 있으며, 그가 「文學이란 何오」에서 던진 '문학이란 무엇인가'라는 물음은 문학의 위기가 끊임없이 논의되고 있는 현재의 시점에서도 유효하다.

춘원은 제1차 일본 유학 중에 일본인들로부터 조선인이라는 이유로 억압받고 차별받고 멸시받으면서 자신과 조선인에 대해 되돌아보면서 글쓰기에 전념하였다. 「혈누-희랍인 스팔타쿠스의 연설」, 「옥중호걸」, 「사랑인가」에서 춘원은 자신과 철창에 갇힌 호랑이 그리고 로마의 검투사를 동일시하면서 자유롭고 평등하고 사랑받으려는 욕망을 글쓰기를 통해 표출하고 있다. 춘원은 자신의 상처받은 마음을 치유하기 위한 방편으로 글쓰기를 했을 가능성이 크다.

춘원은 오산학교 교사 시절 남강의 고향인 용동의 모범촌 건설에 헌신하였다. 학교를 그만두고 블라디보스토크와 치타에 머물던 춘원은 비참하게 살고 있던 조선인 노동자들을 보고 농촌계몽운동이 필요함을 절감하며, 조선인의 해외 유출을 막을 수 있는 모범촌을 조성할 기획을 한다. 이 시기에 문학이란 무엇인가를 고민하면서 쓴 글로는 「文學이란 何오」와 『무정』이 있다. 「文學이란 何오」에서는 민족문학을 후대에 남기기 위해 글쓰기에 전념한 사실을 밝히고 있다. 춘원은 도산의 사상을 수용하여 『무정』을 발표하면서 제국주의와 맞서 싸울 수 있는 민족적 역량을 키우기 위해 애썼다.

1921년 4월 조선으로 귀환한 춘원은 민족계몽운동의 일환으로 수많은 글들을 신문과 잡지에 게재하였다. 그로부터 조선의 히틀러라는 미나미

지로 총독이 전쟁 준비를 하면서 동우회 사건으로 지식인들을 체포하여 탄압하기 전인 1937년까지, 춘원은 연재가 중단되거나 출판 불허 판정을 받을 정도로 민족담론의 글쓰기에 전념하였다.

춘원에게 문학이란 무엇인가를 그의 삶과 연계시켜 일관되게 고찰하려면 1938년 대일 협력 이후 그의 문학 형식이 어떻게 변모되고 있는가에 대해서도 살펴보는 것이 마땅한 일일 것이다.

참고문헌

1. 자료

「사랑인가」, 『문학사상』, 1981.2, 445면.

『이광수전집』 1~10, 우신사, 1979.

『이광수전집』 별권, 우신사, 1979.

2. 단행본

김용직, 『시각과 해석-한국현대시 이렇게 본다』, 2014.

김원모, 『영마루의 구름』, 단국대출판부, 2009.

김원모, 『자유꽃이 피리라』, 철학과현실사, 2015.

김윤식, 『이광수와 그의 시대』 ①, 한길사, 1986.

김윤식, 『이광수와 그의 시대』 ②, 한길사, 1986.

김윤식, 『이광수와 그의 시대』 ③, 한길사, 1986.

류보선, 『한국문학의 유령들』, 문학동네, 2012.

마샬 맥루언, 박정규 역, 『미디어의 이해』, 박영률출판사, 1997.

송현호, 『한국현대문학의 이주담론 연구』, 태학사, 2017.

이재선, 『한국현대소설사』, 홍성사, 1984.

하타노 세츠코, 최주한 역, 『이광수, 일본을 만나다』, 푸른역사, 2016.

한계전 박호영 송현호, 『문학의 이해』, 민지사, 1987.

Jacques-Marie-Émile Lacan, Livre XXIII: Le sinthome 1975~1976. Paris: Seuil, 2005.

3. 논문

방민호, 「무정 독해의 국면들과 무정 · 유정의 사상」, 『춘원연구학보』 10, 2017.6, 43~68면.

서영채, 「한국 근대소설에 나타난 사랑의 양상과 의미에 관한 연구」, 서울대 박사학위논문, 2002.

서은혜,「이광수의 上海 시베리아행과 유정의 자서전적 텍스트성」,『춘원연구학보』 9, 2016.12, 223~256면.
서은혜,「이광수 소설의 '암시된 저자' 연구」, 서울대 박사학위논문, 224면.
송현호,「『무정』의 이주담론에 대한 인문학적 연구」,『현대소설연구』 65, 2017, 111면.
송현호,「『삼봉이네 집』에 나타난 이주담론의 인문학적 연구」,『춘원연구학보』 9, 2016.12, 165~188면.
송현호,「영상매체의 발전과 소설의 변화」,『현대소설연구』 11, 1999, 27~42면.
송현호,「춘원의「사랑인가」에 나타난 이주담론의 인문학적 연구」,『한국학보』, 2017.2, 3~29면.
송현호,「춘원의 이주담론에 대한 인문학적 연구」,『한중인문학연구』 51, 2016.6, 23~42면.
송현호,「한국근대소설론연구」, 서울대 박사학위논문, 1989.1.
송현호,「한국현대문학에 나타난 이주담론의 인문학적 연구」,『제4회 세계인문학포럼 희망의 인문학 프로그램북』, 2016.10, 726~735면.
윤홍로,「『흙』과 민족갱생력」,『춘원연구학보』 2, 2009, 53~55면.
윤홍로,「춘원의 용동체험과 글짓기 과정」,『춘원연구학보』 3, 2010, 9~69면.
윤홍로,「이광수의 치따에서의 체험과 그의 작품배경」,『어문연구』 105, 한국어문교육연구회, 2000. 3, 219~235면.
이언홍,「「유정」에 나타난 이주와 '정(情)의 연구」,『춘원연구학보』 8, 2015, 109~134면.
이재선,「이광수 문학론의 원천과 형성」,『춘원연구학보』 4호, 2011, 12~24면.
장미영,「소설과 미디어콘텐츠의 상호매체성」,『국어문학』 52, 2012, 266면.
최선호,「『무정』에 나타난 디아스포라 의식」,『춘원연구학보』 8, 2015, 83~108면.

『무정』에 구현된 도산의 정의돈수사상과 유정한 사회에 대한 연구

1. 문제의 제기

『무정』은 1917년 1월 1일부터 6월 14일까지 126회에 걸쳐 『매일신보』에 연재되었고, 1918년 신문관에서 단행본으로 간행되었다. 지금까지 『무정』 연구는 한국 근대문학 연구의 가장 큰 관심사 중 하나였다. 춘원 연구사가 박사학위 논문으로 서술될 정도로[1] 춘원 연구가 풍성한데, 그 가운데 『무정』 연구가 가장 큰 비중을 차지한다. 그런데 『무정』에 대한 방대한 분량의 연구가 축적된 오늘날에 와서도 많은 문제의식과 다양한 방법론에 의해 연구가 진행 중이다.[2]

『무정』에 대한 최초의 기고문은 김기전의 「무정 122회를 독하다가」(『매일신보』, 1917)이고, 신문관에서 발행한 1918년의 단행본에 육당의 머리말이 붙어 있다. 김동인은 『춘원연구』에서 작가로부터 작중인물을

---

1 황정현, 「이광수 소설 연구사」, 고려대 박사학위논문, 2009.

2 송현호, 「『무정』의 이주담론에 대한 인문학적 연구」, 『현대소설연구』 65, 2017, 107면.
방민호, 「『무정』 독해의 국면들과 무정 · 유정의 사상」, 『춘원연구학보』 10, 2017, 52~55면.
이유진, 「일본에서의 『무정』에 대한 평가와 문학사적 의의」, 『춘원연구학보』 10, 2017, 71~106면.
리범수, 「중국에서의 『무정』에 대한 평가와 문학사적 의의」, 『춘원연구학보』 10, 2017, 107~134면.
황정연, 「여성주의적 시각과 『무정』 연구사」, 『춘원연구학보』 11, 2017, 61~92면.
최주한, 「'번역된 (탈)근대론'으로서의 『무정』 연구사」, 『한국근대문학연구』 27, 2013, 287~313면.

해석하는 독해를 하면서 126회를 '사족'으로 취급하고 있다.[3] 임화는 마르크시즘적 시각에서 『무정』이 조선이 당면한 과제에 뒤떨어진 사회 개혁 메시지만을 전달하고 있다고 혹평하였다.[4] 백철은 『무정』을 '계몽기의 신문학'의 기념탑, '초창기의 신문학'의 결산, '이 시대의 사조를 일장 대변한 작품'이라고 평가하고 있다.[5] 조연현은 『무정』이 '한국 최초의 조직적인 자아의 각성이며, 체계적인 개성의 자각'을 보여준 작품이라고 평가하였다. 제1세대 연구자들은 『무정』에 대해 단편적이고 주관적인 평가를 내리면서 부분적으로는 오독과 편견을 보이고 있다.

제2세대 연구자들은 제1세대 연구자들이 범한 오류를 극복하기 위해 노력하였다. 김윤식은 『이광수와 그의 시대』에서 『무정』을 '춘원의 자서전'이라 규정한다.[6] 『무정』에 나타나는 형식의 형상을 이광수의 실제 삶에서 근거를 찾으면서, 『무정』을 춘원의 '이십육 년간의 생애를 그대로 투영'한 작품이라고 하였다.[7] 윤홍로는 도산 사상과의 교류관계를 점진주의, 무실역행사상 등과의 관계 속에서 조명하고, 도산 사상과 진화론의 관련성을 중심으로 민족개조론을 언급하고 있다.[8] 이재선은 이광수 문학론들을 'literature의 역어로서의 문학'론을 집대성한 것으로 보고 있다.[9] 제2세대 연구자들은 『무정』에 대한 논의를 학문 영역으로 끌어올리고 있다.

제3세대 연구자들은 도산과의 관련성에 대해 재조명하기도 하고 새로운 독법들을 선보이고 있다. 당대의 문물, 제도 그리고 이념 등이 작품에 어떤 방식으로 형상화되어 있으며, 이광수 소설에 나타난 '근대적 요소'가

---

3 김동인, 『춘원 연구』, 신구문화사, 1956, 28~30면.

4 임화, 「조선신문학사론 서설」 6~7, 10. 『조선중앙일보』, 1935.10.15~16, 1935.10.22.

5 박계주 · 곽학송, 「춘원 이광수」, 『이광수전집』, 삼중당, 1963, 212면.

6 김윤식, 『이광수와 그의 시대 1』, 솔, 1999, 566면.

7 방민호, 앞의 글, 52~55면.

8 윤홍로, 『이광수 문학과 삶』, 한국연구원, 1992.

9 이재선, 『이광수 문학의 지적 편력』, 서강대학교출판부, 2010, 42~43면.

무엇을 의미하는가를 밝히고 있는 논자도 있고,[10] 『무정』이 가진 서사물의 보편적 특질에 주목하여 『무정』이 세계문학의 일부분으로 연구될 수 있는 가능성을 제시한 논자도 있다.[11] 또한 『무정』의 문체를 전적으로 작가의 정신과 창작 활동에 의한 결과물로 보았던 과거의 연구에서 벗어나 소설과 발표 매체, 독자 간의 소통 구조를 둘러싼 종합적 환경의 산물로 보는 연구자도 있다.[12] 『무정』의 이주담론에 주목하여 춘원의 디아스포라 의식과 유정한 세상에 대한 염원에 주목한 논문도 있다.[13] 『무정』에 나타나는 무정/유정의 대비법을 도산 안창호와 이광수 사이의 사상적 교호의 맥락에서 설명하고 있는 논자도 있다.[14]

방민호는 『무정』 126회에서 유정한 미래를 기약하는 낙관적인 결말을 보이고 있는 것을 안창호가 쓴 「무정한 사회와 유정한 사회－情誼敦修의 의의와 요소」라는 글과 연계시켜 논의하면서 '정'의 의미 수준을 시마무라 호게츠, 칸트의 '지 정 의'론 이전에 안창호의 무정/유정론으로 소급시켜 볼 수 있게 한다면서 『무정』 독해에 있어 126회의 의미 기능을 활성화

---

10 김경수, 「현대소설의 형성과 겹탈-『무정』의 근대적 재론」, 『한국 현대문학과 근대성의 탐구』, 새미, 2000, 121면.
서영채, 「한국 근대소설에 나타난 사랑의 양상과 의미에 관한 연구」, 서울대 박사학위논문, 2002.
김지영, 「『무정』에 나타난 '사랑'과 '주체'의 근대성」, 『한국문학이론과 비평』 26호, 2005.
장영우, 「『무정』의 맥락화와 문학사적 의의」, 『춘원연구학보』 10, 2017, 11~42면.

11 진상범, 「이광수 소설 『무정』에 나타난 유럽적 서사구조」, 『독일어문학』 제17집, 2002.
허병식, 「한국 근대소설과 교양의 이념」, 동국대 박사학위논문, 2005.

12 김영민, 「1910년대 신문의 역할과 근대소설의 정착과정」, 『한국근대소설의 형성과정』, 소명출판, 2005.
이영아, 「1910년대 『매일신보』 연재소설의 대중성 획득 과정 연구」, 『한국현대문학연구』 23, 2007.12.

13 최선호, 「『무정』에 나타난 디아스포라 의식 연구」, 『춘원연구학보』 제8호, 2015, 83~108면.
송현호, 앞의 글, 105~128면.

14 방민호, 앞의 글, 61~64면.

해야 한다고 주장하였다. 그러한 시각에서 「『무정』의 이주담론에 대한 인문학적 연구」는 『무정』 텍스트의 다층성과 입체성, 그 넓은 용적을 새삼스럽게 환기시킨다고 하였다.[15]

필자의 논문은 춘원의 이주체험이 소설에 어떻게 구현되고 있으며, 도산의 실력양성론을 어떻게 수용하고 있는가를 밝혔다. 그러나 필자는 이형식과 박영채의 이주담론에만 초점을 맞추어 정의돈수사상과 무정/유정한 사회에 대한 논의를 연결시키지 못하였다.[16] 방민호는 연구사의 특성상 제안 수준에 머물고 있다. 따라서 본고에서는 『무정』에서 춘원이 추구하고자 한 바가 무엇이며, 그것이 도산의 정의돈수사상과 어떤 관계가 있는가를 구체적으로 밝혀보려고 한다.

---

15 위의 글, 65~67면.

16 이재선은 춘원의 문학론의 원천과 형성을 여덟 개의 물음과 해답으로 설명하려고 하였다. 이러한 시각은 우리의 근대문학과 문학론이 '어떻게 형성되었는가'를 '동서의 영향사적 접근 방법으로' 해명하려고 한 것이다(이재선, 「이광수 문학론의 원천과 형성」, 『춘원연구학보』 4호, 2011, 12~24면). 한계전 등은 춘원의 문학에 나타나는 정적 분자나 정적 만족을 사랑이나 연애와 결부시켜 설명하였다(한계전·박호영·송현호, 『문학의 이해』, 민지사, 1987, 293~295면). 필자는 1980년대 후반 춘원에게 문학은 무엇이며 전시대나 동시대 문학과 춘원의 문학은 어떤 관계가 있는가를 밝히려고 시도한 바 있다. 학계에 일반화된 이식사관을 극복하기 위해 한국현대소설론의 형성을 우리 소설의 내적 발전과정에 초점을 맞추어 논의를 개진하였다(송현호, 「한국근대소설론연구」, 서울대 박사학위논문, 1989.1). 그에 따라 이광수소설론의 핵심인 '情的 滿足'과 리얼리즘적 경향이 坪內逍遙의 「小說神髓」과 二葉亭四迷의 「小說總論」 등과 대단히 유사하다는 점에 주목하여 '정'의 의미를 서구의 '지, 정, 의'론에 입각하여 논의하였다(송현호, 「한국근대초기소설론연구-춘원의 소설론을 중심으로」, 『국어국문학』 101, 1989, 247~253면). 당시 춘원의 문학의 이주담론에 주목하지 못하여 작가의 체험과 문학의 관계를 충분히 밝혀내지 못하였다(송현호, 「문학이란 무엇인가-춘원의 삶과 문학을 중심으로」, 『현대소설연구』 67, 2017, 3~4면에서 재인용). 도산이 1902년 미국 유학시절부터 유정한 사회를 만들기 위해 지속적으로 모범촌 건설과 학교 사업을 착수하고 권한 사실과 춘원이 1907년 이후 도산과 긴밀한 관련을 맺고 있는 사실을 간과하였다. 때문에 도산의 유정한 사회 및 모범촌 조성이 정의돈수사상과 어떤 관계가 있으며 도산의 정의돈수사상이 춘원의 '정적 만족' 혹은 '정적 분자'와 어떤 관계가 있는가에 관심을 가지게 되었다. 이에 대해서는 추후 다른 논문에서 구체적으로 논의할 생각이다.

2. 무정한 세상과 무정한 사람들

『무정』에는 일제강점기 이전부터 일제강점기에 이르는 조선의 열악한 현실이 잘 드러나 있고, 일제의 억압으로 가정이 풍비박산이 나고 정신적 물질적으로 고통을 받으면서 무정한 사회에서 살고 있는 영채의 삶이 생생하게 형상화되고 있다. 이 작품에서 '무정'이라는 용어는 우신사판의 경우 작품명이 표지, 이면 표지, 내지, 목차, 1장 시작 전, 126장 마지막 문장 등에 6회, 분문에 24회 제시되고 있다. 그런데 모두가 영채가 살고 있는 세상과 영채가 처한 현실 그리고 영채를 구원하지 못한 형식의 상황에 집중되어 구사되고 있다. 이들을 좀 더 구체적으로 분석해보면 먼저 무정한 사회와 무정한 세상에 대한 언급은 5회가 나타난다.

> 그가 위하여 눈물 흘리던 세상은 다시 그를 생각함이 없고, 도리어 그의 혈육을 핍박하고 희롱하도다. 하늘이 뜻이 있다 하면 무정함이 원망스럽고, 하늘이 뜻이 없다 하면 인생을 못 믿으리로다.[17]

> 십구 년 일생의 절반을 무정한 세상과 사람에게 부대끼고 희롱감이 되다가 매양에 그리고 바라던 이형식을 만나기는 만났으나 정작 만나고 보니 이 형식은 나를 건져 줄 것 같지도 아니하고……(69면)

> 영채는 과연 부모에게 대하여 효하지 못하였다. 지아비에게 대하여 정(貞)하지 못하였다. 그러나 그도 자기의 의지(意志)로 그러한 것이 아니요, 무정한 사회가 연약한 그로 하여금 그리하지 못하게 한 것이다.(98면)

---

17 『이광수전집』 1, 우신사, 1979, 23면. 이후 『무정』의 인용문은 면수만 표기한다.

어둡던 세상이 평생 어두울 것이 아니요, 무정하던 세상이 평생 무정할 것이 아니다. 우리는 우리 힘으로 밝게 하고, 유정하게 하고, 즐겁게 하고, 가멸게 하고, 굳세게 할 것이로다.(209면)

인용한 글에 나타난 무정한 사회는 영채가 처한 상황만큼 강렬하게 나타나 있지 않다. 영채 부친이 제자의 도둑질로 영어의 신세가 되었다는 설정은 개연성을 확보하기 어렵다. 춘원이 박 진사 모녀로 형상화한 실제 인물들은 동학 탄압으로 집안이 풍비박산이 나서 무정한 세상에 살고 있었다. 「그의 자서전」에 보면 춘원은 애옥으로부터 사랑을 독점하고 박 대령의 가족으로부터 사위 대접을 받으면서[18] 살고 있을 무렵 일본 관헌의 동학교도 탄압으로 고향을 떠날 수밖에 없었다. 이때 박 대령도 서병달과 함께 검거령이 떨어져 고향을 떠나는데, 춘원과 박 대령의 이주 체험은 자연스럽게 이 소설에서 형식과 박 진사 부녀의 이주 담론으로 형상화되고 있다.[19] 그런데 춘원이 일본인의 도움으로 『매일신보』에 『무정』을 연재한 점을 감안한다면 동학운동을 하다가 일제의 억압에 의해 박 진사가 투옥된 것으로 사건을 설정하기에는 어려움이 있었을 것이다. 소설은 허구다. 인물이나 사건을 있는 그대로 그릴 수는 없다. 작가의 상상력이 작용하여 인물의 성격이나 나이 혹은 사건도 달라질 수 있다. 중요한 것은 영채가 무정한 세상에서 살 수밖에 없는 정황이다. 영채는 박진사의 외동딸로 다른 사람들의 선망의 대상이 될 정도로 행복하게 살고 있었으나 부친이 영어의 몸이 되면서 무정한 세상에 남겨지게 되었다. 집안이 풍비박산이 나자 친척이나 이웃들이 영채를 무정하게 대하는 모습이 서술되고 있다. 영채가 천덕꾸러기 신세가 되고 평양으로 가는 여정에서 겁간을

---

18 『이광수전집』 6, 우신사, 1979, 326면.

19 송현호, 「『무정』의 이주담론에 대한 인문학적 연구」, 117면.

당할 뻔한 것은 우리 사회가 일제의 탄압으로 얼마나 무정한 사회로 변해가고 있는가를 잘 보여준다.

『…그 맏오라버니댁이 사나워서 걸핏하면 욕하고 때리고 합데다. 그뿐이면 참기도 하려니와, 그 어머니의 본을 받아 아이까지도 저를 업신여기고, 무슨 맛나는 음식을 먹어도 저희들만 먹고 먹어 보라는 말도 아니해요. 그 중에도 열세 살 된 새서방(제 외오촌 조캅지요)이 가장 심해서 공연히 이년, 저년 하였습니다. 어린 생각에도, 내가 제 아주머니어든 하는 마음이 있었어』 하고 웃으며, …(중략)… 『…아이들에게 이 오르겠다. 저 헛간 구석에 자빠져 자거라 하는 소리도 들었습니다. 제사 때나 명절에 고기나 떡이 생겨도 제게는 먹지 못할 것을 조곰 주고 그러고도 일도 아니하면서 처먹기만 한다고 말을 들었습니다. …(중략)… 이년, 이 도적놈의 계집년, 네가 아니 훔치면 누가 훔쳤겠니 하고 때립니다. 제 부친께서 도적으로 잡혀갔다고 걸핏하면 도적놈의 계집년이라 하는데, 그 말이 제일 가슴이 쓰립데다.』(25면)

영채는 마침내 그 악한에게 붙들려 갔다. 그 악한의 집은 산 밑에 있는 조그마한 집안이었다. 얼른 보아도 게으른 사람의 집인 줄을 알겠더라. …(중략)… 그 악한은 아무러한 짓을 하여서라도 돈만 얻으면 그만이요, 술만 먹으면 그만이라 하게 되었다. 그래서 그는 그 동네에 유명한 협잡꾼이 되고 몹쓸 놈이 된 것이라. 객주에 앉아서 영채의 밥값을 담당함은 잠시 이전 신사의 체면을 보던 마음이 일어남이요, 영채가 계집아이인 줄을 알며 그를 업어 감은 시방 그의 썩어진 마음을 표함이라. …(중략)… 이제 겨우 열세 살 되는 영채에게 대하여 색욕을 품는다 함이 이상히 들리려니와, 원래 몸이 건강한데다가 마음에 도덕과 인륜의 씨가 스러졌으니 이러함도 괴이치 아니한 일이라. …(중략)… 악한이 영채를 땅에 누일 때, 영채는 웬일인지 모르거니와 갑자기 대단한 무서움이 생겨 발길로 그의 가슴을 힘껏 차고 으

아 하고 소리를 내어 울었다.(30~31면)

다음으로 무정한 사회나 무정한 세계에 살고 있는 무정한 사람들이나 무정한 동물에 대한 이야기가 나온다. 무정한 사람이나 동물에 대한 언급은 중복된 부분을 제외하면 19회가 나타난다. 그 가운데 이형식과 관련된 언급이 15회가 나타나며, 간수와 관련된 것이 1회, 배명식과 관련된 것이 1회, 무정한 사람에 대한 것(무정한 사회와 중복)이 1회, 어별에 대한 것이 2회 등이 나타난다.

아― 내가 잘못함이 아닌가. 내가 너무 무정함이 아닌가. 내가 좀더 오래 영채의 거처를 찾아야 옳을 것이 아닌가. 설사, 영채가 죽었다 하더라도, 그 시체라도 찾아보아야 할 것이 아니던가. 그러고 대동강가에 서서 뜨거운 눈물이라도 오래 흘려야 할 것이 아니던가. 영채는 나를 생각하고 몸을 죽였다. 그런데 나는 영채를 위하여 눈물도 흘리지 않아. 아― 내가 무정하구나, 내가 사람이 아니로구나 하였다.(19면)

『그렇게 십여 년을 그립게 지내다가 찾아왔는데 그렇게 무정하게 구시니까.』

'무정하게' 라는 말에 형식은 놀랐다. 그래서, 『무정하게? 내가 무엇을 무정하게 했어요?』

『무정하지 않구. 손이라도 따뜻이 잡아 주는 것이 아니라…….』

『손을 어떻게 잡아요?』

『손을 왜 못 잡아요? 내가 보니까, 명채…….』

『명채가 아니라 영채야요.』

『옳지, 내가 보니깐 영채 씨는 선생께 마음을 바친 모양이던데. 그렇게 무정하게 어떻게 하시오. 또 간다고 할 적에도 붙들어 만류를 하든가 따라가는 것이 아니라……』 하고 형식을 원망한다.

75

노파의 말에 형식은 더욱 놀랐다. 과연 자기가 영채에게 대하여 무정하였던가.(132면)

『벌써 황해바다에 떠나갔어! 자네 같은 무정한 사람 기다리고 아직까지 청류벽 밑에 있을 듯싶은가. 자 청요릿집에나 가세.』(137면)

『왜, 어느 새에…… 여보, 그런데 좀 만나 보고나 가는 것이 아니라…… 그렇게 무정하오.』 하고 썩 돌아서더니, 『아무려나 내립시오. 우리 집으로 갑시다』 한다.(176면)

형식은 과연 무정하였다. 형식은 마땅히 그때 우선에게서 꾼 돈 오 원을 가지고 평양으로 내려갔어야 할 것이다. 가서 시체를 찾아 힘 및는 데까지는 후하게 장례를 지내었어야 할 것이다.(178면)

『이형식 씨가 퍽 무정한 사람같이 생각이 되어요. 그래도 내가 죽으러 갔다면 좀 찾아라도 볼 것인데…… 어느 새에 혼인을 해가지고……』 하다가 병욱의 무릎에 자기의 이마를 대고 비비며, 『아이구, 언니, 내가 왜 이런 소리를 해요.』(187면)

『이 무정한 놈아, 영원히 저주를 받아라』 하고 달겨들 것 같다. 왜 그때에 평양 갔던 길에 더 수탐을 하여 보지 아니하였던가.(189면)

죽으려 한 것도 자기를 위하여, 살아 있으면서 살아 있는 줄을 알리지 아니한 것도 자기를 위하여 한 것임을 생각하매 자기의 영채에게 대한 태도의

너무 무정함이 후회된다.(190면)

면회소의 긴 칼을 찬 간수들이 무정한 눈으로 자기를 보며 쿵쿵 소리를 내고 지나가고, 어떤 시커먼 수염이 많이 난 간수가 영채를 보고 『너 울지 말아라, 울면 네 아버지 안 보일 테야』 하고 호령을 할 때, 영채는 그만 실망하고 무섭고 슬픈 생각이 났다.(34면)

신혼한 일 년이 차지 못하여 벌써 다른 계집에게 손을 대려 하는 그런 무정한 놈의 첩이 되어? 내 은인의 딸이? 못 될 일이로다. 못 될 일이로다 하였다.(51면)

십구 년 일생의 절반을 무정한 세상과 사람에게 부대끼고 희롱감이 되다가 매양에 그리고 바라던 이형식을 만나기는 만났으나 정작 만나고 보니 이 형식은 나를 건져 줄 것 같지도 아니하고……(69면)

차마 이 더럽고 죄 많은 몸을 하루라도 세상에 두기 하늘이 두렵고 금수와 초목이 부끄러워, 원도 많고 한도 많은 대동강의 푸른 물결에 더러운 이 몸을 던져 탕탕한 물결로 하여금 더러운 이 몸을 씻게 하고, 무정한 어별로 하여금 죄 많은 이 살을 뜯게 하려 하나이다.(93면)

탕탕한 물결로 하여금 이 몸의 더러움을 씻게 하고, 무정한 어별로 하여금 이 죄 많은 살을 뜯게 하려 하나이다.(100면)

영채가 살아가는 세상은 무정한 세상이고 영채 주변의 사람들인 친척들, 길에서 만난 악한, 간수, 배 학감, 형식 모두 무정한 사람들이다. 심지어 어별까지도 무정한 존재이다. 그 가운데서 형식은 결코 영채에게 무정하게 해서는 안 되는 사람이다. 고향에 있을 때 형식은 영채와 혼담이 있었던 사이다. 영채는 형식을 믿고 기다라면서 정절을 지킨 여인이다. 그런데 형식은 영채를 기적에서 빼내기 위한 어떤 노력도 하지 않고, 영채가 선형과의 혼인에 방해가 될까 걱정하기까지 한다. 영채가 유서를 남기고 평양으로 떠난 뒤에도 진심으로 영채를 생각하고 영채를 찾으려고 하지 않는다. 형식은 자신의 행동이 잘못되었음을 인식하고 자신을 무정한 사람이라고 생각한다. 무정한 세상에 살고 있는 영채를 구원해줄 사람이 다름 아닌 자신이라는 사실도 잘 알고 있다.

그런데 '무정'이라는 용어는 나타나지 않지만 영채를 겁탈하려는 악한과 싸우다가 죽은 개에 대한 이야기가 나온다. 개는 '악한을 물어 메뜨리고 주인에게 그 뜻을 알리려고 그 악한의 저고리 옷자락을 물어'와서 피를 흘리며 죽는다. 무정한 세상에서 '불쌍한 주인을 따라와 제가 그 주인을 위하여 원수 갚은 줄을 알리고 그 사랑하던 주인의 발부리에서' 죽는다.[20] 작가는 왜 은혜 갚는 개의 이야기를 삽입한 것일까? 영채가 악한으로부터 구원받는 상황을 개연성 있게 서술하면서 당시 조선이 얼마나 무정한 사회였는가를 보여주기 위해 개보다 못한 인간들의 모습을 형상화한 것으로 보인다.

춘원은 당시 조선을 왜 무정한 세상으로 보았는가? 그에 대한 구체적인 서술은 나타나지 않지만 그의 「사랑인가」, 「옥중호걸」, 「곰」 등과 야마자끼 도시오의 「크리스마스 전날 밤」[21]을 통해 유추한다면 일제의 식민화정책과 무관하지 않은 것으로 보인다. 춘원의 글에는 억압받고 불평등하게 살아가고 있는 조선인들의 모습이 서술되고 있고, 야마자끼 도시오의 글에는 자신들을 일등국민이라고 생각하면서 동아시아의 다른 나라

---

20 하타노 세츠코, 최주한 역, 『이광수, 일본을 만나다』, 푸른역사, 2016, 31면.

21 『帝國文學』, 1914.1.

사람들을 멸시하고 얕잡아보고 있는 일본인의 모습이 잘 드러나 있다.[22] 갑오농민전쟁 이후 일본 관헌은 동학 잔당들의 소탕을 빌미로 조선인들을 이전투구에 혈안이 되게 만들어 조선을 무정한 세상으로 탈바꿈시키고 있었다. 춘원이 이 작품에서 125회에 이르기까지 지속적으로 무정한 조선인과 조선의 사회를 서술한 것은 일제의 동학 탄압과 민족 자본 해체로 인한 조선인의 비극적 삶을 재현하여 새로운 세상에 대한 전망을 제시하려 한 것으로 보인다.

3. 도산의 情誼敦修思想 수용과 유정한 사회에 대한 염원

『무정』에는 '동정'이라는 용어가 '무정'이라는 용어 다음으로 빈번하게 구사되고 있다. 총 23회에 걸쳐 사용되고 있는데, 동정을 살핀다는 의미를 지니고 있는 1회를 제외하면 22회에 걸쳐 사용된 '동정'이란 단어는 정의돈수사상과 연결되어 있다. 443번에 걸쳐 언급되는 노파는 형식이 영채에게 무정한 사람이었음을 일깨워주면서 박 진사가 형식에게 얼마나 친애한 사람이었는가를 일깨워준다. 박 진사는 '위인이 점잖고 인자하고 근엄하고도 쾌활하여 어린 사람들도 무서운 선생으로 아는 동시에 정다운 친구로 알았었다. 그는 세상을 위하여 재산을 바치고 집을 바치고 몸과 마음을 다 바치고 목숨까지라도 바치려' 한 사람이며, 자신은 '특별히 박 진사의 사랑을 받은' 사람이다.[23] 형식은 노파에 의해 점차 영채에게 친애와 동정을 느끼게 되며, 궁극적으로는 억압받고 차별받고 사랑받지 못하는 모든 조선인들에게 친애와 동정을 느끼게 된다. 노파를 통해 형식은 정의가 되살아나며, 우리 사회를 무정한 사회에서 유정한 사회로 변모

---

22 하타노 세츠코, 앞의 책, 53~54면.

23 『이광수전집』 1, 22면.

시키는데 일익을 담당하는 인물로 성장해간다. 형식이 1961번, 영채가 1261번, 선형이 447번, 우선이 320번, 병욱이 191번, 배 학감이 70번, 순애가 52번, 박진사가 39번 언급되고 있는 점에서 이 소설에서 노파의 역할은 주인공인 형식이나 영채에게는 미치지 못하지만 선형과 비슷한 비중을 지니는 것으로 볼 수 있다.

무정한 사회와 유정한 사회, 혹은 모범촌에 대한 이야기는 『무정』을 발표하기 전부터 나타난다. 춘원은 1907년 2월 도쿄의 대한유학생회에서 초청한 도산의 애국연설을 듣고 감명을 받은 바 있다. 메이지학원 중학교 3학년 때의 일로 당시의 상황을 춘원은 '내가 선생을 정말 옳게 만난 것은 바로 이때'라고 밝히고 있다.[24] 이후 춘원은 1900년대부터 시작된 도산의 애국운동과 유정한 사회 만들기 운동에 지속적으로 관심을 갖게 되며, 도산의 권유를 받아 만들어진 오산학교 교사로 발령을 받아 생활하면서 모범촌을 체험하였고, 무정한 사회와 유정한 사회에 대한 생각을 러시아 이주시기에 쓴 글들이나 이후 수많은 글들에서 피력하고 있다. 이들은 춘원의 독창적인 생각이 아니고 도산으로부터 영향을 받은 바 크다. 춘원의 『도산 안창호』[25]에서 그러한 사실을 확인할 수 있다.

도산은 김현진에게 한학과 성리학을 배우던 중 1894년 청일전쟁을 목격하고 타국의 전쟁터가 되어버린 조국의 현실에 안타까워하다가 일본군이 동학농민전쟁에 참전하여 의병들을 학살하고, 전국 각지의 동학도들을 색출하여 탄압하기에[26] 이르자 국민들이 도덕, 지식, 단합, 애국심으로

---

24 『이광수전집』 8, 우신사, 1979, 502면.

25 1947년 도산안창호기념사업회의 요청으로 『도산 안창호』를 저술하여 출판하였다(『이광수전집』 7, 우신사, 1979, 116~218면).

26 동학농민전쟁을 승리로 이끈 일본군은 동학의 잔당들을 색출하는 일을 1900년대 초까지 계속하였다. 도산과 춘원의 이주 계기도 동학도 탄압 때문이었다. 당시 체포된 동학도들은 국도 1호선 구간의 공사에 동원되기도 하였다. 그들이 만든 신작로는 전쟁 물자를 운반하거나 군대 이동의 수단으로 활용되었다(「푸른 숲길 만드는 목포 폐선부지」, 『전남일보』,

무장할 필요가 있음을 절감하고 가족들의 반대에도 불구하고 상경하여 선교사 언더우드가 운영하는 구세학당에 입학하였다. 당시 구세학당에서는 '배우고 싶은 사람은 누구든 먹고 자고 마음대로 공부할 수 있으니 우리 학교로 오라'고 선전하고 있었다. 도산은 구세학당에서 2년간 교육을 받았고, 제중원에서도 일하였다.[27] 독립협회와 만민공동회에서 활동하다가 언더우드의 주선으로 1902년 미국 유학을 떠난다.

도산은 학업을 위해 미국에 갔으나 당시 '미국에 이민한 한국 동포들의 현상'에 충격을 받아 '학창에 전념할' 수 없었다. 한인친목회를 조직하여 조선인 이주자들의 이기적이고 무정한 삶을 개선할 수 있는 방안을 찾는다. 도산의 유정한 사회 만들기는 이때부터 시작된 것으로 볼 수 있다. 솔선수범하여 청소도 해주고 서로 사랑하는 방법도 가르쳐주면서 식민지 조선인이 아닌 독립국 조선인이 되는 길을 찾으면서 1905년에는 한인공립협회를 창립한다.[28]

1905년 을사보호조약이 체결되자 귀국하여 신민회를 조직하고, 조선인의 실력양성을 주장하는 연설을 하면서 전국 각처를 돌아다녔다. 1907년 2월에는 대한유학생회 초청으로 도쿄에 가서 애국연설을 한 바 있다. 미국 체험과 조선의 현실을 감안할 때 무정한 사회인 조선을 개혁하여 유정한 사회를 만들기 위해 실력양성론을 역설했을 가능성이 크다. 백성들을 교육할 필요성을 인식하고 각도에 대성학교를 설립할 계획이었으나 평양에만 설립한 것[29]이나 모범촌 조성의 필요성을 역설한 것이 그 증거가 될 수 있다. 이승훈이 정주시 오산면 용동에 자기 집안의 마을을 조성하던 중 1907년 7월 도산의 연설회에서 '나라가 없고서 일가와 일신이 있

곡성군 홍보협력계, 2009.5.21).

27 송현호, 「『무정』의 이주담론에 대한 인문학적 연구」, 114면.

28 『이광수전집』 7, 118~119면.

29 위의 책, 125면.

을 수 없고, 민족이 천대를 받을 때에 나 혼자만 영광을 누리 수가 없소' 하는 구절을 듣고 도산과 면회하여 학교를 세우고 동회를 조직하여 조선인들이 유정하게 살 수 있는 모범촌을 만들라는 권유를 받아들여 '자기 주택과 서재의 공사를 중지하고 그 재목과 기와를' 이용하여[30] 12월 정주시 갈산면 익성동에 오산학교를 설립하였다. 이는 국민회와 흥사단의 기본 정신과 상통한다. 공립협회를 확대한 것이 미주국민회, 대한인국민회이다. 흥사단은 도산 안창호 필생의 사업이요, 민족운동의 근본 이론이요, 실천이다. 도산은 경술년에 미국으로 돌아가 국민회의 통일하고 확장하고 강화하였다. 1912년 도산은 로스앤젤리스에서 송종익에게 흥사단 약법을 보여주었다.[31] 약법에는 '무실역행으로 생명을 삼는 충의 남녀를 단합하여 정의를 돈수하며 덕, 체, 지 삼육을 동맹 수련하여 건전한 인격을 지으며 신성한 단체를 이루어 우리 민족의 전도번영의 기초를 수립함에 있다'고 명시하고 있다. 용동의 모범촌에서 확신을 얻은 도산은 모범촌 조성 사업을 적극 검토하고 그 후보지를 찾아다닌 바 있다.[32] 무정한 세상을 유정한 세상으로 만들기 위한 도산의 모범촌은 송태 시절의 집이 모델이었다.[33]

따라서 도산은 오랫동안 연설이나 강연에서 무정한 사회를 유정한 사

---

30 위의 책, 127면.

31 위의 책, 179면.

32 도산은 1923년 독립운동 근거지 및 이민자들을 위한 이상촌 건설을 구상하였고, 1924년 북중국 화북지역과 만주 방면을 답사하고 1927년에는 '만주 길림 방면에서 이상촌 후보지를 선정하려고 다니기도' 하였다. 본보기 모범촌을 통해 '도산의 평소의 교육 철학에 의거하여 농촌 생활 내지 농촌 도시 생활의 표본을 만들려고' 하였다. '모범 부락과 직업학교를 각 도에 두어 전국 한 면에 한 사람씩 선발하여' 교육을 하여 그들이 돌아가 '농촌진흥운동을' 전개한다면 농민의 생활이 윤택해지고 민족주의운동의 시발점이 될 것이라 생각하였다(송현호, 「『흙』에 구현된 정의돈수사상과 유정한 사회에 대한 연구」, 『현대소설연구』 69, 2018.3, 18면).

33 『이광수전집』 7, 207~208면.

회를 만들기 위해 무엇보다 교육이 중요하며 정의돈수사상이 필요함을 역설하였다. 도산의 정의돈수사상은 하루아침에 만들어진 것이 아니고 미국 이주 이후 오랜 기간에 걸쳐 유정한 사회를 만들려는 과정에서 다듬고 완성한 것으로 보인다. 그 완성된 것을 정리하여 1926년 『동광』에 발표한 글이 바로 「무정한 사회와 유정한 사회－情誼敦修의 의의와 요소」[34]라는 글이다.

도산이 생각하는 유정한 사회는 모친이 자식을 사랑하는 마음으로 서로 신뢰하고 정을 느끼면서 평화롭게 살아가는 공동체로, 정의돈수사상을 실천할 수 있는 곳이다. 도산이 말하는 정의란 '친애와 동정의 결합'이다. 친애가 '모친이 아들을 보고 귀여워서 정으로써 사랑'하는 마음이라면, 동정은 '모친이 아들이 당하는 고(苦)와 낙(樂)을 자기가 당하는 것같이' 여기는 마음이다. 도산은 인류 가운데 '가장 불행하고 불상한 자는 무정한 사회에 사는' 사람이요 가장 '다행하고 복 있는 자는 유정한 사회에 사는' 사람이라고 하였다. 또한 '유정한 사회는 태양과 우로를 받는 것 같고 화원에 있는 것 같'지만, '무정한 사회는 큰 가시밭과 같아 사방에 괴로움뿐이므로 사람은 사회를 미워하게' 된다고 하였다. 아울러 '정의가 있어야 단결도 되고 민족도 흥하는 법이'라고 하였다. 그런데 당시 조선은 무정한 사회였다.[35] 도산은 조선 민족이 사랑하는 마음이 부족하여 지방색이 짙고, 당파싸움을 하고, 서로 단합하지 못하는 민족적 질병을 지닌 것으로 규정하였다.[36]

도산의 무정한 사회를 유정한 사회로 바꾸려는 노력은 춘원의 소설에 아주 다양하게 나타난다. 『삼봉이네 집』에서는 직접적인 투쟁을 통해 무

---

34 『동광』, 1926.1, 29~30면.

35 송현호, 「『흙』에 구현된 정의돈수사상과 유정한 사회에 대한 연구」, 앞의 책, 18면에서 재인용.

36 안창호, 「무정한 사회와 유정한 사회 情誼敦修의 의의와 요소」, 『동광』, 1926.1, 29~30면.

정한 세상을 유정한 세상으로 바꾸려고 하고 있으며, 『흙』에서는 살여울과 검불랑과 같은 모범촌을 조성하여 무정한 사회를 유정한 사회로 바꾸려고 하고 있다. 『무정』에서는 '유정'과 '무정'이라는 용어가 직접적으로 구사되고 있으며, 무정한 세상을 변혁시킬 페스탈로치와 같은 인물이 필요함을 역설하고 교육학의 요람인 미국의 시카고대학까지 등장한다.

> 형식과 선형은 지금 미국 시카고대학 사 년생인데 내내 몸이 건강하였으며, 금년 구월에 졸업하고는 전후의 구라파를 한번 돌아 본국에 돌아올 예정이며, 김장로 부부는 날마다 사랑하는 딸이 돌아오기를 기다려 벌써부터 돌아온 후에 할 일과 하여 먹일 것을 궁리하는 중(208면)

『무정』을 집필하던 시기가 춘원의 제2차 일본 유학 시기인 와세다대학 재학 중임에도 『무정』 125회까지의 형식은 제1차 일본 유학시절인 메이지학원 중학교의 체험으로부터 오산학교 교사시절까지의 자신의 체험을 바탕으로 형상화하고 있으며, 126회의 형식은 도산의 미국 체험을 바탕으로 형상화하고 있다.

따라서 '무정'한 사회를 '유정'한 사회로 바꾸는 일이 도산이 바라는 바였다. 『무정』을 집필하던 당시 춘원은 도산이 조선을 변혁시키기 위해 교육을 강조하고 있음을 너무도 잘 알고 있었다. 『무정』 115회에 보면 이형식이 자신을 되돌아보고 반성하는 부분이 나온다. 그는 사랑과 문명 그리고 인생에 대해 잘 모른다.

> 자기가 오늘날까지 여러 학생에게 문명을 가르치고, 인생을 가르친 것이 극히 외람된 일인 줄도 깨달았다. 자기는 아직도 어린애다. 마침 어른 없는 사회에 처하였으므로 스스로 어른인 체하던 것인 줄을 깨달으매 스스로 부끄러운 생각도 난다.(192면)

나는 조선의 나갈 길을 분명히 알았거니 하였다. 조선 사람의 품을 이상과, 따라서 교육자의 가질 이상을 확실히 잡았거니 하였다. 그러나 이것도 필경은 어린애의 생각에 지나지 못하는 것이다. 나는 아직 조선의 과거를 모르고 현재를 모른다. 조선의 과거를 알려면 우선 역사 보는 안식(眼識)을 길러 가지고 조선의 역사를 자세히 연구해 볼 필요가 있다. 조선의 현재를 알려면 우선 현대의 문명을 이해하고 세계의 대세를 살펴서 사회와 문명을 이해할 만한 안식을 기른 뒤에 조선의 모든 현재 상태를 주밀히 연구하여야 할 것이다. 조선의 나갈 방향을 알려면 그 과거와 현재를 충분히 이해한 뒤에야 할 것이다. …(중략)… 우리들은 배우러 간다. 네나 내나 다 어린애이므로 멀리멀리 문명한 나라로 배우러 간다.(193면)

형식은 무정한 세상을 바꾸기 위해 미국으로 떠나면서 그 길이 영채는 말할 것도 없고 선형과 병욱을 구원하는 길이면서 궁극적으로는 조선을 구원할 길임을 인식하게 된다. 영채에게 가졌던 친애와 동정은 작품 말미로 가면서 억압받고 차별받고 사랑받지 못한 조선인으로 확대되어 간다. 형식을 통해 드러나는 도산의 정의돈수사상은 춘원이 '무정'한 사회를 '유정'한 사회로 만들려는 전략임이 드러난다.

그런데 형식은 '자기와 선형과, 또 병욱과 영채와 그 밖에 누군지 모르나 잘 배우려 하는 사람 몇 십 명, 몇 백 명이 조선에 돌아오면 조선은 하루 이틀 동안에 갑자기 새 조선이 될 듯이 생각'하는 착각을 하고 있다. 그러한 추상적 세계 인식에도 불구하고 춘원은 식민지 수탈 정책으로 삶의 터전을 잃어버린 백성들을 교육하여 일제의 압제로부터 벗어나 자립갱생할 수 있는 힘을 주기 위해 이형식과 선형을 미국으로 보내고, 병욱과 영채를 일본으로 보낸 것이다. 조선의 밝은 앞날은 교육에 의해서만 가능하다. 작가는 '우리는 더욱 힘을 써' '큰 학자, 큰 교육가, 큰 실업가, 큰 예술가, 큰 발명가, 큰 종교가'를 배출해야 한다고 밝히고 있다. 특히

'금년 가을에는 사방으로 돌아오는 유학생과 함께 형식, 병욱, 영채, 선형 같은 훌륭한 인물을 맞아들일 것이니' 아주 기쁘다고 하였다.

> 어둡던 세상이 평생 어두울 것이 아니요, 무정하던 세상이 평생 무정할 것이 아니다. 우리는 우리 힘으로 밝게 하고, 유정하게 하고, 즐겁게 하고, 가멸게 하고, 굳세게 할 것이로다.(209면)

인용문에는 다소 추상적이고 낙관적인 세계 인식이 드러나 있음에도 일제의 압제로부터 벗어나 우리의 힘으로 유정한 사회를 만들기 위해 조선의 인재들을 기다리고 있었음을 밝히고 있다. 또한 와세다대학 재학 시절 일본인의 추천으로 『매일신보』에 연재하기 시작한 소설이기에 여러 가지로 제한이 있었을 것임에도 일본과 구미지역을 변별적으로 설정한 것이나 형식과 선형을 미국으로 유학을 보내는 것은 '약육강식을 일삼는 군국주의자들의 세상인 일본이 아니라 평화주의자인 윌슨이 있는 미국으로 간다는 의미'도 있고, 일본인들이 메이지유신 이후 보여준 구미지역과 대등하다는 일류의식과 동아시아인들에 대한 차별의식에 대한 부정적인 시각의 노출일 수도 있다.[37] 따라서 춘원의 일본관에 대해서도 재평가할 필요가 있다.

4. 결론

신문 연재 100주년에 즈음하여 『무정』에 대한 평가가 달라지고 문학사적 의의도 새롭게 정립되려는 조짐을 보이고 있다. 최근 들어 제3세대 연

---

37 이에 대해서는 「『무정』의 이주담론에 대한 인문학적 연구」(113~116면)에서 구체적으로 밝힌 바 있기에 여기에서는 중복을 피하기 위해 생략한다.

구자들은 도산과의 관련성에 대한 재조명을 통해 춘원이 무정한 세상에서 유정한 세상 만들기 혹은 억압과 차별에서 벗어나 평화를 찾으려는 의지를 심어주고 있다는 새로운 평가를 내놓고 있다.

『무정』에는 일제강점기 이전부터 일제강점기에 이르는 조선의 열악한 현실이 잘 드러나 있고, 일제의 억압으로 무정한 사회에서 살고 있는 영채의 삶이 생생하게 형상화되고 있다. 이 작품에서 '무정'이라는 용어는 제목을 포함하여 30회에 걸쳐 등장하는데 모두가 영채가 살고 있는 세상과 영채가 처한 현실 그리고 영채를 구원하지 못한 형식의 상황에 집중되어 있다. 춘원이 당시 조선을 무정한 세상으로 본 것은 일제의 식민화 정책과 무관하지 않다. 당시 조선인들은 무정한 세상에서 자유롭지도 평등하지도 않은 삶을 살고 있었다.

『무정』에는 '동정'이라는 용어가 '무정'이라는 용어 다음으로 빈번하게 구사되고 있다. 총 23회에 걸쳐 사용되고 있는데, 동정을 살핀다는 의미를 지니고 있는 1회를 제외하면 22회에 걸쳐 사용된 '동정'이란 단어는 정의돈수사상과 연결되어 있다. 노파는 형식이 영채에게 무정한 사람이었음을 일깨워주면서 박 진사가 형식에게 얼마나 친애한 사람이었는가를 일깨워준다. 노파를 통해 형식은 정의가 되살아나며, 우리 사회를 무정한 사회에서 유정한 사회로 변모시키는데 일익을 담당하는 인물로 성장해간다. 춘원은 무정한 세상인 조선을 유정한 사회로 만들기 위해 도산의 정의돈수사상을 수용한다. 식민지 수탈 정책으로 삶의 터전을 잃어버린 백성들을 교육하여 일제의 압제로부터 벗어나 스스로 자립 갱생할 수 있는 힘을 줄 수 있는 조선의 지식인들을 양성하기 위해 형식을 교육학의 요람인 시카고대학으로 보내고 많은 유학생들을 구미 지역으로 보낸다. 도산과 춘원의 미국 지향성은 '선진화된 교육의 자양분을 공급받을 공간'을 통해 구체화된다. 그들은 무정한 사회인 조선은 미국과 같은 유정한 사회로 만들려고 한 것이다.

이렇게 본다면 『무정』은 지금까지의 평가와 달리 평화에 대한 염원과 유정한 세상에 대한 염원을 담은 소설로 볼 수 있다. 억압과 차별 그리고 미움에서 벗어나 자유롭고 평등하고 사랑을 주고받는 세상에 대한 염원을 그린 소설, 당대의 징후를 포착하여 새로운 전망을 제시한 소설이라 할 수 있다.

참고문헌

1. 자료

『이광수전집』 1, 우신사, 1979.

『이광수전집』 6, 우신사, 1979.

『이광수전집』 7, 우신사, 1979.

『이광수전집』 8, 우신사, 1979.

『이광수전집』 별권, 우신사, 1979.

2. 단행본

김동인, 『춘원 연구』, 신구문화사, 1956.

김영민, 『한국근대소설의 형성과정』, 소명, 2005.

김윤식, 『이광수와 그의 시대』 ①, 한길사, 1986.

김윤식, 『이광수와 그의 시대』 ②, 한길사, 1986.

김윤식, 『이광수와 그의 시대』 ③, 한길사, 1986.

류보선, 『한국문학의 유령들』, 문학동네, 2012.

송현호, 『한국현대문학의 이주담론 연구』, 태학사, 2017.

윤홍로, 『이광수 문학과 삶』, 한국연구원, 1992.

이재선, 『한국현대소설사』, 홍성사, 1984.

이재선, 『이광수 문학의 지적 편력』, 서강대학교출판부, 2010.

조동일, 『한국문학통사 4』, 지식산업사, 1994.

하타노 세츠코, 최주한 역, 『이광수, 일본을 만나다』, 푸른역사, 2016.

3. 논문

김경수, 「현대소설의 형성과 겁탈-『무정』의 근대적 재론」, 『한국 현대문학과 근대성의 탐구』, 새미, 2000, 121면.

김지영, 「『무정』에 나타난 '사랑'과 '주체'의 근대성」, 『한국문학이론과 비평』 26호,

2005.

류수연, 「응접실, 접객공간의 근대화와 소설의 장소-이광수의 『무정』과 「재생」을 중심으로」, 『춘원연구학보』 11, 2017, 7~32면.

리범수, 「중국에서의 『무정』에 대한 평가와 문학사적 의의」, 『춘원연구학보』 10, 2017, 107~134면.

방민호, 「무정 독해의 국면들과 무정 · 유정의 사상」, 『춘원연구학보』 10, 2017.6.

서영채, 「한국 근대소설에 나타난 사랑의 양상과 의미에 관한 연구」, 서울대 박사학위논문, 2002.

송현호, 「『무정』의 이주담론에 대한 인문학적 연구」, 『한국현대소설』 54, 2017.3, 105~128면.

송현호, 「문학이란 무엇인가-춘원의 삶과 문학을 중심으로」, 『현대소설연구』 67, 2017, 5~30면.

송현호, 「춘원의 「사랑인가」에 나타난 이주담론의 연구」, 『韓國學報』, 2017.1, 3~29면.

송현호, 「춘원의 이주담론에 대한 인문학적 연구」, 『한중인문학연구』 51, 2016.6, 23~42면.

송현호, 「흙에 구현된 도산의 정의돈수사상과 유정한 사회에 관한 연구」, 『현대소설연구』 69, 2018.

이영아, 「1910년대 『매일신보』 연재소설의 대중성 획득 과정 연구」, 『한국현대문학연구』 23, 2007.12.

이유진, 「일본에서의 『무정』에 대한 평가와 문학사적 의의」, 『춘원연구학보』 10, 2017, 71~106면.

장영우, 「『무정』의 맥락화와 문학사적 의의」, 『춘원연구학보』 10, 2017, 11~42면.

진상범, 「이광수 소설 『무정』에 나타난 유럽적 서사구조」, 『독일어문학』 제17집, 2002.

최선호, 「『무정』에 나타난 디아스포라 의식」, 『춘원연구학보』 8, 2015, 83~108면.

최주한, 「'번역된 (탈)근대론'으로서의 『무정』 연구사」, 『한국근대문학연구』 27, 2013, 287~313면.

최혜림, 「『무정』 탄생 100년, 번역사 고찰」, 『춘원연구학보』 11, 2017, 33~60면.

하타노, 「『무정』의 문체와 표기에 대하여」, 『제24届중한문화관계국제학술연토회』, 2016.12.
허병식, 「한국 근대소설과 교양의 이념」, 동국대 박사학위논문, 2005.
황정연, 「여성주의적 시각과 『무정』 연구사」, 『춘원연구학보』 11, 2017, 61~92면.
황정현, 「이광수 소설 연구사」, 고려대 박사학위논문, 2009.

『흙』에 구현된 도산의 정의돈수사상과 유정한 사회에 대한 연구

1. 문제의 제기

일제강점기 조선인들은 자신들이 일구어온 삶의 터전을 빼앗기고 낯선 곳으로 이주하여 억압받고 차별받으면서 살았다. 춘원은 자신이 체험한 바를 토대로 이주 조선인들의 삶을 집중적으로 서술하였는데, 그에 대한 연구가 최근 들어 왕성하게 이루어지고 있다.[1] 『흙』에는 수많은 이주자들이 등장하며 그들의 삶을 통해 작가는 자신이 지향하는 바가 무엇인가를 분명하게 제시하고 있다.

『흙』은 연재 당시 수십 장의 편지를 받을 정도로 선풍적인 인기를 구가한 소설이지만[2] 민병휘, 윤고종, 이무용, 단남생, 백철, 염상섭 등으로

---

1 이언홍, 「『유정』에 나타난 이주와 '정(情)의 연구」, 『춘원연구학보』 8, 2015, 109~134면.
최선호, 「『무정』에 나타난 디아스포라 의식」, 『춘원연구학보』 8, 2015, 83~108면.
서은혜, 「이광수의 上海, 시베리아행과 『유정』의 자서전적 텍스트성」, 『춘원연구학보』 9, 2016, 223~256면.
송현호, 「춘원의 이주담론에 대한 인문학적 연구」, 『한중인문학연구』 51, 2016, 26~37면.
송현호, 「『삼봉이네 집』에 나타난 이주담론에 대한 인문학적 연구」, 『춘원연구학보』 9, 2016, 170면.
송현호, 「한국현대문학에 나타난 이주담론의 인문학적 연구」, 『제4회 세계인문학포럼 희망의 인문학 프로그램북』, 2016.10, 726~735면.
송현호, 「춘원의 「사랑인가」에 나타난 이주담론의 연구」, 『韓國學報』, 2017.1, 3~29면.
송현호, 「『무정』의 이주담론에 대한 인문학적 연구」, 『현대소설연구』 65, 2017, 111면.
송현호, 『한국현대문학에 나타난 이주담론의 인문학적 연구』, 태학사, 2017, 13~110면.
송현호, 「문학이란 무엇인가-춘원의 삶과 문학을 중심으로」, 『한국현대소설』 67, 2017.9, 5~30면.

부터 부정적인 평가를[3] 받기도 하였다. 지금까지 『흙』에 대한 연구는 민족적 지도자를 형상화한 농촌계몽소설의 효시라는 긍정적 평가와[4] 지식인의 시혜적 농민소설이라는 부정적 평가가[5] 지속적으로 대립하고 있는 양상이다. 그런데 그 가운데 윤홍로의 「『흙』과 민족갱생력」과 「춘원의 용동체험과 글짓기 과정」은 춘원이 오산학교 교사시절의 용동 체험을 바탕으로 쓴 「농촌계발의견」(『대한인정교보』 9, 1914.3.1.), 「모범촌」(『대한인정교보』 11, 1914.6.1.), 「용동」(『학지광』 8, 1916.3.4.), 「농촌계발」(『매일신보』, 1916.11.2~1917.2.18.) 등이 어떻게 『흙』(『동아일보』, 1932.4.12~1933.7.10.)에 수용되고 있는가를 추적한 논문으로 우리의 주목을 끌기에 충분하다.

---

2 『이광수전집』 3, 우신사, 1979, 286면.

3 최혜림, 「춘원 이광수 연구사 목록」, 『춘원연구학보』 1, 2008, 384~385면.

4 윤홍로, 「이광수문학의 연구사적 반성」, 『최남선과 이광수의 문학』, 새문사, 1981, Ⅱ70~Ⅱ83.

이주형, 「『흙』의 시대인식과 미의식」, 『최남선과 이광수의 문학』, 새문사, 1981, Ⅰ74~Ⅰ90.

구인환, 「귀농의식과 전향적 현실」, 『서울사대논총』 23, 1981, 93~111면.

김윤식, 『이광수와 그의 시대』, 솔, 1999, 557~559면.

김영민, 『한국근대소설사』, 솔, 2003, 339~480면.

권보드레, 『『학지광』 제8호, 편집장 이광수와 새 자료』, 민족문학사연구소, 2009, 412~422면.

윤홍로, 「『흙』과 민족갱생력」, 『춘원연구학보』 2, 2009, 47~102면.

윤홍로, 「춘원의 용동체험과 글짓기 과정」, 『춘원연구학보』 3, 2010, 9~69면.

정하늬, 「이광수의 『흙』에 나타난 투사적 지도자상 연구」, 『춘원연구학보』 10, 2017, 199~236면.

5 송욱, 「일제하의 한국휴머니즘 비판: 이광수 작 『흙』의 의미와 무의미」, 『동아문화』 5, 1966.

조남철, 「일제하 한국농민소설 연구」, 연세대 박사학위논문, 1986.

김병광, 「『흙』과 「고향」의 대비연구」, 단국대 박사학위논문, 1989.

최갑진, 「1930년대 농민소설 연구」, 동아대 박사학위논문, 1993.

이대규, 「한국 근대 귀향소설 연구」, 전북대 박사학위논문, 1994.

이명우, 「한국농민소설의 사적 연구」, 동국대 박사학위논문, 1997.

『흙』은 춘원이 자신의 용동체험과 러시아 체험을 바탕으로 쓴 소설이다. 춘원은 용동 체험을 바탕으로 용동이 어떤 곳이었고, 자신이 생각하는 모범촌은 어떤 형태의 마을인가를 「농촌계발의견」, 「모범촌」, 「용동」, 「농촌계발」에서 구체적으로 서술하고 있다. 그런데 자신의 체험에 그치지 않고 도산이 조선을 유정한 사회 공동체로 만들기 위해 제시한 모범촌을 살여울과 검불랑에 구체화하고 있다. 도산은 오랜 기간에 걸쳐 행한 연설이나 강연에서 공동체지향주의, 민족우선주의, 정의돈수주의를 내세운 바 있다. 강연과 연설에서 주장한 자신의 생각을 정리하여 발표한 글이 「무정한 사회와 유정한 사회－情誼敦修의 의의와 요소」라는 논설문이다.[6] 춘원은 도산의 강연을 듣고 조선인의 해외 이주를 막고 조선에 유정한 사회 공동체인 모범촌을 조성하기 위해 『흙』을 집필한 것으로 보인다.

따라서 춘원의 용동체험과 러시아 체험이 『흙』에 어떻게 투영되고 있으며, 『흙』에 구현된 무정한 세상을 유정한 세상으로 바꾸려는 노력이 도산의 정의돈수사상과 어떤 관련이 있는가를 밝혀보려고 한다.

2. 농촌의 붕괴와 해외 이주민의 양산

『흙』은 허숭의 결혼을 둘러싼 사랑의 갈등과 농촌 이주과정에서 일어나는 수많은 사건들이 흥미를 자아내고 있는 소설이어서 연애소설이나 지식인의 농촌계몽소설로 읽힐 가능성이 크다. 그러나 소설의 중심서사를 1910년대에서 20년대 초의 춘원의 이주서사와 연계시켜서 살펴보면 작가가 하고 싶은 이야기를 흥미로운 사건들 속에 용해시켜 감추고 있음을 알 수 있다. 타락한 도시와 조선혼의 근원인 농촌의 이원적 대립구조가 조선인의 이주문제와 긴밀하게 연관되어 있다. 왜 조선인들은 자신들

6 안창호, 「무정한 사회와 유정한 사회-情誼敦修의 의의와 요소」, 『동광』, 1926.1, 29~30면.

의 삶의 터전인 농촌을 떠나야만 했는가? 도시나 해외로 이주했던 조선인들이 왜 조선의 농촌으로 귀향할 수밖에 없었는가? 일제의 수탈정책에 동조한 것이라면 조선인의 간도 이주를 유도하지 않고 왜 조선의 농촌에 모범촌을 만들려고 했던 것인가? 이러한 화두를 따라가다 보면 춘원이 『흙』을 집필한 의도가 드러난다.

일제는 만주 괴뢰 정부를 수립한 이후 농민개척단 명목으로 수많은 조선인들을 간도로 강제 이주시켜 1930년대에 간도 이주민이 폭발적으로 증가하였다.[7] 그런데 1931년부터 1934년까지 전개한 브나로드운동의 중심적인 위치에 있던 동아일보의 편집국장이던 춘원이 살여울이나 검불랑에 모범촌을 만들려고 한 것은 총독부의 간도 이주 정책과 정면으로 배치되는 것으로 주목할 만한 일이다. 춘원이 아베 미츠이에의 후원을 받았다고 하더라도 동포들에게 읽을거리를 제공하여 민족계몽운동을 전개하기 위한 방편이었음이 드러난다. 당시 조선인들은 일제의 억압과 수탈로 자신들이 오랫동안 일구어온 삶의 터전을 빼앗기고 낯선 곳으로 이주하여 노예와 같은 삶을 살 수밖에 없었다. 허숭이 경험한 도시와 도시인들은 일제와 야합한 타락한 사람들이 살던 공간이었고, 그가 고학을 한 것도 따지고 보면 일제의 수탈 정책과 무관하지 않다.

> 숭은 동네에서도 잘 산다는 말을 듣던 집이었다. 숭의 아버지 겸은 옛날 평양 대성학교 출신으로 신민회 사건이니, 북간도 사건이니, 서간도 사건이니, 만세 사건이니 하는 형사 사건에는 빼놓지 않고 걸려들어서 헌병대 시절부터 경무총감부 시절부터 붙들려 다니기를 시작하여 징역을 진 것만이 전후 팔 년, 경찰서와 검사국에 들어 있던 날짜를 모두 합하면 십여 년이나 죄수 생활을 하였다.

---

7 송현호, 「『삼봉이네 집』의 이주담론에 대한 인문학적 연구」, 181면.

이렇게 기나긴 세월에 옥바라지를 하고 나니, 가산이 말이 못되어 숭의 학비커녕 집을 보전하기도 어려웠다. 그래서 겸은 남은 논마지기, 밭날갈이를 온통 금융조합에 갖다 바치고, 평생에 해보지도 못한 장사를 한다고 돌아다니다가 저당한 토지만 잃어버리고 홧김에 술만 먹다가 어디서 장질부사를 묻혀서 자기도 죽고 아내도 죽고 숭의 누이동생 하나도 죽고, 숭의 한 몸뚱이만 뎅그렇게 남은 것이다.[8]

허숭의 아버지 허겸은 여유롭게 살던 지식인이지만 당대의 현실에 울분을 참지 못하고 일제에 저항하면서 핍박을 받은 사람이다. 선비가 빈궁을 면하기 위해 장사를 하려고 금융조합에 저당을 잡혔다가 남은 전답마저 빼앗기고 빈곤의 나락으로 떨어진 정황이 적나라하게 서술되고 있다. 허숭의 집이 몰락한 것은 아버지의 무능 때문이 아니다. 그것은 당시의 보편적인 현상으로 '갑오경장 이후에야 글이나 양반이 다 쓸 데가' 없어 '이 동네도 점점 쇠퇴하'게 되었다.[9] 일제는 동학농민전쟁과 청일전쟁 그리고 노일전쟁을 거치면서 인천에 미두장을 설치하고 '토지조사사업'을 실시하여[10] 조선의 민족 자본을 해체하기 시작했는데, 그에 대한 정황을 작가는 명징하게 인식하고 있었다.

여기 있는 사람들도 오륙 년 전만 해도 대개는 제 땅에 모를 내었다. 비록 제 땅이 없더라도 지주에게 반을 갈라 주더라도 그래도 반은 제가 먹을 것이었다. 그러나 사오 년 내로는 점점 지주들이 소작인에게 땅을 주지 아니하고 사람을 품을 사서 농사짓는 버릇이 생겼다. 품이란 한량없이 있는 것이었다. 하루에 이십 전 삼십 전만 내어 던지면 미처 응할 수가 없을 이

8 『이광수전집』 3, 우신사, 1979, 15~16면.

9 위의 책, 16면.

10 송현호, 『한국현대문학의 이주 담론 연구』, 18~19면.

만큼 품꾼이 모여들었다. 이십 년 내로 돈이란 것이 나와 돌아다니면서, 차란 것이 다니면서 무엇이니 무엇이니, 하고 전에 없던 것이 생기면서 어찌되는 심을 모르는 동안에 저마다 있던 땅 마지기는 차차 차차 한두 부자에게로 모이고, 예전 땅의 주인은 소작인이 되었다가 또 근래에는 소작인도 되어 먹기가 어려워서 혹은 두 번 소작인(한 사람이 지주에게 땅을 많이 얻어서 그것을 또 소작인에게 빌려 주고 저는 그 중간에 작인의 등을 쳐먹는 것, 마름도 이 종류지마는 마름 아니고도 이런 것이 생긴다)이 되고 최근에 와서는 세력 없는 농부는 소작인도 될 수가 없어서 순전히 품팔이만 해 먹게 되는 사람이 점점 늘어가는 것이다. 그도 그럴 수밖에 없지 아니한가. 지주들이 모두 평양이니 서울이니 하고 살기 좋은 곳에 가 살고 보니 누가 귀찮게끔 일일이 성명도 없는 소작인과 낱낱이 응대를 할 수가 있나. 제가 믿는 놈 하나에게 맡겨 버리고 받아들일 만큼 해마다 받아만 들인다면 그런 고소한 일이 어디 있으랴. 신참사는 아직 큰 부자는 못되어서 기껏 읍내에 가서 살지마는 그 까닭에 이 사람은 자기의 소유 토지를 직영을 하여서 소작 문제니 농량 문제니 하는 귀찮은 문제를 해결해버린 것이다. 그러나 신참사 한 사람이 자기의 귀찮은 문제를 해결하기 때문에 이 살여울에서 밥줄 떼운 가족이 이십 여 호나 된다.[11]

허숭의 회상을 통해 드러난 예전의 살여울 사람들은 조상들이 가꾸고 이루어놓은 터전에서 피땀을 흘려 일하면서도 미래의 희망을 놓지 않고 살았다. 한 평이라도 농사지을 땅을 늘리기 위해 밤낮을 가리지 않고 개간을 하고 농토를 일궜다. 그들은 열심히 일한 보람이 있어서 가족들을 부양하고 재산을 늘려가면서 비교적 평화롭게 생활할 수 있었다.

그러나 조상이 피땀 흘려 일군 땅은 이제 그들의 소유가 아니다. 무슨

---

11 『이광수전집』 3, 우신사, 1979, 62~63면.

회사, 무슨 은행, 무슨 조합, 무슨 농장으로 불리는 일본과 일본인의 땅이 되었다. 이제 아무리 열심히 일을 해도 그들에게 돌아오는 것은 가난과 굶주림뿐이다. 모두가 떠나고 남은 사람들마저 삶의 의욕을 상실한지 오래되어서 생기를 잃고 죽은 듯 침체되어 있다. 게다가 도시는 말할 것도 없고 읍내까지도 대부분은 일본인들이 차지하고 주요한 자리도 대부분 일본인들이 독차지하고 있었다.

> 그것은 숭의 조상들이-아마 순의 조상들과 함께 개척한 것이다. 그 나무들을 다 찍어 내고 그 나무뿌리를 파내고 살여울 물을 대느라고 보를 만들고, 그리고 그야말로 피와 땀을 섞어서 갈아놓은 것이다. 그 논에서 나는 쌀을 먹고, 숭의 조상과 순의 조상이 대대로 살고 즐기던 것이다. 순과 순의 뼈나 살이나 피나 다 이 흙에서, 조상의 피땀을 섞은 이 흙에서 움돋고 자라고 피어난 꽃이 아니냐.
>
> 그러나 이 논들은, 이제는 대부분이 숭이나 순의 집 것이 아니다. 무슨 회사, 무슨 은행, 무슨 조합, 무슨 농장으로 다 들어가고 말았다. 이제는 숭의 고향인 살여울 동네에 사는 사람들은 마치 뿌리를 끊긴 풀과 같이 되었다.
>
> …(중략)…
>
> 긴 장마를 겪은 초가집들은 마치 긴 여름 일을 치른 농부들 모양으로 기운이 빠져 축 늘어졌다. 그 속에 사는 사람들의 속도 썩은 모양으로 지붕의 영도 꺼멓게 썩었다. 그 집들 속에는 가난에 부대끼고, 벼룩 빈대에 부대끼고, 빚에 졸리고 병에 졸리고, 희망을 빼앗긴 사람들이 눈살을 찌푸리고 뭉개는 것이다.[12]

읍내 한 오백 호 중에 이백 호 가량은 일본 사람이요, 면장도 일본 사람

---

12 위의 책, 17~18면.

이었다. 읍내에 들어서면서 제일 높은 등성이에 있는 양철지붕 한 집이 아사히라는 창루다. 이것은 숭이가 어렸을 적부터 기억하는 것이었다. 그 다음에 큰 집은 군청, 경찰서, 우편국, 금융조합, 요릿집 등이었다. 보통 조선 사람 민가는 태반이 다 초가집이었다.[13]

허숭이 살여울에 귀향하여 처음 목격한 농촌의 풍경이다. 타락한 도시에서 살다가 돌아온 고향은 자신이 그토록 그리워하던 고향이 아니다. 조상들이 일군 땅, 조상들이 피땀 흘려 가꾸어온 땅은 이제 일본인들의 땅이 되었거나 일본인 앞잡이들의 땅이 되어 있었다. 억울한 사람들을 변호해주고 무지한 사람들을 위해 대필만 해주면 될 것으로 알았던 고향은 이미 예전의 고향이 아니었다. 조선인들이 살고 있는 초가집은 일본인들이 거주하고 있는 양철지붕 집이나 그들이 생활하고 있는 건물들과 대조를 이루면서 을씨년스런 풍경을 연출하고 있었다. 허숭은 조선의 농촌에서 동심이나 향수를 불러일으키지 못한다. 길고긴 '여름 일을 치른 농부들 모양으로 기운이 빠져 축 늘어'져 있고, 초가집에 살고 있는 조선인들의 '속도 썩은 모양으로 지붕의 영도 꺼멓게 썩었다. 그 집들 속에는 가난에 부대끼고, 벼룩 빈대에 부대끼고, 빚에 졸리고 병에 졸리고, 희망을 빼앗긴 사람들이 눈살을 찌푸리고 뭉개는 것이' 무덤이나 지옥을 연상할 정도다.

저 집 속에를 들어가면 말야, 담벼락에는 빈대가 끓지, 방바닥에는 벼룩이 끓지, 땟국이 흐르는 옷이나 이불에는 이가 끓지, 여름이 되면 파리와 모기가 끓지, 게다가 먹을 것이나 있다던가. 호좁쌀 죽거리도 없어서 풀뿌리, 나무껍질을 먹고 사네그려…….[14]

---

13 위의 책, 82면.

농촌에 의사가 있느냐. 가난한 농촌의 병은 현대의 의사에게는 학위논문 재로로밖에는 아무 흥미가 없는 것이다. 그 병을 고친대야 돈이 나오지 아니한다. 농촌에서 도시에 있는 의사 하나를 데려오자면 오막살이를 다 팔아 넣어야 하지 않는가. 자동차 삯시오, 진찰료시오, 약값입시오, 이렇게 돈 많이 드는 의사를 청해다 보느니보다는 죽었다가 다시 태어나는 것이 편안한 일이다. 그렇다고 의사도 현대에는 병 고치는 것은 수단이요 돈벌이가 목적이거늘, 돈 안 생기는 농촌 환자를 따라다니라는 것은 실없는 소리다. 국비로 하는 위생 설비조차, 위생 경찰조차 도시에 하고 남은 여가에나 농촌에 미치는 이때여든. 만일 한 도시의 수도에 들이는 경비를 농촌의 우물 개량에 들인다 하면 몇 천 동네의 음료를 위생화 할는지 모르지 않느냐.

이리하여 농촌사람은 병 많고, 일찍 늙고, 사망률 높고, 어린애 사망률이 더욱 높고, 그들의 일생에 땀을 흘려서 모든 사람의 양식과, 모든 문화의 건설비용을 대면서도 자기네는 굶고, 자기네는 문화의 혜택을 못 보지 않느냐.[15]

구더기 움질거리는 된장도 집집마다 있는 것이 못 된다. 모래알 같은 호렴도 집집마다 있는 것은 못 된다. 이렇게 참혹한 것을 먹고 나서 어슬어슬하여 오면 모기가 아우성을 치며 나오고, 곤한 몸을 방바닥에 뉘어 잠이 들 만하면 빈대와 벼룩이 침질을 한다. 문을 닫자니 찌고, 열자니 모기가 덤비지 않느냐. 아아 지옥 같은 농촌의 밤이여![16]

조선인들의 삶의 모습이 더욱 구체적으로 서술되어 가난이 일상화되어 더 이상 생존이 어려운 지경에 이르렀음을 일깨워준다. 타지로 이주하지 않고 고향에 남은 조선인들은 희망도 잃고 하루하루를 비참하게 생명줄

---

14 위의 책, 51면.
15 위의 책, 81~82면.
16 위의 책, 110면.

을 이어가고 있었던 것이다. 춘원은 왜 농촌의 궁핍한 삶의 모습을 이토록 사실적으로 서술한 것일까? 춘원은 왜 1930년대에 1910년대의 용동체험이 유일한 농촌의 문제를 다시 재현해낸 것일까? 신문 연재로 돈벌이를 하기 위해서 자극적이고 극단적인 사실들을 끌어온 것일까? 동아일보의 편집국장으로 브나로드운동을 총지휘하던 그가 간도가 아닌 살여울과 검불랑을 모범촌으로 설정한 것은 무슨 이유에서였을까? 1920년대에 만주에 이상촌을 건설하려고 했던 도산이 일제의 만주 침략으로 자신의 생각을 포기한 것과 춘원이 조선에 모범촌을 건설하려고 한 것은 어떤 관계가 있는 것일까? 당시 총독은 왜 브나로드운동을 금지시킨 것일까? 이들 사이에는 아주 긴밀한 관계가 있는 것으로 보인다. 1922년 도산이 춘원과 주요한에게 거사 자금을 보내 경성의 수양동맹회와 평양의 동우구락부 발족을 지시하였고 나라의 독립을 위해 이상촌을 건설하여 실력양성과 인재 육성을 기도한 것은 널리 알려진 사실이다.[17]

춘원은 조선인의 해외 이주와 농촌의 붕괴를 아주 심각하게 인식하고 이 글을 쓴 것으로 보인다. 조선인의 해외 이주가 일상화되고 조선의 민족 자본이 해체된 당대에 현실을 객관적으로 제시한 것은 과거의 재현과 당대의 징후를 포착하는데 머물지 않고 전망을 제시한 것으로 볼 수 있다.[18] 1910년대 용동체험과 러시아 이주체험의 재현과 일제의 북간도 이주정책의 징후를 통해 정의롭고 평화로운 세상을 만들기 위해서 어떻게 해야 할 것인가 하는 화두를 던지고 있는 셈이다. 춘원은 『흙』에서 조선인의 이주문제와 민족 자본의 해체 문제를 다시 재현해냄으로써 그 사건들이 벌어진 당대의 자리로 고정시켜 놓으려는 노력에서가 아니라, 1930년을 살고 있는 작가의 정신과 시선에 의해서 그 사건이 다시 해석될 수

17 주요한, 『안도산전서』, 삼중당, 1963, 400면.

18 송현호, 『한국현대문학에 나타난 이주담론의 인문학적 연구』, 14면.

있도록 했던 것이다.

3. 모범촌의 건설과 유정한 세상 만들기

1910년 남강 이승훈은 고향 용동을 문중의 마을로 만들려다가 도산의 조언으로 오산학교를 세우고 조선의 이상적인 모범촌을 만들려고 하였다. 용동은 조선에서는 처음으로 동회 조직이 만들어지고, 민족교육과 애국운동이 전개된 곳이다.[19] 1910년 오산학교에서 교원생활을 하던 춘원은 남강의 인정을 받아 그의 고향인 '용동에서 야학과 동회 일에 헌신'한 바 있다.

춘원은 1907년 2월 대한유학생회 초청으로 도쿄에서 열린 도산의 애국연설을 듣고 크게 감명을 받았으며,[20] 용동 체험과 러시아 이주체험을 통해 모범촌 건설의 필요성을 절감한 바 있다. 그는 1914년 블라디보스토크와 치타에서 생활하면서 러시아 이주 노동자들에게 1910년 용동에서 체험한 동회와 협동조합 그리고 야학이 무엇보다도 필요하다는 생각을 한다. 그는 자신이 1910년대 용동에서 체험한 바를 바탕으로 용동이 어떤 곳이었고, 자신이 생각하는 모범촌은 어떤 형태의 마을인가를 「농촌계발의견」, 「모범촌」, 「용동」, 「농촌계발」에서 계속적으로 서술하면서 그의 생각을 구체화하고 있다.

「농촌계발」은 「농촌계발의견」, 「모범촌」, 「용동」을 집약하여 발표한 글로 동경 유학생 金一이 판사직을 버리고 金村으로 들어가서 마을 공동체인 동회를 조직하여 협동조합사업과 생활개선운동을 전개하여 金村을 문화적인 부촌인 모범촌으로 만든다.[21] 金村은 도산이 미국에서 구상한

---

19 윤홍로, 「『흙』과 민족갱생력」, 53~55면.

20 이광수, 『이광수전집』 8, 우신사, 1979, 502면.

21 이광수, 「農村啓發」, 『이광수전집』 10, 우신사, 1979, 62~96면.

조선을 유정한 사회 공동체로 만들기 위해 제시한 공동체지향주의, 민족 우선주의, 정의돈수주의의 집약된 모범촌이며, 『흙』에 제시한 살여울이나 검불랑과 흡사한 모범촌이다. 논설적 서사문이 소설로 이행하는 과도기적 양상을 보이고 있는 「농촌계발」과 소설 『흙』은 양식적 차이에도 불구하고 서사구조나 인물 설정 그리고 서술 의도에 있어서 유사성이 많다.

『흙』에서 허숭은 모범촌을 만들기 위해 무한한 희생정신과 사랑을 보여주고 있다. 허숭의 설정은 도산의 무저항주의와 정의돈수주의(情誼敦修主義)에 영향 받은 바 큰 것으로 보인다. 도산은 우리 사회가 무정한 사회라고 진단하고 무정한 사회를 유정한 사회로 만들려면 '정의가 있어야 단결도 되고 민족도 흥하는 법이외다'라고 하면서 '우리는 이 정의돈수(情誼敦修) 문제를 결코 심상(尋常)히 볼 것이 아니외다. 우리가 우리 사회를 개조하자면, 먼저 다정(多情)한 사회를 만들어야 하겠습니다'라고 밝히고 있다.[22]

여기서 정의란 '친애와 동정의 결합'이다. 친애가 '모친이 아들을 보고 귀여워서 정으로써 사랑'하는 마음이라면, 동정은 '모친이 아들이 당하는 고(苦)와 낙(樂)을 자기가 당하는 것같이' 여기는 마음이다. 도산은 인류 가운데 '가장 불행하고 불상한 자는 무정한 사회에 사는' 사람이요 가장 '다행하고 복 있는 자는 유정한 사회에 사는' 사람이라고 하였다. 또한 '유정한 사회는 태양과 우로를 받는 것 같고 화원에 있는 것 같'지만, '무정한 사회는 큰 가시밭과 같아 사방에 괴로움뿐이므로 사람은 사회를 미워하게' 된다고 하였다.[23] 도산이 생각하는 모범촌은 모친이 자식을 사랑하는 마음으로 서로 신뢰하고 정을 느끼면서 평화롭게 살아가는 공동체다. 바로 모범촌이 유정한 사회 공동체의 모델이다.

---

22 안창호, 「무정한 사회와 유정한 사회-情誼敦修의 의의와 요소」, 『동광』, 1926.1, 29~30면.

23 위의 글, 30면.

도산은 1923년 독립운동 근거지 및 이민자들을 위한 이상촌 건설을 구상하였고, 1924년 북중국 화북지역과 만주 방면을 답사하고 1927년에는 '만주 길림 방면에서 이상촌 후보지를 선정하려고 다니기도' 하였다. 본보기 모범촌을 통해 '도산의 평소의 교육 철학에 의거하여 농촌 생활 내지 농촌 도시 생활의 표본을 만들려고' 하였다. '모범 부락과 직업학교를 각 도에 두어 전국 한 면에 한 사람씩 선발하여' 교육을 하여 그들이 돌아가 '농촌진흥운동을' 전개한다면[24] 농민의 생활이 윤택해지고 민족주의운동의 시발점이 될 것이라 생각하였다.

춘원은 『흙』에서 자신이 1910년 용동에서 체험한 동회와 협동조합 그리고 야학회를 허숭이 살여울에서 실천하는 것으로, 도산이 1900년대부터 줄기차게 주창한 정의돈수사상과 유정한 사회 조성사업을 한민교 선생이 실천하는 것으로 설정하고 있다. 허숭이 만난 한민교 선생은 '조선과 조선 사람을 생각하여 저를 희생하고 하는 일이면, 그리하여 그것을 동일한 이데올로기와 동일한 조직 하에서 하는 일이면 다 좋은 일이라고' 생각하며, 당시 지배층에 대한 반감을 노골적으로 드러내 '부패하고 마비된 양반계급에서 갑진과 같이 활기 있고 양심 있는 청년을 찾은 것을' 아주 기뻐하였다.[25] 한민교 선생은 도산이나 남강의 이미지를 지닌 인물로 작품에서는 이렇게 서술되고 있다.

> 한 선생의 이름은 민교다. 그는 한민교라는 그 이름이 표시하는 대로 조선 청년의 교육 지도로 일생의 사업을 삼은 이다. 그는 일찍 동경에서 중학교를 마치고 정칙 영어학교에서 영어를 배우면서 역사, 정치, 철학 이러한 책을 탐독하였다. 그리고 조선에 와서는 그러한 조선 사람이 밟는 경로를

---

24 윤홍로, 「『흙』과 민족갱생력」, 85면.
25 『이광수전집』 3, 우신사, 1979, 30면.

밟아 감옥에도 들어가고, 만주에도 가고, 교사도 되고, 예수교인도 되었다. 그가 줄곧 교사 노릇을 하기는 최근 십년간이다.[26]

허숭은 한민교 선생의 초청을 받고 선생의 집에 갔다가 초청받은 청년들이 하나같이 '조선과 조선 사람을 생각하여 저를 희생하고 하는 일들을' 토로하는 것을 보고, 자신이 조선을 위해 무엇을 할 것인지 생각한다. 그것은 더 이상 타락한 도시에서 힘겹게 사는 것이 아니라 살여울로 돌아가서 농민들을 위해 사는 것이라는 결론에 도달한다. 한 선생의 조선주의가 허숭으로 하여금 '조선 민족의 뿌리요, 줄거리 되는 농민을 가르치고 인도하여 보다 안락한 백성을 만들자는' 결심을 하게 만든 것이다.[27] 허숭은 한민교 선생을 통해 조선의 이상과 희망 그리고 조선 청년의 사명을 발견한다.

농민 속으로 가자. 돈이 없으면 없는 대로 몸만 가지고 가자. 가서 가장 가난한 농민이 먹는 것을 먹고, 가장 가난한 농민이 입는 것을 입고, 그리고 가장 가난한 농민이 사는 집에서 살면서, 가장 가난한 농민의 심부름을 하여 주자. 편지도 대신 써주고, 주재소, 면소에도 대신 다녀 주고, 그러면서 글도 가르치고, 소비조합도 만들어 주고, 뒷간, 부엌 소제도 하여 주고, 이렇게 내 일생을 바치자.[28]

살여울로 돌아온 허숭은 동회와 협동조합 그리고 야학회를 주도한다. 춘원이 『흙』을 집필하게 된 배경을 엿볼 수 있는 것들로, 춘원이 용동에서 했던 일들이 허숭을 통해 제시되고 있다. 이러한 모범촌 만들기 사업

26 위의 책, 26면.
27 위의 책, 45면.
28 위의 책, 30면.

은 지주들의 입장에서는 달가운 일일 수 없어서 지주나 당국과의 갈등이 야기될 수밖에 없다.

그러나 도산의 무저항운동에 바탕을 둔 농촌계몽운동이고 유정한 사회 공동체를 만들기 위한 모범촌 조성사업이었기 때문에 지주나 당국의 일방적인 탄압이 있을 뿐 소작인들이나 농민들과의 갈등은 일어나지 않는다. 때문에 많은 사람들은 프로문학과 대비해서 지식인의 관념소설로 치부하고 있지만, 그것은 현실 인식의 차이가 아니라 예술에 대한 인식의 차이에 기인한 것이다.[29]

허숭은 기본적으로 살여울 사람들이 순박한 사람들이지만 배운 게 없고, 가진 자들의 착취와 이용만 당하면서 살아온 사람들이라고 생각하고 있다. 허숭은 자신의 진의를 이해하고 동조하는 아내에게 농촌으로 가자고 하면서 자신의 속내를 다음과 같이 아내에게 말해준다.

> 살여울 사람들은 다 좋은 사람들이오. 그 사람들은 다 제 손으로 벌어서, 제 땀으로 벌어서 밥을 먹고 밤낮에 생각하는 일도 어떻게 하면 쌀을 많이 지을까, 어떻게 하면 거름을 많이 만들까, 어떻게 하면 가마를 많이 짜서 어린 것들 설빔을 해 줄까, 집에 먹이는 소가 밤에 춥지나 아니한가, 아침에는 콩을 많이 두어서 맛나게 죽을 쑤어 먹여야겠다. 이런 생각들만 하고 있다

---

29 1931년 『동광』에 발표한 「여의 작가적 태도」에서 춘원은 자신의 입장을 다음과 같이 밝히고 있다. '나는 사실주의 청년시대에 청년의 눈을 떴는지라 내게는 사실주의적 색채가 많다. 내가 소설을 '모시대의 모방면의 충실한 기록'으로 보는 경향이 많은 것이 이 때문이 아닌가 한다. …(중략)… 내 의도가 그것들의 충실한 묘사에 있었다는 것만은 사실이다. 흔히 내 작품 중에 나오는 인물들의 무위 무기력함을 조소하는 비평을 들었거니와 그러한 비평을 들을 때에 나는 혼자 고소를 불금한다. 왜 그런고 하면 내가 유위 유기력한 인물을 그리려던 의도가 무위 무기력하게 되었다면 그 비평이 아프기도 하련마는 내가 그리려던 의도가 정히 그러한 무위 무기력한 인물이었으니까, 비평가들의 조소는 도리어 내 작품 중의 성공을 의미하는 것이니 내가 고소 아니하고 어찌하랴(송현호, 「문학이란 무엇인가-춘원의 삶과 문학을 중심으로」, 22면에서 재인용).

오. 서울 사람들 모양으로 어떻게 하면 힘 안 들이고 돈을 많이 얻을까, 어떻게 하면 저 계집을 내 것을 만들까, 저 사내를 내 것을 만들까, 이런 생각은 할 새가 없지요. 나는 살여울이 그립소. 당신은 어떻소? 당신은 살여울 가서 정직하게 부지런히 검박하게 땀 흘리고 남을 위하는 생활을 할 생각이 아니나오?[30]

허숭은 고향으로 돌아와서 동회를 만들어 한 주일에 한 번씩 동네 사람들과 모여서 동네의 소소한 일들을 의논한다. 또한 모일 때마다 쌀을 가져와서 저축하고, 집에서 만든 짚신과 새끼를 저축하는 일을 일상화해서 소비조합을 활성화한다.[31] 동네 아이들을 교육하고 지도하기 위해 선희의 지원을 받아 유치원을 건립하였다.[32] 동회를 만들고 소비조합을 운영하고 유치원을 건립하여 운영하는 일들은 지주와 마찰을 일으킬 수도 있고, 당국의 의심을 사기에 충분한 일이었다.

살여울의 유정근은 마을 유지의 아들로 허숭이 마을 사람들을 인도하는 일에 반감을 가지며, 맹한갑에게 허숭과 유순의 관계를 모함하여 살인사건을 유발한다. 또한 거짓 정보를 주재소에 알려 살여울을 공포의 도가니로 몰아넣는다. 허숭 일행을 연행한 주재소 소장은 선희에게 유치원을 왜 하느냐고 다그치고, 기생이 무슨 유치원을 하느냐고 모욕을 주기도 한다. 허숭에게는 '협동조합 총회에서 네가 이렇게 해야만 우리 조선 사람이 살아난다고, 이렇게 하려면, 조합을 만들고, 조선 사람끼리 잘살아야 된다는 공동 목적으로 단결하지 아니하면 다 죽는다고 말한 것'이[33] 사실이 아니냐고 추궁한다. 허숭은 자신의 조선주의나 민족의식은 숨기고 살

---

30 위의 책, 171면.
31 위의 책, 241면.
32 위의 책, 227면.
33 위의 책, 261면.

여울 사람들을 위한 순수한 마음에서 한 일이라고 항변하지만 소용없는 일이었다.

> 농민들이 야학을 세우고 조합을 만들고 하는 것은 순전히 문화적, 경제적 활동이지, 거기 아무 정치적 의도가 포함된 것은 아니라고 믿소. 또 촌농민들에게 무슨 정치적 의도가 있을 바가 아니오. 문화적으로, 경제적으로 더 잘 살아 보겠다고 하는 농민의 노력을 죄로 여긴다면, 그야말로 농민으로 하여금 반항할 길밖에 없게 하는 것이오.[34]

허숭의 진심이 무엇이었든 일본 경찰의 눈으로 보면 '조선 독립을 목적으로 농민을 선동하여 협동조합과 야학회를 조직'한 것이 분명하였다. 허숭은 '치안유지법 위법으로 징역 오 년, 백선희가 공범으로 삼 년, 석작은갑이가 삼 년, 맹한갑이가 上海치사, 치안유지법 위반으로 오 년의 징역 언도를' 받는다. 살여울을 위하고 조선을 위해 한 일이어서 일본인들이 억압하고 탄압하는 것은 당연한 일이며, 그들이 항의한다고 공정한 심판을 할 리도 없다고 생각하여 모두 '일제히 공소권을 포기하고 복역'하였다.[35] 허숭이 모든 것을 자신의 책임으로 받아들이고 출옥한 작은갑이 관용과 사랑을 보여준 것은 도산의 무저항주의와 정의돈수주의를 수용한 것으로 유정한 공동체를 만들려는 행위로 볼 수 있다. 허숭과 작은갑의 행동에 감복한 유정근은 자신의 행위를 반성하고 모범촌 건설에 매진하게 된다.

> 나는 그동안 지은 죄가 많습니다. 첫째로 옳은 사람을 모함하였고, 그밖

---

34 위의 책, 261면.

35 위의 책, 265면.

에도 지은 죄가 많습니다. 나는 작은갑군 때문에 눈을 떴습니다. 작은갑군에게는 용서받을 수 없는 죄를 지었건마는 작은갑군은 나를 용서하셨습니다. 작은갑군은 내게는 재생지은을 주신 이입니다. 동네 여러 어른들께도 지은 죄가 태산 같습니다. 그러나 그것은 다 내가 철이 안 나서 그러한 것입니다. 이제로부터서 나는 있는 힘을 다해서 우리 살여울 동네가 조선에 제일 넉넉하고 살기 좋고 문명한 동네가 되도록 있는 힘을 다하려고 합니다.[36]

살여울에 살고 있는 조선 청년들의 살신성인과 무저항주의에 입각하여 서로 신뢰하고 정을 나누면서 살아가는 모범촌 건설 사업은 성공적이며, 또 다른 모범촌 건설 사업으로 이어진다. 모범촌 건설 사업에 부정적이었던 유정근까지도 '전 재산을 내어놓아서 농촌 운동을 하'게 되며, '조선에 이런 독지가가 열 분만 나기를'[37] 바란다는 말이나 「흙을 끝내며」에서 밝힌 서술은 작가의 모범촌 건설 사업에 대한 의지를 확인할 수 있는 대목이다.

나는 살여울이 참으로 재물과 문화를 넉넉히 가진 동네가 되기를 바랍니다. 동시에 김갑진이가 새로운 생활을 하고 있는 검불랑이 살여울과 같이 잘되고, 온 조선에 수없는 살여울과 검불랑이 일어나기를 바라고 믿습니다.[38]

이처럼 춘원은 동아일보에 『흙』을 연재하면서 조선 민족의 삶의 터전인 농촌에 모범촌을 만들어 더 이상 조선의 농민들이 해외로 이주하지 않게 하려고 노력하였다. 허숭이 모든 것을 버리고 살여울로 돌아가게 한 것은 춘원이 이상적인 농촌마을을 만들어 해외 이주자들을 농촌으로 유

---

36 위의 책, 278면.
37 위의 책, 285면.
38 위의 책, 286면.

인하려는 의도도 있었고, 이를 확산하여 유정한 세상을 만들어 국력을 키워나가려는 도산의 정의돈수사상과 맞닿아 있기도 하였다. 도산이 모범촌을 전국에 조성하려고 했던 생각이 허숭을 통해 '온 조선에 수없는 살여울과 검불랑이 일어나기를 바'란다고 서술되고 있다. 허숭의 조선주의와 애국사상은 한민교 선생에게 영향 받은 바 크다. 한 선생은 시간이 날 때마다 조선의 역사와 조선 혼에 대해 이야기한다.

> 이날 밤 화제는 신라의 화랑도에 이르렀다. 신라 진흥왕 때에 민기가 점점 쇠잔하고 백제와 고구려의 침노가 쉴 날이 없을 때에 왕은 욕흥방국(나라를 일으키고자)의 목표로 인재 배양, 인재 등용의 기관을 삼기 위하여 단군의 옛날부터 내려오는 정신을 기초로 하여 아름다운 여자를 골라 원화를 삼고 삼백여 명의 청년을 모아 옳음으로 서로 갈고, 노래와 풍악으로 서로 기꺼하게 하며 산과 물에 노닐어 즐기어 인재를 고르고 인재를 훈련하게 하여 어질고 충성된 신하와 재주 있고 용기 있는 장졸이 여기서 나게 하였으니 그들은.[39]

『흙』을 1910년대 러시아에서 쓴 일련의 글들을 연계해서 살펴본다면 춘원의 글쓰기가 민족계몽운동이나 도산의 유정한 사회 공동체 조성과 맞닿아 있음을 확인할 수 있다. 춘원은 연해주와 치타에 머물면서 조선이주자들의 열악한 삶을 목도하고 그들이 자유롭고 평등하게 살 수 있는 모범촌을 생각하게 되고, 조선인의 해외 이주에 대해 심각하게 고민하였다.[40] 춘원은 인구가 줄어드는 이주가 더 이상 있어서는 안 된다는 생각

---

39 위의 책, 160면.

40 춘원은 「한인 아령 이주 오십 년에 대하여」에서 '제 나라가 부강하여 약하고 어두운 나라를 다스릴 차로 이주함은 늘어나는 이주요, 제 나라를 빼앗기고 이족의 압박을 견디지 못하여 쫓겨 가는 이주는 줄어드는 이주니 우리 민족의 오늘날 이주는 이러한 이주라. 늘어

으로 조선 총독부의 간도 이주정책에 반하는 국내 이주지인 모범촌을 만들려고 한 것이다. 그런데 인구가 줄어드는 해외 이주를 막기 위해 조선에 모범촌을 조성하려고 한다는 사실을 춘원이 작품에서 직접적으로 언급하지 않은 것은 검열을 의식해서였던 것으로 보인다.[41]

허숭은 왜 살여울에 모범촌을 세우려고 한 것일까? 살여울로 표상되는 조선의 북방 농촌은 민족 영웅들이 지켜온 곳이다. 물론 그것은 살여울에 국한되지 않는다. 당시 조선의 땅은 수많은 외세의 침략과 국난에도 민족 영웅들과 백성들에 의해 굳건히 지켜진 곳이다. 임진왜란과 같은 상황에서도 백성들이 하나같이 들고 일어나 지켜낸 땅이다.

> 읍내는 여기저기 옛날 성이 남아 있었다. 문은 다 헐어버리고 사람들이 돌멩이를 가져가기 어려운 곳에만 옛날 성이 남아 있고 총구멍도 남아 있었다. 이 성은 예로부터 많은 싸움을 겪은 성이었다. 고구려 적에는 수나라와 당나라 군사와도 여러 번 싸움이 있었고, 그 후, 거란, 몽고, 청, 아라사, 홍경래 혁명 등에도 늘 중요한 전장이 되던 곳이다. 을지문덕, 양만춘, 선조대왕, 이런 분들이 다 이 성에 자취를 남겼다. 일청, 일로 전쟁에도 이 성에서 통탕 거려 지금도 삼사 년 묵은 나무에도 그 탄환 자국이 흠이 되어서 남아 있는 것을 본다. 마치 조선 민족이 얼마나 외족에게 부대꼈는가를 말하기

가는 이주에는 영광과 복락이 따르고 줄어드는 이주에는 수치와 천대와 고생이 따르나니 우리는 지나간 50년에 실로 이 부끄럽고 불쌍한 생활을 하여 왔도다'라고 한탄하고 있다(송현호, 『한국현대문학에 나타난 이주담론의 인문학적 연구』, 65면에서 재인용).

41 1910년대 러시아와 중국에 이주하여 살 때는 민족의식을 노출한 글쓰기를 하였으나 19201년 조선에 귀환한 이후에는 검열을 의식하여 민족의식을 감추는 글쓰기를 하고 있다(송현호, 「문학이란 무엇인가-춘원의 삶과 문학을 중심으로」, 15~23면). 1931년 『동광』에 발표한 「여의 작가적 태도」에서 춘원은 '내가 소설을 쓰는 근본 동기도 여기 있다. 민족의식, 민족애의 고조, 민족운동의 기록, 검열관이 許하는 한도의 민족운동의 찬미, 만일 할 수만 있다면 선동, 이것은 과거에만 나의 주의가 되었을 뿐만 아니라 아마도 나의 일생을 통한 것이라 믿는다'고 밝히고 있다(위의 글, 23면에서 재인용).

위하여 남아 있는 것 같은 성이었다.[42]

이것은 1920년 2월 17일 독립신문에 발표한 「독립군가」에서 제시한 생각과 유사하다. 춘원은 『흙』에서 분명 「독립군가」의 주요내용을 한민교 선생의 입을 빌어 반복해서 서술하고 있다. 다만 양만춘 을지문덕 이순신 임경업[43] 대신, 을지문덕 양만춘 선조대왕 홍경래를 거명하고 있는 차이가 있을 뿐이다.

조상이 물려준 땅을 일본인들이 점거하고 있는 현실을 춘원이 받아들이기는 어려웠을 것이다. 왜 조선인들의 땅을 일본인들이 차지하게 되었는가? 일제의 민족 자본 해체과정에서 조선인들이 가난하고 굶주린 삶을 살게 되었고, 우민화 정책에 의해 조선인들이 서로 반목한 것은 사실이지만, 그렇더라도 유정한 사회가 유지되어 농민들이 해외 이주를 하지 않았더라면 그렇게 되지 않을 일이었다. 때문에 「농촌계발의견」, 「모범촌」, 「용동」을 집약하여 발표한 「농촌계발」은 양식적 차이가 있음에도 불구하고 서사구조나 인물 설정 그리고 서술 의도에 있어서 『흙』과 유사성이 많으며, 「농촌계발」을 발전시켜 『흙』을 썼을 가능성이 크다. 따라서 춘원은 용동체험과 러시아체험을 바탕으로 조선 농민의 해외 이주를 방치해서는 안 되겠다는 생각으로 조선에 유정한 사회의 모델인 모범촌을 조성하려고 한 것으로 보인다.

4. 결론

『흙』은 허숭의 이주여정을 통해 조선의 현실이 적나라하게 드러나고,

42 『이광수전집』 3, 우신사, 1979, 82면.

43 송현호, 『춘원의 이주담론에 대한 인문학적 연구』, 40면.

도산의 정의돈수사상을 구현할 수 있는 유정한 사회 공동체인 모범촌 건설이 구체화되고 있는 작품이다. 따라서 춘원의 용동체험과 러시아 체험이 『흙』에 어떻게 투영되고 있으며, 『흙』에 구현된 무정한 세상을 유정한 세상으로 바꾸려는 노력이 도산의 정의돈수사상과 어떤 관련이 있는가를 밝혀보려고 하였다.

『흙』에는 타락한 도시와 조선혼의 근원인 농촌의 이원적 대립구조가 조선인의 이주문제와 긴밀하게 연관되어 서술되고 있다. 동아일보에서 벌인 브나로드운동은 식민지 수탈정책에 맞닿아 있다. 그런데 당시 브나로드운동을 주도하다시피한 춘원이 『흙』에서 일제의 간도이주정책에 순응하지 않고 살여울이나 검불랑에 모범촌을 만들려고 한 것은 주목할 만하다. 조선의 민족 자본이 해체되어 조선의 농민들은 급기야 남부여대하고 간도로 이주하거나 유리걸식할 수밖에 없었다. 조선인이 떠나간 자리에는 일본인들을 이주하여 조선에 정착하게 되었다. 춘원은 1910년대 용동체험의 재현과 일제의 간도 이주정책의 징후를 통해 정의롭고 평화로운 세상을 만들기 위해서 어떻게 해야 할 것인가 하는 화두를 던지고 있다. 조선인의 이주문제와 민족 자본의 해체 문제를 다시 재현해냄으로써 그 사건들이 벌어진 당대의 자리로 고정시켜놓으려는 노력에서가 아니라, 1930년을 살고 있는 작가의 정신과 시선에 의해서 그 사건이 다시 해석될 수 있도록 했던 것이다.

살여울로 돌아온 허숭은 동회와 협동조합 그리고 야학회를 주도한다. 춘원은 자신이 1910년대 용동에서 체험한 바를 바탕으로 용동이 어떤 곳이었고, 자신이 생각하는 모범촌은 어떤 형태의 마을인가를 「농촌계발의견」, 「모범촌」, 「용동」, 「농촌계발」에서 계속적으로 서술하면서 그의 생각을 구체화하고 있다. 「농촌계발」은 「농촌계발의견」, 「모범촌」, 「용동」을 집약하여 발표한 글로 동경 유학생 金一이 판사직을 버리고 金村으로 들어가서 마을 공동체인 동회를 조직하여 협동조합사업과 생활개선운동을 전개하여 金村을 문화적인 부촌인 모범촌으로 만든다. 金村은 도산이 미국에서 구상한 조선을 유정한 사회 공동체로 만들기 위해 제시한 공동체지향주의, 민족우선주의, 정의돈수주의의 집약된 모범촌이며, 『흙』에 제시한 살여울이나 검불랑과 흡사한 모범촌이다. 따라서 춘원의 글쓰기가 민족계몽운동이나 유정한 사회 공동체 조성과 맞닿아 있음을 확인할 수 있다. 아울러 춘원은 이 작품에서 이상적인 농촌마을을 만들어 해외 이주자들을 농촌으로 유인하려는 의도를 드러내고 있다.

참고문헌

1. 자료

『이광수전집』 3, 우신사, 1979.

『이광수전집』 6, 우신사, 1979.

『이광수전집』 7, 우신사, 1979.

『이광수전집』 8, 우신사, 1979.

『이광수전집』 10, 우신사, 1979.

『이광수전집』 별권, 우신사, 1979.

2. 단행본

김영민, 『한국근대소설사』, 솔, 2003.

김영민, 『한국근대소설의 형성과정』, 소명출판, 2005.

김원모, 『영마루의 구름』, 단국대출판부, 2009.

김원모, 『자유꽃이 피리라』, 철학과현실사, 2015.

김윤식, 『이광수와 그의 시대』 ①, 한길사, 1986.

김윤식, 『이광수와 그의 시대』 ②, 한길사, 1986.

김윤식, 『이광수와 그의 시대』 ③, 한길사, 1986.

이재선, 『한국현대소설사』, 홍성사, 1984.

송현호, 『한국현대문학에 나타난 이주담론의 인문학적 연구』, 태학사, 2017.

조동일, 『한국문학통사 4』, 지식산업사, 1994.

하타노 세츠코, 최주한 역, 『이광수, 일본을 만나다』, 푸른역사, 2016.

Jacques-Marie-Émile Lacan, Livre XXIII: Le sinthome 1975~1976, Paris: Seuil, 2005.

3. 논문

구인환, 「귀농의식과 전향적 현실」, 『서울사대논총』 23, 1981, 93~111면.

권보드레, 『『학지광』 제8호, 편집장 이광수와 새 자료』, 민족문학사연구소, 2009,

412~422면.

김병광, 「『흙』과 「고향」의 대비연구」, 단국대 박사학위논문, 1989.

서은혜, 「이광수의 上海, 시베리아행과 『유정』의 자서전적 텍스트성」, 『춘원연구학보』 9, 2016, 223~256면.

송 욱, 「일제하의 한국휴머니즘 비판: 이광수작 『흙』의 의미와 무의미」, 『동아문화』 5, 1966.

송현호, 「문학이란 무엇인가-춘원의 삶과 문학을 중심으로」, 『현대소설연구』 67, 2017, 5~30면.

송현호, 「한국현대문학에 나타난 이주담론의 인문학적 연구」, 『제4회 세계인문학포럼 희망의 인문학 프로그램북』, 2016.10.

송현호, 「『무정』의 이주담론에 대한 인문학적 연구」, 『한국현대소설』 54, 2017.3, 105~128면.

송현호, 「『삼봉이네 집』의 이주담론에 대한 인문학적 연구」, 『춘원연구학보』 9, 2016. 12, 165~188면.

송현호, 「춘원의 「사랑인가」에 나타난 이주담론의 연구」, 『韓國學報』, 2017.1, 3~29면.

송현호, 「춘원의 이주담론에 대한 인문학적 연구」, 『한중인문학연구』 51, 2016.6, 23~42면.

윤홍로, 「『흙』과 민족갱생력」, 『춘원연구학보』 2, 2009, 47~102면.

윤홍로, 「춘원의 용동체험과 글짓기 과정」, 『춘원연구학보』 3, 2010, 9~69면.

윤홍로, 「이광수의 치타에서의 체험과 그의 작품배경」, 『어문연구』 105, 한국어문교육연구회, 2000.3, 219~235면.

이대규, 「한국 근대 귀향소설 연구」, 전북대 박사학위논문, 1994.

이명우, 「한국농민소설의 사적 연구」, 동국대 박사학위논문, 1997.

이언홍, 「『유정』에 나타난 이주와 '정(情)의 연구」, 『춘원연구학보』 8, 2015, 109~134면.

이주형, 「『흙』의 시대인식과 미의식」, 『최남선과 이광수의 문학』, 새문사, 1981, Ⅰ74~Ⅰ90.

정하늬, 「이광수의 『흙』에 나타난 투사적 지도자상 연구」, 『춘원연구학보』 10, 2017,

199~236면.

조남철, 「일제하 한국농민소설 연구」, 연세대 박사학위논문, 1986.

최갑진, 「1930년대 농민소설 연구」, 동아대 박사학위논문, 1993.

최선호, 「『무정』에 나타난 디아스포라 의식」, 『춘원연구학보』 8, 2015, 83~108면.

제3지대로서의 동북지역의 문학지정학

1. 문제의 제기

東北地域은 해방 후 남북한을 선택하지 않고 중국에 잔류한 재만 조선인들의 집거지로 중화인민공화국이 성립되면서 延邊 朝鮮族 自治州가 조성된 곳이다. 延邊 朝鮮族 自治州는 중앙 정부와 길림성 정부의 통제를 받으면서 허용된 범위 내에서 정치적 자율성을 행사하고 있다. 중국 조선족은 한족과 적절한 거리를 유지하면서 그들만의 국민정체성과 민족정체성을 유지해왔다.[1] 그들은 한국과 북한의 교두보 역할을 할 수도 있지만, 한국과 북한과 달리 국민정체성과 민족 정체성 문제를 끊임없이 제기할 수밖에 없다. 학술교류의 장에서는 한국과 북한 학자들의 중간자적 입장을 견지하고 있으나 문단에서는 국민정체성과 민족정체성을 더 큰 이슈로 받아들이고 있다.

19세기 후반부터 봉건지주의 착취와 일제의 침탈로 이주하여 정착한 곳이 동북지역이다. 동북지역 가운데 북간도는 체류 동포가 가장 많은 지역이면서 당파 싸움과 지주와의 갈등이 가장 많은 곳이었다.[2] 이주자들은

---

1 2011년 6월 3일, 경희대 서울캠퍼스에서 개최된 국제한인문학회의 '중국조선족문학의 민족정체성 학술대회'에서 기조 강연한 「중국조선족문학에 나타난 민족정체성 문제에 대하여」를 아직까지도 정리하지 못하였다. 기조강연 논문을 제출하지 않아 곤혹스러웠을 당시 국제한인학회 회장 김종회 교수에게 미안한 마음을 전한다. 이 글을 작성하면서 김호웅 교수, 석화 시인, 김호 주임께 많은 도움을 받았다. 고마운 마음을 전한다.

2 이광수, 『도산 안창호』, 『이광수전집』 7, 우신사, 1979, 150면.

생존의 위협으로부터 자신을 지키기 위해 계급투쟁을 시작하였고, 항일투쟁을 병행하기에 이르렀다. 그들이 항전과 내전의 위험 속에서 끝까지 버틸 수 있었던 것은 땅에 대한 애착 때문이었다. 김창걸은 「새로운 마을」(『東北朝鮮人民報』, 1950)에서 토지 개혁을 통해 변해가는 조선족 마을의 풍경을 서술하고 있다. 땅을 가져본 적이 없는 사람들이 땅에 대한 절박함에서 중국 공민의 삶을 선택했음이 드러나 있다.

김학철은 『해란강아 말하라』(延邊教育出版社, 1954)에서 항일투쟁을 지속해 온 조선인들이 소수민족 정책에 찬동하여 중국 공산당을 선택하고 그들과 함께 투쟁한 것으로 서술하면서 재만 조선인의 역사가 중국 공산당의 역사라고 하였다. 리근전은 김학철의 작품은 중국조선족의 공산주의운동사를 왜곡시킨 반동적 소설이라고 비판하였다.[3] 毛泽东의 우상숭배와 대중화주의가 진행되면서 김학철은 우파로 몰려 창작의 기회를 박탈당하였다.[4] 리근전은 「『고난의 년대』를 쓰게 된 동기와 경과」(『문학예술연구』, 1983.1.)에서 '간도 인민의 투쟁의 역사는 중국 공산당의 투쟁의 역사'라는 관점을 보여주며, 조선족의 투쟁사가 '각족 인민'들과 힘을 합쳐 싸운 결과임을 강조한다. 그는 대중화주의에 대해 반발한 김학철을 당의 지시를 따르지 않는 반동으로 보고 『해란강아 말하라』를 그토록 비판했던 것이다.

반혁명분자로 몰려 고난을 겪었던 김학철은 『격정시대』(延邊人民出版社, 1999)에서 태항산 전투를 배경으로 조선의용군들이 광복군과 항일전쟁을 하면서 보여준 조국애를 통해 강한 민족의식을 재현해내고 있다. 당시는 3.1운동, 광주학생운동, 6.10만세사건 등에서 볼 수 있는 바와 같이 모든 조선인이 태극기를 들고 일제와 투쟁을 하던 시기다. 당시 毛泽东은

---

3 리근전, 「『해란강아, 말하라!』의 반동성」, 『아리랑』 17, 1958, 57~62면.

4 리광일, 「잠재창작과 김학철의 장편소설 『20세기의 신화』」, 『조선의용군 최후의 분대장 김학철』 2, 延邊人民出版社, 2005, 431면.

민족주의에 바탕을 둔 세계주의를 주장하고 있었고, 그것이 곧 민중의 세상을 만드는 길이라고 확신하였다. 김학철은 조선족의 정체성 문제를 제기하면서 해방 전후의 달라진 毛泽东을 우회적으로 공격하였다. 중국조선족들은 민족의 정체성을 유지하면서 일제에 항전하고 중화인민공화국 건설에 매진한 사람들인데, 소수민족이라는 이유로 중국조선족을 차별하고 탄압하는 독재자를 이해할 수 없었던 것이다. 그는 소수민족들에게 토지를 제공하고 한족과 평등하게 대우했던 공산당의 행위를 국민당을 이기려는 일시적 기만전술로 보았다.[5]

延邊朝鮮族自治州에서 공동체를 이루고 민족문화를 공유하면서 살아오던 중국조선족들의 삶은 중국 정부의 개혁개방 정책과 한중수교로 인하여 급격히 변화하였다. 그들은 돈을 벌기 위하여 도시로 이주하며, 한중수교 이후 한국과 세계 각지로 이주하여 안정적인 삶을 추구하였다. 조선족들의 삶의 무대는 조선족자치주에서 점차 北京, 上海, 山東, 한국, 일본, 러시아, 미주, 유럽 등으로 확대되어 갔다. 중국조선족들의 이주형상을 석화는 『延邊』(延邊人民出版社, 2006)에서 '대도시에 없는 곳이' 없는 조선족들이 '배타고 비행기타고' 가서 '이 지구상 어느 구석엔들' 자리 잡고 있다고 서술하였다. 도시와 해외로의 이주를 계기로 중국조선족은 국민정체성과 민족정체성의 갈등을 겪으면서 중국과 한국의 사이에서 집을 찾아 끝도 없는 여행을 하는 '나비'와 같은 존재라고 허련순은 『누가 나비의 집을 보았을까』(온북스, 2007)에서 자조하기도 한다.

한국의 경우 '육법당', 'KS', '강부자', '고소영', '장동건', 'S라인', '성시경', 'TK', 'PK' 등과 같은 신조어들이 만들어질 정도로 특정지역을 권력의 중심부로 하고 기타 지역을 주변부로[6] 하는 현상이 강하다. 애국계몽기에 발

---

5 송현호, 「김학철의 『격정시대』에 나타난 탈식민주의 연구」, 『한중인문학연구』 18집, 2006.8, 8~14면.

6 송현호, 「『잘 가라, 서커스』에 나타난 이주담론의 인문학적 연구」, 『현대소설연구』

흥한 민족주의 이데올로기가[7] 해방 이후 '서구', '서울', '일류'라는 중심주의를 작동시킨 결과다. 혹자는 한국인이 조선족을 경계하고 냉대하는 이유를 분단 트라우마와 신자유주의적 관점 때문으로 보고 있으나[8] 한국인의 중심주의가 이주자들인 타자와 외국인에 대한 차별 대우를 조장한 것으로 보는 것이 타당하다.

한국문학에서는 지연과 학연을 중심으로 기득권층과 타자를 구별하여 서술하면서 주변인과 해외 이주자를 타자로 서술하고 있는 것이 일반적이다. 반면에 중국조선족문학은 민족 혹은 국민을 중심으로 기득권층과 타자를 구별하여 서술하고 있다. 물론 최근 가리봉동이나 대림동의 중국조선족 사회는 한국의 불평등 구조와 비슷하다는 연구논문이 발표될[9] 정도이지만 작가들은 아직 그에 대해 주목하지 않은 것으로 보인다. 이성철의 「빈집」(『동포문학』 3, 2015)에서 보면 한국에서 돈을 벌어 중산층이 된 부부의 한국에서의 열악한 삶과 중국의 멋지게 꾸민 값비싼 빈집을 대비시키고 있을 뿐이다.

중국조선족문학은 한민족 이산문학 가운데, 모국어로 창작한 작품들이 중국과 세계 여러 나라에서 높은 평가를 받고 있는 유일한 문학이다.[10]

45, 2010.12, 243면.

7 송현호, 「한국근대소설론연구」, 서울대 박사학위논문, 1989, 10~15면.

8 이병수, 「분단 트라우마의 유형과 치유방향」, 『통일인문학』 52, 건국대학교 인문학연구원, 2011, 49면.

9 재외동포법 개정 이후 방문취업제도가 실시되면서 사람마다 기회 구조가 달라졌다. 국가가 비자 체계를 통해 일종의 '위계적 시민권'을 부여하였다. 재외동포(F4) 비자는 국민에 준하는 권리를 갖는다. 반면 방문취업(H2) 비자는 일종의 '동포 노동자' 권리다. F4는 전문직도 할 수 있고, 자본 소유도 가능하니까 영주가 가능하나 H2나 단기체류(C3) 비자는 동산 소유가 안 된다. 이 차이로 인해 F4를 가진 사람들 사이에서 자본가가 출현하였다. 여기서 국내 중국조선족 사회도 분화가 촉발되어 한국 사회의 불평등 메커니즘과 닮았다(박우, 「재한 조선족 집거지 사업가에 대한 사회학적 연구」, 서울대 박사학위논문, 2017).

10 영국 작가 가즈오 이시구로가 2017년 노벨문학상을 받으면서 한민족 이산문학 작가 가운데 노벨상을 수상할 가능성이 있는 사람들이 주목받기 시작하였다. 이주민의 애환을

필자는 개혁개방 이후 최근까지 발표된 작품들을 텍스트로 중국조선족 문학에 제3지대로서의 동북지역의 지정학적 특성이 어떻게 드러나고 있는가를 살펴보려고 한다.

2. 조선족 공동체에서의 한족과의 갈등과 자신의 뿌리 찾기

개혁개방이 중국 전체의 정책적인 변화이고 중국 국민들의 삶의 형태를 바꾼 국가적인 사건이라면, 한중수교는 소수민족으로서의 중국조선족의 삶에 커다란 영향을 미친 사건이다. 개혁개방과 한중수교로 농촌 인구가 도시와 한국으로 이주하면서 가족의 해체와 이산 그리고 조선족공동체의 공동화를 초래하였다. 이를 계기로 중국조선족들은 자신을 되돌아보고 자신이 누구이며, 한국과 중국은 그들에게 무엇인가를 생각하게 된다.

임원춘은 「몽당치마」(1983년 『延邊文藝』 문학상, 전국소수민족문학상 수상작)에서 가족 구성원들의 경조사나 명절에 얽힌 그들의 인정과 미덕을 어머니의 이야기를 통해 담담하게 서술하고 있다. 개혁 개방이 진행되면서 조선족 공동체가 붕괴되고 문화적 정체성이 상실되고 있는 당대의 징후를 포착해내어 과거의 아름답고 소중했던 삶의 가치를 재현하여 바람직한 인간상이 무엇이고 인간관계가 어떤 것인가를 생각하게 만들어주려고 한 것이다.

우광훈은 『메리의 죽음』(延邊人民出版社, 1989)에 수록된 작품에서 소가툰, 자피거우, 화룡의 집체호, 지질탐사대의 체험을 바탕으로 한족에 둘

서술하고 있지만 소수민족 작가에 머물지 않고 자국의 주류 작가로 성장한 이창래, 아나톨리 김, 이회성, 현월, 유미리, 许莲顺 등은 노벨문학상을 수상할 가능성이 있다. 언어 장벽에서 자유로운 영어 구사 작가가 가장 유리하겠으나, 유일하게 한글로 창작한 중국조선족 작가들은 국내 작가들과 마찬가지로 한국문학번역원에서 관심을 가지고 번역에 신경을 써야 할 우리의 소중한 자산임에 틀림없다. 향후에 중국에서 그런 작가가 많이 나오기를 기대한다.

러싸여 살아가면서 그들과 협조하고 갈등하며 살아가는 조선족들의 모습을 재현해내고 있다. 한 가족처럼 살던 한족의 딸이 조선족과 결혼하려고 하자 그 결혼을 달가워하지 않은 한족들의 모습이나 탐사대에서 힘을 합쳐 일을 하다가 서로 화합하지 못하고 갈등하는 한족과 조선족의 모습을 통해 중국조선족의 이중 정체성의 문제를 제기하고 있다.

최홍일은 용두레촌의 개척사와 새로운 고향 만들기 과정을 서술한 『눈물 젖은 두만강』(民族出版社, 1999)과 40년에 걸친 용정의 변화과정을 통해 용정 조선인들의 역사를 서술한 『룡정별곡』(延邊人民出版社, 2013~15)을 통해 용정 이주로부터 정착까지의 조선인의 생활사를 소상히 재현해내고 있다. 그는 반봉건주의와 반제국주의를 바탕으로 한 민족주의적 시각에서 고구려의 고토인 간도를 다루고 있으며 간도는 우리의 땅이라는 인식을 바탕으로 민족문제를 생존의 차원에서 다루고 있다.[11]

최국철은 『간도전설』(黑龍江朝鮮民族出版社, 1999)에서 해방 전 조선인들의 이상촌 건립이 한족 지주에 의해 실패하는 비극적인 역사를, 『광복의 후예들』(延邊人民出版社, 2010)에서 토지개혁을 둘러싸고 남대천의 조선인 농민들이 경험한 역사적 사건들을 서술하고 있다. 『성(城)을 찾습니다』(『2005 중국조선족문학 우수작품집』, 黑龍江朝鮮民族出版社, 2006)에서는 가족사와 조선족의 역사를 소환하여 도시에 살면서도 자신이 누구인가를 확인하고 있다. 「어느 여름날」(『延邊文學』 제11호, 2008)에서는 생존을 위협당하는 조선족 농민과 붕괴되는 조선족 공동체를 형상화하고 있다.

임원춘, 우광훈, 최홍일, 최국철은 과거의 사건을 재현하여 그 사건들이 벌어진 당대의 자리로 고정시켜놓으려는 것이 아니라, 당대를 살고 있는 자신들의 시각으로 그 사건들을 상기시키고 해석하고 있는 것이다. 이

---

11 송현호, 「최홍일의 『눈물 젖은 두만강』의 서사적 특성 연구」, 『현대소설연구』 21집, 2007.8, 8~14면.

러한 당대의 징후를 포착한 문학은 한족과의 새로운 관계 설정과 조선족 공동체의 약화에 대한 대비책을 다룬 작품들의 생산을 유발하였다.

박옥남은 「둥지」(『도라지』 제1호, 2005)에서 한족들에게 위협당하여 해체되고 잠식당하는 조선족의 위기상황을 재현하고 있다. 「아파트」(http://www.zoglo.net, 2009)에서 한족과 조선족이 함께 사는 한 아파트를 배경으로 조선족의 인구 이동으로 변해가는 공동체의 모습을 풍자적으로 서술하여 한족과 조선족의 새로운 관계 구도를 보여주고 있다. 「장손」(『延邊文學』 제12호, 2008)에서 가문의 대통을 잇고 조상에게 제사를 지낼 막중한 책임을 안고 있는 장손이 한족 학교에 다니고, 한족 음식을 좋아하여 한족 여인과 결혼하였다가 조상의 영정과 땅을 한족들에게 빼앗기고 동화되어가는 모습을 서술하고 있다.

조룡기는 「杭州를 지나면 천당?」(『도라지』, 2007.2.)과 「포장마차는 달린다」(『延邊文學』, 2009.7.)에서 조선족 남성과 한족 여성이 만났다 헤어지는 과정을 서술하고 있으며, 「강씨네 샹하이탄」(『도라지』, 2009.2.)에서 조선족 모친이 한족여성의 며느리 후보를 거부하고 조선족 며느리 후보를 물색했으나 정작 그녀는 자기 아들이 아닌 한국 남자를 선택하여 한국에 가려고 하는 비극적 상황을 서술하고 있다. 박초란은 「너구리를 조심해」(『도라지』, 2009.4.)에서 한국에 있는 어머니의 반대에도 불구하고 아들이 한족 여성과 결혼하여 모친이 통탄하면서도 어쩔 수 없이 인정할 수밖에 없는 상황을 서술하고 있다.

김철은 『동틀 무렵』(동광출판사, 1988)에서 덕삼 일가가 고향을 떠나 화전골로 이주하면서 겪게 되는 고난과 저항 그리고 안개골로 이주하여 일본 군인들의 횡포에 맞서 전사가 되는 과정을 형상화하고 있다. 『새별전』(延邊人民出版社, 1980)에서 만호부관장 홍두삼 등의 봉건지배층과 계급투쟁을 하는 새별이의 영웅적 일생을 서술하면서 '조선족 전설 중의 「백일홍」, 「목동과 소녀」, 달에 대한 전설 등을 융합'하여 농민계급의 불

굴의 저항정신과 고상한 정조를 서술하고 있다.[12]

김성휘는 『나리꽃 피었네』(遼寧人民出版社, 1979), 『들국화』(遼寧人民出版社, 1982), 『금잔디』(北京 민족출판사, 1985) 등에서 '민족의 시는 어디까지나 자기 민족인민의 감정색깔에 맞는 옷을 입어야'[13] 한다는 입장에서 '조선족 인민들의 마음을 담고 얼굴을' 담은 시들을 써내고 있다. 「고향의 언덕, 마음의 탑」(『歷史批判』 2, 1986)에서 초라한 고향과 자신의 터전을 지키려다 죽어간 할아버지와 아버지에 대한 기억을 떠올리며 고향마을에 희망의 탑, 마음의 탑을 쌓으려는 시인의 의지를 보여준다.

석화는 『延邊』의 두 번째 시 「기적소리와 바람」에서 조선족과 한족이 서로 다른 언어를 사용하고 있으나 새들이나 귀신들은 소리와 언어의 장애를 넘어 의사소통을 하고 있다고 하면서 6.1 국제아동절의 한족과 조선족이 어우러져 만들어낸 풍경처럼 조선반도에서 이주하여 '동북지역에 정착한 跨境民族의 후예들로서 중국조선족'의 다원공존, 다원공생의 길을 갈 수밖에 없는 상황을 형상화해내고 있다.

3. 도시 이주 체험과 새로운 고향 만들기

한중수교 이후 외국 기업들이 진출한 北京이나 上海 그리고 새로운 공업 지역으로 떠오른 廣東省과 한국 기업들이 대거 진출한 山東 地域은 농촌 사람들의 동경의 대상이고 최적의 이주지였다. 조선족의 대도시로의 이주가 엄청난 규모였음은 2008년 말 청도 한국영사관의 山東省 거주 조선족이 18만 명에 이른다는 발표로 확인할 수 있다. 이들 이주자들 가운데 한인들이 운영하는 공장이나 조선족 영업장에 일자리를 구한 사람은

12 조성일 · 권철 외, 『중국조선족문학사』, 延邊人民出版社, 1990, 590면.

13 위의 책, 607면.

소수이고 대부분 음식점, 술집, 여관, 다방, 노래방, 카바레, 가정부, 현지처로 근무하게 된다. 김혁, 리혜선, 김동규, 박옥남, 장학규, 리문호, 전춘매의 작품에는 도시 이주자들의 삶이 형상화되고 있다.

김혁은 「국자가에 서 있는 그녀를 보았네」(『延邊文學』, 2003~2005)에서 산업화와 도시화가 진행되면서 윤택한 삶을 찾아 농촌에서 도시로 이주한 농민들이 겪는 삶의 질곡을 다루고 있다. 화려한 도시에 대한 동경으로 농촌을 벗어난 여성이 여러 직장을 떠돌지만 밑바닥 생활을 벗어나지 못하고 다시 고향으로 돌아올 수밖에 없는 상황을 서술하고 있다. 도시 이주자인 호준 오빠, 양인철, 윤승원, 신애의 사촌동생 림호, 오씨네김밥집의 주방장 아줌마, 신애의 친구 경자 등은 모두 이방인이요 주변인들이다.[14] 경제적으로 조금씩 윤택해지면서 경제적인 활동이 가능한 바로 그곳에 자신의 삶의 터전을 만들고자 노력하는 사람들도 등장한다.[15] 도시 이주자들은 고향을 잊지 못하면서 자신의 이주지에 새로운 고향을 만들 수밖에 없다. 정주지의 낯선 이방인들인 그들이 도시의 질서에 적응하는 일도, 도시의 질서를 변화시키는 일도 쉽지 않다. 그들은 주변인으로 맴돌거나 경계 밖에서 부유하다가 죽임을 당할 수밖에 없다. 조성희의 「리탈」(『2005 중국조선족문학 우수작품집』)의 주인공은 농촌에서 도시로 이주하여 주변인으로 살아간다. 그는 '도시에서 소외된 외곽'에서 살아가는 주변인일 뿐이다. 고속도로에서 의문의 시체로 발견된 '윤이'의 선택도 도시에 적응하지 못하고 소외된 삶을 살아가던 이방인 의식의 결과다. 도시 이주자들은 생존을 위해 스스로의 정체성을 새롭게 구성하지 않으면 그와 윤이처럼 자살을 할 수밖에 없다. 조룡기의 「杭州를 지나면 천당?」은 杭州로 이주한 조선족 가족이 정주자들과 소통하지 못하는 상황을 서술

14 최병우, 「김혁소설연구」, 『현대소설연구』 72, 2018.12, 363~418면.

15 장학규, 「노크하는 탈피」, http://blog.daum.net/huijingzhang2005/14785373.

한 소설이다. 그들은 이주로 인해 야기되는 혼란이 결혼, 사랑, 제도 등의 다양한 영역과 개인, 가족, 민족 등의 다양한 층위에 걸쳐 복합적으로 혼재되어 있음을 밝혀낸다. 이주민의 후예요 소수민족인 그들이 새로운 이주지에서 또 다시 이방인으로 살아가야 하는 상황을 예리하게 포착하고 있다.

리문호는 「걸인과 시인」(『달구지길의 란』, 遼寧民族出版社, 2011.4.)에서 '금은보화 가득 찬 이 세상을 향해 / 차거운 동전을 애걸하는 눈빛은 그토록 가련했습니다 // 문뜩 그의 눈빛에 / 내가 슬그머니 들어가 있음을 보았습니다 // 정을 동냥하러 다니는 내가 보였습니다'라고 서술하고 있으며, 「휴일, 남경로의 정오」(『자야의 골목길』, 延邊人民出版社, 2007.8.)에서 '먼 시골에서 온 그녀는 / 上海 봉재 공장에서 일하지만 / 옷은 초졸하다, 작은 월급으로 / 종종 굶다가 오늘은 달게 / 새김질이나 하듯 꼭꼭 씹어 먹고 있다'고 서술하고 있다. 전춘매는 「北京 왕징(王京)에서」(『성 밖도 성이다』, 延邊人民出版社, 2017)의 (1)에서 '어차피 / 내가 설자리 없는 / 성안 // 바라보다가 / 보습날 하나 박고 / 바라만 보다가 / 씨 한 번 뿌리고 / 그렇게 바라만 보다가 / 그리움의 기와를 얹어 / 소망으로 채워가는 / 또 하나의 고향집'이라 서술하고 있다. 도시의 주변인으로 살아갈 수밖에 없기에 새로운 고향을 만들기 위해 '그리움도 희망처럼 심으며 / 외로움도 간판처럼 장식하며 / 새로이 일떠서는 삶의 터전 / 내 마음의 성'을 쌓게 된다. 도시 이주자들이 새로운 고향을 만들고 마음의 성을 쌓으며 살고 있지만 이주지에서 여전히 이방인으로 살 수밖에 없는 비애를 잘 형상화하고 있다.

4. 한국 체험과 한국인의 형상화

한중수교는 중국조선족들에게 한국 열풍을 불러 일으켰다. 그런데 모두가 한국에 간 것도 아니고 한국에 가서도 힘든 노역을 하면서 살 수밖에 없었다. 불법 비자 대행업자들에 의해 파산한 동포들, 한국에서 약장사를 하거나 노동을 하면서 빚을 갚기 위해 불법 체류자가 된 동포들 그리고 한국에서 노동하여 번 돈으로 延邊에 아파트를 가지고 있지만 가정을 잃은 동포들이 생기면서 한국에 대한 부정적인 시각이 작품화되기 시작하였다.

허련순의 『바람꽃』(범우사, 1996)에서 최인규가 죽기 직전 홍지하에게 남긴 유서에 잘 드러나 있는 바와 같이 한국에서 받은 차별 대우와 열악한 삶은 그들에게 국민 정체성을 강화시켜준다. 민족적 동질감이 과거의 기억으로만 존재하고 차별을 감내할 수밖에 없는 현실 속에서 그들은 한 민족이라는 사실이 공허하게 느껴지기에 허련순은 『누가 나비의 집을 보았을까』(온북스, 2007)에서 중국조선족 동포들을 '집'을 잃고 '집'을 찾아 해매는 미아들로 설정하고 있다.[16] 강호원은 「인천부두」(『延邊文學』, 2000.10)에서 그들은 한국이 어떤 나라이고 자신들은 어떤 존재인가를 다시 생각하기에 이른다.

박수산은 「돌콩」(『동포문학』 4, 2016)에서 밀항자의 모습을 '며칠을 고깃배 밑창에 엎드려 / 바다의 짠맛을 삼키며 바람을 지켜온 그녀 / 가끔 경찰을 피해서 다녀야 할 때 / 숙명이라 생각하였다'고 서술하고 있다. 박동찬은 「슬픈 족속」(『동포문학』 3, 2015)에서 그립던 고향에 돌아왔으나, 그곳은 내 고향, 내 조국이라고 할 수 없는 슬픔을 주는 공간이라고 서술하고 있다. 김미선은 「상경」(『동포문학』 2, 2014)에서 힘든 노무에 시달리면서 살아가는 그들에게 한국은 더 이상 고향이 아니고 타국에 불과하다고 서술하고 있다.

---

16 김호웅, 「중국조선족과 디아스포라」, 『한중인문학연구』 29, 2010.4, 9면.
송현호, 「중국조선족 이주민 3세들의 삶의 풍경-『누가 나비의 집을 보았을까』를 중심으로」, 『현대소설연구』 46, 2011.4, 135~158면.

이주는 이주자들에게 새로운 만남을 제공한다. 새로운 만남을 통해 진정한 소통이 이루어지고 이를 통해 긍정적으로 변화하는 모습을 보여주기도 한다. 한국인과 조선족의 동질감을 확인하는 수준에 머물지 않고 수평적인 인간관계로 전환이 모색되고 있다. 그에 따라 과거의 조선족 소설에서 흔히 볼 수 있던 조선족은 피해자이고 한국인은 가해자, 한국인은 주인이고 조선족은 고용자라는[17] 공식을 깨트리고 새로운 인간관계에 대한 전망을 제시하고 있다. 강효근의 「살아 숨쉬는 상흔」(『2005 중국조선족문학 우수작품집』), 허련순의 「그 남자의 동굴」(『도라지』, 2007.3.), 박상춘의 「몬테비데오의 해변가에서」(『2005 중국조선족문학 우수작품집』) 등에서는 이주지에서 한국인과 조선족이 소통하면서 수평적인 관계를 유지하는 모습을 보여주고 있다.

「살아 숨쉬는 상흔」은 한국의 이주 체험을 통해 한국과 한국인, 그리고 자신에 대해서 새로운 인식을 하게 되는 홍미숙의 이야기이다. 그녀의 부친은 한국전쟁 때 중국 지원군으로 참전한 인물이고, 그녀가 한국에서 돌봐주고 있는 민대식은 한국군으로 참전한 인물이다. 두 사람은 모두 철원고지에서 부상을 당하였다. 그녀는 한국군을 철전지 원수라 생각하고 복수를 꿈꾸었지만 외다리 민대식의 비극적 상황을 이해하고 아버지와 민대식 그리고 자신이 모두 피해자였음을 인식하게 된다.

「그 남자의 동굴」은 조선족 여류 작가가 자서전을 대필하기 위해 만나 한국인 장애인이 사고 때의 고통스러운 기억에서 벗어날 수 있게 해준다는 이야기다. 그녀는 남자의 아픔을 공유하여 남자를 변화시켰다.

「몬테비데오의 해변가에서」는 원양어선 선원인 조선족 청년이 몬테비데오에서 만난 한국인 기생의 삶을 변화시킨다는 이야기다. '학'의 아내

---

17 최삼룡, 「조선족소설 속의 한국과 한국인」, 『제30회 한중인문학회 국제학술대회 발표자료집』, 2012.6, 35면.

사진을 보고 동일성을 확인하면서 그녀는 "한국으로 돌아가 다시 저의 전업공부를 시작할거예요."라고 말한다.

5. 탈영토적 민족 정체성의 모색

동북지역에서 살던 중국조선족은 이주과정에서 끊임없이 자신들의 정체성에 대해 의문을 제기해왔다. 그들의 삶과 문화를 자양으로 하는 중국조선족 문학은 민족정체성과 국민정체성의 정립을 위한 모색 과정이라고 할 수 있다. 건국 초기에서 문화대혁명의 시기까지는 중국 공민으로서 자기 동일성을 모색하는 양상을 보인다. 개혁개방이 되면서 개인의 우상화와 급진적 좌경화에 대한 반성적 접근을 통해 중국 소수민족으로서의 자기 위상과 동일성을 확인하려는 양상을 보인다. 한중수교를 통해 중국의 국가주의를 넘어서 모국과의 관계 혹은 국제적인 관계 속에서 자기 정체성을 확인하려는 움직임을 보여준다.

개혁개방과 한중수교로 농촌 인구가 도시와 한국으로 이주하면서 가족의 해체와 이산 그리고 조선족공동체의 공동화를 초래하였다. 이를 계기로 중국조선족들은 자신을 되돌아보고 자신이 누구인가를 생각하면서 다원공존, 다원공생의 길을 모색하고 있다. 한중수교 이후 도시 이주자들은 음식점, 술집, 여관, 다방, 노래방, 카바레에 몰려들었다. 그들은 새로운 이주지에서도 또 다시 이방인으로 살아가면서 새로운 고향을 만들기 위해 애쓰고 있다. 한국 열풍으로 파산한 동포들, 불법 체류자가 된 동포들 그리고 가정을 잃은 동포들이 각기 다른 방식으로 자기 정체성을 확립하게 된다.

중국 조선족 작가들은 이제 모두에게 낯선 존재라는 타자성에 집중하면서 초국가적 성격이 드러나는 진정한 경계인으로서의 지정학적 특성까지 보여주고 있다. 그들이 지닌 '이중 문화 신분'의 의미를 디아스포라의 차원에서 해명하려고 한 것[18]도 초국가적 성격을 지닌 타자성에 주목한 것이다. 국민동일성이나 민족동일성을 초월하여 탈영토적 정체성까지 모색하고 있는 점은 바로 제3지대로서의 동북지역이 지닌 문학 지정학에 다름 아니다.

18 김호웅, 「중국조선족과 디아스포라」, 『한중인문학연구』 29, 2010.4.

참고문헌

1. 저서

권철 외, 『20세기 중국 조선족문학선집』, 제2권 시선집, 중국: 延邊人民出版社, 1999.

권태환 편저, 『중국 조선족 사회의 변화-1990년 이후를 중심으로』, 서울대학교출판부, 2005.

김종회 엮음, 『중국 조선족 디아스포라 문학』, 새미, 2016.

김학철문학연구회, 『조선의용군 최후의 분대장 김학철』, 延邊人民出版社, 2002.

김학철문학연구회, 『조선의용군 최후의 분대장 김학철』 2, 延邊人民出版社, 2005.

김현동・주인영, 『재중동포사회 기초자료집』 제3권, 재외동포재단, 1999.

김형규, 『민족의 기억과 재외동포소설』, 박문사, 2009.

김호웅, 『재만조선인문학연구』, 국학자료원, 1997.

毛泽东, 『毛泽东選集』 3, 민족출판사, 1992.

北京大學 조선문화연구소 편, 『중국 조선족문화사대계』 제2권, 中國北京民族出版社, 2006.

송현호・최병우 외, 『중국조선족문학의 탈식민주의 연구 1』, 국학자료원, 2008.

송현호・최병우 외, 『중국조선족문학의 탈식민주의 연구 2』, 국학자료원, 2009.

송현호, 『한국현대문학의 이주담론연구』, 태학사, 2013.

송현호, 『한중 인문 교류와 한국학 연구 동향』, 태학사, 2018.

延邊大學 략사편찬소조 편, 『조선족략사』, 중국: 延邊人民出版社, 1986.

延邊大學 백년사화편찬소조 편, 『조선족백년사화』, 중국: 遙寧人民出版社, 1985.

延邊문학예술연구소, 『김학철론』, 중국: 黑龍江朝鮮民族出版社, 1990.

오상순 주필, 『중국 조선족문학사』, 중국: 北京民族出版社, 2007.

오상순, 『개혁개방과 중국조선족 소설문학』, 월인, 2001.

오양호, 『한국문학과 간도문학』, 문예출판사, 1988.

李光一, 『해방 후 조선족 소설문학 연구』, 경인문화사, 2003.

이상갑 외, 『재외한인작가연구』, 고려대학 한국학연구소, 2001.

이해영, 『중국조선족 사회사와 장편소설』, 도서출판 역락, 2006.
장춘식, 『해방전 조선족 이민소설 연구』, 중국: 北京民族出版社, 2004.
정덕준 외, 『중국조선족 문학의 어제와 오늘』, 푸른사상, 2006.
정상화 외, 『중국조선족의 중간 집단적 성격과 한중 관계』, 백산자료원, 2007.
조성일・권철 외, 『중국 조선족문학사』, 중국: 延邊人民出版社, 1990.
채훈, 『일제강점기 재만 한국문학 연구』, 깊은샘, 1990.
최병우, 『리근전 소설 연구』, 푸른사상, 2007.
최병우, 『조선족 소설 연구』, 푸른사상, 2019.
최병우, 『조선족 소설의 틀과 결』, 새미, 2012.

2. 논문

김경훈, 「해방 전후 조선족 시문학의 변화양상과 그 전망」, 『국제어문연구』 6, 2009.
김경훈, 「해방 후 중국 조선족 시문학에 나타난 민족정체성의 양상」, 『국제어문연구』 8, 2011.
김관웅, 「'집' 잃고 '집'을 찾아 헤매는 미아들의 비극」, 『조선-한국언어문학연구』 6, 민족출판사, 2008.12.
김관웅, 「중국 조선족문학의 역사적 사명과 당면한 문제 및 그 해결책」, 『조선민족문학연구』, 중국: 黑龍江朝鮮民族出版社, 1999.
김종국, 「중국 조선족문학의 특색에 문화에 대하여」, 『문학과 예술』, 중국: 延吉 문학과예술잡지사, 1997.
김종회, 「중국 조선족 문학의 어제와 오늘-한민족 문화권의 새로운 영역」, 『국어국문학』 130, 2002.
김형규, 「중국 조선족 소설 연구의 현황과 현재적 의의」, 『현대소설연구』 29, 2006.3.
김호웅, 「우리 문학의 산맥-김학철옹」, 『조선의용군 최후의 분대장 김학철』, 중국: 延邊人民出版社, 2002.
김호웅, 「전환기 조선족 사회와 문학의 새로운 풍경」, 『제30회 한중인문학회 국제학술대회 발표자료집』, 2012.6.

김호웅, 「중국조선족과 디아스포라」, 『한중인문학연구』 29, 2010.4.

김호웅, 「재중동포문학의 한국형상과 그 문화학적 의미」, 『제24회 한중인문학회 국제학술대회발표논문집』, 2009.11.13.

김호웅, 「전환기 조선족 소설문학에 대한 주제학적 고찰」, 『개혁개방 30년 중국조선족 우수단편소설선집』, 延邊人民出版社, 2009.

리광일, 「잠재창작과 김학철의 장편소설 「20세기의 신화」」, 『조선의용군 최후의 분대장 김학철』 2, 延邊人民出版社, 2005.

리근전, 「「고난의 년대」을 쓰게 된 동기와 경과」, 『문학예술연구』, 1983.1.

리근전, 「「해란강아 말하라」과 그의 작자」, 『延邊日報』, 1957.12.12.

리근전, 「「해란강아, 말하라!」의 반동성」, 『아리랑』 17, 1958.

리상범, 「『만선일보』와 만주조선어문」, 『문학과 예술』, 중국: 延吉 문학과예술잡지사, 1997.1.

송현호, 「『잘가라, 서커스』에 나타난 이주담론의 인문학적 연구」, 『현대소설연구』 45, 2010.12.

송현호, 「「코끼리」에 나타난 이주 담론의 인문학적 연구」, 『현대소설연구』 42, 2009.12.

송현호, 「김학철의 『20세기 신화』 연구」, 『한중인문학연구』 21, 2007.8.

송현호, 「김학철의 『격정시대』에 나타난 탈식민주의 연구」, 『한중인문학연구』 18, 2006.8.

송현호, 「김학철의 『해란강아 말하라』 연구」, 『한중인문학연구』 20, 2007.4.

송현호, 「다문화 사회의 서사 유형과 서사전략에 관한 연구」, 『현대소설연구』 44, 2010.8.

송현호, 「안수길의 『북간도』에 나타난 탈식민주의 연구」, 『한중인문학연구』 16, 2005.12.

송현호, 「일제강점기 만주 이주의 세 가지 풍경-『고향 떠나 50년』을 중심으로」, 『한중인문학연구』 28, 2009.12.

송현호, 「일제강점기 소설에 나타난 간도의 세 가지 양상」, 『한중인문학연구』 24, 2008.8.

송현호, 「중국조선족 이주민 3세들의 삶의 풍경-『누가 나비의 집을 보았을까』」를 중심으로」, 『현대소설연구』 46, 2011.4.
송현호, 「최홍일의 『눈물 젖은 두만강』의 서사적 특성 연구」, 『현대소설연구』 21, 2007.8.
오상순, 「이중정체성의 갈등과 문학적 형상화-조선족 문학의 어제와 오늘과 내일」, 『현대문학의 연구』 29, 2006.
윤여탁, 「한국문학사에서 중국조선족 시문학의 의미」, 『선청어문』 35, 2007.
윤윤진, 「중국조선인 문학연구에 나서는 몇 가지 문제」, 『문학과 예술』, 중국: 延吉 문학과 예술잡지사, 1993.6.
이영구, 「소수적 문학으로서의 재중교포문학」, 최재철 외, 『소수집단과 소수문학』, 월인, 1998.
이해영, 「중국 조선족 소설 교육 내용 연구」, 서울대 박사학위논문, 2005.
장춘식, 「우리에게 민족정체성이 의미하는 것」, http://www.zoglo.net/news-2007, 2010.2.19.
전국권, 「중국 조선족문학의 성격을 두고」, 『문학과 예술』, 중국: 延吉 문학과예술잡지사, 1995.
전은주, 「재한 조선족 디아스포라들의 '집 찾기'」, 『비교한국학』 25권 3호.
전은주, 「한중 수교 이후 재한 조선족 시문학에 나타난 정체성 연구」, 연세대 박사학위논문, 2019.
정문권, 「중국조선족문학의 특성과 한국문학의 수용양상」, 『인문논총』 16, 배재대 인문과학연구소., 2000.
정상화, 「중국조선족의 정체성 형성 및 구조」, 『중국조선족의 중간 집단적 성격과 한중관계』, 백산자료원, 2007.
정지인, 「조선족문학, 그 변두리 문학으로서의 특성과 정체성 찾기」, 『중국학연구』 34, 2005.
정판룡, 「중국조선족 문화의 성격문제」, 『정판룡문집』, 중국: 延邊人民出版社, 1997.
조성일, 「중국 조선족 당대문학평론에 대한 단상」, 『문학과 예술』, 중국: 延吉 문학과

예술잡지사, 1995.
조일남, 「중국조선족 장편소설 발전 개요(1)」, 『문학과 예술』, 2001.
최병우, 「조선족 소설에 나타난 민족의 문제」, 『현대소설연구』 42, 2009.12.
최병우, 「조선족 이차 이산과 그 소설적 형상화 연구」, 『한중인문학연구』 29, 2010.4.
최병우, 「중국조선족 문학 연구의 필요성과 방향」, 『한중인문학연구』 20, 2007.4.30.
최병우, 「조선족소설에 나타난 민족의 문제」, 『현대소설연구』 42, 2009.12.
최병우, 「한중수교가 중국조선족 소설에 미친 영향 연구」, 『국어국문학』 151, 2009.5.

공존 공생하는 세상을 꿈꾼 작가 황순원

황순원은 한국현대문학사에 불멸의 발자취를 남긴 거목이요, 우리 시대의 어른이다. 일제강점기에 많은 문인들이 친일을 할 때도, 좌파가 문단의 헤게모니를 장악할 때도, 우파가 반공문학의 기치를 높이 들 때도, 개발독재 시대에 많은 문인들이 권력에 아부할 때도 의연하게 처신한 선비 중의 선비이다. 그는 주옥같은 작품들을 남겨 후세들로 하여금 문학의 깊이와 향기를 느낄 수 있게 해주고 있다. 필자는 중학시절 「소나기」에서 시작하여 고등학교 시절 「학」과 「목넘이 마을의 개」를 거쳐 대학시절 「나무들 비탈에 서다」, 「일월」 등을 읽으면서 성장하였다. 이 가운데 「목넘이 마을의 개」는 현대인들에게 무거운 화두를 던지고 있다.

작품의 서두에 서북간도로 이주하는 사람들을 등장시키고 있는데, 만주사변 이후 한민족 디아스포라의 삶을 재조명하면서 이데올로기의 대립에 몰두하고 있던 당대인들에게 경종을 울리려고 한 것으로 보인다. 만주사변 직후는 일제의 농업식량기지 건설을 위한 간도이주정책에 편승하여 당시 언론매체들이 대대적으로 브나로드운동을 전개하였고 조선 총독부와 만선척식주식회사의 간계로 수많은 농민들이 간도로 이주하던 시기이다. 당시의 상황은 정판룡의 『고향 떠나 50년』에 잘 나타나 있다.

세계 대공황으로 먹고살기가 힘들던 조선인들은 너나 할 것 없이 남부여대하고 고향을 떠나 북간도로 이주를 하였다. 그런데 이주민들은 이주 과정에서 만만치 않은 시련을 겪게 된다. 굶주리고 죽임을 당하는 험난한 삶의 여정이 그들을 기다리고 있었다. 친지의 도움을 받지 못한 경우 중국인들의 압박과 배척을 받으면서 뿌리를 내리지 않으면 안 되었다. 삶의 터전을 잃어버린 이주민들이 중국에서 뿌리를 내리고 살아가는 일은 결코 쉬운 일이 아니었다.

당시 이주민들이 어떻게 행동하고 처신했던가는 최홍일의 「눈물 젖은 두만강」에 잘 나타나 있다. 이주민들은 낯선 곳에서 살아남기 위하여 어쩔 수 없는 선택을 하는 경우가 적지 않았다. 아들을 남의 머슴으로 보내기도 하고, 딸을 지주에게 첩이나 종으로 팔아넘기기도 하였다. 생존의 차원에서 스스로 남의 집 종살이를 선택한 경우도 있었다.

「목넘이 마을의 개」가 발표된 것은 1948년의 일이다. 당시는 일제강점기의 힘들었던 삶을 잊고 이데올로기의 대립으로 광분하던 시기다. 작가는 흰둥이와 검둥이를 설정하여 한국인들이 어떻게 살아야 할 것인가를 분명하게 제시하고 있다. 신둥이는 이 마을에 남겨진 이주민의 자녀일 가능성이 다분하다. 갈 길은 멀고 먹을 것은 떨어져서 이 마을에 남기고 간 이주민의 딸이 마을 청년과 의기투합하여 지냈으나, 완고한 어른들에 의해 미친 여자 취급을 당하여 마을에서 쫓겨났고, 마을 청년은 이주민과 함께 지냈다는 이유로 죽임을 당한다. 아득한 옛날부터 조선반도에는 이주가 끊이지 않았으나 이주민에 대해 거부감을 갖고 그들을 타자화한 것은 예나 지금이나 다를 바 없다.

기록에 의하면 우리 조상들은 한반도, 요하, 송화강 유역을 전전하면서 이주와 정주를 반복하면서 다른 민족과 장기간 섞여 살았다. 고구려는 수많은 부족을 복속시켰고, 5세기경에는 원주민보다 새로 편입된 주민들이 더 많았다. 고구려가 망했을 때 수많은 백성들이 당나라로 강제 이주하게 되며, 발해는 말갈족과 고구려 유민이 중심이 되어 건국한 나라다. 고려시대에는 이주민들이 17만 명에 이를 정도로 많았다. 몽골의 침략으로 수많은 고려인들이 몽고로 강제 이주하게 되었다. 조선조에는 임진왜란과 명조의 멸망 그리고 청조의 등장으로 수많은 학자들과 장수들이 조선에 귀화하였다. 1860년대 동북지역의 재해, 한일합병, 3.1운동의 실패, 브나로드 운동 등으로 간도에는 이주한 조선인들이 급증하게 된다. 이처럼 이주와 정주를 반복하면서 다민족이 뒤섞여 살았음에도 다인종 다문화 등을 인정하는 분위기를 우리 사회 어디에서도 찾아볼 수 없다. 신둥이와 검둥이가 죽임을 당한 것은 그와 무관하지 않다.

그런데 이 작품에서 작가는 간난이 할아버지를 설정하여 타자를 배려하고 그들과 공존 공생하려는 어른의 풍모를 보여주고 있다. 간난이 할아버지의 배려가 없었다면 신둥이는 검둥이와 함께 시간을 보낼 수 없었을 것이고, 그들의 대를 잇지 못했을 것이다.

우리가 살고 있는 이 시대는 남북의 대립만큼이나 자본과 노동, 대기업과 중소기업, 자유와 평등, 중심부와 주변부, 서울과 지방, 비장애인과 장애인, 중산층과 빈곤층, 고학력자과 저학력자, 진보와 보수, 내국인과 이주민, 서구와 비서구 등의 갈등이 심각하다. 우리 사회를 둘러싼 경계들은 우리의 공존공생에 장애가 되고 있다.

이제 정치인들이 할 일은 경계를 허물고 우리의 후세들이 공존 공생할 수 있는 터전을 만들어주는 일이다. 더 이상 자신들의 이해관계에 따라 국민을 볼모로 정쟁을 일삼고 진영논리를 내세워서는 안 된다. 산업화와 민주화를 동시에 이룩한 세계에서 유례를 찾아보기 어려운 위대한 나라의 정치인으로 거듭 나야 한다. 정치인은 누구보다도 국민을 생각해야 하고, 국민들이 자유롭고 행복하게 살 수 있도록 노력해야 한다. 민주화세대를 껴안은 여당이나 산업화세대를 껴안은 야당이 정쟁을 일삼고 있는 것은 참으로 안타까운 일이다.

우리가 진정으로 갈구하는 것은 평화다. 평화는 자유와 평등과 사랑에 기반을 두고 있다. 남이 나를 구속할 때, 남이 나를 차별할 때 평화를 구하기 어렵다. 마찬가지로 내가 남을 구속하고 남을 차별할 때도 평화를 구하기는 어렵다. 다른 사람을 미워할 때도 평화를 누리기 어렵다.

지금 우리에게 시급히 요구되는 것은 타자를 배려하고 공존공생하려는 자세다. 「목넘이 마을의 개」와 황순원 선생이 생각나는 것은 결코 시절 탓만은 아닐 것이다.

순수한 영혼의 소유자

-내가 본 조창환 선생님-

含德之厚 比於赤子(『道德經』 55장)

아주대 사택에 이사하여 조창환 선생님 댁을 왕래하던 일이 엊그제 같은데 벌써 25년의 세월이 흘렀다. 선생님을 모시고 그렇게 오랜 세월을 같은 직장에서 지낼 수 있었던 게 내게는 행운이었다. 선생님께서는 우리 학계와 문단에서 훌륭한 업적을 남기셨고, 지닌 덕이 지극하여 어린아이처럼 순수한 분이다. 선생님과 같이 지내면서 어떻게 살아가는 것이 올바른 길이고 바람직한 길인지를 깨달았다. 돌이켜 보면 고마운 일이지만 겉으로 내 마음을 드러내 본 적은 없다.

아주대에서의 25년의 삶이 원만하고 무난했던 것은 선생님의 공맹지도(孔孟之道)에 영향 받은 바 크다. 선생님은 길이 아니면 가지 않으려 하였다. 도리에 어긋나는 일에는 상대가 누구든지 시비를 가려서 도리를 지키려고 하였다. 모름지기 학자의 길은 약과 같아서 달다고 삼키고 쓰다고 뱉을 수는 없다. 몸에 좋은 약은 입에 쓰지 않던가.

쭈그러진 빨랫줄을 끌어당기는 비(「팽팽한 비」)

선생님을 처음 뵌 것은 1981년이었던 것 같다. 서울대에 교환교수로 오셨는지 가끔 1동 3층에 있는 학과사무실과 교수연구실을 오고가다 복도에서 선생님을 뵙곤 하였다. 당시 선생님의 모습은 조금은 수척하고 활기가 없어 보였다. 그럼에도 강한 생명력이 느껴진 것은 선생님께서 당시 연재하고 있던 연작시 「라자로 마을의 새벽」에서 본 강력한 재생의 의지와 부활의 이미지를 떠올렸기 때문인지 모른다.

84년 아주대에서 강의를 하면서 선생님을 뵐 기회가 빈번해졌다. 그 해 선생님께서는 아주대에 전임교수로 부임하셨고, 나는 시간강사로 발령을 받았다. 아주대에서 강의할 때면 선생님의 연구실을 들리곤 하였다. 당시 국어국문과 교수실은 원천관 2층 남쪽에 나란히 자리 잡고 있었다. 선생님은 전주에서 수원으로 이사한지 얼마 되지 않아 신경 쓸 일이 많았고, 시집을 준비하고 계셨다. 연구실로 찾아뵐 때마다 분주한 가운데서도 시간을 내어 좋은 이야기를 많이 해주셨다. 서울대에서 뵈었을 때에 비해 건강은 많이 좋아진 편이었다. 그때 선생님으로부터 대학교수가 지녀야 할 덕목들을 하나둘 배울 수 있었다. 84년 말 공채 공고가 났고 선생님과 김상대 선생님의 추천으로 아주대에 자리를 잡았다.

전임으로 발령을 받고 아주대 교수사택으로 이사를 하였다. 당시 선생님께서도 교수사택에 살고 계셨다. 우리 집은 나동에 있었고, 선생님 댁은 다동에 있었다. 직장과 주거지가 같은 곳에 있어서 선생님과 만날 기회는 더욱 늘어났다. 선생님의 연구실과 선생님 댁에 들리는 기회가 많아졌다. 연구실에는 문학 서적들이 쌓여 있었고, 댁에는 고급 오디오와 수많은 엘피판들이 가지런히 정리되어 있었다. 당시 선생님은 연구실에서는 논문을 열심히 쓰시고, 댁에서는 몸과 마음을 추스르기 위해 시와 음악에 몰입하고 계셨다.

아주대에 부임했을 당시 국어국문학과에는 세 분의 선생님들이 계셨다. 김상대 선생님은 반포의 주공아파트에 살고 계셨고, 천병식 선생님은 방배동의 저택에 살고 계셨다. 당시 네 가족이 함께 모일 기회가 유난히 많았다. 대중교통이 원활하지 않던 시절이라 모임이 있을 때마다 선생님의 차를 이용해서 반포나 방배동엘 갔다. 원천 유원지에 가서 야경을 즐기며 저녁을 먹거나 풍광 좋은 곳에 놀러갈 때도 선생님의 차를 이용하였다. 선생님과 함께 했던 시간들은 혈기만 왕성하고 앞뒤 가리지 못하고 설쳐대던 30대의 젊은 교수가 그 험하고 거친 80년대의 풍랑을 헤치고 슬기롭게 살아갈 수 있는 방법을 배워가는 소중한 시간들이었다.

85년 여름 아주학보사에서 기획한 '이호철 작가를 만나다'의 대담을 정리한 글로 교내외가 발칵 뒤집혔을 때 선생님은 당시의 분위기와 파장을 비껴가는 방법을 일러주셨다. 학보사 편집장의 부탁을 뿌리칠 수 없어서 그 무덥던 8월 이호철 작가와 대담을 한 것이 문제가 되었다. 파고다공원 부근의 허름한 지하 다방에는 선풍기 바람이 시원치 않아 연신 땀을 훔쳐가며 서너 시간은 고생을 하였다.

대담 내용은 학보사 편집장 김성호 군이 정리하였고, 내용상 문제될 것은 없었다. 단지 작가가 실천문인협회장이라는 게 문제라면 문제였다. 서슬 퍼런 군사정부 시절이라 원고는 물론 조판까지도 외부 검열을 받은 모양이었다. 원고 수정을 요청해서 문제가 될 내용은 삭제했는데, 조판에 들어간 것을 또 수정하라고 하였다. 짜증스러웠지만 수정하지 않으면 대담 내용을 게재할 수 없다고 하여 작가에게 예의도 지킬 겸 원하는 대로 수정을 하였다. 그런데도 계속해서 문제를 삼았다. 급기야 학과 교수회의가 열렸다. 게재하지 않는 것이 좋겠다는 학교 당국의 의견을 두고 학과 교수회의가 진행되었다. 젊은 혈기에 이런 법이 어디 있느냐고 항의했지만, 당시의 분위기는 아주 심각하였다.

쓰러져 빛나는 한 줌의 침묵으로/
이 땅의 새벽이슬, 길들이고 있음이냐(「아가」)

선생님께서 학교 측의 요구를 수용하고 다음 기회를 기다려보라고 하셨다. 이호철 작가에게는 미안하기 짝이 없었다. 문단의 어른을 무더운 찜통에서 몇 시간씩 고생시켜놓고 원고료 한 푼 주지 않았으니 마음에 짐을 지지 않을 수 없었다. 그 짐은 상당히 오래 갔고 다음 정권이 들어서서야 덜 수 있었다. 6월 항쟁으로 우리 사회와 대학가에 봄이 오면서 학보사에서 초청강연을 하는 것으로 일이 마무리되었다.

당시 선생님의 조언과 가르침에 고맙게 생각했음에도 마음 한편에서는 선생님은 세상 풍파에 무심하고 순수하게만 살아오신 분이라고 생각하였다. 20년이 지나고 회갑연에 가서야 선생님의 시가 운동권의 노래로 불렸음을 알았다. 선생님인들 당시의 상황이 달가웠겠는가? 80년대 중반의 어수선하고 험난했던 시기를 슬기롭게 살아갈 수 있도록 지혜를 주신 선생님께 이 자리를 빌어서 진심으로 감사드린다.

꿈꾸는 여행자의 구경적(究竟的) 삶

우한용 선생님의 두 번째 시집이 출간된다. 일찍이 '소설 쓰는 학자'로 널리 알려진 분이시지만 연구와 강의만으로도 버거운 시간의 폭압에도 굴복하지 않은 성실한 글밭 농부임을 새삼 증명하고 있다. 시집뿐이랴, 선생은 몇 해 전 소설집 『시칠리아의 도마뱀』(2007)을 발간한 바 있다.

오랜 기간 한중인문학회 회장을 맡아오면서 우한용 선생님과 여러 차례 중국에서 개최된 국제학술대회에 참가했었다. 학술대회 후에는 그 지역 문화답사를 함께 하곤 하였다. 한국과 중국의 역사와 문학, 언어와 사상 등을 여러 학자들과 함께 고민했으며, 중국의 자연과 문명을 돌아보며 동아시아 문화의 풍모를 체감하였다. 시인의 풍부한 상상력 뒤에 여기 이렇게 몇 글자 덧붙이는 기회를 갖게 된 것은 아마도 이러한 시간을 선생님과 함께 보낸 덕이리라.

선생님은 문화 답사를 하면서는 늘 일행의 마지막이었다. 목에 건 카메라와 메모지가 찌는 듯한 더위 때문에 거추장스럽기도 했으련만, 손수건으로 연신 이마를 훔치며 사진을 찍고 메모를 남기는 선생님의 모습은 행복해보였다. 아마도 선생님은 그때마다 시를 썼던 것 같다. 숙소로 돌아오는 버스 안에서 답사한 장소와 감상한 유물을 소재로 창작한 시를 낭독하기도 하였다.

2008년 延邊大學에서 개최된 图们江포럼에 참가하여 기조발제를 하고 학교일정에 쫓겨 먼저 귀국하시면서 선생님께서 써주신 延邊에 대한 풍경과 감회를 담은 시를 학술대회 종합토론 시간에 좌장인 필자가 낭송하여 참가자들로부터 우레와 같은 박수를 받은 바 있다.

2009년 浙江大學에서는 杭州 '西湖'에 대한 인상을 시로 쓰고 직접 낭송하셨다. 이번 시집에는 실리지 않았으나 서호의 기품 있는 아름다움에 감탄하고 시간과 인정에 대한 겸손하지만 깊이 있는 안목을 표현한 내용이었던 것으로 기억한다. 함께 감상한 서호의 풍경이 선생의 시를 통해 듣는 이의 삶에 기록되어 역사가 되는 순간이었다.

2010년에는 중경박물관에서 풍(馮)씨 성을 가진 화가의 탄생 100주년 기념 전시회를 함께 감상하였다. 힘이 솟는 굵은 선과 거침없는 붓의 놀림이 돋보였는데, 선생님은 전통적인 중국의 양식을 넘어서려했던 화가의 의도는 높이 평가하면서도 상상력이 부족해서 아쉽다는 감상평을 하셨다. 평소 선생의 그림에 대한 식견을 알고는 있었지만 그림에 내재된 이야기의 풍요로움을 찾아내기 위해 한참을 고요하게 바라보던 모습에서 세상과 사물을 명징하게 바라볼 수 있는 시인의 면모를 보았다.

모두 11부로 구성된 시집 『소가 꽃을 먹으면』을 한 번 더 정숙히 감상하면서 이제 시인으로서의 우한용 선생님의 세계를 들여다보려고 한다.

시간, 시간은 그것을 어떤 식으로든 기록할 때에야 그 의미를 가질 수 있다. 그림, 호수, 인류의 갖가지 문화유산은 온존하게, 때로는 처연하게 보낸 시간을 그 내면에 각인하여 이제 만난 사람들에게 아낌없이 드러내 보여준다. 사람도 이와 같아서 기록을 통해서 자신을 들여다보며 삶을 살찌운다. 기록은 시, 소설 등의 문학 양식이어도, 일기와 기행문 등의 산문이어도 좋다. 그 무엇이든 나와 나의 경험에 대한 것이라면 세상과 사람을 이해하는 중요한 열쇠가 될 수 있다. 그런 점에서 시인의 여행지에서의 기록이라 할 수 있는 『소가 꽃을 먹으면』은 세계 곳곳에서 만난 사람과 사물에 대한 깊고도 따뜻한 이해와 통찰을 보여주고 있음에 한 편 한

편 챙겨 읽어볼 일이다.

길 위, 자신과의 조우

길

그리움도 없이 길을 나서는
나그네가 어디 있겠는가.

길은 길로 핏줄처럼 이어져
또 낯선 땅에 길을 내고

끝없는 길과 길로 핏줄처럼 얽혀 있어
세계는 가슴에 뜨거운 피가 돌아간다.

부리 날카롭고 날개 억센 매는
운명처럼 하늘로 높이 날아
인간의 길을 내려다본다.

작은 강을 따라 계곡을 지나
평원을 감돌아 사막에 이르러
비로소 길이 막힐지라도……
오, 날개가 억센 수리여
그 날개로 하늘에 길을 낼 양이면
길 위에 그리움을 꿈처럼 깔아다오.

2006.7.22.

일상생활에서 나는 누구인가? 나는 어떤 삶을 살았는가? 길을 나선 여행자로, 길 위의 나그네로 돌이켜 볼 때에 비로소 자신을 발견할 때가 있다. 시인은 자신을 발견하는 숙제를 안고 길을 나선 듯하다. '그리움 깔린 길'은 '핏줄처럼 얽혀있어' 길 위에서 맞닥트릴 수 있는 개인의 존재는 일상의 '나'에서 존엄한 '나'로 제 모습을 찾고 있다. 생명력 가득한 길의 이어짐 속에는 개인 없이 세계가 있을 뿐인, 목적과 결과가 난무한 메마른 세계에서 은폐되어버린 정서와 감정을 되살리는 힘이 있다.

한 됫박의 감동과
두어 겹 가식을 벗어 던지고
사막에 들면 나는 한 마리 도마뱀이 된다.

「사막에서」 일부, 2004.2.1.

바람은 늘 가슴으로 난 길에 어지러워
내가 내 길에 있어 그림자도 따라오고
나는 오늘 그림자 없는 육신을 끌고
낙타보다 아득히 먼 길을 허적허적 간다.

「낙타에게」 일부

길 위에서는 그 어떤 것에도 얽매이지 않은 순수한 나를 만난다. 사막이라는 원시적 척박함의 장소에서 일상에서의 바람과 인내는 잘라내 버려야 할 도마뱀의 꼬리일 뿐이다. 그런가하면 해와 달과 별만이 오롯한 위안이 되는 사막에서 '정해진 길' 없이, '묶어 매는 고삐' 없이 '풀 돋고 나무 우거진 강가'를 찾아 '별빛에 젖고' '풀냄새에 홀린' 채 '따라가야 할 길'을 가는 낙타처럼 '그림자 없는 육신을 끌고' 낙타보다 아득히 먼 길을 허적허적 갈 수밖에 없는 고독한 나와도 황망히 마주칠 수 있다.

길 위에서는 나를 에워싼 세계 속에서 본 모습을 감춰버린 치장한 나, 그조차도 사멸된 채 살아가는 나의 존재를 만날 수 있다. 그것은 쓸쓸하지만 정직한 만남이다. 시인의 언어는 이 만남을 드러내어 밝히는 데에 쓰인다. 나를 만나고, 본래의 나의 존재를 건져내 드러내는 일, 시를 쓰는 일이야말로 존재가 언어로 형상화되는 작업이 될 수 있음이다.

떠난 곳에서, 자연의 덕과 인간애의 숭고함을 얻다

존재와 언어 사이에는 감춤과 드러냄이라는 양면의 모습이 작용한다. 존재하는 모든 것은 자체의 모습을 다 드러내지 않는다. 시인의 언어를 통해서 그 존재의 전체는 광명을 찾는다. '세계'의 드러남이 실현되는 것이다. 하이데거는 존재라는 말뜻에 가장 가까운 단어로 자연을 뜻하는 라틴어 피지스(physis)를 말한다. 피지스는 "나타남(emergence)"을 뜻한다. 이 나타남은 "해가 뜨는 데에서, 바다가 출렁이는 데에서, 사물이 자라는 데에서, 사람과 짐승이 태어나는 데에서, 그 밖에 어디서나 관찰될 수 있다." 이 나타남의 힘은 "지속적인 것이고 존재의 '생성과정(becoming)을 내포한다." 시인은 이를 발견하는 탐험가이다.

백두산 천지(天池)

푸른 하늘이 그 깊이를 다투지 않듯
하늘 받든 湖心의 끝자락을 어찌 헤아리랴.

白頭山을 받들어 높이 모시는 민족의 자손도
고르고 골라 어느 한 나절 얼굴 내미는 천지

물은, 맑고 차게 조용히 가라앉은 꿈이어라,
전설의 深淵은 구름을 거느려도 아득할 뿐.

長白瀑布, 수직으로 쏟아지는 영감의 물보라
물은 깊은 숲속에서 白河, 白河 희게 부서진다.

천지 내린 물은 동해에서 영혼의 무지개로 피거라
물안개 어린 무지개 위로 역사는 뜨고 지고 뜨고 지고.

2001.8.20.

불은(佛恩)은 작은 들꽃으로 피어나
산 정수리에서 바람에 하늘댄다.
햇살과 안개 교차하는 이 무한겁
척박한 접경에 피어나 예쁘게 웃는 풀꽃과
하늘 찔러 치솟아 오르다 고사한 가문비나무

아미산 꼭대기 금정(金頂)에서
모든 지혜는 멀고 아득하여
부처도 웃지 않는 풀꽃의 낙원이다.

산이 명산인 것은 높이로 명산이 아니라
그 품에 여린 풀꽃을 품어 기르기 때문이다.

「아미산(峨眉山)」 일부, 2006.5.28.

바다 건너오는 소식마다 어지러워도
잠시 짬을 얻어 머리 곱게 빗고

하늘 높이 번지는 꿈을 보아라.

그대 작은 소망 철따라 포도로 열리고
큰 물은 바람과 뒤눕는 파도라
아쉬운 잠결에도 늘상 곱게 설레거니

바다와 육지가 만나는 환희성
그대 뼛속 깊이 송이송이 꽃으로 피어나라.

「레체 연가」 일부, 2006.5.28.

* 레체 Lecce는 이탈리아 동남쪽 끝에 있는 작고 아늑한 중세 도시다.

시인의 의식이 일어나기 전의 삼라만상은 암흑과 혼돈에 빠져있을 뿐이다. 그야말로 침묵의 세계인 것이다. 그 속에서 산과 호수, 하늘과 바다와 대지는 제 모습을 드러내지 않은 채 묻혀 있다. 그러다가 시인의 호출을 받고나면, 즉 시인의 의식을 통해 깨어나서 시인의 언어로 명명되었을 때에 제 모습을 드러낸다. 존재의 탄생은 어제까지의 산봉우리와 호수가 아니며 지금까지의 바다와 대지가 아니다.

우한용 시인에 의해 새롭게 탄생한 자연은 참으로 너그럽고 따뜻하다. 근접할 수 없는 위엄과 위용 있는 자태를 내세워 주눅 들게 하지 않는다. 산은 들꽃을 품어 키우고 바람에 설레는 파도는 사람의 소망이 영근다. 위로와 소망을 품어 날리는 자연은 그 도량 넓은 품으로 사람을 낳고 어미처럼 보살핀다. 이제 사람은 하늘 아래 귀한 존재로 탄생한다.

하늘은 문이 있어도 하늘이고 / 문 없어도 청청한 하늘인 것을 // 하늘을 하늘로 받들 양이면 / 우리 마음 속 문 없어도 / 그대로 하늘도 푸르러라.
(「웅자 또한 그리움이라-천문산(天門山)에서」, 2007.7.9.)

천문(天門)으로 가기 위해서는 999개의 돌계단을 올라야 한다. 땀을 훔치며 오르던 시인의 모습이 떠오른다. 사람들은 999개의 계단을 오르고 내리며 도합 2,000여 개의 계단에서 불경을 외거나 마음의 소원을 빌어 하늘에 닿으려고 한다는데, 시인은 감히 엄두가 나지 않아서 하늘을 앙망하는 사람들의 마음에야말로 하늘이 있음을, 하늘로 뚫린 천문의 목에서 확인하였다. 옳다. 시인의 말처럼 하늘을 섬기고 살 양이면 사람과 하늘 사이 문이 무슨 소용이 있겠는가. 하늘 아래 사람이 이처럼 귀한 존재이고, 하늘이 이를 증명한 것을.

소가 꽃을 먹으면

몽골 국립공원 테렐지
야생초 벌판에서는
소가 꽃을 먹는다.

소가 이슬 젖은 꽃을 먹으면
밥통도, 지라도, 간도, 쓸개도
그리고 굽이굽이 창자도
꽃으로 가득히 물이 들고

소는 마침내 꽃을 낳고
어미소를 닮은 꽃들은
쇠똥 위에 현란한 꽃을
곱게 피워, 산록을 다시
덮으면서 계절은 바뀌고

또한, 생각해 보라, 나이먹음은

꽃을 되새김질하는 순정이 아니겠는가.

소처럼 살아온 생애

몽골에 와서 나는 다시

꽃 먹은 꽃소[花牛]로 환생한다.

2006.7.24.

시집의 제목이기도 한 시다. 자연을 닮은 사람의 모습이 인상적이다. '꽃 먹은 꽃소로 환생한다'는 시인의 비유는 이제까지 볼 수 없었던 전혀 새로운 세계가 열렸음을 보여준다. 그것은 자연이 너그러운 품으로 사람을 낳은 것은 사람이 자신의 존재를 귀히 여길 것을 바란 일이고 사람은 그 자연의 일부가 되어서(닮아서) 다시 살 수 있기를 바라고 있음이다. '소가 이슬 젖은 꽃을 먹고' 온 몸이 꽃으로 가득 물들고, '어미소는 꽃을 낳고, 어미소를 닮은 꽃들은 쇠똥 위에 꽃을 피우고 산록을 덮어 계절이 바뀌는' 것이야말로 자연의 선순환적 삶일 것이다. 사람도 그 안에서 '꽃을 되새김질'하는 꽃소로 환생하여 본래의 모습을 찾을 수 있다. 시인의 아름다운 상상이며, 이것이 시의 매력이다.

나를 바라보며 미소하는

너의 눈빛 속에 비로소

내가 인간으로 태어나듯

뭇별들 장엄한 화음 속에

나는 우주의 한 톨 씨앗

빛을 뿜어내기 시작도 한다.

「별을 보며」 일부, 2006.7.23.

광장이 두려움의 대상까지야 되겠는가만
몸을 숨길 밀실이 준비되지 않은 내게
햇빛 아래 자글거리며 나신을 지지는 광장,
아, 그건, 그건, 정녕 공포러라.

신탁은 아크로폴리스에서 내려오는 게 아니라
아고라의 언어들이 석벽을 기어서 올라가
신전에서 말다툼을 하고,
극장에서 말은 살지고, 때로는 피를 흘린다.

「아고라에서」 일부, 2006.5.29.

신은 하나의 존재자가 아니다. 세계를 지배하는 절대 권능을 가진 이가 아니다. 신의 권능은 다만 이 세계를 지탱하고 일사불란한 질서 속에서 유지되도록 하는 내면화된 의지 혹은 힘을 의미한다. 이 세계에 잠재해서 그것을 과정적으로 지속하는 어떤 우주적 의지는 사람에게서 나온다. 사람은 그들의 철학과 문학과 역사를 살찌우고 우주를 구성한다. 시인은 이러한 사람의 무한한 능력에의 발현에 천착하고 있다. 사람에 대한 궁구 끝에 그 삶에 어떤 의미가 있는가를 따져보는 가운데 자신의 존재에 확실한 의미를 부여할 수 있기를 기대하고 있는 것이다.

고단한 인생과 세상에 대한 겸손함

시장엔 보살로 가득하이
- 태국 수상시장에서

눈길 고운 아낙들이

과일을 진열하고
국수를 말아 내는 동안
때로는 배를 젓기도 하고
푼전을 흥정하는 자리목마다
수상시장에는 보살로 가득하다

멀리 온 손들은
뚝 잘라 절반도 모라라서
삼분지 일로 사분지 일로
삶의 흥정이 오르내리는 동안
가부좌 틀고 앉은 등뒤에는
늪에서 기어나온 파충류 배암들도
설산을 내려온 코끼리도
남근을 세운 목각 사내도
엉치에서 색을 뿜는 철물 화냥녀도
광배의 불꽃처럼 주인을 위요(圍繞)해서

마침내,
여주인은 마음 너그러운 보살이 되어서
암마, 그리 하소, 그리 하소
남쪽 나라의 너그러운 불경을 왼다.

2007.12.21.

평범한 일상에 감춰진 사람의 내면을 꿰뚫어 그것이 지닌 표면적 의미를 전복하는 시인의 상상력이 돋보인다. 팔려고 가지고 온 물건들이 영험한 기운을 뿜어서 파는 이를 둘러싸는 형상이란 시인의 언어를 통해서 수상시장 아낙의 존재 의미를 탈바꿈시킨다. 좀 더 싼 값에 물건을 사려는 이들 속에서 물건을 파는 아낙의 고달픈 일상은 보살의 마음으로 거듭나고 있는 것이다. 사람에 대한 고운 눈길이 그대로 드러나는 시다. 비행기에서 만난 延邊 아주머니에게 고향 가는 "발걸음 무거울까 걱정하는 마음"(「延邊 아주머니」)이 앞서는 것도 공감하고자 하는 시인의 너그러움을 느낄 수 있다. 노동하는 일손의 아름다움을, 삶의 고단함을 지고 사는 여인의 웃음을 감히 동정하지 않고 바라볼 수 있는 것은 사람을 대하는 시인의 겸손한 태도에 기인하는 것이리라.

시인의 겸손함은 여행지에서 만나는 사람, 감탄을 자아내는 풍경 등에 대해서만이 아니다. 이들을 바라보고 표현하는 언어에 대해서도 낮추고 낮추어 풍경을, 사람을 시로써 내려다보지 않는다. 시로 빚어지는 언어 속에서 그들이 지닌 이야기와 삶 그리고 그 속에 쌓여 있는 그들의 역사를 존중한다.

방천(防川)

- 훈춘 국경 마을에서

두만강 버들숲을 짝하여 물길로 흘러내리다 보면
옥수수밭 자루마다 알이 배어 벼도 고개를 숙였다.

훈춘 지나, 중국과 러시아 각진 뿔을 바다에 잠그고,
강 건너 북한은 산마다 서러운 뙈기밭 눈이 붉다.

이 국경에는 이야기가 가닥마다 울분이 넘쳐서
시 따위는 당최 노래가 되들 않는다.

이야기는 또 이야기를 낳아 피범벅으로
새끼를 치느라고 날로 밤으로 늪에 뒤눕는다.

시도 안 되고 이야기는 범람하는 국경지대
방천은 토사를 막지 못하고 수비대는 피에 젖다.

2004.8.25.

국경 마을의 고즈넉한 풍경 속에서 시인은 켜켜이 쌓여 있는 처절한 이야기를 읽어낸다. 중국, 러시아, 북한의 경계에서 휘돌던 처절함과 울분의 삶의 흔적들, 그리고 그 삶의 무게를 오롯이 느끼고자 한다. 시로 노래하기엔 여전히 많은 이야기들, 그 이야기들은 시로 노래되기 힘든 처절함과 울분의 역사이다. 그런 이야기들을 시인은 섣불리 시로 노래하지 않는다.

"언어야 늘상 / 밀밭위로 날아가는 종달새 / 지저귐 같은 것인지도 몰라."(「초여름-우즈베키스탄의 초여름」), "어느 세월 하늘이 문을 여닫고 / 말에 매여 뜻을 정한 적이 있던가."(「웅자 또한 그리움이라-천문산(天門山)에서」)에서 알 수 있듯이 시인은 자연과 세계를 언어로 규정하려 하지 않는다. 시인은 언어로 세계를 읽어 내는 존재임에도 불구하고 시인은 언어 이상의 자연과 세계를 겸손하게 바라보고자 한다. 그래서 "온갖 수직의 언어를 / 심지어는 신의 말씀까지도 / 일시에 평정하여 눕혀"(「지평선」) 놓은 지평선에 감탄한다.

시인의 언어를 통해서 잘 빚어진 항아리를 통해 우리는 새로운 풍경과 삶들을 만난다. 여기에 실린 시인의 작품들은 시인이 다녀 온 여행의 흔적이지만 여정의 기록에 그치지 않는, 그의 언어를 통해 만나는 자연과 세상이다. 그 자연과 세상을 가만히 음미하다 보면 우리는 그 속에서 시인이 꿈꾸는 세상의 풍경을 만날 뿐만 아니라 우리가 꿈꾸는 세상과 자연을 상상하게 된다. 시를 읽는 것이 새로운 세상을 꿈꾸는 작은 여행인 셈이다. 그러니 기뻐 즐길 수밖에 없다.

이제 선생님은 여행자로서 또다시 서둘러 길을 나설 채비를 하고 있을 것이다. 선한 눈으로, 겸손함으로 대상의 본질을 탐색하는 '꿈꾸는 여행자'로서의 선생님의 정서가 오랫동안 계속되어서 또 다른 시집에 담겨 많은 사람들을 감동시킬 가까운 미래를 설렘으로 기다릴까 한다.(『소가 꽃을 먹으면』)

농민 해방과 민족 통일에 대한 염원

-김용택의 『맑은 날』

1.

김용택의 『맑은 날』(창작사, 1986)은 섬진강의 풍경을 중심으로 그에 동화된 기억, 역사와 현재에 대한 기억 등을 서정적으로 그리고 있는 시집이다. 3부작으로 1부와 2부는 산문적인 긴 호흡의 시들을 함께 묶어놓았고, 3부는 비교적 짧은 시들을 함께 묶어 놓았다.

전체적으로 볼 때 이들은 땅과 자연에 대한 애착이 강한 시들이다. 땅과 자연은 문명과 대비되는 긍정적인 공간이면서 동시에 농민들의 힘겨운 삶이 존재하는 역사적인 공간이다. 1부는 자연과 인간의 삶이 동화된 세계를 강한 서정성으로 그리고 있다면, 2부는 1980년대 초의 시대적인 상황에 대한 직접적인 관심을 보여주고 있다. 3부는 시대적인 상황과 밀접한 시들로 당대 사회의 구조적인 모순에 대한 극복의지가 민중 해방, 농민 해방, 민족 통일에 대한 지향으로 구체화되고 있다.

「섬진강 21 - 누이에게」에서부터 「섬진강 25 - 아버지」에 이르기까지의 시들은 그 제목에서도 알 수 있듯이 누이, 누님, 어머니, 할머니, 아버지 등의 부제를 붙이고 있어서 화자의 가족사적인 체험을 바탕으로 한 시로 보인다. 이들 가족사적인 소재는 대부분의 시에서 느껴지는 자연과 일치된 인간의 삶이라는 측면에서 가족적인 포근함과 근원성을 지닌 자연의 모습을 보여주고 있다고 할 수 있다. 그러니까 그에게 있어서 가족사적인 체험은 개인적인 차원에 그치지 않고 우리들의 아버지들, 어머니들, 누이들 그리고 할머니들의 삶의 양태까지를 포괄하고 있는 체험이다.

2.

「섬진강 21 - 누이에게」에서는 누이에게 향하는 어머니와 모친이 '눈물 같은 손톱'으로 숨 쉬며 사는 자연에 대한 서정을 그리고 있다.

「섬진강 22 - 누님의 손끝」에서는 전쟁이 끝나고도 돌아오지 않는 '그이'에 대한 누님의 그리움을 '그이는 꼭 살아 있을 거여 / 그이는 꼭 올 거여'라는 중얼거림을 통하여 보여주고 있다. 여기에서는 누님의 모습과 상황을 섬진강변의 풍경에 이입시켜 탁월하게 묘사하고 있다.

누님의 손끝에선
저기 저런 풀꽃들이 강에 피고
다른 풀꽃이 지고
때론 작은골 큰골 붉은 단풍이 물들고
앞산 위에 반짝이는 샛별이 되고
초가지붕 위에
하얀 박꽃이 피어났습니다.
강길이 다 끝날 때까지
누님은 그렇게 우리 마을 곳곳을 곱게도 물들이며
걸었습니다.

-「섬진강 22 - 누님의 손끝」, 15면

아무도 오지 않는
내 청춘의 저문 물가에
우두커니 서서

저물어오는 강물에

내 얼마나 오래오래

내 외로움을 적셔

늦꽃을 피웠었는지요.

-「섬진강 22 - 누님의 손끝」, 19면

전쟁 때문에 헤어진 그이에 대한 기다림이 너무도 애절하게 드러나 있다. 여기서 전쟁은 역사 혹은 역사에 직접적으로 뛰어드는 정도의 의미를 지니는 것으로 볼 수 있다.

우리 그리운 누님의 고운 강변에

풀꽃들이 만발하고

역사의 꽃수레를 끌고 가는 씩씩한

사내들을 맨발로 따라가는

내 누이들의 숨김없는 싱그러운 웃음소리들이

산에 산산이 울려

강에 강강에 울려

누님의 손길을 따라

저 깊고 어두운 산과 강이

훤하게, 훤하게

꽃같이 훤하게 열릴 것입니다.

-「섬진강 22 - 누님의 손끝」, 23~24면

시인은 섬진강변의 모습과 누님의 모습을 혹은 기다림의 정서를 동질화시켜 그리고 있다. 전쟁 때문에 헤어진 그이에 대한 기다림이 너무도 애절하게 드러나 있다. 말없는 기다림을 말없는 강변과 동질화하여 역사의 현장에 직접 뛰어 든 그이와 함께 '어두운 강과 산'을 훤하게 할 것이라는 믿음을 보여준 것이다.

「섬진강 23 - 편지 두 통」에서는 학교를 그만 두고 돈 벌기 위해 나선 딸과 그런 딸을 바라보는 어머니의 안타까운 심정이 편지 형식을 통해 서정적으로 그리고 있다. 모녀의 애틋한 감정이 묻어나는 잔잔한 어투의 시이지만 그 속에서 6, 70년대의 시골 서민들의 애환이 짙게 배여 있다.

「섬진강 24 - 맑은 날」은 할머님의 죽음을 소재로 하고 있다. 서정적 수필에 가까운 장시의 형태로 김용택의 대부분의 시가 그렇듯이 화자가 바라보는 세계 속에는 인간과 자연이 둘이 아닌 하나로 그려지고 있는데, 이 시에서 그러한 경향을 엿볼 수 있다. 강변 마을 사람들의 삶과 강변의 풍경은 밀착되어 있지만 그것을 바라보는 어린 화자의 시선은 오히려 객관적이다.

> 무엇보다도 우리 어렸을 적 할머니와 화로 곁에 모여 앉아 놀았던 벽 무너진 쇠죽방을 쳐다보며 나는 쓸쓸해 견딜 수가 없었습니다. 어린 손주 하나가 소줏병에 덜 핀 진달래 몇 송이를 꽂아 할머님 사진 앞에 놓고 있었습니다. 주름살투성이의 얼굴과 움푹 패인 볼에 진 달빛이 물들었다가 사라졌습니다. 뒷산 귀목나무 까치들이 울며 푸드득 날아가며 까치 그림자가 마당을 휠휠 지나갔습니다.
>
> -「섬진강 24 - 맑은 날」, 55면

「섬진강 25 - 아버지」에서는 땅과 아버지에 대한 기억, 아버지들에 대한 기억과 믿음, 땅과 희망에 대한 믿음 등을 서정적으로 형상화하고 있는데, 화자의 감정적 어투가 아주 짙게 드러나고 있다.

늘
산 보면
산이 나 같고
내가 산 같고
들 보면 들이 나 같고
들이 나 같고
물 보면
물 또한 그래서
모두 하나같이 나 같은 땅

-「섬진강 25 - 아버지」, 87면

「섬진강 26 - 밤 꽃 피는 유월에」에서는 농사꾼들의 삶의 멍에와 고난의 삶을 땅 속에 묻힌 농사꾼 화자의 말을 벌어다 서술하면서 땅에 대한 애착과 믿음까지 보여주고 있다.

「섬진강 27 - 새벽길」에서는 6, 70년대의 풍경을 떠올리게 하는 가난한 집 처녀의 서울 가는 길을 새벽길과 등질적으로 처리한 다음 그것이 얼마나 서럽고 애처로운 길인가를 보여주고 있다.

3.

「풀피리」는 농촌을 배경으로 80년대 초의 사회상을 풍자한 장시이다. 판소리 사절을 연상시키는 요설은 사투리와 해학적인 어투를 활용하는 가운데 자연스럽게 풍자성을 확보하는 데까지 이르고 있다. 여기에는 판소리에서 흔히 볼 수 있는 긍정적인 인물과 부정적인 인물의 대결 구도가 드러나 있다. 농부와 농촌 혹은 땅의 진실성은 긍정적인 인물 내지는 긍정적 측면이라면, 정책 입안자나 사회지도자로 표상되는 '-님'자나 '-장'

자 붙은 사람들은 부정적인 인물들로 위선적 태도를 보여주고 있다. 시인은 이들의 대비와 부정적 인물들의 자기 희화를 통하여 풍자성을 획득하고 있다.

벼룩에서 간 빼 먹은
빠실빠실 기름종이 유지님네
더럽고 치사허고 아니꼽고 비위 상혀
따라 치는 박수소리
강변에 황소란 놈
먼 산 보며 웃는 구나.

-「풀피리」, 116면

염병 젬병 오만 병
지랄병들 다혀도
논만 보면 좋구나
우리가 언제
너그 믿고 살았드냐
섬은 대로 다 거두는
저 땅 믿고 살아왔다
저기 저 들 믿고 살아왔다

-「풀피리」, 137면

앞에 인용한 부분은 시세에 영합하면서 살아온 지역 유지에 대한 비판을 담은 내용으로 부정적인 인물의 표상이라 할 수 있는 특정 인물을 설정하여 당대의 현실을 신랄하게 비판하고 있다. 반면에 뒤에 인용한 부분은 갖은 곤경 속에서도 순박하게 살아온 농민들을 지역 유지들과 대비적으로 설정하고 농민 혹은 흙의 진실성을 보여주고 있다.

부정적인 인물들은 전시 행정의 들러리가 되고 군수에게 아부나 하여 자신의 실속을 차리는 일을 주저하지 않고 있다. 군수 역시 현실감 없는 일장연설이나 하면서 실질적인 퇴비증산보다는 사진 찍기에 급급하다. 군수 행차로 한 시간 행사하기 위하여 며칠 품을 버리는 농부들은 자신들의 신세타령과 정책적 비판을 서슴지 않지만, 자연과 더불어 살아가려는 결연한 의지마저 보여주고 있다.

산아 산아 늙지 마라
앞산 뒷산 푸른 산아
칠월 청청 푸른 산아
보고 보면 슬픈 산아
칡꽃 칙칙 엉킨 산아
나는 죽어 흙이 되어
온갖 풀을 키울란다.
산아 산아 큰 산아
늙지 마라 푸른 산아
텅텅텅텅 빈 산아.

-「풀피리」, 142면

4.

3부의 시들에서는 「소」와 「모판같이 환한 세상」을 제외한 7편의 시 모두 진달래, 소쩍새, 민중, 민주, 통일, 해방이라는 용어를 사용하여 민중해방, 농민 해방, 민족 통일에 대한 시인의 염원을 전경화하고 있다.

「외로운 마음에 등불을 달고 - 思寅에게」에서는 분단 조국의 현실과 그에 따른 슬픔, 외로움, 아픔을 소쩍새, (진달래)꽃 등의 시어를 들어다가 '동강난 조국의 이 아픔들'을 남과 북이 서로 의지하며 극복할 것을, 강물의 생명력으로 이겨낼 것을 암시하고 있다.

「진달래」에서는 '조선의 봄 처녀', '원통한 꽃' 등의 시어를 구사하여 수천 년 수탈당하고 겁탈 당한 조국의 현실을 진달래꽃의 붉은 색 이미지로 부조시켜 서정성을 획득하고 있다.

「소」에서는 소고기 수입으로 경제적인 손실과 고난을 당하고 살아가는 농민들의 삶을 재벌과 관리들의 부정부패와 대비시켜 풍자성을 획득하고 있다. 음보를 일정하게 유지하여 농민의 참담한 심정을 리듬감 있게 그리고 있는 것이 특징적이다.

「모판 같이 훤한 세상」에서는 세상살이가 하도 험하여 '이 산 넘고 / 저 산 넘고 / 넘고 넘고 또 넘어봐도 / 넘고 나며는 가파른 세상 / 태산준령 농사꾼 세상'이라고 하면서 모판같이 고르고 평등한 농군들만의 세상에 대한 염원을 표출하고 있다.

「임맞이 노래」에서는 '저기 저기 저 달무리 / 우리 임이 갇혀 가네 / 남쪽 북쪽 통일새야 / 소쩍 소쩍 민중새야 / 소쩌쩌쩍 농민새야 / 달무리를 풀어보세'라고 하여 임의 노래가 곧 민중의 노래이고 그것이 곧 통일의 노래이고 농민의 노래임을 보여주고 있다.

「그대는 꽃-4.19 기념시」에서는 섬진강과 두만강을 나란히 배열하고 진달래꽃을 '피울음 흘려 쏟고 고이 잠드는' 임의 한을 담은 꽃으로 '그대는 / 박살나며 눈이 부시도록 / 곱게 피는 꽃 / 피 튀는 민주의 꽃'이요 '민중의 꽃'이며, '통일의 꽃'이라고 노래하고 있다.

「사랑」에서는 추운 겨울이 지나면 희망의 파란 봄이 찾아오듯이 우리들의 사랑도 익어갈 것이라면서 비록 봄이 와도 '이 봄은 따로 따로 봄이겠지'만, '그러나 다 내 조국 산천의 아픈 / 한 봄'일 것이기에 행복을 빌겠노라고 서술하고 있다

「어머니」에서는 우리를 키워주고 포용해 준 존재가 '피멍든 원한과 슬픔의 저 깊고 깊은 세월'을 억압과 착취의 긴 농민의 역사 / 그 숨 막히는 / 뜨거운 흙바람 속을 / 노동으로 헤쳐 뚫고 / 어둔 세상을 밝혀온' 땅이며, '민주와 민중 민족 통일의 해방된 땅' 임을 서술하고 있다.

「우리 땅의 사랑 노래」에서는 단순히 물리적 공간 혹은 농토로서의 땅에 대한 애착이 아니라 역사적인 공간으로서의 땅에 대한 애착을 보여주고 있다. 여기에서의 땅은 한 몸뚱이로 애초에 헤어진 땅이 아니다.

5.

이처럼 김용택은 『맑은 날』에서 우리가 살고 있는 삶의 원천이요 토대인 당과 자연에 대한 강한 애착을 보여주고 있다. 이들은 문명과 대비되는 생명력의 원천이면서 동시에 농민들의 힘겨운 삶이 존재하는 역사적인 공간이다.

시인의 땅과 자연에 대한 애착은 그의 이력과 무관하지 않다. 김용택은 1948년 전북 임실에서 출생했으며, 1982년 『창작과비평』의 21인 신작시집 『꺼지지 않는 횃불로』에 「섬진강 1」 외 8편을 발표하면서 작품 활동을 시작한 시인이다. 1986년 김수영문학상을 수상하였고, 1997년 소월시문학상을 수상하였다. 현재 덕치초등학교 교사로 재직하고 있으며, 탁월한 감성과 예리한 현실인식을 기반으로 한 독특한 농민시의 세계를 선보이고 있는 농촌시인이다.

무엇보다도 그의 시에서는 서정적이고 향토적인 어투가 풍자와 맞물려 시적으로 승화되고 있다. 그를 통해 민중 해방, 농민 해방, 민족 통일에 대한 지향을 구체화하고 있다.

진정성과 삶의 통찰에 대한 표출 방식

시에 있어서 진정성은 매우 중요한 문제이다. 요즘 우리나라 시단의 가장 중요한 특색은 중견 시인들의 경우 삶의 무게를 다루는 내용보다는 삶에서 느낀 자신만의 진리를 어떻게 하면 독특한 표현 방식으로 써내느냐에 관심이 더 많다. 또 젊은 시인들의 경우 환상성과 상상력을 통해 자신이 느낀 삶과 진리에 대해 서술해가는 방식을 많이 택하고 있는 것이 주류라고 할 수 있다.

어느 경우든 진정한 내면의 울림을 풀어내는 데 있어서 표현의 문제, 기법의 문제는 그리 중요해 보이지 않는다. 다만 진정성을 확보하고 잘 드러내기 위한 방식에 대한 탐구가 서로 적절하게 융화될 때 좋은 시가 나올 수 있다고 본다. 그렇다면 독창적 표현이든 환상성이든 크게 문제될 게 없다.

이번에 미국에서 보내온 곡성 출신 김성재 교수의 시 10편은 대부분 진정성을 획득하고 있는 시들이다. 다만 진정성을 드러내는 방식에 있어서 문제가 있다. 직접성은 재고하는 것이 좋을 듯하다. 아무래도 단순성을 피하고 좀 더 내면의 울림을 가지고 독자들에게 다가가려면, 무엇보다 독자에게 감동을 불러일으키려면 상상력의 진폭과 시어나 문장의 묘미가 좀 더 필요할 것 같다.

그가 보내온 10편의 시 가운데 「마음」, 「바닷가」, 「정삭」은 논의하기에 다소 문제가 있는 작품들이어서 논외로 하고 나머지 7편의 작품을 소개하고 그에 대한 평을 하려고 한다.

강물은 끊임없이 흐르건만
강은 늘 그 자리에 있다.

황토물이 다가와 비명으로 신음하고
주체 할 수 없는 둑이 넘쳐흘러도
너는 그 자리로 다시 돌아오는구나.
먼 옛날,
어느 왕조의 전성기에 갖춘
도도한 그 모습으로

나도 너처럼,
좌절과 아픔의 수렁 속에서도
편견에 휩싸였던 긴 세월의 뒤안길에서도
다시 꿈 많던 시절의 나이고 싶다.
늘 새로운 내가 되고 싶다.

강물은 끊임없이 흐르건만
강은 늘 그 자리에 있다.

-「강」

이 시에서는 화자 '나'도 '편견에 휩싸였던 긴 세월의 뒤안길에서도/다시 꿈 많던 시절의 나이고 싶다'라고 시적 화자의 강한 소망을 표출하고 있다. 즉 '강은 끊임없이 흐르지만/강은 늘 그 자리에 있다'라는 성찰을 통해 나이를 먹어가는 화자가 새로 태어나고 싶다는 심정을 토로하고 있는 것이다. 그러나 이 시는 '강'을 통해 깨달은 바를 너무 단선적으로 풀어내지 않았나 싶다. 강과 나와의 관계 속에 서정적 자아가 자신의 강을 닮고 싶은 욕망을 효과적으로 드러내려면 강의 속성을 좀 더 많이 보여줄 필요가 있다.

수줍은 듯 미소짓는 너를 보면
추억속의 석순이가 생각난다.
환한 볼을 두손으로 가리우고
뒷걸음쳐 달아나던 석순이

그녀의 멀어져간 뒷모습은
마치 큰 돌처럼 떨어져내려
어찌할지 모르던 작은 가슴에
밤이 다하도록 출렁거렸다.

호수에 잔잔하게 바람이 불어
설렌 가슴이 물결로 출렁인다.
너는 부끄러운 듯 구름 당겨
살포시 고운 볼을 가리누나.

달아, 달아
이제는
달아나지 마라.

-「둥근달」

이 시에서는 지난날의 추억을 되새김질하면서 서정적 자아의 잔잔한 감성을 드러내고 있다. 이 시를 보면 지난날의 엇비슷한 추억을 가지고 있는 사람들 역시 공감을 하는 부분이 많을 것이다. 다만 '너는 부끄러운 듯 구름 당겨 / 살포시 고운 볼을 가리누나.'와 같은 문장의 어미 사용은 내용의 의인화적 비유의 참신함에도 불구하고 어투의 상투성, 감정의 직접적 표출에서 오는 객관적 거리 두기의 실패 등으로 시적 감흥이 오히려 깨지는 요인이 되고 있다.

전반적으로 개인적 심정의 토로에 그치고 있는 시적 표현 방식으로 보이는데 이 경우 역시 독자에게 감정 전달에 급급하다는 인상을 줄 수 있다. 따라서 중간 연쯤에 조금은 다른 이야기, 예를 들어 지금 나는 다른 여자와 이렇게 살고 있다든지, 추억과 현재와 망각은 어떤 의미의 차이가 있는지 등을 이야기하는 내용의 연을 삽입한다면 이 시의 의미가 좀 더 깊이를 획득할 것으로 보인다.

> 장미 한 송이와 초콜릿 한 상자,
> 아내로부터 받은 발렌타인 선물이다.
>
> 벽난로에 타고 남은 불꽃이
> 달콤한 초콜릿을 혀에 녹일 때,
> 화병에 꽂힌 꽃을 바라보면
> 창밖엔 눈송이가 흩날린다.
>
> 오래 전, 이대앞 카페에서
> 한 여인을 부둥켜안고 키스하다
> 빈 커피잔이 사라진 것을 깨닫고
> 쑥스럽게 웃던 때를 생각한다.
>
> 왜 웃느냐고 아내가 묻는다.
> 귓가를 감싸쥐고 키스로 대답한다.

어린 아들이 헛기침하며
초콜릿 상자를 들고 자리를 뜬다.

아내의 미소가 꽃처럼 피어나고
함박눈이 사랑처럼 내린다.

-「발렌타인」

이 시는 전반적 전개가 매우 진지하고 따스한 내용의 시이다. 또한 '발렌타인 선물'을 소재로 과거를 회상하며 현재의 삶 속에 녹아든 '초콜릿' 같은 사랑을 대비적으로 잘 표현하고 있는 수작이다. 다만 마지막 연을 '아내의 미소가 꽃처럼 피어나고 / 함박눈이 사랑처럼 내린다'고 마무리하고 있는데, 이 정도로는 조금 미약해 보인다. 그렇다고 크게 문제될 것 같지는 않지만 만약 좀 더 승화된 마무리를 하고 싶다면 구체적임 심상의 전개를 했으면 한다. 예를 들어 "꽃처럼 피어나는 아내의 미소 / 오늘따라 함박눈은 화이트 초콜릿이다"와 같은 내용을 썼다면 어땠을까? 물론 이것은 시인이 선택할 사항이다.

82년 산다 하지 말고
삼만 날 산다 하자.

처음 만 날은 책과 함께
다음 만 날은 일터에서
마지막 만 날은 뒤를 돌아보며

오늘은 만 날 중의 하나.

속절없이 하루해가 저물 때면
남은 날을 세어보고
안타까운 가슴을 괴로워하였다.

바다를 젓는 마음으로 하루를 살자.
땀 흘린 날엔
서산에 붉게 타는 노을을 보자.
목화가 하얗게 익어가는 들판으로
가슴을 활짝 열어 뜨겁게 흩뿌리자.

82년 산다 하지 말고
삼만 날 산다 하자.

-「삼만 날 산다 하자」

이 시는 발상의 독특함이 우선 눈에 띈다. 진정성이 잘 드러난 시이다. 다만 '…하자' 식으로 끝내는 어미 처리 방식이 반복되므로 이 점을 다른 서술 방식으로 바꾸면 좋을 듯하다. 물론 시인의 개성적 어법이므로 굳이 변화를 줄 필요는 없을지 모르지만, 시에서 청유형으로 끝내는 부분이 많으면 독자는 내용보다는 시적 전달력에 주안점을 두게 되므로 적절하게 조절할 필요가 있다.

주춤주춤 여자친구 앞세우고
제 방으로 향하는 아들,
아내가
긴 목을 돌려 올려다본다.

상수리 나무그늘 잔디밭에
아장아장 엄마 따라 걷던 아이.
말없이 미소 지으며
민들레꽃 부르튼 손 감추던 아내.

늘 가까이 있을 것 같던 시간을
어찌할 수 없어 멀리 떠나보내고,
주위를 맴돌던 일상은
홀연히 꿈이 되고 시가 되었다.

아내의 입가에 미소가 흐른다.
구름에 흔들리는 달빛 같은미소
텅 빈 계단 안은 채로
아내는 또 하나의 시를 시작한다.

-「엄마의 시」

이 시는 단아한 '아내'의 삶을 조명한 시이다. 이 시의 장점은 '텅 빈 계단 안은 채로 / 아내는 또 하나의 시를 시작한다.'라고 생각할 줄 아는 시인의 혜안과 심안에 있다고 본다. 그런데 3연은 조금은 추상적인 것으로 보인다. 2연처럼 일상을 이야기하면서 시간의 흐름이 진정으로 안타깝게 느껴지도록 표현하는 것이 좋을 것이다.

끝없이 긴 시간이 물방울 되어
어둠속으로 뚝뚝 떨어져가다
손전등 하나 들고 드는 이에게
환하게 하얀 속내를 드러낸다.

계절이 수없이 바뀌었어도
차마 수도승처럼 말이 없어
땅이 꿈틀거리던 지난 시간을
물방울이 대신 귀띔한다.

나에게도
등 하나 들고 다가오는
누가 있었음 좋겠다.
가슴을 활짝 열고
환하게 속내를 보여주고 싶다.
내 마음의 공간을
그의 등불로 가득 채우고 싶다.

나를 안은 종유굴이
내 안에서 자란다.
물방울 소리 뚝뚝 메아리치고
심장 박동소리 콩콩 울려퍼진다.

-「종유굴」

이 시에서는 '시간'과 '공간'이라는 단어가 직접적으로 표현됨으로써 시를 읽어가는 중에 그러한 추상적 단어가 나오면 문득 구멍이라도 뚫린 듯한 공허한 느낌을 준다. 이 시의 3연, 4연은 참신한 내용으로 보인다. 그러므로 종유굴에 대한 묘사를 좀 더 많이 하면서 그 대상을 통해 직접적으로 시간과 공간의 구체성이 드러나도록 하는 것이 필요하다.

바닷새 날던 곳에 달빛 어리면

조개 속의 진주는 달빛이겠다.

서른 날이 또 지나
달빛 어리면
진주는 모양까지 달을 닮겠다.

달을 온 마음으로
사모했으니
영롱한 작은달(小月)로 길이 빛나라.

바닷새 날던 곳에
달빛 어리면
님 그리는 내 가슴, 님을 닮겠다.

-「진주」

이 시는 진주가 달빛을 닮는 것처럼 '나' 역시 '님'을 닮는다는 내용의 전개에서 시인이 삶의 통찰을 보여주고 있는 작품이다. 다만 소품이라고 느껴지는 이유는 마지막 연의 결과를 독자도 어느 정도 짐작할 수 있다는 그런 과정의 단일함 때문이라고 보인다. 산문시 스타일로 좀 더 길게 쓰는 방식도 좋을 것 같다.

김성재의 시는 전반적으로 삶에서 느낀 진정성과 통찰을 들뜬 감성으로 풀어낸 느낌을 주고 있다. 그로 인해 시적 감성과 삶의 무게, 시간의 흐름에 대한 성찰 등이 풍성하게 드러나고 있다. 다음 시에서는 차분하게 시인의 생각을 풀어나가는 방식, 즉 사소한 주절거림의 시라는 방향으로 나아가도 좋을 것 같다. 시인이 이미 삶과 시적 진정성을 획득하고 있기 때문에 그러한 시에서도 그 내공은 여실히 드러나게 된다.

여기에서 다루지 못한 3편의 시도 그 나름의 시적 성찰을 보여주고 있다. 「마음」은 마지막 세 행이 시인의 시적 감수성을 잘 드러내고 있지만, 전반적으로 사적 감정의 진술 즉 관념적이라는 생각을 떨쳐버리기 힘들다. 「바닷가」는 간결한 사물시 같은 느낌을 준다. 나름대로의 시적 성찰을 잘 드러내고 있다. 「정삭」은 포에지를 너무 직접적으로 토로하고 있다. 시간에 대한 통찰은 높이 사고 싶다.

아름다운 시간을 마감하며 남긴 마지막 선물

장파봉과 섬진강을 마주보며 살다가 서울로 이주하여 오랜 세월을 보낸 다음 다시 장파봉으로 돌아간 시인이 있다. 바로 운필 지형복이다. 그는 문필로 세상 사람들에게 알려진 시인은 아니지만 인간의 원초적 고향에 대한 그리움을 서정적으로 그려 많은 사람들을 감동시키고 자연으로 회귀하려는 의지를 죽음으로 관철하고 있어서 우리의 주목을 받기에 부족함이 없다.

운필은 1953년 3월 11일 전라남도 곡성군 옥과면 무창리에서 출생하였다. 어린 시절에는 그림에 두각을 나타내어 옥과초등학교 6학년 때 소년한국일보 주최 전국아동미술실기대회에서 최고상을 수상하여 세상 사람들의 관심을 끌었다. 초등학교를 마치고 고향을 떠나 서울로 간 뒤 그에 대한 소식은 끊겼다.

그로부터 7년이 지난 뒤 그는 홀연히 고향으로 돌아왔다. 옥과고등학교에 입학한 것이다. 60년대의 환멸의 낭만주의 시대가 가고 70년대의 산업화시대가 도래하던 당시 도시의 비인간적이고 속물적인 풍조가 그의 취향에 맞지 않았을지 모른다. 그는 도시적인 것보다는 전원적인 것, 문명적인 것보다는 자연적인 것에 취하여 농촌에서 자유롭게 살기를 소망한 자연인이었다. 차중락의 「낙엽 따라 가버린 사랑」과 페루 민요 「El Condor Pasa」을 즐겨 불렀다. 당시 그 정확한 의미를 알고 불렀는지 기억이 나지 않지만 그는 분명 그 어떤 것에도 얽매이지 않는 자유를 갈구하고 있었다. 가끔 학교 뒷동산에 올라가 자유와 평등에 대해 이야기하기도

하고, 때로는 밤을 새워가면서 자신의 미래와 전원적인 삶에 대한 이야기를 나누기도 하였다.

물 풀린 시냇물 지나온 바람이
보리밭 들녘으로 안기며 봄은 왔다

마을 입구 제일 큰 살구나무
꽃 피우며 봄은 왔다

앞집 이쁜 여자애 보고 싶은
서성임으로 고향의 봄은 왔다

봄은 꿈을 실어왔고
그 꿈 먹은 시골 아이들은 다들 마음이 커서
어디론가 흩어졌다

어느새
봄바람은 흰머리를 날리고
그립다
동무들이
학교 뒷동산에 심었던 꿈들이
산에 들에 흘린 유년의 흔적들이

지금도 텃밭 배꽃은
밤이면 하얀 꽃잎 날리며 질까

-「고향의 봄」

인용한 시에는 유년의 아름다운 흔적들이 시인의 가슴에 그리움으로 남아 있다. 서정적 자아는 산업화 시대의 봄바람에 어디론가 흩어진 동무들 - 형덕, 철호, 형국, 현호, 광성, 운선, 학래, 학곤 등이, 이제 흰머리가 성성한 나이가 된 그들이 그립다고 서술하고 있다. 어린 시절의 소망은 산업화시대의 속물주의에 의해 허물어져 갔지만 어린 시절에 대한 그리움이 아직도 그의 내면을 지배하고 있음을 보여준 것이다. 70년대의 산업화의 물결은 전염병이 창궐하거나 마약에 중독된 것처럼 농촌에까지도 그 마수를 드리우고 있었다. 미래를 함께 하기로 굳게 언약했던 친구들은 살길을 찾아 하나 둘 도시로 떠나갔다.

친구들이 모두 떠난 자리를 홀로 지키기에는 그 빈자리가 너무 크게 느껴졌으리라. 특히 대학으로 떠난 친구나 공무원 시험을 준비하는 친구보다는 자신과 미래를 함께 하기로 한 친구와 학교 뒷동산에 심은 꿈을 이루기 위해 도시 변두리에 땅을 구하고 선인장을 재배하면서 바둑에 전념하였다. 그러나 일이 여의치 않아 선인장 재배를 접고 바둑에 매진하면서 친구들과 소원해지기 시작하였다. 전원의 꿈을 접고 가까운 곳에 살면서도 일 년에 한두 번 만나는 것이 고작이었다. 그렇게 세월은 가고 갔다.

임종을 얼마 남기지 않은 어느 날 그의 집을 찾은 내게 그가 내민 것은 도서출판 우리두리에서 막 출간한 『하얀 구름에 쓴 그리움의 시』라는 시집이었다. 시집을 읽고 그간 잊고 지냈던 그의 이상과 우리의 어린 시절의 꿈을 기억해내고 그가 그토록 간절하고 안타깝게 간직했던 기다림의 실체를 다시 생각해 보게 되었다. 시집의 제목이 말해주 듯 그는 인간의 삶에서 가장 보편적이고 원초적인 정서를 '그리움'으로 보았다.

해맑은 아침
산벚 이슬 털며 햇님 맞을 때
꽃보다 그대 모습 먼저 피어납니다

눈부신 구름 멈춘 채 갈 줄 모르고
눈 맞추고 있을 때
아침 숲 돌아
마당에 들어선 봄바람
그대인가요

그리움의 노래 들려주고 싶은데
꽃구경 가버린 바람
그대인가요

함박눈 들길
봄비 내리는 꽃길 걸으며
불렀던 노래
그대는 모르지요

임 이리도 보고 싶은 날엔
그리움은
꽃망울에만 머물지 못하고
하늘로 하늘로 나릅니다

하얀 구름에 쓰는
그리움의 시
임은 아시나요

-「그리움의 시」

어린 시절 학교에서 코스모스가 곱게 피어있는 오솔길을 따라 집으로 가는 길에 흔히 볼 수 있던 풍경이 그리움의 정서와 더불어 아스라이 피어오르고 있다. 여기에서 그리움의 대상은 '임'이다. '임'은 '꽃', '구름', '바람'이나, '하늘로 하늘로 나르'는 '그리움'으로 표출되기도 하면서 은유적 상상력을 극대화시키고 세계와의 동일화가 시도된다. '임'에 대한 그리움은 비어있는 '우편함'과 오지 않는 '전화'를 확인하는 과정을 통해 구체화되기도 한다. 그렇다고 그리움의 대상이 임에 국한되는 것은 아니다. 어린 시절 함께 꿈을 키운 친구일 수도 있다.

파란 하늘
우거진 숲

모르는 새 다가와
옥수수 잎 흔드는 산바람

인적 없이 도시는 멀고
하늘엔 두둥실 흰구름 떠가네

산골 시냇물 소리도
여름 한낮이라 지쳤는지
그윽이 고적한데

그리운 친구는
어디서 무얼 하고 있는지
이럴 때 찾아올 일이지

-「석산리」

그는 그리움을 표출하면서 자신의 감정을 직선적으로 드러내어 순수 서정성을 극대화시키고 있다. 그를 통해 순수 서정의 세계에 대한 시적 자아의 인식을 분명히 드러낸다. 시인의 의지는 '세월 흘러도 / 하늘은 늘 그렇게 있고 / 강산 변했어도 / 임은 마음 속에 있네'(「독백」)라는 '독백'으로 이어지게 된다. 따라서 시인은 세월이 흘러갈수록 그리움의 깊이는 더해가지만 그리움의 대상에 대한 변치 않는 사랑과 우정은 세월도 무색하게 만들 수밖에 없는 것으로 인식한다. 그러나 시인은 자신의 운명을 예감한 듯 '먼 나라로의 여행'을 준비하면서 아픔의 시간들마저도 '아름다운 시간'으로 승화시키고자 하는 노력의 일환으로 '마지막 선물'을 준비한다.

> 이제 너를 보낼게
> 번듯하게 만들진 못했지만
> 오직 한 사람을 그리워한
> 시집 한권 남기고
> 너를 보낼게
>
> 내 그동안 너를 그리워한 시를 쓴 것은
> 갑작스레 찾아온 이별이
> 살다 보면 누구나 겪는 그렇고 그런 아픔일 뿐
> 우리 사이 이 생 끝나기 전에 이별은 없다고
> 믿을 것도 없이 당연한 것이라고
> 마음속에 정해져 있었기에 다시 만날 그날을 위해
> 그래 그랬어
>
> -「마지막 편지」

『문학 세계』 등단 소감에서 밝혔듯이 운필은 '문학이라는 숲 속에 들어와 가꾸고 걸어가야 할 길'을 자신의 운명으로 여기고 한 권의 시집을 엮었다. 그러나 너무나 안타깝게도 갑작스럽게 운명을 달리 한 시인은 '오직 한 사람을 그리워한 / 시집 한 권'을 남겨둔 채 '스치는 바람에 꿈을 꾸듯 한 점'(「자연」)이 되고자 했던 그의 바람대로 여전히 '하얀 구름에 그리움을 담은 시'들을 수놓으며 '마음의 영원한 봄'을 그리고 있을 것이다.

행복하게 살아갈 평화로운 세상을 꿈꾸며

그들의 꿈은 비록 죄를 짓고 세상으로부터 격리돼 있지만 다시 세상 속으로 돌아와 사람들과 어울려 살고 싶다는 간절한 바람을 작품에 담았을 것이다.

그들이 세상 속으로 가는 길은 어쩌면 멀 수도 있고, 가까울 수도 있지만 작품을 통해 세상과의 소통을 간절히 원하고 있는 것 같다. 추운 겨울이 지나면 따뜻한 봄이 오듯 법무부 운동장에 만개한 벚꽃처럼 나의 작은 바람은 부디 그들이 세상 속으로 돌아오면 다시는 혼자서 어둠 속에 갇히지 않기를 바란다.

「세상 속으로 가는 길」의 마지막 부분으로, 수감자들이 세상 속으로 나와 우리와 더불어 살아가기를 바라는 서술자의 소망이 잘 드러나 있다. 분별심을 버리고 사는 것이야말로 우리 모두가 자유롭고 평등하게 살아갈 수 있는 첩경이다. 서술자는 우연한 기회에 안양교도소 부근으로 이주하여 자신도 모르게 길들여진 교도소와 그 인근의 풍경을 아주 정감어린 필체로 서술하고 있다. 봄이면 노란 산수유 꽃이 피고 여름에는 뽕나무에 오디가 까맣게 익어 가고 가을이면 국화꽃 전시회가 열리는 풍경, 다람쥐와 청설모가 언덕과 나무를 오르내리는 풍경, 밤과 도토리 고욤이 열리는 산책길의 풍경, 법무부 운동장에 핀 벚꽃을 배경으로 열린 벚꽃 축제와 음악회 풍경, 교정아파트 담장을 허물고 재배한 유채꽃과 코스모스가 피어있는 풍경, 국화꽃 전시회와 재소자들의 공예품 전시회 등이 열리는 풍경 등을 서술하면서 거기에 녹아 있는 재소자들의 소망과 자신의 이타심을 일치시키고 있다. 이기심에 길들여진 현대인들은 너와 나, 우리와 너희를 구별하면서 주변인이나 경계밖에 있는 사람들이 경계 안이나 중심부로 진입하여 우리와 더불어 살아가는 것을 막는다. 아름다워 보이지만 실은 안타깝기 그지없는 교도소의 풍경은 우리 사회의 도처에 깔려 있는 변별심의 문제를 사회적 이슈로 제기하기에 가장 적합한 상징물이다. 서술자는 교도소의 풍경을 이 글에서는 말할 것도 없고, 다른 여러 편의 글들 속에서도 지속적으로 보여주고 있다.

팻말이 무색하게 하루가 다르게 꽃밭은 살짝살짝 사람들의 발자국을 남겼다. 최선의 선택으로 유채꽃을 T자로 잘라내고 여럿이 앉을 수 있도록 벤치를 갖다 놓았다.

이곳이 죄인을 가두는 교도소 울타리 밖이라는 사실을 까맣게 잊은 채 이웃들은 물론이고, 면회 온 사람들도 지나가다 꽃밭에 들어가 찰칵찰칵 추억을 남긴다. 며칠이 지나자 아름답던 유채꽃은 어느새 시들어버리고, 사람들의 관심도 멀어질 때 빈 벤치만 덩그러니 홀로 남아 쓸쓸하게 꽃밭을 지키고 있다.

'바스락바스락.'

'이게 뭔 소리지?'

'달가닥달가닥 확.'

"으악- 엄마야!"

너무나 놀라 땅바닥에 주저앉고 말았다. 세상에나 텔레비전에서나 봄직한 일이 눈앞에서 벌어지고 있다. 도시 한가운데, 그것도 눈앞에서 누렇게 생긴 큰 송아지 같은 게 뛰어갔다. 어찌나 놀랐던지 배지도 않은 애까지 떨어질 뻔하였다. 생각도 못한 일이고 너무 기가 막혀 '내가 지금 뭘 본거지?'

이런 생각을 하였다. 분명 고라니였다. '아니 어떻게 이런 곳에 고라니가 돌아다니지?' 직접 보고도 믿어지지 않았다. 이곳은 안양교도소 부지라 모두 철조망이 높게 쳐있다.

까치들이 한쪽을 응시하며 경계태세를 취하고 있어 가까이 가봤더니 족제비 새끼들이 나와 있다. 어미는 없고 새끼들만 있어 신기해 한참을 봤다. 청설모와 다람쥐는 흔히 봤지만 족제비는 처음이다. 잠시 그친 비는 다시 퍼붓기 시작하였고, 줄기차게 내리는 빗소리는 모든 소리를 쓸어 갔다.

말라버린 풀들 밑에 성급하게 돋아난 작은 새싹들이 추위에 떨고 있다. 바람은 아직 냉기를 품고 있어 여린 것들을 쓰다듬을 때마다 온몸을 떨며 소스라치게 놀란다. 강자 앞에 약자는 항상 초라하고 작은 존재지만 그래도 살아 보겠다고 발버둥 치며 버티고 있다. 산다는 것은 사람이나 식물이나 모두에게 버거운 일인 것은 확실하다. 한낮엔 기온이 올라 그런대로 견딜만하다. 봄의 정령인 매화는 벌써 활짝 폈고, 목련과 개나리 산수유도 꽃망울이 맺혀 있다. 머지않아 아름다운 꽃들이 앞 다투어 피어나면 봄의 축제가 시작된다.

인용한 글은 「서사 속에」, 「흥부가 기가 막혀」, 「잠시 그친 비」, 「봄의 향연」의 일부다. 교도소 주변은 아름다운 꽃동네이면서 자연의 모습을 그대로 유지하고 있는 주말농장이다. 필자 역시 1980년대 초에 교도소 바로 앞 호계동 999-1번지에서 살았던 적이 있다. 그때는 평촌신도시가 들어서기 전으로 의왕시 방향에서 호계동 사거리를 거쳐 수원 방향까지 교도소의 하얀 콘크리트 벽이 을씨년스런 풍경을 연출하고 있었다. 지금과는 아주 다른 풍경이지만 필자가 교도소 인근의 풍경을 보고 느낀 감정과 다를 바 없는 서술자의 생각을 여기저기에서 접할 수 있다. 당시 필자는 서울대와 아주대에서 문학을 가르치고 있었다. 요즘 88세대들과 마찬가지로 몇 푼 되지 않은 강사료로 생활하기에는 방값이 저렴하고 두 학교의 중간 지점 정도인 그곳이 내가 선택할 수 있는 최적의 거주지였다. 서술자처럼 예민하지 못한 탓에 '교도소와 이웃해 산다는 것이 꺼림칙해 싫'다는 생각은 해보지 못했지만 필자는 1년 만에 그곳을 떠난 반면, 서술자는 '조금만 살고 가야지 했는데'도 아직도 그곳을 떠나지 못하고 정을 붙이고 10년 넘게 살고 있다. 세상사는 말로 설명할 수 없는 불가사의하고 아이러니한 게 너무도 많다.

전망대에 오르니 순식간에 물안개가 몰려와 한 치 앞도 보이지 않는 암흑세계다. 전 국민이 세월호 사고의 후유증을 앓고 있는데, 예상지 못한 일이 닥치니 우리 일행은 내려가는 길이 겁났다. 설마 이러다 여기서 죽는 것은 아니겠지 하는 불안감이 엄습하는 순간이다. 시간이 조금 지나자 다시 바다에서 해풍이 불어와 물안개를 몰아 고향인 바다로 데리고 가니 주위가 환하게 드러났다.

청산도는 지명 그대로 마을은 깨끗하고 평화로웠고, 주민들은 부족함 없이 어업과 농업을 병행하며 넉넉한 삶을 사는 것 같고, 특산물 가격도 저렴하였다. 시간이 허락한다면 조금 더 그곳에 머물고 싶다는 아쉬움을 남기고 떠나왔다.

모락산과 청계산 산신의 안부를 물으며 미소 짓는다. 어느 이가 간절한 소원을 빌고 갔을까? 궁금한 마음에 당집 안을 이리저리 살피며 누가 무슨 소원을 빌고 갔느냐고 물어도 산신은 시치미를 떼고 있다.

삼거리를 지나 등명 해변으로 내려와 정동진으로 자리를 옮겼다. 정동진은 20년 전보다 많이 변해 있다. 바닷가에 서 있던 작은 소나무는 흔적도 없이 사라지고 주변이 관광명소로 깔끔하게 정리되어 있다. 강산이 두 번

변하는 동안 소나무도 많이 자랐을 것이다.

정동진의 푸른 바다는 그대로인데 바닷가에 서 있는 나그네는 옛 모습은 아니다. 격조했던 세월만큼이나 들려줄 이야기가 많은지 파도는 끊임없이 출렁인다. 언제쯤 이곳에 또다시 올 수 있을까? 생각의 끝은 수평선보다 멀고 아득해 차갑고 시린 추억 하나 바닷가에 남긴다.

근대사회에 밀실 정치라는 말이 유행했는데 그 밀실 정치의 장이 되었던 곳이 고급 요정이다. 대원각은 우리나라 3대 요정 중 하나이며 전각들 하나하나에 기생들의 삶과 한(恨)이 담겨 있는 곳이다.

지금은 스님들의 처소로 사용하므로 맑게 정화(淨化)되었다고 본다. 제아무리 뼛속까지 사무친 한이라 해도 경내에 퍼지는 그윽한 향내와 스님들의 낭랑한 독경소리면 충분하지 않은가.

점심공양을 간단히 끝내고 법정스님 진영과 유품이 전시되어 있는 곳을 둘러보는 동안 법정스님 5번째 상좌인 덕운스님을 만나 인증샷을 남기고 달마도까지 덤으로 얻어 운 좋은 하루였다. 세월의 무상함 속에 대원각 주인이며 백석의 연인인 길상화 여사와 법정스님이 모두 떠나간 자리에서 덕운스님은 청한한 모습으로 함박꽃보다 더 환한 웃음을 웃고 있다.

섬진강을 사이에 두고 하동과 경계에 있는 광양 매화마을은 산비탈에 매실나무가 많았다. 매실이 유명세를 타기 전에는 이 고장 사람들은 무엇을 먹고살았을까 하는 궁금증이 들었다. 거의 약초가 주업이 아니었을까 하는 추측을 해본다.

광양 매화마을은 봄에 매화꽃을 보는 것도 좋지만, 매실이 익는 여름도 운치 있고 좋을 것 같다. 청매실이 탐스럽게 익어가는 여름은 더욱 싱그럽고 상큼할 것이고, 섬진강에서 불어오는 바람은 시원해 지친 내면을 씻어내기에 충분할 것 같다.

「아름다운 청산」, 「차갑고 시린 추억」, 「길상화」, 「백문이 불여일견」의 일부로, 이들은 모두 기행수필들이다. 현대인들은 여가 시간을 활용하여 명산도 찾고, 명소도 찾아 여기저기 여행을 많이 하게 된다. 여행을 하면서 불편하거나 섭섭한 점을 글로 남기기도 하지만 여행을 통해 자신을 성찰하는 글들을 남기는 경우가 허다하다. 청산도는 「서편제」의 촬영지로 유명한 곳이다. 「서편제」 하면 떠오르는 것이 아들은 북을 치고 소경 딸은 노래를 하고 아비는 춤을 추는 장면이다. 세 사람이 한 바탕 신나게 한풀이를 하는 장소는 이제 포장이 되고 자동차가 다닌다. 그곳에서 자동차를 타고 한참 가면 전망대가 나온다. 서술자는 전망대에서 갑자기 몰아닥친 물안개를 보고 세월호 사건을 떠올리면서 공포감을 느끼지만 금방 사라진 물안개로 평온을 찾으며, 섬사람들의 평화롭고 후덕한 인심에 이별의 아쉬움을 토로하고 있다. 쾌방산 정동진 여행담은 청산은 그대로 있는데 인걸은 간 데 없다는 한시를 떠올려주는 글이다. 무엇이 서술자로 하여금 그토록 '차갑고 시린 추억 하나'를 바닷가에 남기게 했을까? 「길상화」은 대원각, 김영한, 백석, 법정 스님에 얽힌 애환과 인연을 서술한 글이다. 섬진강 기행담은 섬진강 주변의 화개장터, 광양 매화마을, 평사리를 기행하면서 쓴 글이다. 우리는 여행을 하면서 익숙한 집이 아닌 낯설은 길 위에서 그 어떤 것에도 얽매이지 않은 순수한 나를 만난다. 나를 만나고, 본래의 나의 존재를 건져내 드러내는 일이야 말로 여행의 진정한 목적이 아닐까? 그런 의미에서 기행담을 글로 쓰는 일은 존재가 언어로 형상화되는 작업이 될 수 있다. 존재와 언어 사이에는 감춤과 드러냄이라는 양면의 모습이 작용한다. 존재하는 모든 것은 자체의 모습을 다 드러내지 않는다. 글쓴이의 언어를 통해서 그 존재의 전체는 광명을 찾는다.

등잔 밑이 어둡다고 아프리카 아이들을 돕자는 운동은 방송에서 열심히 떠들어 대면서 왜 정작 우리나라 베이비 박스에 버려지는 아이들 이야기는 안 하는지 알 수가 없다. 부모가 누구이든 모두가 똑같은 사랑스러운 우리들의 아이들이다. 그들의 잘못도 아닌데, 정상적인 부모 밑에서 태어나지 않았다는 이유로 어둠에 갇혀 고통과 외로움 속에 살아야 한다는 것은 너무 불합리하다. 이제는 더 이상 그 아이들을 외면하지 말고, 나라의 큰 재목(材木)이 될 수 있도록 정부가 맡아 잘 키웠으면 좋겠다.

위층 아파트에 젊은 부부가 27개월과 9개월 된 사내아이 둘을 데리고 이사를 왔습니다. 아이들이 어찌나 정신없이 뛰는지 층간소음이 장난이 아니었어요. 지진이 난 것처럼 집 전체가 흔들렸거든요. 참다못해 경비실로 서너 번 인터폰을 했습니다.

그런데 돌아온 대답이 사과가 아닌 "너무 예민한 것 아니냐고" 하더군요. 위층의 말을 듣고 살짝 열을 받았죠. 그런데 뜻밖의 대답에 숙고하지 않을 수 없었답니다. 천국과 지옥은 다름 아닌 사람의 마음속에 있는 것을, 지옥을 스스로 만들고 있지는 않는지 반성하게 되었지요. 피할 수 없으니 즐겨야 하는데 깊은 고민에 빠졌습니다.

어느 날 할머니는 할아버지께 선전포고를 했습니다. 자식들이 자신과 같은 고단한 삶을 사는 것을 원치 않고, 종부의 무거운 짐도 며느리에게 물려주고 싶지 않다고요. 죽기 전에 그 일을 끝내야 한다고, 좋은 날을 잡아 조상님들을 모두 불러내 모시고 절로 소풍을 갔습니다. 할부친은 아연실색하며 별별 투쟁을 다했지만, 할머니의 의지가 너무나 단호해 당할 재간이 없었답니다. 세월이 바뀌고 몸은 늙어도 종부는 종부였습니다. 결단력과 카리스마까지 겸비한 할머니가 멋져 보였습니다.

조상님들도 보고 듣는 것이 있어 설마 했는데 종부의 결정에 혼비백산하여 긴급회의를 했겠지요. 소풍을 가자고 해서 따라갔더니 앞으로 제삿밥 얻어 드시려거든 집으로 오시지 말고 절에 가서 잡수라고 하니 놀라실 만도

하지요. 그러나 세상이 변한 것을 어찌합니까. 자식들은 다 외지에 나가 맞벌이를 하고 있어, 제사는 늘 90이 가까운 할머니의 몫이었으니 방법이 없는 게지요. 그 긴 세월 동안 늙은 종부의 손에 따뜻한 제삿밥을 얻어 드셨으니 줄줄이 따라가지 않을 수 없었을 겁니다. 요즘 세상에 절에라도 모셔 주니 감사해야지요.

얼마 전 뉴스에서 아기 엄마가 생활고에 시달리다 아기에게 먹일 분유와 기저귀가 없어 훔치다 잡혔다는 기사를 보았다. 가끔 이런 뉴스를 접하다 보면 묘한 느낌이 든다. 사람들의 측은지심을 자극하는 것인지는 잘 모르겠지만, 아기가 꼭 분유만 먹어야 하는가 하는 의문과 기저귀가 꼭 일회용이어야만 하는가 하는 생각이 들기 때문이다. …(중략)… 자식을 굶기지 않고 키우고자 하는 의지만 있다면 남의 물건을 훔치지 않아도 그깟 쌀 한 되를 구하지 못할까 하는 생각이 든다. 시대가 좋아져 옛날처럼 쌀이 귀한 것도 아니고 넘쳐나는 것이 곡물이다. 분유 대용이 얼마든지 있는데 최선을 다해 노력은 해봤을까 하는 생각이 들었다.

「재목」, 「노부부의 항변」, 「콩콩이의 여정」, 「노력은 해봤을까」의 일부로, 우리 사회의 부끄러운 민낯과 현대인들의 애환을 서술한 글이다. 서술자는 제재를 교도소 수감자들의 문제에서 기아, 절도, 층간소음, 비인간화 등의 현대인들의 사회적인 이슈로 확대하여 우리가 살고 있는 사회를 인정이 넘치는 사회로 만들기 위해 우리가 어떻게 해야 하는가를 우리로 하여금 자문하게 하고 있다. 아울러 정의롭고 평화로운 세상을 만들기 위해 우리들은 어떻게 살아야 하는가에 대해 생각해보게 한다. 우리 사회의 주변인들은 기득권을 가진 사람들로부터 따돌림이나 차별을 받는 경우가 허다하다. 권력과 부를 지닌 층이 특정 지역과 세력에 기반을 두고 있어서 강부자, 장동건, 고소영, 성시경 등의 은어가 낯설지 않은 용어가 되었다. 우리 사회의 약자들은 주변부나 경계 밖으로 몰리면서 그들의 자녀 역시 우리 사회에서 문제아로 전락하는 경우가 적지 않다. 극에 달한 사회양극화와 인간 생명에 대한 경시는 근본적으로 '인간의 본성과 한계에 대한 보다 겸손한 성찰이 부족한 데서 온 것'이다. 이제 우리 사회가 평화롭고 행복해지려면 어떻게 해야 하는가를 냉철히 생각해볼 때가 되었다. 21세기의 보편적 가치는 인간 존중, 공동 번영, 평화이다(송현호, 『한국현대문학의 이주담론 연구』, 태학사, 2017, 32면). 평화는 멀리서 찾을 것이 아니고 우리 내면에서 찾아야 한다. 소크라테스는 너 자신을 알라고 하였고, 석가는 너 자신이 부처라고 하였고, 노자는 자연으로 돌아가라고 하였다. 공자는 이웃을 자기 자신처럼 사랑하라고 하였고, 예수는 이웃을 사랑하라고 하였다. 자신의 존재를 알고 자신을 사랑하고 만족을 느낄 때 마음의 평화를 누리면서 살아갈 수 있다.

수필은 붓 가는대로 쓴 글이다. 소소한 개인사에서부터 인류의 평화에 이르기까지 우리가 보고 느끼고 깨우친 것들을 일정한 형식 없이 글로 써놓은 것이 수필이다. 때문에 수필은 대단히 주관적이면서 개성적인 글이다. 물론 사람에 따라서는 이지적이고 사회성 강한 글을 쓰는 사람들도 있다. 미셀러니와 에세이의 구별은 그렇게 해서 생긴다. 서술자의 글은 에세이보다는 미셀러니에 가깝다. 서술자는 자신이 쓴 48편의 수필을 7부로 나누어 제1부 '잠시 그친 비'에 7편, 제2부 '문제의 소설'에 8편, 제3부 '고장난 문'에 8편, 제4부 '엄마 생각'에 6편, 제5부 '봄의 향연'에 6편, 제6부 '삶의 의미'에 7편, 제7부 '세상 속으로 가는 길'에 6편의 수필을 묶어놓았다.

이 시대의 화두는 평화이다. 개인의 평화, 가정의 평화, 민족의 평화, 국가의 평화가 그 어느 때보다도 절실히 요청되고 있다. 우리 사회가 평화롭고 행복해지려면 어떻게 해야 하는가? 사회의 지도층은 인성 교육에 관심을 가지고 모든 사람들이 자유와 평등을 누리면서 평화롭게 살아가는 세상을 만들기 위해 노력할 필요가 있다. 평화로운 세상을 만들려면 인성을 지닌 인간이 넘쳐나는 사회가 되어야 한다. 우리 모두가 평화를 누리면서 행복하게 살아갈 수 있는 세상, 그것이 서술자가 꿈꾸는 세상일 것이다. 그런 세상이 우리가 살아 있는 동안에 전개되기를 필자 역시 간절히 바라고 또 바란다.

등신불이 소신공양을 한 까닭

우리 사회가 아주 투명해졌다. 20여 년 전 자식들을 좋은 학교에 보내기 위하여 혹은 아파트 당첨을 위해 위장전입을 하고, 재산을 늘리기 위해 비정상적으로 부동산 투기를 했던 일들이 요즘 문제가 되고 있다. 당시에는 전혀 문제가 되지 않았던 일들이 요즘 문제가 되고 있는 걸 보면 우리 사회가 투명해진 게 틀림없다.

위장전입을 해서 아이들을 좋은 학교에 보내고 부동산 투기를 하여 돈을 많이 번 사람들이 능력 있는 사람으로 평가받던 시절도 있었다. 과거의 잣대로 능력 있는 사람이고 부러움의 대상이 되었던 사람들이 현재의 시점에서 문제가 되고 있는 것은 모순인가? 사필귀정인가? 잘 모르지만 분명한 것은 세상만사 새옹지마라는 말이 이 경우에 딱 들어맞는다는 것이다.

중생들이야 남들이 욕을 해대거나 언론의 질타를 받아도 내 알 바 아니라는 태도를 보이면 그만이지만 국가의 지도자가 되고자 하는 사람들은 패착을 물릴 수도 없고 이래저래 난감한 일이 아닐 것이다. 등신불처럼 소신공양이라도 해줄 분이 있다면 얼마나 좋을까? 그러나 소신공양이 어린 중생을 위해 이루어졌지 국가의 지도자를 위해서 행해진 적이 있었던가?

우리나라에 등신불이 있는지는 과문하여 알지 못하지만 문학작품에서는 본 적이 있다. 김동리 선생이 자신의 불교 체험을 토대로 1961년 12월 『사상계』에 발표한 「등신불」에 등신불의 이적이 아주 잘 형상화되어 있다.

이 소설의 주인공은 만적이다. 그는 가정적인 불화로 가출하여 불교에 입문하여 소신공양을 한 사람이다. 만적은 법명이고 속세에서의 성명은 조기이다. 그는 금릉에서 태어났으나 부친이 누구인지 모를 정도로 어머니 장 씨는 문제적인 여성이다. 그녀는 사구에게 개가하여 그의 외아들 사신과 같이 살게 된다. 조기와 사신은 같은 또래인데 모친이 사신에게 돌아갈 재산을 탐내어 사신의 밥에 독약을 넣어 독살을 기도한다. 어머니의 행위를 우연히 엿본 기는 그 밥을 자기가 먹으려 한다. 모친은 이를 보고 기겁을 한다. 며칠 뒤 사신이 가출하여 자취를 감춘다.

조기는 어머니의 부도덕한 행위에 부끄러움을 느끼고 가출하여 법림원의 취뢰 스님의 상좌가 되어 불법을 배운다. 취뢰 스님이 열반하자 은공을 갚기 위해 불전에 소신공양할 결의를 보인다. 그러나 운봉 선사가 만류한다. 운봉 선사의 알선으로 혜각 선사를 만난 만적은 스물세 살 되던 해 겨울 금릉에 나갔다가 10년 만에 문둥병에 걸린 사신을 만난다. 그는 속죄의 의미로 자신의 염주를 사신에게 걸어준다.

절로 돌아온 만적은 화식을 끊고 이듬해 봄까지 하루에 깨 한 접시씩만 먹고 산다. 이듬해 봄 법사 스님과 공양주 스님만을 모시고 취단식을 하고 한 달 뒤 대공양을 한다. 이때 비가 쏟아진다. 비는 만적의 타는 몸을 적시지 못할 뿐만 아니라 점점 더 불빛이 환해지면서 보름달 같은 원광이 비친다. 모인 사람들은 부처님의 은혜를 입어 모두 제 몸의 병을 고친다. 병을 고친 사람들이 앞을 다투어 사재를 던져 새전이 쌓인다. 모인 새전으로 만적이 탄 몸에 금을 입히고 등신불을 금불각에 모신다.

우리는 많은 명사들이 석탄일이나 어려움에 처했을 때 절간을 찾는 장면을 영상매체를 통해 접한다. 진심으로 산사를 찾아 마음을 닦는 것인지 아니면 여론을 의식해서 일시적으로 산사를 찾은 것인지는 알 길이 없지만, 분명한 것은 그들이 평상심을 잃고 있다는 사실이다. 평상심은 곧 도이다. 불법이 따로 있고 생활이 따로 있는 것은 아니다. 우리는 일상생활에서 불법과 생활을 일치시켜야 한다. 어떤 일을 할 때 무관심하거나 소홀히 하는 것은 실패의 주요 원인이 된다. 그러나 어떤 일을 너무 무리해서 하거나 지나치게 집착하여 행하면 그 일을 매끄럽게 처리할 수 없다.

부모님의 심부름을 너무 완벽하게 하려다가 실수하는 경우가 종종 있다. 석유를 쓰던 시절 호롱에 담긴 기름을 쏟지 않으려고 두 손을 받쳐 들고 눈을 크게 뜨고 조심하다가 기름을 쏟는 경우가 종종 있었다. 조심하려고 생각하는 순간 긴장이 되고, 긴장하면 할수록 기름이 쏟아지게 마련이다. 그때 부모님께서는 '다시 한 초롱의 기름을 가져오너라! 이번에는 긴장하지 말고 눈은 보고 싶은 대로 보고 평상시대로 해라. 평상심으로 걸어오면 된다'고 일러주셨다. 부모님 말씀대로 휘파람을 불면서 걸어왔다. 기름이 조금 쏟아지기는 했지만, 호롱의 기름은 거의 그대로 있었다.

마음에 탐욕을 지니고 정진하는 사람은 눈앞의 이익에 급급하거나 남에게 잘 보이려고 하기 마련이다. 이런 경우 이해득실을 따지는 마음이 생겨서 누에가 스스로를 묶듯이 자신을 구속하게 될 것이고, 부자연스러운 마음이 생긴다. 이런 마음은 실제적이지 못하다. 때문에 정수에 미치지 못하여 작은 성과는 거둘 수 있을지언정 큰 성과는 거두기가 실로 어렵다. 마음에 탐욕과 망상이 생기면 과분한 욕구가 생긴다. 욕구가 생기면 집착하게 된다. 집착하면 여러 가지 상이 생겨 장애가 된다.

부처님께서는 '일체의 상을 비우면 만법의 지혜가 생'기고, '사욕을 없애면 하늘의 이치를 행'할 수 있다고 하셨다. 또한 '마땅히 머무는 바 없이 마음을 내라'고 하셨다. 마음은 본래 티끌 하나 없이 깨끗하여 밝은 달과 같다. 가장 순수한 심성이 곧 불성이고, 평상심이 곧 도인 것이다.

또한 자신이 찾으려고 그토록 염원하던 것이 바로 자기 안에 있음에도 중생들은 그것을 밖에서만 구하려고 한 것이다. 천지만물은 그대로 있고 자신도 이미 불성을 지닌 존재이지만 중생들은 그것을 바로 보지 못하고 있었던 것이다. 자신이 지니고 있는 것을 산사에서 찾으려고 평상심을 잃어버렸을 때 과연 그 무엇을 찾을 수 있을 것인가?

만적은 어머니 대신 사신에게 속죄하고 사신을 구원하기 위해 소신공양을 한 등신불이다. 만적이 그렇게 될 수밖에 없었듯 인간의 고뇌와 슬픔을 아로새긴 등신불이 우리 사회에 하나쯤 있어도 무방한 일이리라. 명리를 쫓는 국가 지도자들이 등신불의 소신공양을 이해한다면 우리 사회가 이타적이고 아름다운 사회로 변모해 갈 것이다. 아니 소신공양을 이해하지 못하더라도 자신을 되돌아보고 자신의 직분을 다하는 것만큼 아름다운 일이 있을까? 우리 모두가 분별심을 버리고 최선을 다하면서 살아간다면 우리 사회는 분명 건강하고 아름다운 공동체로 변해갈 것이다.

가을에는 책을 읽자

가을은 독서의 계절이다. 당나라의 시인 한유는 '符讀書城南'에서 '時秋積雨霽 / 新凉入郊墟 / 燈火秒可親 / 簡編可卷舒 / 豈不旦夕念 / 爲爾惜居諸 / 恩義有相奪 / 作詩勸躊躇'라는 유명한 시구를 남겼다. 가을은 인고의 시기를 거쳐 넉넉한 양식이 마련된 좋은 시기인지라 세월을 허송할 수도 있지만 자신의 미래를 위해서는 반드시 마음의 양식을 마련할 필요가 있음을 아들에게 권한 것으로 보인다.

책 속에는 영혼의 양식들이 산해진미처럼 쌓여있다. 생명의 말씀도 있고, 진리의 말씀도 있고, 삶의 지혜와 길도 제시되어 있다. 지금 우리가 살고 있는 이 시대는 후기 산업사회의 특징을 고스란히 드러내고 있어서 마음의 양식이 그 어느 때보다도 필요하다. 하이데거의 말처럼 우리가 사는 세계는 밤으로 기울었고, 루카치의 말처럼 신이 떠나버리고 신이 살던 시대의 여명만으로 자신의 길을 찾아가는 시대이다.

윤동주의 시로 알려진 「내 인생에 가을이 오면」이라는 시 역시 절기상의 가을이 주는 의미 이외에도 인생의 가을이 독서와 긴밀한 관련이 있음을 시사하고 있다. 자신의 내면을 살찌우고, 내면에서 즐거움과 평화를 얻기 위해 독서가 필요함을 암시하고 있다. 11연으로 된 시에서 관련된 부분을 인용하면 다음과 같다.

내 인생에 가을이 오면

나는 나에게

삶이 아름다웠느냐고 물을 것입니다.

나는 그때 기쁘게 대답하기 위해
내 삶의 날들을 기쁨으로
아름답게 가꿔 나가겠습니다.

내 인생에 가을이 오면
나는 나에게
어떤 열매를 얼마만큼 맺었냐고 물을 것입니다.

그때 나는 사랑스럽게 대답하기 위해
내 마음 밭에 좋은 생각의 씨를 뿌려놓아
좋은 말과 행동의 열매를 부지런히 가꿔 나가겠습니다.

인용한 부분은 제8연에서부터 11연까지로, 1연에서 던진 화두를 좀 더 구체화하여 8연에서는 자신의 삶이 아름다웠는지, 10연에서는 자신의 삶의 열매가 어느 정도인지 묻고, 9연과 11연에서는 자신의 삶을 기쁨으로 아름답게 가꿔 나가고 풍성한 결실을 맺기 위해 마음 밭에 좋은 생각의 씨를 뿌려놓겠다고 밝히고 있다. 이 대목이 필자의 관심을 끄는 것은 불경의 한 구절을 연상시켜서만은 아닐 것이다.

시인은 그 무엇보다도 자신을 발견하고 자신의 내면을 풍성하게 하는 일이 중요함을 역설하고 있다. 일찍이 소크라테스는 너 자신을 알라고 하였다. 우리는 자기 자신을 잘 모르며, 자신의 내면에 부처가 존재함을 알지 못한다. 우리가 자신의 내면에서 부처를 발견하기 위해서는 그 무엇보다 자각하는 능력이 중요하다. 자각하는 방법에는 여러 가지가 있다. 그 가운데 불경을 읽는 것이 우리의 자각 능력을 키우는데 길잡이가 될 수 있다. 불경은 원시 경전과 대승경전으로 나눌 수 있다. 원시 경전에는 「아함경」(阿含經), 「열반경」(涅槃經), 「범망경」(梵網經), 「법구경」(法句經), 「숫타니파타」(經集), 「자타카」(本生經), 「백유경」(百喩經), 「부모은중경」(父母恩重經), 「유교경」(遺敎經), 「미린다왕문경」(王問經) 등이 있고, 대승경전에는 「대품반야경」(大品般若經), 「소품반야경」(小品般若經), 「대반야경」(大般若經), 「반야심경」(般若心經), 「금강경」(金剛經), 「법화경」(法華經), 「관음경」(觀音經), 「무량의경」(無量義經), 「유마경」(維摩經), 「화엄경」(華嚴經), 「무량수경」(無量壽經), 「관무량수경」(觀無量壽經), 「아미타경」(阿彌陀經) 등이 있다.

이 가운데 「법화경」은 '백련화(白蓮華)와 같은 올바른 가르침'이라는 뜻을 지닌 경전이다. 부처는 아주 먼 옛날부터 미래의 영겁(未來永劫)에 걸쳐서 존재하는 초월적 존재이다. 불타가 이 세상에 출현한 것은 모든 인간들이 부처의 깨달음을 열 수 있는 대도를 보여주기 위함이며, 그 대도를 실천하는 사람은 누구라도 부처가 될 수 있다는 것이다. 「화엄경」은 여래의 해탈세계와 보살의 실천을 통해 사물의 본질에 대한 탐구를 하고 있는 경전이다. 부처님의 깨달음은 '비할 데 없이 가장 높고 올바르며 보편적인 깨달음'이며, 여래가 깨달으신 광대한 세계는 범부 중생들이 이해할 수 없는 불가사의한 세계이다. 그리고 「유마경」은 초기 대승경전의 하나로 장자 유마힐 거사를 통해 대승불교의 진수를 설하고 있는 경전이다. 「중생들이 병들어 있기 때문에 나(유마힐)도 병이 났다」는 유명한 구절을 남겼으며 또 유마힐과 문수사리보살과의 문답은 선종에서도 매우 중요하게 여기는 대목이다. 이들은 '불교가 신앙이나 예배의 대상이 아니라 길을 가리키는 길잡이'이며, 부처의 '목소리는 뿌리를 내리지 못하고 끝없이 방황하는 현대의 정신적인 유랑민들에게 영혼의 모음'을 줄 것이라 밝히고 있다.

불경을 읽는 것이 어렵고 힘들다면 불교 소설을 읽는 것도 한 가지 방편이 될 수 있다. 김성동의 『만다라』(1978), 한승원의 『아제아제바라아제』(1985), 남지심의 『우담바라』(1987), 최인호의 『길 없는 길』(1989), 고은의 『화엄경』(1991), 정찬주의 『만행』(1994), 성낙수의 『차크라바르틴』(1995), 정찬주의 『산은 산, 물은 물』(1998), 김성동의 『꿈』(1999), 한승원의 『초의』(2003) 등은 불교를 소재로 삼았거나 고승의 전기를 소설화한 것들도 있고, 불교의 가르침에 부합하거나 부처님의 사상을 널리 홍보한 것들도 있다.

정찬주의 『산은 산, 물은 물』은 성철 스님의 일대기를 소설화한 것이다. 서술자는 한국 불교계에 굵직한 발자취를 남긴 성철의 구도 과정을 추적하면서 청산과 속세가 둘이 아니라 하나임을 인식해 간다. 서술자가 성철의 구도 과정을 추적하게 된 것은 자기 자신의 진정한 모습을 발견하기 위한 것이었다. 성철은 천지만물은 그대로 있고, 자신도 이미 불성을 지닌 존재로 의연히 있지만 그것을 바로 보지 못하는 중생들에게 자기를 똑 바로 보고, 자신을 속이지 말 것을 주문하고 있다.

아름다운 계절, 가을이 가기 전에 경전이나 불교소설들을 읽고 자신의 내면에서 부처를 발견해보자. 자신의 내면에서 평화도 찾아보자.

성숙한 다문화 사회를 기다리며

서울역에서 젊은 사내가 검은색 가방을 오른쪽 어깨에 메고 버스에 올라탔다. 짙은 갈색 피부에 깊고 푸른 눈을 가진 젊은이였다. 한 눈에 동남아시아에서 온 사람으로 보였다. 그는 버스에 타자마자 날렵하게 입구 바로 옆 좌석에 자리를 잡았다. 나는 맞은 편 바로 뒷자리에 앉아 있어서 그의 모습이 한 폭의 그림처럼 선명하게 다가왔다.

중앙극장을 지날 즈음 알 수 없는 음악소리가 사내의 핸드폰에서 흘러나왔다. 사내가 전화를 받았다. 한 손으로 입을 가리고 목소리를 죽였다. 소곤거리는 것이 말소리인지 바람소리인지 분간이 가지 않았다. 이런 일에 익숙해진 듯 목소리를 죽여서 조용조용 이야기하고 있었다. 내 뒷자리에 앉아서 떠들어대면서 통화하고 있는 사람들과 대비가 되었다. 그때 기사가 버럭 고함을 질렀다.

"야 이 XX야, X만한 게 어디서 전화질이야. 당장 전화 안 꺼!"

기사의 고함소리에 버스에 타고 있는 사람들의 시선이 앞쪽으로 향하였다. 모두 한 대 얻어맞은 기분으로 기사의 눈치를 보았다. 통화를 하던 사람들도 핸드폰에서 입을 떼고 침묵을 지켰다. 버스 안이 갑자기 조용해져 밀폐된 진공지대에 들어선 느낌이 들었다. 기사에게 욕을 먹은 사내는 어찌할 바를 몰라 하였다. 연신 고개를 조아리고 있었다.

사내가 잘못한 것인지 기사가 객기를 부린 것인지 알 수 없었다. 기사가 소리를 질러댔을 때 버스 안에서는 여러 사람들이 큰 소리로 통화를 하고 있었고, 휴대폰 통화 금지라는 표지는 어디에도 붙어있지 않았다.

기사가 화를 낸 대상이 사내인지 아니면 전화를 걸고 있는 불특정 다수인지도 알 수가 없었다.

"기사님, 미안합니다. 그런데 왜 욕해요? 욕하면 나빠요."

"이런 무식한 X들은 좋은 말로 해서는 알아듣지 못한다니까. 한국에 왔으면 얌전히 일이나 할 것이지, 노동자 주제에 왜 싸돌아다니면서 전화질이야."

기사는 사내를 외국인 노동자라고 단정하고 하인을 다루듯 하였다. 욕설의 내용으로 보아 공격의 대상도 분명해졌다. 그렇더라도 기사가 왜 그처럼 화를 내고 욕설을 퍼부었는지 이해가 되지 않았다. 왜 그처럼 당당하고 적대적인 태도를 보이고 있는지도 알 길이 없었다.

"다른 사람들도 전화하고 있잖아요. 그 사람들은 두고 왜 나한테만 욕해요?"

순간 기사의 얼굴이 일그러졌다. 운전 중이 아니라면 사내에게 달려들어 당장이라도 주먹을 날릴 기세였다. 화난 기사의 얼굴 위로 '깨끗한 자동차, 친절한 기사, 안전한 버스를 최고의 가치로 삼아 사랑받는 버스가 되겠습니다.'라는 전광판의 자막이 빠른 속도로 스쳐지나가고 있었다. 기사의 얼굴에 전광판의 자막이 겹쳐져 묘한 여운을 남겼다.

나는 어색한 분위기를 누그러뜨리기 위해 사내에게 이야기를 걸려다가 행여 싸움을 키우지나 않을까? 그에게 상처를 주지나 않을까? 걱정이 되어 입을 다물었다. 어색한 침묵이 버스 안을 가득 메웠다. 정적을 깨고 사내가 입을 뗐다.

"한국 사람들 이상해요. 백인들에게 친절하게 하면서 왜 우리들에게 욕을 해요? 한국 사람들 우리를 사람 취급하지 않아요? 레이시즘, 내쇼날리즘, 센트럴리즘, 수퍼 센트럴리즘 너무 강해요."

낯익은 용어들이 너무도 자연스럽게 그의 입에서 흘러나왔다. 사내는 인종주의, 민족주의, 중심주의를 기사의 고압적이고 적대적인 태도에서 읽어내고 있었다. 기사는 분명 사내를 주변인 취급을 하고 있었다. 그의 적대감과 배타주의는 어디에서 온 것일까? 밥그릇 지키기에서 온 것일까? 아니면 잘못된 민족주의에서 온 것일까? 아니면 한국인의 중심주의에서 온 것일까?

우리 민족이 단일민족이라고 내세우기 시작한 것은 애국계몽기에 발흥한 민족주의 이데올로기와 불가분의 관계가 있다. 신채호, 박은식, 장지연 등은 외세에 맞서 민족주의를 내세웠고, 독립운동사상의 단초를 제공하였다. 해방 이후 한국전쟁, 남북분단, 경제개발 등의 시기에 민족주의는 국민을 하나로 묶을 수 있는 강력한 이데올로기였다. 경제적으로 세계경제 10위권으로 도약하고, 민주주의 제도의 정착과 의식의 확산을 이루어 내는 원동력이 되었다. 그 결과 정치권력과 경제력이 효율성을 위해 집중되고 세속적 성공과 상류사회 진입을 위한 경쟁이 한국 사회를 지배하였다. '서구', '서울', '일류'는 한국사회의 중심주의를 작동시킨 목표이자 한국 사회를 발전시킨 동력이었다. 21세기 외국인 100만 명의 시대에도 우리 사회에 뿌리 깊게 잔존하는 민족주의와 중심주의는 인종차별적 문화와 외국인에 대한 차별 대우를 조장하고, 우리 사회가 선진사회로 도약하는데 장애가 되고 있다.

아득한 옛날 우리 조상들은 한반도와 요하, 송화강 유역을 망라한 동부대륙에서 살다가 한반도로 이주하여 살았다. 단군조선, 기자조선, 위만조선의 시기에도 타민족의 이주로 한민족은 타민족과 섞여 살았다. 고구려는 통일의 과정에서 여러 부족들을 차례로 복속시켜 원주민보다 이주민들이 더 많았다. 발해는 말갈족과 고구려 유민이 중심이 되어 건국한 나라이고, 고려시대에는 여진족, 거란족, 발해유민 등 귀화자가 23만 8천여 명에 이르렀고, 조선조에는 임진왜란과 명조의 멸망 그리고 청조의 등장으로 수많은 학자들과 장수들이 조선에 귀화하였다. 21세기에 들어와서 대한민국에 거주하는 외국인 주민은 110만을 상회하고 있으며, 외국인 관광객은 700만 명을 넘어섰다. 통계청의 '성씨 분포 조사 자료'에 의하면 귀화인 성씨의 수가 토착성보다 많다. 귀화인들의 성씨는 중국계 83개, 일본계 139개, 필리핀계 145개, 기타 75개 등 모두 442개였다. 이처럼 한반도에는 다민족과 다인종이 뒤섞여 살았고, 진정한 의미의 다문화 사회를 이룩하였다.

그럼에도 우리는 이주민들을 이방인 취급하고 주변인으로 생각하면서 살아왔던 것이다. 순간 부끄러운 생각이 들었다. 사내가 눈시울을 붉혔다. 순간 그가 살아온 세월이 읽혀졌다. 「코끼리」의 대조적인 장면이 떠올랐다. 히말라야의 풍경과 식사동 가구단지의 풍경이 눈앞에 어른거렸다. 따사로운 햇빛, 아름다운 꽃, 눈부신 설산, 푸른 달빛으로 상징되는 히말라야의 풍경은 흐리멍덩한 하늘, 깨진 벽돌더미, 냄새나는 바람, 공장의 소음, 페인트 냄새, 옻 냄새, 새빨간 물과 대비되면서 그의 한국에서의 삶이 선명하게 드러났다. 그는 우리 사회에서 주변부를 겉돌고 있는 타자이다. 그는 좀 더 나은 삶을 위해 한국에 왔지만 그들이 원하는 것을 손에 얻지 못하고 불행한 삶을 살고 있는지도 모른다. 그것은 그의 운명인지도 모른다. 한국 사회의 층위는 매우 복잡하다. 한국인의 중심주의는 한국인들에게 일류에 대한 동경과 환상을 심어주었다. 그 결과 우리 사회는 중심부와 주변부로 이원화되고, 경계 안과 밖의 차이가 뚜렷하게 구분되었다. 그는 경계 밖의 존재하는 인물로 주변부로 수용하려는 대상일 뿐이다. 우리 사회는 그를 경계 밖의 인물도 아니고 주변인도 아닌 진정한 우리 사회 공동체의 일원으로 인정하기에는 기득권에 대한 집착이 너무 강하다. 나는 우리의 현실을 되돌아보면서 가슴이 찡해오는 것을 느꼈다. 그를 바라보았다. 그는 멍한 눈으로 앞만 주시하고 있었다.

"분당에는 무슨 일로 가지요?"

"서현동에 영어회화 가르치러 가는 길입니다. 나 노동자 아니에요. 대학에서 영어 가르치고 있어요."

"대학 선생이 왜 과외를 하나요?"

"대학에서 돈을 적게 주어요. 방학 때 과외를 해야 먹고 살 수 있어요."

"그래도 먹고 살만큼은 주지 않나요? 우리 학교는 상당히 정도의 연봉을 4, 5천만 원은 주는 것 같던데……"

"결혼 했어요. 부인 취직 못해요. 월세 내고 생활비 하고 남은 돈 부모님께 보내요. 과외하지 않으면 힘들어요."

갑자기 낯이 뜨거워지기 시작하였다. 한국의 대학에서 대부분의 외국인은 대우교수로 채용되어 강의교수 수준의 급여를 받고 있다. 나는 그것을 당연한 일로 알고 있었다. 생활비를 충당하기 위해 과외를 하고 있을 것이라는 생각은 해보지도 못하였다.

버스가 판교에 들어섰을 때 전화벨 소리가 요란하게 울렸다. 가까운 사람으로부터 전화가 걸려온 것인지 기사가 흥에 겨워 볼륨을 높여 떠들어댔다. 삼성프라자를 지날 때까지도 기사는 신이 나서 떠들어댔다. 서현중학교를 지날 즈음 옆 차선의 승용차가 우리 차선으로 잽싸게 끼어들었다. 기사가 놀라서 급제동을 걸면서 욕설을 퍼부어댔다. 사내의 몸이 앞으로 튕겨나갔다가 가까스로 원상회복을 하였다. 사내는 점잖게 기사를 타일렀다.

"기사님, 운전 중에는 전화하지 마세요."

순간 기사는 어찌할 바를 모르고 허둥대기 시작하였다. 사내의 점잖은 충고에 한 방 얻어맞은 듯하였다. 갑자기 기사가 물에 빠진 생쥐처럼 보이기 시작하였다.

中國地域 海外韓國學 振興事業의 未來

1. 도입부

제9회 범주강 삼각주 지역 한국어교육 국제학술세미나 겸 제8회 吉林大學校 주해캠퍼스 국제학술회의 주제를 "한국학 온라인 콘텐츠 개발 및 무크 활성화"로 설정한 것은 4차 산업시대의 새로운 교육환경에 대응하기 위해 화남 지역의 무크, 웨이커를 이용한 온라인 한국어교육의 실태와 발전에 대한 진맥과 향후 발전에 관한 학술적인 연구를 하려는 것으로, 사회적 변화에 발맞추어 새로운 인재 양성과 그에 따른 새로운 교육시스템의 구축으로 볼 수 있다. 화남지역의 한국학 거점대학이 되기 위해서나 기 선정된 해외 한국학 씨앗형사업을 마무리하기에 아주 적절한 주제 설정으로 보인다.

현재 해외한국학진흥사업은 상당한 진통과 변화를 겪고 있다. 지난 10년 간 공들인 해외한국학진흥사업은 박근혜정부의 국정농단과 사업단장의 오판으로 하루아침에 낭떠러지로 굴러 떨어진 느낌이다. 300억 총예산이 264억으로 줄어들고, 2017과 2018년의 경우 해외중핵대학사업을 2과제씩만을 선정하였고, 해외한국학 씨앗형사업을 10과제씩만 선정하여 지난 10년 동안 공들여 쌓아온 탑이 무너진 느낌이다. 사업의 규모가 점차 줄어드는 구조이며, 금년도 사업의 경우 사업의 규모도 줄고 예산 책정도 너무 균형감을 상실하였다.

사업명	세부사업명	총예산	금년예산
글로벌 한국학사업	한국학세계화랩	36억	6억25
	해외한국학 중핵대학 육성사업	42억	3억2
	해외한국학 씨앗형사업	15억	6억
	한국고전100선 영문번역사업	5억	2억9
한국학 인프라구축	한국학 기초자료 사업	34억	2억
	한국학 사전 편찬	29억	
	구술자료 아카이브 구축	9억	
한국학 대중화	한국학 총서	17억	
인문사회기초연구	한국학분야 토대연구	77억	11억06
합계		264억	31억59

교육부의 한국학진흥사업이 외교의 한국학진흥사업이나 문광부의 한국학진흥사업과 어떻게 다르고 교육부의 해외한국학진흥사업이 어떻게 해야 성과를 낼 수 있는가를 심각하게 고민할 필요가 있다. 특히 해외 한국학 중핵대학 육성사업 예산이 2011년 11억 9,900만원, 2012년 7억 5,000만원, 2013년 6억 5,400만원, 2014년 7억 400만원, 2015년 12억 5,400만원, 2016년 16억 원, 2017년 3억 6,000만원, 2018년 3억 2,800만원으로 급격히 줄어들고 있다.

예산이 대폭 삭감된 해외 한국학 중핵대학사업은 세계 싱크탱크들이 한국을 이해하고 한국인들에게 우호적인 분위기를 조성하기 위한 사업으로 점진적인 확장을 통해 세계 유수대학들을 거점대학으로 선정하려는 의도가 깔려 있다. 해외 한국학 씨앗형사업은 해당 지역에서의 한국학을 선도하고 지속적으로 발전시켜나가기 위한 정책적 의도가 숨겨져 있었다. 그런데 한국학 초보지역에 집중 지원하면서 선정과제의 성격이 교육부의 해외한국학진흥사업의 성격과 상당히 이질적인 경향을 보이고, 외교부에의 한국학진흥사업과 흡사하다. 이로 말미암아 한국학이 어느 정도 자리를 잡은 중국 대학의 해외 한국학진흥사업의 선정이 현저하게 떨어지고 있다.

선정년도 / 선정수	'06	'07	'08	'09	'10	'11	'12	'13	'14	'15	'16	'17	'18	누계
해외한국학 중핵대학사업	4	2	4	4	4	6	4	4	4	8	9	2	2	57
동사업 중국선정			2	2			1	2	1	1			1	10
해외한국학 씨앗형사업				8	18	7	16	10	9	17	10	10	11	116
동사업 중국선정					2	2	1	1	1	1	2	2		12

해외한국학 중핵대학사업의 경우 2015년은 8개 과제를 선정하여 총 26과제, 2016년은 9개 과제를 선정하여 총 29과제로 대폭 늘어났다가, 2017년은 2개 과제를 선정하여 총 27과제, 2018년은 2개 과제를 선정하여 총 25과제, 2019년 2개 과제를 선정한다면 총 23개 과제로 대폭 줄어들거나 줄어들 예정이다. 과제수가 줄면 예산 역시 줄어들게 되어 있다. 2015년과 2016년의 예산이 대폭 늘어난 것은 2014년까지 한국학진흥사업단에서 노력한 결과이고, 2017년 이후 예산이 대폭 줄어든 것은 전 정부의 국정농단과 사업단장의 오판의 결과이다. 해외한국학 씨앗형사업 역시 크게 다를 바 없다.

2008년 이후 한국학진흥사업단에서는 국회와 기획재정부 그리고 교육부를 상대로 예산 증액 요청을 해왔고 그 과정에서 예산의 증액이 점진적으로 이루어졌다. 국회와 기획재정부에서는 외교부와 문화체육관광부 그리고 교육부의 한국학진흥사업이 어떻게 다른가가 쟁점이 되어왔고, 국회에서도 늘 문제를 삼아왔다. 외교부에서는 한국국제교류재단과 한국국제협력단의 한국학 강의지원 사업 및 개발도상국 교육지원 사업을 시행하고 있는데, KF통계센터 자료에 의하면 한국학 강좌운영 해외대학이 총 105개국 1,349개처로 나와 있다. 외교부의 한국학진흥사업이 개척 사업임에도 일본 371개, 중국 271개, 미국 129개, 대만 36개, 러시아 36개, 영국 27개, 인도 19개, 프랑스 19개, 독일 16개 등과 같이 선진국에도 많은 한국학 강좌를 지원하고 있다.[1] KOICA에서도 다양한 한국학 교육 사업을 추진하고 있다.[2] 문화체육관광부에서는 세종학당을 지원하여 한국어 교육과 한국문화 교육 사업을 시행하고 있는데, 세종학당은 세계 곳곳에 54개국 171개소를 운영하고 있다. 아시아에 17개국 96학당, 유럽 18개국 42학당, 아프리카 6개국 6학당, 오세아니아 2개국 4학당, 아메리카 11개국 22학당을 운영하고 있다. 대만(2), 독일(3), 러시아(9), 미국(8), 벨기에(1), 스페인(3), 영국(3), 인도(3), 일본(17), 중국(26), 캐나다(2), 프랑스(3), 호주(3) 등 선진국에도 많은 세종학당을 운영하고 있다. 교육부에서 하는 해외 한국학 진흥 사업 등은 모두 한국학 교육에 관한 사업으로 2018년 12월 현재 한국학 세계화 랩 사업은 누적 23개 사업단, 해외한국학 중핵대학 육성사업은 누적 57개 사업단, 해외한국학 씨앗형사업은 누적 116개 사업단을 운영하고 있다.

외교부와 문화체육관광부 그리고 교육부의 한국학진흥사업이 분리되어 운용하고 있으나 중복되는 부분도 있는 교육 사업으로 부서 이기주의와 생존전략에 의해 분리 운영되고 있다. 외교부에서 하고 있는 한국학 강좌 지원 사업과 KOICA은 교육사업으로 교육부에서 하는 사업과 조정이 필요하고, 세종학당에서 하고 있는 한국어 교육과 한국문화 교육 역시 수준과 대상의 차이는 있을지언정 세계 각국의 한국학과에서 하고 있는 한국학 교육의 범주에서 크게 벗어나지 않는다. 이어령 장관 시절 일거리가 없는 문화체육관광부에 교육부의 국립국어연구원을 이전하면서 발생한 일이다. 이처럼 교육부와 외교부 그리고 문화체육관광부 사업은 중복되거나 유사한 사업이 많다. 이들을 묶어서 총리실 산하에 독립된 기구를 만들려고 했던 의도도 그 때문이다.[3] 대부분의 사업이 교육 사업이기에

1 2018년 12월 현재 한국국제교류재단 홈페이지 참조.

2 2018년 12월 현재 KOICA 홈페이지 KOICA사업 교육 부문 참조.

3 한때 총리실 산하에 한국학진흥원 혹은 한국학진흥사업단을 두어 외교부 교육부 문화

한국학진흥사업을 어느 부서에서 맡는 것이 올바른가는 아주 분명하다. 예산이 편성되기 전에 한국학진흥사업단에서 국회와 기획재정부 그리고 교육부를 상대로 외교부와 교육부 그리고 문화체육관광부의 한국학진흥사업이 어떻게 다른지 그리고 같은 것들을 어디에서 맡아서 운영하는 것이 올바른지에 대해 충분히 납득하도록 설명해서 예산 증액 혹은 복원이 이루어져야 할 것이다.

교육부나 한국학진흥사업단에서 기존의 정책적 방향을 복원하지 않는 한 향후 한국학 사업에 선정되지 못한 중국 중서부 지역, 서북부 지역, 운남 사천 중경 지역, 절강 안휘 강서 복건 지역 등에서[4] 해외한국학 씨앗형사업에 선정될 가능성이 점차 줄어들고, 한국학 교육과 연구 인프라가 잘 갖추어진 중국의 대학에서 해외한국학중핵대학사업에 선정될 가능성이 희박해지고 있다.

특히 한국학중앙연구원에서 한국학진흥사업단을 해체하여 해외한국학진흥사업을 국제교류센터에 맡기고 나머지는 한국연구재단으로 이전시키려 하고 있다. 당초 교육부에서 한국학진흥사업을 설계하면서 한국학중앙연구원에서 수행하고 있는 연구와 중복되지 않도록 해외 한국학 진흥사업에 초점을 맞추었다. 그런데 한국학진흥사업을 한국학중앙연구원에 위탁하면서 국내 사업 위주로 사업비를 집행하여 당초의 취지에서 어긋난 결과를 가져왔다. 그럼에도 기본에 충실하면 사업에 선정될 가능성이 크다. 따라서 중국지역에서 해외 한국학 진흥사업에 선정될 수 있는 방안을 중심으로 현재의 한국학진흥사업의 특성과 위기를 극복할 수 있는 방안을 제안해보려고 한다.

체육관광부의 한국학진흥사업을 묶어서 관리하는 안에 연구 검토되었으나 부처 이기주의와 퇴직 후의 일자리 문제로 난항을 거듭하다가 유야무야된 바 있다.

4 송현호, 『한중 인문교류와 한국학연구 동향』, 태학사, 2018, 32면.

2. 해외씨앗형사업과 한국학 교육 인프라 구축

해외 한국학 씨앗형사업에 선정된 국가는 남아프리카, 독일, 대만, 덴마크, 독일, 라오스, 라트비아, 러시아, 루마니아, 마케도니아, 말레이시아, 몽골, 미국, 미얀마, 베트남, 벨기에, 불가리아, 스리랑카, 스페인, 슬로바키아, 슬로베니아, 아르헨티나, 영국, 우즈베키스탄, 이스라엘, 이집트, 이탈리아, 인도, 인도네시아, 일본, 중국, 중앙아시아, 체코, 칠레, 카자흐스탄, 캄보디아, 캐나다, 케냐, 코스타리카, 탄자니아, 태국, 터키, 크로아티아, 파라과이, 페루, 폴란드, 프랑스, 피지, 핀란드, 필리핀, 헝가리, 호주 등이다. 2018년 12월 현재, 116개 과제 가운데 중국이 12개 과제, 미국이 6개 과제, 필리핀이 5개 과제, 스페인이 4개 과제, 한국이 4개 과제(폴란드, 캄보디아, 중앙아시아, 중국사회과학원), 베트남이 4개 과제, 인도가 4개 과제이고, 터키가 4개 과제 등을 수행하고 있거나 수행한 바 있다.

선정된 과제를 살펴보면 그 질적 차이가 천차만별이다. 한국학 교육 인프라가 전혀 갖추어지지 않은 대학에서부터, 한국학 연구와 교육 인프라가 잘 갖추어진 대학에 이르기까지 그 범위가 아주 넓다. 중앙아시아, 폴란드, 캄보디아의 경우 교육 인프라가 전혀 갖추어지지 않은 지역의 한국학 진흥을 위해 국내 연구자가 사업을 신청하여 선정되었다. 프랑스 낭트대학은 한국학 관련 교육이나 연구 인프라가 거의 갖추어지지 않은 열악한 여건에 놓여 있어서 한국학연구소와 한국학 관련 강의를 개설하여 프랑스의 서부 지역에서 한국을 배우고자 하는 학생들과 주민들에게 한국어 및 한국 문화에 대한 정보를 제공하고, 프랑스에서 한국학 연구를 통합하는 네트워크를 만들겠다는 계획을 세웠다. 출라롱콘대학교(태국), 말라야 대학교(말레이시아), 인도네시아 국립대학교(인도네시아), 국립인문사회과학대학교(베트남), 필리핀대학교(필리핀), 프놈펜 왕립대학교(캄보디아), 라오스국립대학교(라오스) 등은 한국학과들 간의 한국학 교육 발전을 위한 전략적 네트워크 구축, 한국학 교재 및 교육프로그램 개발 등을 ㅌ오해 향후 이들 대학들의 한국학 교육 인프라 구축에 초점이 맞추어져 있었다.

그런데 금년도에 선정된 대학의 특징은 중국, 미국, 일본, 프랑스 등이 제외되고 다양한 국가에서 과제들이 선정되었고 사업 내용도 교육부의 한국학 인프라 구축사업과는 거리가 있는 외교부의 코이카사업에 가까운 프로젝트들이 선정되었다. 매년 중국에서 10여개 이상의 과제를 신청하고 있는데, 금년도에 한 개의 과제도 선정되지 못하였다.

해외 한국학 씨앗형사업이 시작되면서 지금까지 매년 1개 이상의 과제가 선정되었으나 금년에는 한 개 과제도 선정되지 못하였다. 2010년 이후 현재까지 중국에서 선정된 해외 한국학 씨앗형사업은 다음과 같다.

유충식 上海外國語大學 (2010.12.27~2012.12.26.)

김경일 北京大學 (2010.12.27~2012.12.26.)

김용 大連外國語大學 (2011.12.1~2013.11.30.)

황현옥 復旦大學 (2011.12.1~2014.11.30.)

왕방 濰坊學院 (2012.7.1~2015.6.30.)

김홍대 河南理工大學 (2013.7.1~2016.6.30.)

왕평 華東師范大學 (2014.07.01~2017.06.30.)

고홍희 山東大學 (2015.7.1~2018.6.30.)

지수용 華中師範大學 (2016.6.1~2019.5.31.)

許世立 吉林大学珠海学院 (2016.6.1~2019.5.31.)

yaoweiwei 河北大學 (2017.6.9~2020.6.8.)

왕가 濰坊學院 (2017.6.9~2020.6.8.)

이번 선정과제는 한-칠 외교 관계: 정치, 경제 및 문화 커뮤니케이션(칠레), 코벤트리 대학교 내 한국학 부서 설치 및 영국 내 한국학 위상 강화를 위한 프로젝트(영국), 루마니아 바베쉬-보여이대학의 차세대 한국학자 양성 및 기반구축(루마니아), 라트비아 대학교 내 한국학 독립모듈 및 대학원 과정 발전 가능성에 대한 연구(라트비아), 다르에살렘대학교 한국연구센터 설립 및 한국학 기반 조성 (탄자니아), 프랑크푸르트 한국학의 글로칼화를 통한 한국학 교육역량 강화(독일), 한국학 센터 설립(루마니아), 브라티슬라바에 있는 코메니우스 대학교 한국학과의 발전-제2단계(슬로바키아), 유라시아 중앙 지역의 한국학 허브 구축을 위한 토대 마련(터키), 크로아티아 스플릿대학교 한국학센터 설립과 한국학 전문가 육성방안(크로아티아), 카자흐스탄 아스타나 내 한국학 보급 사업(카자흐스탄) 등이다.

만약 현행체제가 유지된다면 해외 한국학 씨앗형사업은 한국학 초보단계 지역에 한국학을 도입하기보다는 한 단계 발전시킬 수 있는 내용의 교육적 환경 구축과 관련된 일체의 프로그램에 초점을 맞추어가야 할 것이다. 해외 한국학 씨앗형사업은 한국학 연구와 교육의 역량을 갖춘 세계의 한국학 연구자들에게 연구비를 지원하고 있지만, 이를 준비하기 위하여 많은 한국학 연구자들에게 연구와 교육의 인프라를 체계적으로 갖출 수 있도록 하는 효과를 가져왔다. 이 사업의 파급효과를 고려한다면 세계 각국에 한 개 이상의 사업, 중요 국가에는 10개 이내의 사업을 지원할 필요가 있으며, 이를 위해 꾸준히 예산을 확충해 나갈 필요가 있다.

한국학을 한 단계 발전시킬 수 있는 대학에 지원해야 하는 이유는 한국학 초보단계 지역에 한국학을 지원하는 사업이 외교부나 문광부에서 이루어지고 있어서 중복을 피하려는 점과 해당 대학에서 한국학 교육과 관련된 사업을 지속적으로 발전시켜야 하기 때문이다. 그런데 최근에는 한국학 초보지역의 지원에 치중하면서 선정과제의 성격이 교육부의 한국학진흥사업의 성격과 상당히 이질적인 것으로 변모되고 있다. 이로 말미암아 중국 대학의 해외 한국학진흥사업 선정이 현저하게 떨어지고 있다.

씨앗형사업 목적에 맞는 한국학 분야 육성에 기여할 수 있는 과제를 우선적으로 고려(연구중심 및 행사위주의 과제는 지양)하며, 한국학 강의를 1개 이상 개설해야 한다. 학생들이 참여 가능한 한국학 워크숍 연 1회 이상 개최, 연간 신청금액 5천만 원~1억 원 이내는 장학생 2인 이상, 연간 신청금액 5천만 원 이내는 장학생 1인 이상 반드시 지원해야 한다. 지원 대상은 사업팀의 사업 책임자가 해외 현지 정규대학 또는 연구소 소속의 교수 및 연구원이어야 하며, 매칭펀드 10% 이상인 대학은 최종 점수에서 가산점 2점을 한국학진흥사업단에서 일괄 확인 후 부여한다. 심사 항목과 내용 그리고 배점은 다음과 같다.

심사항목	심사내용		배점
선도 가능성	ㅇ주관기관이 현지에서 한국학을 선도할 정도의 역량과 명망이 있는가? ㅇ사업책임자와 현지 연구자간의 네트워크가 잘 구축되어 있는가?		25
추진역량	사업 참여자 역량	ㅇ사업참여자의 연구 성과와 연구능력이 이 사업을 하기에 충분한가?	15
	기관 지원역량	ㅇ주관기관의 지원 계획이 구체적인가? ㅇ주관기관이 사업비 중앙 관리가 가능한가? ※ 사업비 관리부서 유무 및 사업비 집행절차 고려	10
사업계획	ㅇ사업책임자는 과제의 목표를 정확하게 설정하고 있는가? ㅇ한국학 초보 지역에 한국학을 보급하기에 적절한 주제인가? ㅇ현지 상황을 적절히 반영한 합리적인 계획인가? ㅇ사업팀 조직체계는 잘 이루어져 있는가? ㅇ사업비 집행 계획은 적절한가?		30
기대효과	ㅇ한국학에 기여할 수 있는 성과를 이룰 수 있는가? ㅇ사업성과의 활용 계획이 구체적인가?		20
총 점			100

3. 해외 한국학 중핵대학 육성사업과 한국학 선도대학 육성

해외 한국학 중핵대학 육성사업에 선정된 대학은 총 57개 대학으로 2006년부터 2018년까지 해외 한국학 중핵대학 육성사업에 선정된 국가와 과제수를 보면 미국 19 과제, 중국 10개 과제, 일본 4개 과제, 독일 3개 과제, 호주 3개 과제, 러시아 3개 과제, 대만 2개 과제, 영국 2개 과제, 프랑스 2개 과제, 체코 2개 과제, 뉴질랜드 2개 과제, 캐나다 2개 과제, 네덜란드 1개 과제, 오스트리아 1개 과제, 불가리아 1개 과제, 카자흐스탄 1개 과제, 인도 1개 과제 등의 순이다.[5]

한국학진흥사업단에서는 해외 한국학 중핵대학 사업을 2006년 4개 과제, 2007년 2개 과제, 2008년 4개 과제, 2009년 4개 과제, 2010년 4개 과제를 선정하다가 2011년 대폭적인 예산 증액이 이루어져 6개 대학을 선정하였다. 2012년부터는 금액을 증액하여 4개 대학, 2013년 4개 과제, 2014년 4개 과제, 2015년 8개 과제, 2016년 9개 과제를 지원하였다. 2016년에는 중핵대학 육성사업 신규예산이 13억 3,900만원으로 총 7개 과제를 뽑을 예정이었는데 러시아와 인도가 1억 수준으로 연구비를 지원받아서 과제를 더 뽑을 수 있었다. 최종 심사에서 토론토 대학에 선정되었으나 협약체결이 안 되어 결국 미시간대학교가 추가 선정되었다. 2016년 예산 편성 시 국정 농단사태가 벌어져 신규 중핵대학 육성사업 선정 예산이 4억원으로 대폭 삭감되어 2017년 2개 과제를 선정하고, 2018년 2개 과제를 선정하였다.

해외 한국학 육성사업의 지원 대상은 한국학 전공에 석박사과정이 신설되어 있고, 한국학 풀타임 교수가 상당수 있는 대학으로 한국학 연구와 교육 인프라가 구축되어 있고, 상당 수준의 학문적 능력을 확보하고 있으며, 한국학에 대한 대학 본부 측의 지원 의지와 육성 의지가 있는 기관이다.

---

5 한국학진흥사업의 선정대학은 해마다 새롭게 선정된 대학, 종료된 대학, 탈락된 대학 등을 반영하여 작성하지 않을 수 없다. 필자는 여러 차례 이에 대해 연구해왔지만 연구시점에 따른 변화양상을 반영하지 않을 수 없어서 다시 새로운 자료를 제시한다(송현호, 『한중 인문교류와 한국학연구 동향』, 태학사, 2018, 2018년 12월 현재 한국학진흥사업단 해외 한국학 중핵대학 육성사업 지원과제목록 참조).

해외 한국학 중핵대학 육성사업이 시작되면서 현재까지 중국에서는 4개 과제 이상을 유지해왔는데, 금년에는 3개 과제로 줄어들었다. 지금까지 중국에서 선정된 해외 한국학 중핵대학 육성사업은 다음과 같다.

中央民族大學 金春善 (2008.12.16~2013.12.15.)

南京大學 윤해연 (2008.12.2~2013.12.1.)

延邊大學 김강일 (2009.5.8~2014.5.7.)

中國海洋大學 이해영 (2009.5.11~2014.5.10.)

山東大學 牛林杰 (2012.10.1~2013.9.30.)

南京大學 윤해연 (2013.11.1~2018.10.31.)

中央民族大學 金春善 (2013.11.1~2018.10.31.)

中國海洋大學 이해영 (2014.9.1~2019.8.31.)

延邊大學 박찬규 (2015.9.1~2020.8.31.)

遼寧大學 장동명 (2018.9.1~2023.8.31.)

해외 한국학 중핵대학 육성사업에 선정된 대학들을 보면 모두가 그 나라와 그 지역의 거점대학들이다. 해외 한국학 중핵대학사업은 세계 싱크탱크들이 한국을 이해하고 한국인들에게 우호적인 분위기를 조성하기 위한 사업으로 점진적인 확장을 통해 세계 유수대학들을 거점대학으로 선정하려는 의도가 깔려 있다. 중국에서 해외 한국학 중핵대학 육성사업을 신청하기에 화남 지역, 화중 지역, 중서부 지역, 서북부 지역, 운남 사천 중경 지역, 절강 안휘 강서 복건 지역 등에 좋은 기회가 찾아왔음에도 여건이 악화되면서 한치 앞을 내다볼 수 없는 지경이 되었다.

부문	평가 항목		평가 내용
사업기반 평가 (50)	한국학 선도 가능성(25)		ㅇ신청대학의 위상(전공 영역, 역사 등)
			ㅇ신청대학 한국학 수준에 대한 대외적 신인도
			ㅇ기존의 네트워크 구성 정도
	추진 역량 (25)	자격기준 (15)	ㅇ한국학연구소, 한국학 관련 기존 업적
			ㅇ한국학교원수, 한국학프로그램(학과)존재 여부
			ㅇ사업단장, 부단장의 연구능력 및 사업수행 의지 (한국어 독해 능력, 대학 내 영향력/과제 관리 역량 등)
		학교의 지원의지 (10)	ㅇ학교 측의 한국학에 대한 지원 의지 (자금, 공간, 인력 제공, 간접비 비율 등)
			ㅇ사업비 중앙관리 여부
사업내용 평가 (50)	사업 계획(30)		ㅇ사업 목표 및 전체 사업 기획의 적절성
			ㅇ세부 사업 내용의 적절성
			ㅇ사업비 집행 계획의 적절성
	기대 효과 (20)		ㅇ제시된 성과의 적절성
			ㅇ성과 달성 가능성
			ㅇ성과 활용방안의 적절성
★**[가점]**매칭펀드 구성(3) (신규 신청 대학에 한함)			ㅇ매칭펀드 구성 비율 ① 20% 이상: **3점** 가점 ② 10% 이상 20% 미만: **2점** 가점 ③ 5% 이상 10% 미만: **1점** 가점
총점(100~103)			

4. 결론

교육부나 한국학진흥사업단에서 기존의 정책적 방향을 복원하지 않는 한 향후 중국에서 해외한국학 씨앗형사업에 선정될 가능성은 점차 줄어들고, 한국학 교육과 연구 인프라가 잘 갖추어진 중국의 대학에서 해외한국학중핵대학사업에 선정될 가능성도 희박해지고 있다. 특히 한국학진흥원에서 한국학진흥사업단을 발전적으로 해체하여 해외한국학진흥사업을 국제센터에서 맡고 나머지는 한국연구재단으로 이전시킬 계획이라는 이야기를 들었다. 당초 교육부에서 한국학진흥사업을 설계할 때 한국학중앙연구원이 존재하기 때문에 해외 한국학사업에 초점을 맞추고 사업을 추진하였으나 한국학중앙연구원에 위탁 관리하면서 국내 사업 위주를 사업비를 집행하여 오늘의 사단이 일어났다. 가까운 시일 내에 잘 정리가 될 것으로 생각한다.

세계 각처에서 한국어와 한국학에 대한 관심이 커지면서 많은 대학들에 한국학 관련 학과와 한국연구소들이 개설되었으나 한국학 교육 인프라가 갖추어져 있지 않은 경우가 많다. 이를 개선하기 위해서는 체계적인 교육 인프라를 구축하는 일이 무엇보다 중요하다. 현지에 맞는 교재도 개발하고 체계적인 교육 프로그램도 마련해야 한다. 부실한 교재의 내용을 보완하기 위해 보조 자료 혹은 교육 자료도 개발해야 한다. 한국학 관련 학과 개설의 역사가 짧은 대학에는 연구 능력이 뛰어난 한국학 연구자를 지원하여 한국학 연구 인프라를 구축하는 것이 중요하다.

향후 한국학 교육과 연구 인프라를 더욱 탄탄하게 다진다면 중국 지역에서 많은 사업에 선정될 가능성이 있다. 중국 지역 한국학 교육 플랫폼 구축을 주도하거나 다른 유사 지역의 한국학 진흥을 유도할 수 있다는 거시적 측면의 효과와 중국 지역의 한국학을 질적으로 향상시킬 수 있는 계기를 마련한다는 미시적인 측면에서의 효과를 기대할 수 있다.

2018년 7월 학술대회에서도 밝힌 바와 같이 吉林大学 珠海学院은 학교의 지원 의지가 강하고 한국학 연구와 교육 인프라도 잘 갖추어져 있어서 전략을 잘 세우고 지속적으로 대비한다면 해외한국학 중핵대학 육성사업에 선정될 가능성이 크다. 吉林大學 본교 혹은 기남대학 등과 컨소시움을 구성하는 방안이 가장 좋은 방안으로 보인다. 또한 浙江大學은 한국학 연구 인프라가 잘 갖추어져 있어서 한국학 교육 인프라 구축에 대한 로드맵을 잘 준비한다면 해외 한국학 씨앗형사업에 선정될 가능성이 있다.

따라서 중국지역 한국학의 밝은 미래를 위해 해외 한국학 진흥사업에 오랫동안 관여하면서 얻은 필자 나름대로의 전략을 제시해보려고 하였다.

참고문헌

교육부, 2014년도 한국학진흥사업 시행계획(안), 2014.1.

金善娥, 「홍콩 내 주요 대학의 한국어문화 교육 현황과 사례」, 『이화어문논집』 42, 2017.

김용범・구려나・량빈・장람・김현정, 「중국 대학에서의 한국어문학과 개설 현황 및 발전 방안 연구」, 『한국학연구』 63, 2017.

박병련 외, 「한국학장기발전사업연구보고서」, 한국학중앙연구원, 2007.6.

박애양, 「중국 대학에서의 한국어 번역인재 양성 방안 연구」, 『언어와 문화』 12-4, 2016.

손정일, 「중국동포와 한국어 교육의변천(2005~2015년)과 전망, 『언어와 문화』 12-1, 2016.

송민선, 「한국학 분야의 지식 구조 분석 연구」, 『한국문헌정보학회지』 49-4, 2015.

송민선・고영만, 「국내 한국학 분야의 연구 영역 식별을 위한 거시적 지식구조 분석 연구」, 『정보관리학회지』 32-3, 2015.

송현호, 「중국에서의 한국학 연구 동향」, 『한국문화』 33집, 서울대 한국문화연구소, 2004.6.

송현호, 「중국의 한국학 현황」, 『한중인문학연구』 35집, 2012.4.

송현호, 「중앙민족대학의 한국학 현황과 과제」, 『한중인문학연구』 40집, 2013.8.

송현호, 「延邊大學의 한국학 현황과 과제」, 『한중인문학연구』 41집, 2013.12.

송현호, 「한중 인문 교류의 현황과 과제-교육부의 한국학진흥사업을 중심으로」, 『한중인문학연구』 44집, 2014.9.

송현호, 「중화민국 한국학의 현황과 전망」, 『한국학보』 23집, 2016.5.

송현호, 「한중간 학술교류의 변천과 전망」, 『한중인문학연구』 54집, 2017.3.

송현호, 「中國 華南地域 韓國學의 現況과 展望」, 『제8회 범주강삼각주 한국어교육 국제학술회의논문집』, 2017.6.

송현호, 『한중 인문교류와 한국학연구 동향』, 태학사, 2018.1.

야오웨이웨이, 「하북성 한국어 교육 현황 및 향후 발전 방향」, 『국학연구론총』 17, 2016.
이선이, 「한중 문학 연구 교류의 현황과 과제」, 『한중인문학연구』 44, 2014.
전재강・박은희, 「세계 속 인도네시아 한국학의 현황과 발전 방향」, 『국학연구』 26, 2015.
주영하 외, 「한국학진흥마스터플랜정책과제」, 한국학중앙연구원, 2007.10.
최우길, 「중국대학에서의 한국어교육의 실제와 문제-산동성 S대학과 강소성 C대학 한국어학과에서의 경험을 중심으로」, 『동아인문학』 34, 2016.
沈定昌, 「중국에서의 한국학연구 실황 및 전망」, 『21세기 중국의 정치와 경제현황 및 전망』, 아주대학교 국제대학원, 2001.10.25.
한국국제교류재단, 『해외 한국학 백서』, 국제교류재단, 2007.
한국학중앙연구원 한국학진흥사업단 홈페이지 2018년도 해외 한국학진흥사업 참조.
허세립・이인순, 「중국대학에서의 한국어교육-4년제 대학의 한국어교육을 중심으로」, 『새국어교육』 97, 2013.
허세립・이인순, 「중국대학의 한국어교육 현황과 전망」, 『한중인문학연구』 38, 2013.
허세립・이인순, 「범주강삼각주지역의 한국어교육 현황과 과제-4년제 대학의 한국어교육을 중심으로」, 『한중인문학연구』 44, 2014.

조용기 학원장님과의 만남

선생님을 처음 뵌 것은 고등학교 1학년 때이다. 당시 집안 사정으로 다른 학생들이 신입생 기분을 접을 때쯤 나는 농사일을 돕는다는 조건으로 홀로 옥과종합고등학교에 입학하였다. 다른 학생들은 학교생활에 어느 정도 적응하고 있었으나, 나는 모든 것이 낯설기만 하였다. 그때 교장 선생님의 훈시를 들었다. 카랑카랑한 목소리로 밀알을 제재로 교육철학을 설파하시던 모습이 아직도 눈에 선하다. 그런데 그로부터 35년이라는 세월이 흘렀다. 세월이 유수와 같다는 말은 정말 실감하고도 남음이 있다. 그 35년이라는 세월 동안 나는 두 차례의 기회를 제외하고는 늘 선생님과 떨어져 지냈다.

첫 번째 기회는 대학 3학년 때의 일이다. 선생님께서 제10대 국회의원 선거에 출마하신다는 연락을 주셔서 옥과로 내려가 사택에 잠시 머물게 되었다. 정읍에 사신다는 이동현 선생님이 참모 역할을 하셨고 동문들도 여러 분이 계셨다. 모두 전의를 다지고 있었다. 무엇이 그들을 그렇게 만들었는지는 잘 모른다. 분명한 것은 학교를 살리기 위해서 선생님의 출마가 불가피하다는 정도였다.

많은 분들이 의논한 끝에 내린 결론은 기초 조사를 먼저 해야 한다는 것이었다. 그래서 김지문 선배와 전승원 후배가 한 조, 나와 안기석 후배가 한 조가 되어 기초 조사에 착수하였다. 우리는 자전거를 타고 자신들이 맡은 지역을 돌아다니면서 이장과 청년회장을 만나고, 아는 사람들도 일부러 만났다. 그들과의 대화를 통해 그 지역의 성향과 여론을 청취하였다. 유권자들을 만나는 일이 끝나면 사택으로 돌아와서 그간의 경과를 보고하고 새로운 구상을 하였다.

그 와중에서도 선생님은 많은 사람들 앞에서 자신의 젊은 날의 꿈과 체험담을 즐겨 들려주셨다. 선배님들은 자신들과 관련이 있는 이야기가 나올 때마다 한 마디씩 거들기도 하였다. 선생님의 입담은 그때나 지금이나 변한 게 없는 것 같다. 우리는 입담에 홀려 시간 가는 줄을 모르곤 하였다. 결과는 아쉬운 석패로 끝났지만, 선생님과 함께 지낸 시간들은 결코 잊을 수가 없다.

두 번째 기회는 대학 4학년 때의 일이다. 교생실습을 다른 학교로 가기로 했으나, 선배들의 권유로 모교로 간 것이다. 통상 한 달간 하는 실습이지만 기한이 끝날 즈음 선생님께서 좀 더 있어 달라고 하셔서 3개월을 모교에서 국어를 가르치면서 지냈다. 지금 모교의 교사로 있는 정순옥 선생과 내 친구인 최성호를 당시 내가 가르쳤다. 나의 교사 경력은 이것이 전부다. 그런데 그때 나는 교사로서의 자질을 충분히 키웠던 것 같다. 대학원에 진학하여 같은 해 여름 서울대학교 위탁 방송통신대 학생들을 가르쳤는데, 전혀 문제가 되지 않았다. 서울대학교 강사를 할 때나 아주대학교 교수를 할 때도 언제나 그때의 경험이 큰 힘이 되었다.

두 차례의 기회를 제외하고는 선생님과 가까운 거리에서 살아본 적이 없다. 그럼에도 불구하고 선생님을 아주 가까이서 모시고 지낸 것 같은 친근감이 드는 것은 왜 일까? 아마 선생님과 동업자 의식을 지닌 때문은 아닐까? 선생님은 교육행정가라고 할 수 있다. 평교사로 있었던 것은 광주숭일고등학교 재직 시의 경력이 전부이고 대부분은 교장, 이사장, 학장, 학원장으로 계셨다. 그럼에도 학교에 사택을 지어놓고 일생을 학생들과 함께 생활하시면서 교육의 현장을 떠나지 않으셨다. 이 점이 선생님께서 살아있는 교육을 하는 데 주요한 자산이 되었을 것이다.

아주대학교에 처음 부임했을 때 나는 교수 사택에 살았다. 당시 우리

숙소 바로 옆에 축구부 숙소가 있었다. 감독과 코치는 모두 국가대표 선수 및 감독의 경력이 있는 분들이었지만, 선수들과 함께 생활하였다. 당시 아주대학교 축구선수들의 실력은 연세대나 고려대와 비교할만한 수준이 아니었다. 그럼에도 우리는 춘계대학축구연맹전이나 추계대학축구연맹전 혹은 전국체전을 휩쓸었다. 그리고 그 선수들은 하나둘 국가대표로 발탁되었고, 프로팀에 진출해서 이름을 날리다가 은퇴하여 프로팀의 코치나 대학의 축구 지도자 생활을 하고 있다.

그들의 성장과장을 지켜보면서 선생의 역할이 얼마나 중요한가를 절감한 바 있다. 현실과 동떨어진 교육은 탁상공론에 불과하고 죽은 교육이나 다를 바 없다. 살아 있는 교육을 하면서 교육사업에 전념하신 것이 아마 오늘의 선생님을 있게 한 원동력이 되었을 것이라고 확신한다.

나 역시 농민의 아들로 태어났고, 다가 올 미래의 주역들을 가르치는 일에 전념하면서 벌써 27년째 선생 노릇을 하고 있다. 학생 시절까지 포함시킨다면 40여 년을 학교에서 살고 있는 셈인데, 이렇게 살고 있는 것이 어쩌면 축복 받은 삶인지도 모른다. 선생님이야 70여 년을 학교에서 생활하셨을 터이니 더 말할 필요가 있겠는가?

선생님께 친근감이 드는 것은 가족 간의 유대감도 어느 정도 작용했을 것이다. 우리 모친은 사모님과 상당히 가까이 지내셨고, 우리 부친은 선생님과 동갑이시다. 나는 둘째 아들 성수와 옥과고등학교 동기동창이다. 내 동생 휘호는 준범이와 옥산중학교 동기동창이다.

대학에 들어가던 해 나는 성수와 함께 사글세로 방을 얻어 자취를 하였다. 촌놈들이 살림살이를 준비하고 선생님이 일하고 계시던 잡지사에 들렀다가 시계를 입학 선물로 받았다. 생전 처음 차 본 시계였다. 선생님께서 서울에 오시면 청진동에 있는 세종장에서 주무시곤 하였다. 그때 선생님과 나는 가끔 사우나를 같이 갔다. 알몸을 보여줄 수 있다는 것은 무한한 신뢰감의 표시로 보아도 무리가 없을 것이다.

선생님은 열악한 교육환경에서 어렵게 공부하는 제자들에게 좀 더 좋은 여건을 마련해 주기 위하여 한 톨의 밀알이 되셨고, 그동안 정말 살아 있는 교육을 해오셨다. 그러한 체험이 있었기에 한국사학법인연합회 회장, 한국사립중고등학교법인협의회 회장, 한국대학법인협의회 회장을 맡을 수 있었을 것이다. 제자의 한 사람으로서 이 자리를 빌어서 선생님께 진심으로 감사의 말씀을 드린다.

한 톨의 밀알이 된 한국교육계의 살아있는 전설

1. 도입부

1986년 「입지전적 인물 우암 선생님의 실상」, 2005년 「한 톨의 밀알이 되신 조용기 선생님」이라는 글을 쓴 것이 엊그제의 일인 것 같은데, 벌써 가까이는 10년 멀게는 30년이 흘렀다. 시간은 날개 달린 전차와 같다던 앤드류 마벨의 시구가 진정성 있게 느껴지면서, 다시 선생님의 교육철학에 대한 글을 쓰게 되어 감회가 새롭다. 앞으로도 선생님에 대해 글을 다시 쓸 수 있는 기회가 주어질 수 있도록 선생님께서 건강을 현재의 상태 이상으로 유지해주셨으면 한다.

금년 개나리가 만개한 봄날 사모님의 영면 소식을 듣고 허영무 박사와 광주에 갔다. 남부대학교에 차려진 장례식장에 도착하니 선생님께서는 회의 중이니 인사드리고 가라고 해서 조문을 마치고 접견실에서 기다리고 있었다. 회의를 마치고 나오신 선생님께서는 조문객을 접대하는 일로 경황이 없으면서도 멀리서 온 제자들을 별실로 불러 한 시간 넘게 선생님의 교육철학과 교단 체험을 이야기해주시면서 『우암교육사상총람』 집필의 필요성을 강조하셨다. 이날 들은 많은 이야기 중에서 고등학교 교사 시절 국어를 가르치셨다는 이야기는 처음 듣는 이야기였다. 일평생을 자유와 평등 그리고 사랑의 정신에 입각하여 학생들을 가르치면서 체득한 철학은 탁상공론이나 공허한 구호가 아니어서 언제나 설득력이 있었다.

2. 지역인재 육성을 위한 협동교육과 직업교육의 선구자

선생님께서 66년 전 벽지인 옥과면에 학교를 세우신 까닭은 굶주리고 못 배운 시골 청년들의 미래를 고민하여 그들이 일하면서 공부할 수 있는 터전을 마련해주기 위함이었다. 전쟁의 폐허 위에 천막학교를 만들어 유봉주(1기, 1대 회장), 국순동(1기, 2~3대, 7대 회장), 전이동(1기, 4~6대 회장), 심남식(1기, 8대 회장), 서병규(1기, 9~10대 회장, 전대병원), 허기식(1기, 서울동창회장), 정진희(1기, 공무원), 서상만(1기), 박래한(1기), 박중근(1기), 오정식(1기), 조암(2기), 김은규(2기, 서울동창회장), 전승길(2기, 한우리예술단장), 김휘웅(4기, 옥과조합전무), 문성옥(4기, 14대 회장, 면장), 박윤철(4기) 등을 학생으로 받아 그들과 함께 학교의 토대를 마련하셨다.

도농격차가 커진 산업화시대에는 머리는 좋으나 가난하여 학업을 계속할 수 없는 청년들에게 공부할 수 있는 길을 터주셨다. 아주 오랜 세월에 걸쳐 선생님께서는 농촌에서 태어나고 성장한 청년들이 이 사회에 나가서 자신의 능력을 발휘할 수 있도록 인도해주셨다. 제자들이 가장 많이 진출한 분야는 고등학교를 졸업하고 바로 진출할 수 있는 공무원이나 단위조합직원이었다. 다음으로는 학비가 저렴한 교육대학을 선호하여 교육계에 많은 인재들이 진출하였다. 뿐만 아니라 지역 인재를 넘어 국가의 동량이 된 제자들도 많이 배출되었다.

박동기(7기, 공무원), 장병주(7기, 23대 회장, 나주교육장), 김정수(7기, 서울시청), 김주선(7기, 공무원), 심재봉(7기, 공무원), 박래권(10기, 공무원), 박중기(11기, 초교교장), 하도섭(11기), 김주환(11기, 공무원), 신길선(11기, 공무원), 하도섭(11기, 공무원), 김종인(11기, 17~19대 회장, 도의원), 심용섭(12기), 박재룡(12기, 토개공), 임병량(14기, 농협), 김지문(14기, 22대 회장, 회사사장), 허영표(14기, 변호사), 박상철(14기, 20~21대 회장, 옥과조합장), 김종환(15기, 공무원), 하규선(15기, 공무원), 유연두(15기, 공무원), 김용민(15기, 공무원), 조성범(15기, 병원이사장), 박석자(16기, 교사), 서동섭(18기, 한의원), 김용욱(16기, 교사), 나병선(17기, 상주부시장), 조성수(남부대총장), 장지표(17기, 법무부 팀장), 김형덕(17기, 전남도청) 김봉수(17기, 초교교장), 이요상(17기, 공무원), 양종찬(17기), 허동근(17기, 공무원), 권병두(17기, 초교교장), 박평하(17기, 서울시청), 심사차(17기, 초교교장), 조상필(17기, 공무원), 이복영(17기, 공무원), 이규진(17기, 옥과조합전무), 최송휴(17기, 회사임원), 양종찬(17기, 회사임원), 안기석(18기, 요양업), 남상준(18기, 교사), 김성회(18기, 초교교장), 이이석(18기, 초교교장), 정식택(18기, 통신공사), 조성운(18기, 면장), 김승기(18기, 고교교감), 나병영(18기, 변호사), 김덕중(18기, 농협), 정태환(18기, 고교교장), 박형철(18기, 공무원), 정양균(18기, 공무원), 설재웅(18기, 공무원), 김종수(18기, 공무원), 허재홍(18기, 면장), 장형용(18기, 교장), 조성운(18기, 공무원), 김왕중(19기, 광주우체국장), 전승원(19기, 전남대교수), 김현중(19기, 파출소장), 김형중(19기, 북구의회 사무국장), 조광오(20기, 경기도청 과장), 이남수(20기, 남부대교수), 조용희(20기, 교사), 김정숙(20기, 시인), 심재운(20기, 노무사), 박상환(20기, 하나투어회장), 권경섭(20회), 권병근(20기, 공무원), 송희호(21기, 목포지원장), 허영무(21기, 법률사무소), 권병익(21기, 세무사), 김건호(21기, 고흥평생교육관장), 김재신(21기, 과기처), 심은식(21기, 학원장), 이병수(21기, 공무원), 이영균(21기, 공무원), 김성재(22기, 미시시피주립대교수), 선현호(22기, 국정원), 김인표(22기, 공무원), 박문수(22기, 공무원), 윤서호(22기, 출판업), 정환대(23기, 도의원), 김경수(23기, 초교교감), 심판식(24기, 교사), 조명기(24기, 은행지점장), 허남연(25기, 교사), 김용안(25기, 교사), 최경룡(25기, 공무원), 허수준(25기, 교사), 김진철(26기, 전남과학대교수), 박도하(26기, 변호사), 최대영(26기, 세무사), 여운재(27기, 교사), 장용철(28기, 초교교감), 전승준(28기, 공무원), 여민구(28기, 공무원), 정태관(29기, 공무원), 박승현(30기, 교사), 김대중(30기, 공무원), 허민호(30기), 송종선(30기, 변호사), 한상인(31기, 변호사), 서경렬(31기, 교사), 신광선(31기, 교사), 한경동(31기, 공무원), 이순만(31기, 공무원), 허택(31기, 의사), 유효순(31기, 공무원), 전은형(31기, 공무원), 임성아(31기, 공무원), 허기중(31기, 공무원), 이재욱(31기, 공무원), 박희봉(31기, 세무사) 등은 옥산중, 옥과고가 배출한 주요 인재들이다.

자유당 정권 하에서 시골 청년들은 무작정 도시로 갔고, 산업화시대에는 서울로 몰려들었다. 서울로 간 우리의 형제자매들은 공장에서 일을 하거나 식모로 일하는 것이 고작이었다. 그들은 늘 차별당하고 천대받으면서 살다가 어느 날 뒷골목이나 술집으로 흘러들기도 하였다. 가난하고 힘없는 젊은이들에게 따뜻한 보금자리를 마련해주고 그들이 이 사회의 동량이 될 수 있도록 붙잡아둘 수 있는 분이 바로 조용기 선생님이시고, 옥산중 옥과고이다. 시골 변두리의 옥산중과 옥과고는 광주나 서울의 일류 중고등학교에 비견할 곳은 아니지만 농촌 젊은이들이 자신의 꿈을 키우고 자신의 정체성을 찾기에 충분한 곳이었다. 모든 한국인들이 서울과 일류에 대한 환상에 젖어 있을 때 선생님은 오지에서 우리 모두가 더불어 잘 사는 사회를 만들려고 씨를 뿌리고 계셨던 것이다. 특히 인간과 자연이 교감을 할 수 있는 곳이어서 산학협동이 가능한 학습현장이었다.

시골 청소년들은 농부인면서 학생인 경우가 허다하다. 학교에 가서는 공부를 하지만 귀가하면 망태를 매고 들판으로 나가 꼴을 베거나 지게를 지고 논밭으로 나가 일하는 경우가 허다하다. 농촌의 청소년들에게 자연의 섭리를 이해하면서 건강하게 살아갈 수 있는 길을 제공하여 창조적이고 원초적인 인간의 모습을 유지할 수 있도록 해주었다.

이러한 교육철학은 자연스럽게 협동교육, 직업교육으로 연결된다. 선생님은 한국에서 최초인 1973년 12월 야간학급 개설 인가를 받고 1974년

3월 근로 청소년을 위한 특별 학급을 설치하였다. 대부분의 야간학교가 직장을 다니거나 성적이 부진한 학생을 받고 있었다면 학교를 다닐 형편이 못되는 아이들을 위해 곡성군 오산면 연화리에 공장을 세워 낮에는 일하여 돈을 벌고 밤에는 공부를 할 수 있도록 배려한 것이다. 대기업이 사내 학교를 만든 것이 1980년대 말이고 보면 대단히 선견지명이 있고, 선각자적인 혜안을 엿볼 수 있는 학교행정이다. 심성전자의 경우 1989년에 삼성전자 공과대학교를 설립하여 정식인가 이전인 2002년까지 졸업생 412명을 배출하였다. 1970년에 직업교육을 중시한 것은 대단히 주목할 만하다.

3. 인성교육과 동반자적 교육자

선생님은 가난하고 소외되고 아픈 사람들을 배려하고 그들과 더불어 살아가려는 노력을 게을리 하지 않으셨다. 선생님은 권위적인 교육자가 아닌 동반자적인 교육자이며, 학생들에게 친구와 같은 역할을 하셨다. 아울러 지역사회에서도 구성원간의 화해와 상생의 길을 모색하여 구성원들이 평화로운 세상에서 살 수 있게 하려고 노력하셨다. 모두가 평화롭고 행복한 세상을 만들어가려면 선생님처럼 우리 모두가 소외되고 힘없는 주변인들을 보듬고 더불어 살아갈 수 있는 공동체를 만들어가야 한다.

1973년 대학에 입학하기 직전 충장로에 있는 새전남사에 들렀을 때 시계를 입학선물로 주시면서 선생님께서 들려주신 이야기는 아직도 귀에 선하다. 한 톨의 밀알이 썩어야 새 생명이 시작할 수 있고, 내가 씨를 뿌렸으니 너희들은 싹이 잘 자랄 수 있도록 부지런히 김을 매고, 거름을 주고, 물을 주라고 하셨다. 현실과 동떨어진 교육은 탁상공론에 불과하고 죽은 교육이나 다를 바 없다. 그런데 살아 있는 교육을 하면서 교육사업에 전념하신 것이 아마 오늘의 선생님을 있게 한 원동력이 되었을 것이라고 확신한다.

우리 사회의 주변인들이 거주하고 있던 농촌 벽지에 학교를 세운 뜻은 너무도 분명하다. 우리 사회에서 소외된 지역, 약자의 편에 서서 모두가 자유와 평등을 누리면서 평화롭게 살아가는 인간 중심의 세상을 만들기 위함이 아니었겠는가? 다른 사람들로부터 구속을 받고 따돌림을 당하고 차별을 받게 되면 우리는 평화를 느낄 수 없다. 평화는 자유와 평등에 기반을 두고 있다. 인간은 늘 평화를 염원하고 추구한다. 평화를 느낄 때 만족하고 행복해한다. 그것은 우리가 추구하는 이상이며, 유토피아이다. 구속 받고 차별 받고 사랑 받지 못할 때는 평화를 느끼지 못한다. 평화를 느끼지 못할 때 우리는 거기서 벗어나고자 한다.

지금 우리사회는 비인간적이고 비윤리적인 일들이 비일비재하게 넘쳐나고 있다. 동양예의지국이었던 우리나라가 어떻게 해서 이렇게 되었는지 한심하다는 생각이 들 정도이다. 조국의 광복과 근대화를 위해 앞만 보고 매진해온 결과가 이런 것이라면 정말 실망스럽기 짝이 없다. 대기업의 갑질 논란, 공무원들의 비리, 조폭들의 활거, 커가기만 하는 빈부의 격차, 금수저시대의 도래, 자식들의 부모 유기, 부모의 자식 유기, 이웃 간의 살인 上海 사건의 급증, 부모의 자식 학대, 가정 폭력 등 어느 것 하나 우리를 우울하게 하지 않은 것들이 없다.

한국은 상위 10%가 국가 전체 소득의 66%를 차지하는 나라로 상위층이 거주하는 지역이 권력의 중심부로 자리 잡고 있다. 한국 사회는 아주 단기간에 경제성장과 민주화를 이룬 세계에서 유례를 찾아보기 힘든 나라이다. 그러다 보니 도덕적 책임이나 희생정신이 결여되고, 그 결과 성공한 사람들은 자신의 노력으로 모든 것을 이루었다고 생각하고 자신이 누리는 특혜를 아주 당연하게 생각하는 경우가 허다하다. 최근 헌법재판소가 조사한 바에 의하면 응답자의 81.0%가 "'모든 국민은 법 앞에 평등하다'라는 헌법적 권리가 현실에서는 잘 지켜지지 않는다"고 답하였다. 그

원인으로는 '사회지도층의 특권의식'(23.2%)과 '불평등한 사회구조적 문제'(20.8%)를 꼽았다. 사회지도층이 연루된 초대형 부패 스캔들로 몸살을 앓는 요즘 한국 사회의 현실을 적나라하게 보여준다. 이러한 사회적 갈등 해소를 위해서는 '다양한 가치관에 대한 존중과 배려'(35.9%)가 가장 필요한 것으로 조사됐다. 노블레스 오블리주가 일상화된 선진국에서 보면 이런 나라도 있나 싶을 정도이다. 그런데 살기 어렵던 시절에 선생님께서는 솔선수범하여 가난하고 불우한 청소년들을 위해 몸소 희생적인 삶을 선택하셨다.

우리 사회의 약자들은 주변부나 경계 밖으로 몰리면서 그들의 자녀 역시 우리 사회에서 문제아로 전락하는 경우가 적지 않다. 극에 달한 사회 양극화와 인간 생명에 대한 경시는 근본적으로 '인간의 본성과 한계에 대한 보다 겸손한 성찰이 부족한 데서 온 것'이다. 그람시는 '이탈리아 자본주의는 농촌을 산업도시에 예속시키고 중부와 남부 이탈리아를 북부의 지배하에' 두어 '착취의 대상인 식민지로 격하'시켰다고 주장한 바 있다. 1920년대 그람시의 글에 나타난 이탈리아는 지배적 중심부와 종속적 주변부로 나뉘어져 있다. 우리의 경우도 권력과 부를 지닌 층이 1950~60년대에는 도시, 1970~90년대는 서울, 2000년대에는 강남에 기반을 두고 있다. 현재 우리 사회는 특정지역을 권력의 중심부로 하고 기타지역을 주변부로 분류하고 있다.

인성교육의 중요성은 아무리 강조해도 지나침이 없다. 인문학적 토대에서 생성되는 정신적인 교양의 완성과 올바른 가치관의 확립은 후기 산업사회의 반문명적 파괴로부터 인류를 구원할 수 있고, 논리적이고 비판적인 의사소통 능력은 열린 사고를 지닌 창의적 인간으로 성장할 수 있게 해줄 것이다. 인문학의 토대 없이는 디지털의 신화가 가능하지 않았을 것이다.

이제 우리 사회가 평화롭고 행복해지려면 어떻게 해야 하는가를 냉철히 생각해볼 때가 되었다. 교육자들은 인성교육에 관심을 가지고 모든 사람들이 자유와 평등을 누리면서 평화롭게 살아가는 세상을 만들기 위해 노력할 필요가 있다. 평화로운 세상을 만들려면 인성을 지닌 인간이 넘쳐나는 사회가 되어야 한다. 이를 위해 인문학의 가치와 인성교육의 중요성을 인지하고 그 역사적 책임을 다해야 할 것이다.

4. 마무리

요즘 학교 교육의 두 축은 인성교육과 직업교육이다. 교육이 실사구시에서 자유로울 수는 없지만, 인간교육을 도외시하고 직업교육에만 매달린다면 학교는 직업훈련소와 다를 바 없을 것이다. 교육은 인적 자원에 대한 투자이다. 인간교육과 직업교육의 균형적 발전 없이는 정상적인 교육이 이루어지기 어려우며, 미래사회가 요구하는 창조적 지성인을 만들어낼 수 없다. 이러한 인식은 유수 기업체를 대상으로 실시한 설문 조사에서도 나타나고 있다. 조사에 의하면 산업 현장에서 요구되는 자질은 1) 인성 및 품성에 관련된 부분 2) 다양한 기초 능력, 3) 지식에 관련된 전문 능력이다.

선생님은 열악한 환경에서 어렵게 공부하는 제자들에게 좋은 교육여건을 마련해 주기 위하여 한 톨의 밀알이 되셨고, 참인간이 되는 길로 제자들과 지역 사회 구성원들을 인도하는 살아있는 교육을 해오셨다. 하이데거는 세계는 밤으로 기울었고, 그것이 근대의 특징이라고 하였다. 루카치는 신이 살던 시대는 행복했으나 근대는 신이 떠나버리고 신이 살던 시대의 여명만으로 자신의 길을 찾아가는 시대라고 하였다. 그렇지만 이 세상을 자기 혼자 살아갈 수는 없다.

이웃을 사랑하고 그들이 자유와 평등을 기반으로 하여 평화를 누릴 수 있도록 더불어 살아가는 것이 그 무엇보다도 우리시대의 중요한 덕목이라고 할 수 있다. 선생님께서는 그렇게 살아오셨기에 한국사학법인연합회 회장, 한국사립중고등학교법인협의회 회장, 한국대학법인협의회 회장을 맡을 수 있었을 것이다. 이 자리를 빌어서 선생님께 진심으로 감사의 말씀을 드린다.

총장 추대와 추천 과정에서 만난 명사들

1. 총장추대위원회에 만난 사람들

1992년 2월 11일 교수협의회 총회에서 총장선출방식연구를 위한 특별위원회 구성안이 만장일치로 가결되어 4월 총장선출방법개선 특별위원회를 구성하였다. 여기에서 4개의 안을 마련하여 7월 2일부터 20일까지 설문조사를 실시하였다. 총 85명이 설문조사에 응하여 1안) 입후보 후 선출방식 찬성 7명, 2안) 교황식 선출방식 찬성 7명, 3안) 임명동의투표 찬성 4명, 4) 총장추대위원회 선출 찬성 67명으로 나타나 4안)을 새로운 총장 선출 안으로 확정하였다. 9월 22일에서 9월 30일 사이에 총장 선출을 위한 준비 작업을 하고 평의회를 거쳐, 각 분회에 공문을 발송하여 10월 15일에서 10월 30일 사이에 총장추대위원을 선출하였다. 공대분회에서 3인(이상혁, 김철, 홍석교), 경영대분회에서 2인(조병주, 이주희), 인문대분회에서 2인(김설자, 송현호), 사회대분회에서 2인(이화수, 조미경), 자연대분회에서 2인(한보섭, 신희균), 의대분회에서 2인(이성낙, 문창현)의 위원을 선출하여 13인의 교수위원 명단을 10월 30일 재단에 통보하였다. 재단에서는 4인(김입삼, 이석희, 최형섭, 황종익)의 위원을 추천하였다.

11월 13일 16시부터 제1차 총장 추대위원회 교수추대위원 간담회가 교협사무실에서 열렸다. 이 자리에서 총장추대위원회 실무위원회가 구성되었다. 위원장으로는 한보섭 교수가 선임되고 위원에는 이상혁, 조병주, 송현호 교수가 선임되었다. 실무위원들은 타 대학 총장 선출 자료를 수집하고, 교수들의 의견을 수렴하여 11월 16일 12시부터 제2차 총장 추대위원회 교수추대위원 간담회를 개최하여 보고회를 가졌다. 보고회에서 논의된 내용을 보완하여 11월 27일 14시부터 공대학장실에서 실무위원회를 개최하여 발대식 진행, 후보 자격 기준 등에 대해 논의하였다. 12월 1일 13시 30분부터 교협사무실에서 개최된 제3차 총장 추대위원회 교수추대위원 간담회에서 실무위원회 논의 사항 보고 및 총장 후보 자격 기준표 설정 등에 대해 논의하였다. 12월 4일 12시부터 제4차 총장 추대위원회 교수추대위원 간담회를 동보성에서 갖고 교수추대위원측의 총장 후보 자격 기준 등을 확정하였다.

12월 4일 14시부터 제1차 총장추대위원회 발대식 및 전체회의가 대우재단에서 열렸다. 이 자리에서 위원장에 한보섭 위원을, 소위원회 위원에 김철, 황종익, 송현호 위원을 선출하고, 일정 및 규정에 대해 심의하였다. 총장후보추천서는 12월 15일까지 총장추대위원회 위원장에게 제출하기로 하고, 추대위원회의 논의 사항은 비공개로 하기로 하였다. 아울러 바람직한 총장상과 학교 발전에 대해서도 심도 있게 논의하였다.

12월 16일 소위원회 모임이 한보섭 교수연구실에서 열렸다. 여기에서는 주로 제2차 총장추대위원회 전체회의에 상정할 안건들이 논의되었다. 특히 총장후보 자격 가이드라인과 총장후보 결정 방법이 집중적으로 논의되었다.

12월 21일 제2차 총장추대위원회 전체회의에서는 (1) 경영대 추대위원의 교체(조병주 → 용세중), (2) 최형섭 위원의 총장후보 사퇴, (3) 가이드라인 등에 대해 논의한 다음 총장후보 선출에 들어가기로 하였다. 총장후보 결정 방법은 1인 1투표로 하여 김효규, 목영일, 김덕중, 정근모, 김준엽 후보를 2차 심사 대상 후보로 확정하였다. 총장후보자의 소견 발표를 원칙으로 하되, 원하지 않은 사람은 하지 않아도 무방한 것으로 결정하였다. 소견 발표에 참석할 수 있는 사람은 추대위원으로 한정하되, 최종 후보는 14표 이상을 획득해야 하며 3회까지 투표하는 것으로 결정되었다. 여기에서 14표는 재단 비토권을 인정하는 과정에서 당초의 재적 과반수 안이 변경된 것으로 재단 추대위원이 1인만 반대해도 총장후보를 결정할 수 없게 하기 위하여 도입된 안이었다.

12월 28일 제3차 총장 후보 추대위원회 전체회의가 열려 (1) 김덕중, 김준엽, 정근모 후보의 사퇴, (2) 목영일 후보의 소견 발표, (3) 재단의 부총장 신설 제안 등을 처리하였다. 투표 연기 안이 제기되었지만 부결되어 투표에 들어갔다. 1차 투표 결과는 김효규 후보 9표, 목영일 후보 5표로 나타났다. 즉시 2차 투표에 들어갈 예정이었으나 투표를 연기하자는 긴급 제안이 받아들여져 일정이 연기되었다. 추후 일정은 소위원회에서 조율하기로 하였다.

1993년 1월 11일 소위원회가 열려 재단의 입장, 의료계의 사정 등에 대한 이야기를 듣고 의결 조율을 하여 1월 19일에 총장추대위원회 전체회의를 열기로 합의하였다. 특히 대우그룹 김우중 회장의 아주대에 대한 관심 제고와 대우임원들의 아주대에 대한 재인식 등을 위해 김우중 회장과의 면담의 필요성이 제기되었다. 이에 의거 1월 13일 김우중 회장 초청으로 대우 임원들과 추대위원 그리고 보직교수들의 간담회가 열렸다. 이 자리에서 김우중 회장은 아주대에 대한 전폭적인 관심과 지지를 약속하면서 의료원 개원의 불가피성을 역설하였다.

1월 19일 제4차 총장추대위원회 전체회의가 열려 (1) 목영일 후보 사퇴, (2) 의료계의 사정 청취, (3) 1월 13일 간담회에서의 김우중 회장의 간곡한 부탁 재확인, (4) 김우중 회장과 전체교수들과의 간담회의 필요성 등이 제기되어 결선투표를 연기하였다. 투표연기 사태에 대한 책임을 지고 한보섭 위원장이 사퇴 의사를 밝혔으나 받아들여지지 않았다.

2월 3일 제5차 추대위원회 전체회의가 열려, (1) 김효규 총장후보의 소견 발표 기회 부여 여부, (2) 임기 2년 안, (3) 의과대학의 입장 설명 등을 듣고 투표를 연기하여 2월 12일 소견 발표를 듣고 2월 15일 투표하되 결과를 겸허히 수용하기로 결의하였다. 연기 투표는 12대 5로 가결되었다.

2월 10일 소위원회 모임이 있었고, 2월 15일 13시 30분부터 대우 재단 제2세미나실에서 제6차 총장추대원회 전체회의가 열려, 토의 없이 투표에 들어갔다. 투표 결과 찬성 15표, 반대 2표로 김효규 후보가 총장 후보로 추대되었다. 교수협의회 임명동안 투표에서도 무난히 통과되어 김효규 후보는 1993년 3월 1일부로 총장으로 임명되었다.

총장추대위원회는 임명권자의 권한도 존중하고 대학구성원의 의견도 반영하여 최선의 인물을 총장으로 추대하는 데 그 기본 정신이 있었다. 교수 측과 재단 측이 사전에 충분히 논의하고 숙의하여 어느 정도 합의한 상태에서 총장을 선출할 수 있기 때문에, 총장 선출 후에 발생할지도 모를 쌍방의 갈등을 예방할 수 있었다. 대학 상호간의 충분한 의견 수렴과 격의 없는 논의가 가능했기 때문에 총장 선출 후에 교수집단의 분열이나 파당의 우려가 희박하였다. 추대위원 각자나 후보추천 집단이 다수의 후보를 추천할 수 있기 때문에 각 분야에서 참신하고 바람직한 인물을 다양하게 총장 후보로 추천할 수 있었다. 추대의 과정에서 재단 측에 교수의 입장을 분명히 전달할 수 있어서 언로가 트이고, 재단이 대학 발전에 보다 더 능동적으로 나설 수 있는 계기를 마련할 수 있었다.

그러나 추대위원의 참여 범위를 재단, 교수, 직원, 동창회 등으로 확대할 필요가 있었고, 단과 대학별 위원수를 동수로 할 필요가 있었다. 추대위원의 전체 인원수도 재고할 필요가 있었다. 추대위원의 기능이 선출과 물색의 두 기능을 공유하고 있는 것과 물색의 기능이 충분히 발휘되지 못한 점은 문제점으로 제기되었다. 각 추대위원이 독립적으로 활동하지 못하고 단과대학의 의견을 대변하는 역할에 국한된 감이 없지 않았다. 정족수는 재단의 비토권 주장으로 비현실적이 되었다. 특히 최종 후보가 되기 위하여 17표 가운데 14표를 얻어야 한다는 것은 다수결의 원칙에 입각해서 볼 때 무리라고 생각되었다. 추대보다는 비토권 보장에 치중한 감이 없지 않았다. 특히 추대위원회의 내규를 정하지 않은 상태에서 추대위원회가 가동되었기 때문에 짧은 일정 속에서 소위원회 혹은 특별위원회가 그러한 일을 하였고, 또 즉흥적으로 일을 처리하는 경우가 많았다. 여러 가지 문제가 발생할 소지가 있음에도 불구하고 활동 기간이 충분히 확보되지 못하였고, 교수와 재단의 의견이 대립될 때, 그것을 조정할 수 있는 별도의 기구나 제도(혹은 규정)가 없었다.

김효규 총장이 연임하면서 입시관리본부를 신설하고 내게 부위원장을 맡아달라고 하였다. 가정사로 보직을 사퇴했는데, 다시 맡는 것은 맞지 않다고 하여 사양하였다. 안재환 교수가 부위원장을 맡아 나중에 교무처장을 거쳐 총장까지 하게 되었다. 1994년에는 아주대학교 교수협의회 인문대학 분회장을 맡으면서 교수협의회 총무까지 겸하게 되었다. 그런데 공교롭게도 김효규 총장의 사임으로 1994년 다시 총장추천위원회가 가동되어 총장추천위원을 맡게 되었다.

2. 총장추천위원회에서 만난 사람들

1994년 3월 25일 18시 30분부터 힐튼 겐지에서 김준엽 이사장과 교협의장단이 모여 차기 총장 선출을 어떻게 할 것인지에 대해 심도 있게 논의하였다. 이사장은 임명권자의 권한도 존중하고 대학구성원의 의견도 반영하여 최선의 인물을 총장으로 추대하려고 했던 총장추대위원회의 운영상의 문제점을 강도 높게 비판한 재단이사회의 분위기를 전하면서 위원회가 전권을 갖고 총장 후보를 추천하는 것이 좋겠다는 견해를 밝혔다.

이사장과의 면담을 계기로 총장선출특별위원회(임진수, 유병우, 계광열, 오기석, 송현호, 김수근)가 구성되어 4월 14일 제1차 총장선출특별위원회를 교협사무실에서 열었다. 여기에서 위원회의 명칭과 일정을 확정하고 위원장에 임진수 교수를 선출하였다. 5월 1일까지 분회별로 쟁점 사항에 대해 설문 조사를 실시하여 그에 따르기로 하였다.

5월 2일 제2차 총장선출특별위원회가 교협사무실에서 열려 직원, 동창회의 참여 문제에 대한 여론 조사 결과(찬성 42표, 반대 154표, 기권 3표)와 추대위원회 인원수의 여론 조사결과(18인 이내 95표, 10인 이내 100표, 기권 2표)를 발표하였다. 아울러 위원회의 성격이 선출이냐, 물색이냐를 놓고 토론을 벌이다가 논란의 여지가 있기 때문에 추후 다시 논의하기로 하였다.

5월 10일 제3차 총장선출특별위원회를 교협사무실에서 의장을 참석시켜 일정을 확정하였다. 총장 후보 선출안의 작성은 기존의 4개 안 가운데 1안(재단 2인, 교수 6인)과 2안(재단 4인, 교수 12인)을 중심으로 검토하기로 하였다. 안이 압축되면 재단의 황종익 이사와 협의하고 최종안을 교협 대표단이 이사장을 면담하여 확정하기로 하였다.

5월 20일 제4차 총장선출특별위원회가 교협사무실에서 열려 기존의 제1안과 제2안을 토대로 쟁점 부분을 축조심의하였다. 총장 후보는 2~4인으로 결정하고, 추대위원수는 교수 : 재단의 인원수를 12 : 4로 하되, 추후 재단과 협의하기로 하였다. 임명 동의 투표는 재적 교원의 과반수 찬성을 얻어야 하는 것으로 결정하였다. 추대위원 활동 시 외부와 접촉을 차단하는 문제가 논의되었다.

5월 23일 제5차 총장선출특별위원회가 교협사무실에서 열려 결정 사항을 축조심의하였다. 그런데 직원노조와의 단체협약서 건이 문제가 되어 5월 30일 교협 의장단 회의를 열어 재논의하기로 하였다. 교협의장단 회의에서는 그에 대해 조사하기로 하고, 교협 간부회의를 소집하였다.

6월 2일 제6차 총장선출특별위원회 및 교협의장단 회의가 교협사무실에서 열려 노사협상안의 효력 여부, 이사장과의 과거 협의 내용, 수정된 내용 등에 대해 논의하고 이사장에게 보고하기로 결정하였다. 총장 후보

추대위원회 구성에 노사협약서가 영향을 미칠 경우 책임자를 추궁하는 차원에서 부총장 불신임 결의안을 내기로 하고, 수정안이 통과되지 않을 경우 과거의 규칙의 살아 있음을 확인시키기로 하였다.

6월 3일 14시부터 이사장과의 면담이 이사장실에서 열렸다. 이 자리에서 총장 후보 선출 규정(가안)의 취지를 설명하고, 과거 안과 다른 점에 대한 질의와 보충 설명을 하였다. 이사장은 직원들의 참여는 총장이나 부총장이 관여할 문제이고, 재단에서 관여할 사항은 아니며, 교협이 대화를 하여 말썽이 생기지 않도록 해줄 것을 당부하였다. 아울러 형식적으로는 재단에서 총장을 선출 및 임명하는 것으로 하고 내용적으로는 협의하는 절차를 밟는 것이 좋겠다는 의견을 제시하면서 임명권이 재단에 있음을 강조하고 포항공대를 예로 들어 추천위원회에 대해 검토해 볼 것을 요청하였다.

6월 3일 교협 임원 회의가 교협사무실에서 열려 단체협약서가 총장후보 추대위원회 구성에 영향을 미쳤으므로 책임을 추궁하기로 하고, 재단은 교수와 직원의 협의 및 타협을 요구하고 있으나 교협에서는 당분간 직원노조와 직접 협의하지 않기로 결의하였다. 단체 협약서 작성 시 학교측 대표인 부총장이 교수들의 실질적 대변자임에도 교수 측의 정서를 고려하지 않았으며, 중요 사항 결정 시 교협과 상의하기로 하고도 상의를 하지 않았을 뿐만 아니라 사후에도 이 사실을 알려주지 않은 경위를 따지고 책임을 묻기로 하였다. 책임을 묻는 방법은 공개 질의서를 보내 해명케 하고, 책임을 지고 문제를 해결하도록 하며, 마지막으로 책임을 물어 해임결의안을 내는 절차를 밟기로 하였다.

6월 8일 16시 교협 평의회를 교협사무실에서 갖고, 총장선출특별위원회의 활동과 그동안의 경과를 보고하고, 타 대학의 총장선출 시 직원들의 참여 예를 조사하기로 하였다. 아울러 총장과 부총장 앞으로 공개 질의서를 보내기로 하고 문안 작성에 들어갔다.

6월 15일 11시부터 설명회가 개최되어 부총장이 직원을 총장 선출 시 참여시켜준다고 한 단체협약서는 절대로 교협에 영향을 미치지 않을 것이며, 교협은 끝까지 직원 참여를 반대했기 때문에 상의해도 의미가 없고, 교협을 단체 협상에 끌어들이지 않기 위해서 상의하지 않은 것임을 강변하였다. 그러나 많은 이견이 제기되어 6월 20일 부총장이 교협의장 앞으로 총장선출 문제에 대한 질의응답 공문을 보내왔다.

8월 18일 18시부터 힐튼호텔에서 이사장과의 간담회가 개최되었다. 이 자리에서 이사장은 평화적으로 총장을 선출해야 하며, 총장 선출 방안에 대한 자신의 입장을 밝혔다.

1) 차기 총장은 아주대 발전에만 최선을 다할 분이어야 한다. 2) 설립자, 이사회는 법대로 하자는 주장이다. 3) 직원은 동등하게 참여하도록 해 달라는 요구이다. 4) 여론은 직선제를 배격하고 재단에서 하라는 것이다. 5) 재단에 맡기든가, 다음과 같은 조건부 수정안 가운데 하나로 결정해 달라. (1) 명칭을 추천위원회로 해달라. (2) 추천 위원은 전권을 가지고 나와야 한다. (3) 직원 대표를 참여시켜 달라.(전임 의장단과 약속, 단체협약서 고려) (4) 인원수 조정은 교협과 노조와 상의해 달라. (5) 제6조에 60세 미만, 지명도 있는 분, 아주대 발전에만 전념할 분의 사항을 추가해 달라. (6) 제7조의 인원수를 2~4인에서 3~4인으로 해라. (7) 제8조는 체계상 교협의 재단의 상위 기구이고, 직선제 폐단의 우려가 있고, 직원의 참여가 예상되니 삭제해 달라.

이에 대해 격론이 일어나 의견 조율을 하지 못하였다. 교협 임원회의에서 교수들의 의견을 수합하여 9월 9일부로 의견서를 재단에 보냈다. 재단에서는 9월 23일 이사회를 열고 추천위원회에서 전권을 갖되 '교협의 임명동의절차'는 받아드릴 수 없다는 입장을 9월 28일 밝혀왔다. 이에 교협에서는 긴급회의를 소집하여 다음과 같은 입장을 정리하여 10월 21일 재단에 보냈다.

1) 전체 교수회의에서 채택된 임명 동의 절차의 취지는 재단의 임명권은 충분히 존중하되 교수들의 의견이 반영될 수 있는 제도적인 장치를 마련하자는 데에 있다. 더욱이 현재까지 유지되어온 재단-교수간의 신뢰를 감안한다면 이 절차는 재단의 임명에 대한 교수들의 지지를 확인하는 과정이 될 것이라고 생각한다.

2) 군사정권의 정치적 목적이나 재단의 부당한 간섭이 없는 상황에서는 종전과 같은 변칙적인 총장 임명은 불가하다. 근년에 이르러서, 아주대학이 목표로 삼고 있는 T5 내의 대학들 및 경쟁상대로 간주되는 대학들 모두가 여러 가지 방법으로 교수들의 참여를 제도화하여 실시하고 있다. 이러한 점에서 교수들의 참여는 위 부정적인 요인들을 염두에 두었다기보다는 총장의 학교 운영에 대하여 교수들의 지지를 확인하고 또 운영 책임을 공유한다는 적극적인 의미가 더 큰 것이다.

3) 임명 동의절차는 재단과 교수들 간의 상하위 관계를 염두에 둔 형식적인 문제에서 제기된 것이 아니므로, 이러한 각도에서 보는 견해는 문제의 본질과는 거리가 있다고 생각한다. 또 총장 후보자의 득표활동에 의한 부작용을 우려하였으나 후보 선출이 아닌 단수 후보의 임명 동의 과정 중에서는 득표활동이 일어날 소지가 없다고 생각된다.

4) '94 노사 협약과 관련하여 2중의 임명 동의절차에 따른 혼란을 우려하였다. 그러나 부총장도 밝힌 바와 같이 이는 총장 임명에 관하여 아무런 권한이 없는 학교 측과 노조 측의 합의 사항이니만큼 재단 측이 이에 구애를 받을 이유는 없다고 사료된다. 더욱이 노사협약이 문제가 되어 임명 동의제가 불가하게 된다면 본 협약의 취지가 무엇인지에 대한 의문도 금할 수가 없다.

5) 전체 교수들의 표결 결과에 대한 재단측의 해석은 본 교협과는 큰 차이가 있음을 발견하였다. 교협은 민주주의의 기본이라고 생각되는 다수결 원칙에 의거 교수들의 의사를 대변하고 있음을 양지하기 바란다.

재단과 교협의 협상은 더 이상 진전이 없었다. 교협은 11월 28일 투표를 통해 소극적 임명동의안의 지지를 확인하고 2월 3일 교협정기총회에서 임명 동의 투표를 실시하기로 확정하였다. 재단에서는 임명동의 투표를 인정할 수 없다고 했으나 김덕중 후보의 이력서를 교협에 보내왔다. 교협에서는 원천관 240호, 교수협의회 사무실, 병원 2층 회의실 등 세 곳에 투표소를 설치하여 2월 21일부터 22일까지 김덕중 후보의 임명동의 투표를 실시하였다. 투표 결과는 절대 다수의 찬성으로 나타났다.

김준엽 이사장님의 영전에

김준엽 한국사회과학원 이사장님께서 2011년 6월 7일 향년 91세를 일기로 영면하셨습니다. 한국 사회의 대표적인 지성인으로 수많은 사회 활동을 하신 까닭에 그분의 직함은 아주 많지만 이 자리에서 굳이 한국사회과학원 이사장이라 칭한 것은 그분이 가장 애착을 가지고 활동하셨고 마지막까지 지닌 존함이 사회과학원 이사장이기 때문입니다.

이사장님께서 평생 추진하신 사업 가운데 가장 두드러진 것은 중국에서의 한국학 연구를 지원하는 일이었습니다. 두루 아시다시피 이사장님의 중국과의 인연은 1944년부터 시작됩니다. 1944년 1월 일본 게이오대학 동양사학과에 재학 중 학도병 강제 징집되었으나 그해 3월 중국 서주에 주둔 중이었던 일본 스카다 부대를 탈출하여 중국 유격대를 거쳐서 한국광복군 훈련반을 졸업하여 광복군이 되었으며, 중경에 위치한 대한민국 임시정부까지 6,000리의 기나긴 '장정'을 하게 됩니다. 그리고 1945년 4월에는 광복군 제2지대장 이범석 장군의 부관이 되고, 11월에는 광복군 총사령관 이청천 장군의 부관이 되셨습니다. 해방 후에는 중국 국립중앙대학에서 교편을 잡으시고, 대학원에서 수학하시다가 1949년 귀국하셨습니다.

귀국 후에도 중국과의 인연을 이어가시던 이사장님께서는 1989년 대우그룹 김우중 회장의 간곡한 부탁으로 학교법인 대우학원 이사장과 재단법인 사회과학원의 이사장을 맡으시면서 중국과의 인연이 더욱 깊어졌습니다. 당시 대우그룹은 중국의 여러 도시에서 합작 사업을 하고 있었고,

그 바탕 위에서 아주대학교와 중국의 北京大學과 杭州大學 등과 교류협정이 진행되고 있었기 때문입니다.

1991년 6월 北京大學 대표단이 아주대학교를 방문하여 교류협정을 체결하고, 1992년 杭州大學(현 浙江大學) 당서기 일행이 아주대학교를 방문하여 교류협정을 맺을 때 모든 일은 이사장님께서 주도하셨고, 필자는 당시 교무부처장으로 실무를 담당하였습니다. 이 인연으로 이후 이사장님과 자주 접하게 되었고, 제가 중국 杭州大學 교환교수로 갈 때 체류 경비는 대우그룹 김우중 회장께서 杭州大學에 기탁한 100만 달러의 이자 수익을 관리하시던 이사장님께서 부담해주셨습니다.

1995년 杭州大學 교환교수로 가기로 확정되어 대우재단 빌딩으로 이사장님을 찾아뵈었을 때, 중국에서 한국학이 뿌리 내릴 수 있도록 중국 각 대학의 한국연구소를 도울 수 있는 방법을 강구하라고 당부하셨습니다. 당시 이사장님께서는 한국전통문화 국제학술세미나를 주관하시면서 중국 여러 대학의 명예교수와 고문을 맡고 계셨고, 이후에도 여러 대학의 부탁을 받아들여 중국 10여개 대학에 직을 두고 계셨습니다.

이사장님의 부탁을 받은 후, 중국의 한국학연구소에 도움을 줄 수 있는 여러 길 가운데 제가 할 수 있는 일은 학회를 설립하는 것이라 생각하여 杭州大學 金健人, 黃時鑒 교수와 상의하여 학회 설립 준비안건을 만들어 이사장님과 협의하였습니다. 그 결과 1995년 12월 창립준비 모임을 갖고 명칭을 중한인문과학연구회(현 한중인문학회)로 정하고, 이사장을 자문위원으로, 아주대학교 김상대 교수를 회장으로 모시기로 했습니다. 이후 杭州大學 黃時鑒, 金健人 교수가 차례로 한국사회과학원을 방문하여 이사장님과 논의를 통해 국제학술대회를 개최하기로 하고, 일 년간의 준비를 거쳐 제1회 학술대회를 1996년 12월 22일부터 28일까지 중국 杭州大學에서 개최하였습니다. 이 학술대회의 중국 측 학자들의 참가 경비는 이사장님의 배려로 한국사회과학원에서, 학술대회 제반 비용은 아주대학교 김덕중 총장님과 김철 대학원장님께서 부담해 주셨습니다.

다음 해인 1997년에는 이사장님께서 한국국제교류재단의 협찬을 받아 한국전통문화 국제학술세미나를 10월 19일부터 26일까지 杭州大學에서 개최하였고, 이어서 제2회 한중인문학회 국제학술대회를 1998년 12월 22일부터 28일까지 역시 杭州大學에서 개최하였습니다. 이들 학술대회의 경비 역시 제1회 학술대회와 마찬가지로 이사장님과 아주대학의 도움을 받은 바 있습니다. 중국학자들의 참가 경비 문제 때문에 불가피하게 중국에서 세 차례에 거쳐 학술대회를 개최하였지만, 1997년의 학술대회는 한중인문학회의 학술대회로 계산하지 않기로 하고, 제3회 학술대회를 1999년 5월 아주대학교에서 개최하였습니다. 이사장님께서 학술대회에 참석하시어 자리를 빛내 주시고, 중국 관련 주제로 특별강연을 하시고 학회 회원들과 공동 촬영을 하시며 격려해 주신 바 있습니다. 이렇듯 초창기 열악한 상황 속에서 한중인문학회가 튼실하게 자리를 잡을 수 있었던 것은 많은 분들의 도움이 없지 않았지만, 이사장님의 도움이 거의 절대적이라고 해도 과언이 아닙니다.

한중인문학회의 어려운 출발점에서부터 자리를 잡게 된 십여 년 동안 늘 애정을 가지고 지켜보아 주신 고 김준엽 이사장님께 이 자리를 빌어서 심심한 감사의 마음을 전합니다. 아울러 회원 전체의 마음을 담아 지면으로나마 삼가 명복을 빕니다. 극락왕생하소서.

21세기 한국학 국제학술 세미나

안녕하십니까.

공사다망하신 중에도 아주대학교 30주년 기념사업의 일환으로 열리는 21세기 한국학 국제학술세미나에서 참석하시어 축사를 해주실 김학준 동아일보 사장님, 논문발표를 해주실 중국 洛陽外大 張光軍, 캐나다 욕대학 테레사 현, 미국 워싱톤대학의 팔레, 소렌슨, 스토니 부룩의 박성배, 미한국경제회의 피터 백, 오슬로대학의 블라디미르 치하노프 교수님, 지정토론을 해주실 서울대 이병근, 조남현, 최병헌, 안청시 교수님, 한국역사문화연구원 이성무 원장님, 연세대 정진욱 교수님, 그리고 좌장을 맡아주신 교내의 조창환, 박옥걸, 송위섭 교수님께 진심으로 감사드립니다.

아울러 이번 학술대회가 원만하게 진행될 수 있도록 적극적으로 지원해 주신 한국국제교류재단의 이인호 원장님, 아주대학교 오명 총장님, 학교 관계자들께도 깊은 감사를 드립니다. 그리고 이 자리를 빛내 주시기 위하여 참석해 주신 교내외의 여러 선생님과 학생 여러분께도 진심으로 감사의 말씀드립니다.

아주대학교에서는 개교 30주년에 즈음하여 날로 국력이 신장하고 있는 한국의 위상을 제고하고 아주대학교의 글로벌화를 꾀하기 위하여 한국학의 세계화에 기여할 수 있는 21세기 한국학 국제학술세미나를 계획하였으며, 2002년 8월 준비위원회를 결성하였습니다. 인문학부의 송현호 교수를 준비위원장으로, 인문학부 박옥걸, 사회과학부의 이수복, 안재홍 교수를 준비위원으로 선임하고, 30주년 기념 사업팀의 김형식, 인문학부의 유시대 팀장을 실무진으로 하여 지난 1년 여 동안 학술대회를 성실히 준비해 왔습니다.

준비위원회에서는 한중인문학 국제학술세미나, 한국전통문화 국제학술세미나, 환태평양 국제학술세미나의 경험을 살려 이번 학술대회를 준비해왔지만 어려움도 적지 않았습니다. 우선 한글날 학술대회를 하려 했으나 주중에 출장을 떠나기 곤란하다는 외국 학자들의 고충을 십분 참작하여 금요일에 학술대회를 하게 되었고, 다음으로 국제적으로 명성이 있는 분들을 초청하는 과정에서 모든 자매대학의 교수들을 초청할 수가 없었습니다. 그리고 지역적 안배를 하는 과정에서 중국, 미국, 캐나다, 유럽의 발표자를 적어도 한 사람씩 포함시키기로 하였습니다.

오늘 개최되는 학술세미나는 세 분야로 나누어 실시됩니다. 제1분과는 언어 문학 분야이고, 제2분과는 역사 문화 분야이고, 제3분과는 정치 경제 분야입니다. 이번 학술세미나를 계기로 해외 한국학 연구자들과 아주대학교의 학술교류가 활발히 이루어지고, 한국학의 세계화에 도움이 되기를 간절히 기원합니다.

감사합니다.

2003.10.10.

21세기 한국학 국제학술세미나

준비위원회 위원장 송현호

세계 인문교류와 주요 행사 참가 현황

1980.3. 서울대 박사과정 재학 중인 中國文化大學의 林明德 교수 만남

1982.3. 國立政治大學 劉麗雅, 謝目堂, 주봉의, 손지봉 등을 만남

1983.12.30~1984.2.1. 自由中國 國立政治大學 陳祝三 교수 방문

1984.3. 한국학중앙연구원에서 楊秀芝 등을 만남

1984.4.27~5.3. 自由中國 東海大學의 교수단이 방문하여 함께 문예진흥원 송지영 원장을 면담하고 경주 불국사 등지를 답사

1985.3.25~4.23. 東海大學의 교수단 아주대 방문

1985.5. 중앙대학교에 교환교수로 온 臺灣大學 교수 아주대 방문하여 축제에 참가하고 아주대 관계자들과 교류

1985.6. 自由中國 東吳大學 劉源俊 교수 아주대 방문

1985.9. 駐韓自由中國大使館 경제참사 謝目堂 아주대 방문

1985.12.25~1986.2.20. 東海大學을 방문하고 아리산, 일월담 등 답사

1986.10. 駐韓自由中國大使館 문화참사 陳祝三 교수 아주대 방문

1987.7. 고려대 유학생 張少文 아주대 방문

1988.3.1~1991.12.30. 수원 華僑學校의 각종 행사에서 祝辭를 하고 駐韓 臺灣 인사들과 교류

1988.6. 東吳大學 劉源俊 교수 아주대 방문

1988.8. 臺灣大學 교수단 아주대 방문

1989.1.25~2.20. 東海大學 교수단 아주대 방문

1990.1.28. 대학생 연수단을 이끌고 香港, 天津, 北京, 濟南, 曲阜, 靑島, 上海

등지의 문화유산을 답사하고 北京大學을 방문

1990.6.1~6.7. 東海大學 방문

1990.9. 한일대학생축구단 단장으로 일본의 東海대학 방문

1991.6. 北京大學 대표단이 아주대학교를 방문하여 北京大 총장, 楊通方, 김준엽 이사장, 김효규 총장, 함효준 교무처장 등 접견

1992.2. 國立政治大學 陳祝三 교수 일행 아주대 방문

1992.3.1~1994.2. 수원 華僑學校의 각종 행사에서 祝辭를 하고 駐韓 臺灣 인사들과 교류

1992.10. 杭州大學(현 浙江大學) 鄭造桓 黨書記, 진신기 외사처장 등이 아주대학교를 방문하여 鄭造桓, 陳新錡, 김준엽, 김효규, 함효준 등 접견

1993.2. 東海大學의 교수단이 대거 아주대를 방문하여 함께 한국학중앙연구원과 추사 김정호 고택 등을 답사

1994.2. 國立政治大學 陳祝三 교수 아주대 방문

1994.6. 東海大學 교수단 아주대 방문

1994.7. 駐駐韓臺灣代表部 유숙진 아주대 방문

1995.8.20~31. 劉王右, 劉朝嘉, 劉導成 등과 교류

교수단이 방문하여 함께 강릉, 삼척, 동해, 불국사, 해인사 등지를 답사

1995.9~1996.8.31. 杭州大學(現 浙江大學)교환 교수로 있으면서 沈善洪, 鄭造桓, 金健人, 黃時鑒, 愈忠鑫, 徐朔方, 呂洪年, 何忠禮, 楊渭生, 張金山, 鄭小明, 胡建淼, 陳新錡, 陳輝 등과 교류

1995.9.1~8.31. 대우재단에서 '현대 한국소설과 중국소설의 비교연구」 수주

1995.10. 绍兴 鲁迅纪念馆을 방문하고, 苏州의 苏州大学 방문

1995.11. 南京의 中山陵과 南京大学 방문

1995.12. 上海의 鲁迅纪念馆과 复旦大学 방문

1996.3.10~21. 上海, 桂林, 昆明, 石林, 大理, 海南岛 방문

1996.4.10~15. 杭州大學 黃時鑒, 馮建宏 일행과 수원 화성을 답사하고 아주대학교 김덕중 총장과 한국사회과학원 김준엽 이사장 교류

1996.12.6. 郁達夫學會 학술대회(浙江省 富陽市)에서 「郁達夫與金東仁的小說比較硏究」를 발표

1996.12.22~28. 제1회 中韓人文科學學術硏討會에서 沈善洪, 毛昭晰, 鄭造桓, 羅衛東, 金健人, 黃時鑒, 愈忠鑫, 劉俊和, 任平, 徐朔方, 王國良, 呂洪年, 何忠禮, 楊渭生, 崔鳳春, 謝肇華, 桂西鵬, 張金山, 鄭小明, 胡建淼, 陳新錡, 陳輝, 金相大, 尹汝卓, 張德明, 金光海, 金成烈, 金大鉉, 黃征, 吳秀明, 漆瑗, 陳大康, 全基喆, 梁明學, 東景南, 周月琴, 南瀾秀, 千炳植, 鮑志成, 成樂喜, 朴玉杰, 李洪甫, 金滕一, 卞麟錫, 盧向前, 林英正, 趙秀英, 金泰丞, 申範淳, 龔延明 등과 교류하고 「韓中現代小說和戰爭的悲劇性」을 발표

1997.5.10. 浙江大學 陳新錡 외사처장이 아주대학교를 방문하여 김효규 총장 부부, 劉麗雅 등과 교류 접견

1997.10.22~28. 김상대, 천병식, 사재동, 변인섭, 이상억, 박옥걸, 심경호, 김태승, 손희하, 김대현 등과 장사, 악양, 무한 등지를 답사하고 杭州大學에서 개최된 제2회 韓國傳統文化國際學術硏討會에 참가하여 「申采浩的愛國啓蒙運動和東國詩革命論」을 발표. 沈善洪, 毛昭晰, 金健人, 黃時鑒, 陳新錡, 陳輝, 伊藤英人, 許維翰, 漆瑗, 정규복, 김종원, 김갑주, 이양자, 이영춘, 박현규 등과 교류

1997.11.2~6. 杭州大學 張金山 부총장, 陳新錡 외사처장, 우즈베키스탄 교수단, 南京理工大學 교수단, 일본의 교수단 일행과 군산 대우자동차, 옥포 대우조선 방문

1997.11.5. 杭州大學 張金山 부총장, 陳新錡 외사처장 일행과 한국사회과학원 김준엽 이사장과 면담하여 만찬

1998.5.15. 전 杭州大 總長 겸 浙江考古學會 회장인 毛昭晰 교수 일행이 아주대를 방문하여 박옥걸 등과 교류

1998.10.10~13. 浙江大學 金健人 교수가 보타도 관음사 승려들과 강원도 속초 낙산사를 방문하여 스님들과 교류

1998.10.17. 대우장학재단의 지원을 받아 한국비교문학회에서 「현진건과 魯迅의 고향 비교 연구」를 발표

1998.10.30. 민음사와 한국문학평론가협회에서 공동 주최한 『산은 산 물은 물』 출판기념회에서 최인호, 조정래, 송현호가 축사를 하고 홍기삼 총장, 조남현 회장, 김종회, 중국과 한국의 승려 등과 교류

1998.12.22~28. 제2회 중한인문과학학술연토회에서 沈善洪, 金健人, 黃時鑒, 張光軍, 孫科志, 洪軍, 김상대, 양명학, 장부일, 윤정룡, 최학출, 박옥걸, 한승옥, 천병식, 박현규, 김광해, 권용옥, 金光海, 張光軍, 愈忠鑫, 劉俊和, 孫科志, 成樂喜, 何溥瑩, 徐朔方, 王國良, 權容玉, 任平, 全善姬, 金春男, 呂洪年, 陳輝, 尹明喆, 何忠禮, 楊渭生, 何浦莹, 崔鳳春, 洪軍, 謝肇華, 崔豪均, 桂西鵬, 魏志江 등과 교류하고 「關於魯迅與憑虛的短片小說」을 발표

1999.5.1. 제3회 한중인문학회 국제학술대회를 아주대에서 개최하고, 김준엽, 정규복, 한계전, 김상대, 천병식, 변인석, 심경호, 박현규, 전영숙, 조연숙, 주승택, 이경혜, 牛林杰, 한승옥, 전기철, 윤여탁, 김중신, 박윤우, 이종순, 최학출, 윤정룡, 간호배, 박현수, 김윤정, 김광해, 유순희, 손희하, 배공주, 강옥미, 김성규, 조미희, 전인영, 변인석, 임영정, 권용옥, 김경혜, 정태섭, 김춘남, 김용천, 정하현, 이영춘 등과 교류

1999.9.1~2003.8.31. 한중인문학회 부회장 겸 편집위원장

1999.10. 한국연구재단에서 「한중근대소설의 보편성과 변별성에 관한 연구」 수주

1999.10. 교육부에서 「중국의 풍속과 습관에 관한 연구」 수주

1999.10. 제3회 한국전통문화국제학술세미나(山東大學)에서 김준엽, 李德征, 楊通方, 정규복, 윤병로, 강신항, 최병헌, 박노자, 이장희, 김종원, 이양자, 고혜령, 박옥걸, 김영하, 윤사순, 변인석, 이춘식, 최박광, 이

영춘, 金健人, 沈定昌, 張光軍, 石援華, 劉寶全, 牛林杰, 姜宝昌, 李德征, 박은숙, 陳尙勝, 姜宝昌, 金哲, 고홍희 등과 교류하고 「한중현대소설의 賣女 모티프」를 발표

1999.11~2007.8.31. 문학평론가협회 국제이사

1999.12.19~25. 제4회 중한인문과학연구회 국제학술대회(한국현대소설학회와 공동)를 浙江大學에서 개최하여 韓啓傳, 丘仁煥, 徐朔方, 田惠子, 禹燦濟, 李注衡, 姜日天, 朴忠淳, 柳仁順, 李定胤, 焦衡, 柳泳夏, 韓明煥, 李正淑, 金健人, 朴鐘弘, 金允晶, 張賢淑, 孫敏強, 朴賢善, 方仁泰, 金亭子, 黃時鑒, 張伯偉, 柳鴻烈, 金相泰, 金炳旭, 任平, 尹炳魯, 鄭炳憲, 趙昌烈, 肖瑞峰, 李南熙, 曹虹, 禹漢鎔, 柳德濟, 崔鳳春, 全寅永, 劉志東, 孔峯鎭, 趙杰, 李香煥, 李洪甫, 沈惠淑 등과 교류하고 「한중소설에 나타나 풍속에 대하여-魯迅과 김동리를 중심으로」를 발표

2000.6.10~13. 浙江大學 金健人 교수가 한국을 방문하여 劉朝嘉, 김영 등과 교류

2000.7.4~12. 제5회 한중인문학회 국제학술대회를 洛陽外大의 협조로 西安에서 개최하여 韓啓傳, 梁明學, 張光軍, 徐春子, 李正子, 李英子, 孫熙河, 李有卿, 姜禹植, 牛林杰, 柳仁順, 韓理洲, 朴賢淑, 李玉燮, 趙健相, 金英姬, 金種撤, 沈定昌, 崔豪均, 權容玉, 李廷植, 馬池, 朴珉慶, 宋日基, 卞麟錫, 崔鳳春, 金鐘福, 柳柱姬, 金瑛河, 高惠玲, 李迎春, 李英華 등과 교류하고 「황순원의 선비정신에 대하여」를 발표

2000.9.5. 제5회 환태평양국제학술대회(北京大)에서 김준엽, 고병익, 김하중, 정규복, 윤사순, 楊通方, 沈定昌, 宋成有, 葛振家, 徐凱, 李巖, 苗春梅, 尹保云, 김정배, 변인석, 김종원, 이양자, 신승하 등과 교류하고 「중한근대소설의 유사성 연구-중한근대소설의 인력거 모티프」를 발표

2001.1.1~2002.12.31. 한국현대소설학회 총무이사

2001.5.5. 제6회 한중인문학회 국제학술대회를 남서울대에서 「동아시아

의 문화교류」라는 주제로 개최하고, 이정자, 배공주, 민자, 이종순, 최병우, 박현숙, 장효현, 朴現圭, 金榮煥, 牛林杰, 윤정룡, 金春仙, 김승환, 한명환, 신범순, 김정효, 한승옥, 김경혜, 이원석, 權容玉, 요시자와 후미토시, 안자코 유카, 박옥걸 등과 교류

2001.6.20 駐韓臺灣代表部 유숙진 아주대 방문

2001.7.23~28. 제7회 한중인문학회 국제학술대회를 北京大學의 협조로 개최하여 한계전, 楊通方, 沈定昌, 何鎭華, 김윤정, 苗春梅, 김성렬, 羅遠惠, 羅遠惠, 何鎭華, 유인순, 이재오, 김종원, 葛振家, 宋成有, 박옥걸, 李巖, 이양자, 박옥걸, 徐凱, 주승택, 尹保云, 白銳, 박현규, 菀利, 이옥섭, 천병식, 이영자, 신범순, 이정식, 요시자와 후미토시 등과 교류하고 「한중근대소설에 나타나 돈에 대한 반응양상 연구」를 발표

2001.8.1. 아주대학교 인문과학연구소장으로 발령을 받아 21세가 한국학 국제학술세미나 준비

2001.9.1~2003.8.31. 아주대학교 인문대학 학장으로 발령을 받아 北京大學 沈定昌, 洛陽外大 張光軍, 南開大學 曹中屛, 유타대학 이인숙, 캐임브리지대학 마이클 신, 브리티시 콜롬비아대학 허남린, 二松學舍大學 芹川哲世, 九州産業大 白川豊, 와세다대학 호테이 토시히로, 정상진, 황필상 등과 교류. 수원교차로에서 생활수기 심사를 하면서 친밀해진 황필상 회장으로부터 인문대학 발전기금 1억 원, 인문과학연구소 1천만 원을 받아 대학발전본부에 위탁 관리

2001.10.10~13. 浙江大學 金健人 교수가 아주대를 방문하여 분당 우택에 머물면서 문화 유적지 답사

2001.10.25. 아주대학교 국제대학원에서 「21세기 중국의 정치와 경제현황 및 전망」이라는 주제의 국제학술대회에 참가하여 北京大學 沈定昌, 튀빙겐대학 이유재, 브리티시 콜롬비아대학 허남린, 東京大學 閔東曄, 가나가와대학 尹健次, 京都大學 김문경 등과 교류

2001.12. 주불란서대사관 명예다사 겸 루앙대학교 한국사회문화연구소 공동소장 이양희 박사 아주대 방문

2002.1.1~2003.1. 한국현대문학회 총무이사

2002.6.23~28. 제8회 한중인문학회 국제학술대회(한국현대문학회와 공동)를 浙江大學에서 「개화기문학과 전통문화의 교류」라는 주제로 개최하여 한계전, 沈善洪, 장부일, 牛林杰, 조남현, 장사선, 이용남, 전봉관, 이은애, 정혜영, 주승택, 김영철, 윤정룡, 서준섭, 이태숙, 김홍식, 김성렬, 한용수, 俞忠鑫, 이미순, 신범순, 任平, 陳輝, 俞忠鑫, 金文京, 구인환, 전영숙, 한승옥, 김형규, 유인순, 김일영, 김종철, 孫敏強, 간호배, 남홍숙, 박명애, 孫安石, 박현규, 양명학, 안영길, 박옥걸, 楊雨蕾, 金健人, 潘於旭, 楊渭生 등과 교류하고 「채만식 소설의 설화체와 풍자」를 발표

2002.11.2. 제9회 한중인문학회 국제학술대회를 한남대에서 「한국의 전통문화」라는 주제로 개최하여 한계전, 한명환, 한승옥, 김일영, 구인모, 유인순, 허명숙, 박현숙, 심경호, 권주연, 성낙희, 趙源一, 박옥걸, 朴順愛 등과 교류

2002.12.16. 한국현대문학회 2002년 동계학술대회를 「한국문학과 풍속」이라는 주제로 개최

2003.1.1~2009.12.31. 한국현대소설학회 부회장

2003.1.1~2019.3.31. 한국현대문학회 부회장

2003.1~2004.12. 한국연구재단 인문학단 전문위원

2003.2.26. 인문대학 발전위원들은 2003년 2월 13일 인문대학 발전위원회 회의에서 황필상 박사에게 발전기금이 전무한 아주대학교 인문대학에 1억 원을 지정 기탁하고 인문대학 학생들에게 장학금을 지급하여 인문대학 발전에 기여한 바 큰 점, 1991년부터 2002년까지 수원교차로 대표로 있으면서 생활수기를 공모하여 우수작품에는 500만원의

고료를 지급하고 우리 이웃들의 삶 속에서 일어나는 애환과 소망을 담은 수기집을 발간하여 보급하는 등 수원지역 문학발전과 문화발전에 크게 기여한 점, 문학에 대한 깊은 지식과 이해를 바탕으로 2권의 수필집과 4권의 칼럼집을 발간하고 전국 생활정보신문 교차로 1면에 칼럼을 연재하는 등 현재 칼럼리스트로 활동을 하며 지역사회의 문학 및 문화발전 증진에 크게 기여한 점, 2002년 8월 19일에는 200억 상당의 수원교차로 주식과 현금 15억 원을 모교인 아주대학교에 기증하고, 성적이 우수하고 가정형편이 어려운 아주대학교 학생들에게 황필상장학금을 지급하는 등 학교발전에 크게 기여한 점을 높게 평가하여 명예박사학위를 수여하기로 의견 일치를 보았고, 인문대학 학장의 이름으로 추천서를 본부에 제출

2003.6.28. 제10회 한중인문학회 국제학술대회를 아주대에서 개최하여 정진용, 이해영, 유문선, 曹莉, 최병우, 박몽구, 윤의섭, 류종렬, 공종구, 박현규, 권용옥, 배공주, 김청자, 장호종 등과 교류

2003.9.1~2019.12.31. 한중인문학회 회장

2003.10.10. 제1회 21세기 한국학국제학술세미나 준비위원장의 자격으로 개회사를 하고 오명, 김학준, 테레사 현, 팔레, 소렌슨, 박성배, 블라디미르 티호노프, 張光軍, 피터 백, 이병근, 조남현, 최병헌, 안청시, 이성무, 정진욱, 조창환, 박옥걸, 송위섭 등과 교류

2003.12.15~19. 제11회 한중인문학회 국제학술대회를 山東大學에서 「전통사상과 문화의 교류」라는 주제로 개최하여 최재선, 박윤수, 유문선, 전봉관, 박몽구, 趙源一, 金哲, 김옥란, 박인기, 우한용, 최명자, 김옥란, 劉寶全, 朴現圭, 유인순, 한승옥, 牛林杰, 金錫起, 이정식, 趙源一, 이은숙, 韓梅, 金洪大, 金成烈, 權五慶, 盧鎭漢, 李成道, 金英蘭, 唐子恒, 李海榕 등과 교류하고, 「「광인일기」와 「경희」」에 나타난 인습의 폐해와 그 극복방안 연구」를 발표

2004.3~2005.2. 서울대학교 한국문화연구소의 객원연구원으로 발령을 받아 보내면서 「중국의 한국학 연구 현황」을 발표, 중도에 아주대학교 학생처장으로 발령을 받아 복귀

2004.6.22~26. 제12회 한중인문학회 국제학술대회(한국현대소설학회와 공동 개최)를 洛陽外大에서 「한국문화와 중국 체험」이라는 주제로 개최하여 張光軍, 낙경민, 필옥덕, 장문강, 조암, 김영금, 임형재, 이명찬, 전봉관, 유인순, 우한용, 신영덕, 최재선, 김영희, 공종구, 이경현, 배주영, 한명환, 대세쌍, 왕건군, 朴玉杰, 조양, 조태영, 박현숙, 권오경, 김명희, 박순애, 박현규, 조원일, 李相敎 등과 교류하고 「안수길의 간도체험과 북간도」를 발표

2004.8.1~3. 중국 威海에서 황종익, 金철진, 나봉순, 박동기 등과 교류

2004.9.1~2006.8.31. 한국연구재단에서 「재일동포문학자료 수집, 정리 및 민족주의적 성격연구」이라는 과제가 한국연구재단의 인문사회 기초연구과제 지원 사업에 선정(한승옥, 소재영, 송현호, 곽원석, 허명숙, 백미라, 김형규, 윤의섭, 김은영)

2004.11.2. 한국비교문학회 2004년 가을 국제학술대회를 아주대 인문과학연구소에서 '한국 속의 세계문학/세계 속의 한국문학'이라는 주제로 개최

2004.11.6. 제13회 한중인문학회 국제학술대회를 부산외대에서 「한중문화 속의 민속」이라는 주제로 개최하여 이양혜, 엄태수, 유정일, 박일용, 이복규, 오세길, 金周淳, 朴現圭, 박강, 權容玉, 김경혜, 裵永東, 김미영, 한승희, 김상욱, 임경순, 김성진, 임재서, 노철, 박몽구, 차희정, 김경선, 김하림, 신영덕 등과 교류

2004.12. 「재일동포문학자료 수집, 정리 및 민족주의적 성격연구」 사업팀에서 학술세미나 개최하여 소재영, 한승옥, 곽원석, 허명숙, 백미라, 김형규, 윤의섭, 김은영 등과 교류

2004.12.18~20. 중국 廈門에서 황종익, 이강종, 김철진, 나봉순, 박동기, 수원태권도 관장 일행 등과 교류

2005.2.2~9. 「재일동포문학자료 수집, 정리 및 민족주의적 성격연구」 사업팀과 동경과 교토를 방문하여 자료를 수집하고 소재영, 한승옥, 곽원석, 허명숙, 백미라, 김형규, 윤의섭, 김은영, 김리박, 오카야마 젠이치, 김학렬, 오향숙 등과 교류

2005.4. 「재일동포문학자료 수집, 정리 및 민족주의적 성격연구」 사업팀에서 학술세미나를 개최하여 소재영, 한승옥, 곽원석, 허명숙, 백미라, 김형규, 윤의섭, 김은영 등과 교류

2005.6.7. 김리박의 『믿나라』 출판기념회에서 축사

2005.6.30~7.5. 제14회 한중인문학회 국제학술대회를 成都에서 「삼국지와 한중문화」라는 주제로 개최하여 金容稷, 주종연, 최박광, 朱昇澤, 禹漢鎔, 장부일, 이재오, 최학출, 윤정룡, 정병헌, 김유중, 민병욱, 한승옥, 신영덕, 최재선, 윤석달, 전봉관, 權容玉, 朴玉杰, 박강, 趙源一, 전영숙, 서준섭, 김풍기, 유기준, 이태숙 등과 교류하고 「한국 근대 초기 페미니즘 연구」를 발표

2005.7.20~7.25. 「재일동포문학자료 수집, 정리 및 민족주의적 성격연구」 사업팀과 동경과 오사카를 방문하여 자료를 수집하고 한승옥, 소재영, 곽원석, 허명숙, 백미라, 김형규, 윤의섭, 김은영, 김영래, 劉麗雅, 閔東曄, 尹健次, 芹川哲世, 白川豊, 호테이 토시히로, 吳香淑, 정백수, 김학렬, 김리박 등과 교류

2005.8.10~16. 아주대학교 학생들을 인솔하여 고구려 유적 답사 및 遙寧大와 延邊大를 방문하여 김준엽, 김병민, 김호웅, 장동명, 박옥걸, 조성을, 이병근, 오용직, 윤승구 등과 교류

2005.9.1~2007.8.31. 한국연구재단에서 「중국조선족문학의 탈식민주의 연구 및 DB구축」이라는 과제가 한국연구재단의 인문사회 기초연구과

제 지원 사업에 선정(송현호, 최병우, 김형규, 윤의섭, 정수자, 김은영, 한명환)

2005.10. 「재일동포문학자료 수집, 정리 및 민족주의적 성격연구」 사업팀에서 학술세미나 개최하여 소재영, 한승옥, 곽원석, 허명숙, 백미라, 김형규, 윤의섭, 김은영, 김학렬, 김리박 등과 교류. 김리박과 김학렬은 최초로 한국여권을 발급 받아 한국 방문

2005.11.7. 아주대학교 인문과학연구소 기초학문연구팀 세미나를 「해방 이후 중국 조선족 문학 텍스트의 연구 방법, 탈식민주의 양상과 특성에 따른 중국 조선족 문학의 연구방향」 이라는 주제로 개최

2005.12.30. 아주대학교 인문과학연구소 기초학문연구팀 세미나를 「중국 조선족 문학의 연구방향 및 과제, 중국 조선족 문학의 경향과 특성」 이라는 주제로 개최

2006.1.7. 제15차 한중인문학회 국제학술대회를 아주대에서 '해외에서의 한국학 연구'라는 주제로 개최

2006.1.23. 아주대학교 인문과학연구소 기초학문연구팀 세미나를 「중국 조선족 시문학 연구, 중국 조선족 소설문학 연구」 라는 주제로 개최

2006.2.27. 아주대학교 인문과학연구소 기초학문연구팀 세미나를 「문화대혁명기 조선족 시의 탈식민주의적 성격, 해방기 재중조선인 소설 연구」라는 주제로 개최

2006.3.1~8.31. 延邊大學 한국학연구소 교환교수로 가서 金柄珉, 蔡美花, 김관웅, 金虎雄, 金强一, 박찬규, 金光洙, 李光一, 李敏德, 우상렬, 전영 등과 교류하고 자료를 수집하여 국내로 반입

2006.4.24. 아주대학교 인문과학연구소 기초학문연구팀 세미나를 「중국 조선족 문학의 탈식민주의 연구」라는 주제로 개최

2006.5.18. 아주대학교 인문과학연구소 기초학문연구팀 세미나를 「중국 조선족 문학의 탈식민주의 연구」라는 주제로 개최

2006.6.25~27. 제16회 한중인문학회 국제학술대회를 吉林大에서 「한국문화와 동북3성-조선족 문학 연구」 라는 주제로 개최하여 尹允鎭, 金虎雄, 兪成善, 유인순, 谷川建司, 朴順愛, 韩容洙, 范开泰, 장호종, 김유중, 김경선, 牛林杰, 최병우, 한명환, 김형규, 윤의섭, 정수자, 김은영, 차희정, 최옥화, 조명숙, 최은수 등과 교류하고 「김학철의 격정시대에 나타난 탈식민주의 연구」를 발표

2006.7. 「재일동포문학자료 수집, 정리 및 민족주의적 성격연구」 연구팀과 오사카를 방문하고 도야마에서 소재영, 한승옥, 김리박, 곽원석, 허명숙, 백미라, 김형규, 윤의섭, 김은영 등과 교류

2006.10.19~22. 제7차 한국전통문화국제학술대회(北京大)에서 「김학철의 「해란강아 말하라」에 대하여」를 발표

2006.10.26. 아주대학교 인문과학연구소 기초학문연구팀 세미나를 '중국 조선족 문학의 탈식민주의 연구'라는 주제로 개최

2006.11.4. 제17회 한중인문학회 국제학술대회를 강릉대에서 「중국 조선족 문학의 현황과 전망」이라는 주제로 개최하고 유인순, 최병우, 한명환, 김형규, 윤의섭, 정수자, 김은영, 차희정, 박지혜, 최옥화, 조명숙, 최은수 등과 교류

2006.11.26. 아주대학교 인문과학연구소 정기학술대회를 「중국 조선족 문학의 탈식민주의」라는 주제로 개최

2007.6.10. 駐韓臺灣代表部 유숙진 방문

2007.7.6~11. 제18회 한중인문학회 국제학술대회를 湖南大 嶽麓書院에서 「한중문화와 유학」이라는 주제로 개최하여 禹景燮, 이경구, 김호, 高英津, 金文植, 兪成善, 김형열, 윤선자, 유인순, 卞鍾鉉, 유정일, 谷川建司, 朴順愛, 韩容洙, 范开泰, 장호종, 김유중, 김경선, 이희규, 牛林杰, 임경순, 권성우, 최병우, 한명환, 김형규, 윤의섭, 정수자, 김은영, 신창순, 이정식 등과 교류하고 「김학철의 「20세기 신화」 연구」를 발표

2007.8.8~10. 제8차 한국전통문화국제학술대회(延邊大)에서 金柄珉, 蔡美花, 김관웅, 金虎雄, 金强一, 박찬규, 金光洙, 李光一, 李敏德, 우상렬, 전영, 李官福 등과 교류하고 「일제강점기 소설에 나타난 간도」를 발표

2007.10.27. 제19차 한중인문학회 국제학술대회를 군산대에서 「한중 전통문화의 현대적 변용」이라는 주제로 개최하고 우한용, 공종구, 최병우, 유인순, 한명환, 김형규, 윤의섭, 정수자, 김은영, 차희정, 박지혜, 최옥화, 조명숙, 최은수 등과 교류

2007.11.1~2010.10.31. 한국학진흥사업단에서 「한국학 교재 개발 및 출판 지원-러시아」를 수주(송현호, 김형규, 장호종)

2007.12.20~24. 아주대학교 인문대학 학생들의 北京문화 탐방단을 인솔하고 현대자동차공장을 답사와 韓國硏究中心의 沈定昌 소장의 협조로 北京대학 한국학과 학생들과 간담회 개최

2008.1.1~2010.2.28. 인문학연구소 소장

2008.1.1~2009.12.31. 한국현대소설학회 부회장 겸 편집위원장

2008.1.28~2009.5.31. 2008년도 인문한국지원사업 수주 준비팀을 구성하고 「문명사적 전환기 인문학의 지형도와 한국대학의 역할」이라는 주제로 송현호(위원장), 김영래, 김용현, 김미현, 김종식, 문혜원, 박재연, 정재식, 조광순, 조성을을 공동연구원으로 구자광, 문영주, 이경돈, 이성재, 정경남을 연구원으로 김인섭, 박지혜, 차희정, 최은수를 연구보조원으로 하여 프로젝트 진행

2008.6.22~25. 제20회 한중인문학회 국제학술대회를 山東大 威海分校에서 「해외에서의 한국어교육」이라는 주제로 개최하여 牛林杰, 우한용, 張光軍, 金哲, 김형규, 장호종, 이숙, 김정효, 김경선, 苗春梅, 박현선, 서덕현, 한승옥, 谷川建司, 박순애, 김경훈, 최수진, 이양혜, 朴銀淑, 김호웅, 박윤우, 임경순, 김미영, 윤석달, 임은희, 이태숙, 兪成善, 박해남, 朴現圭, 李春姬, 田英淑, 손희하, 韓容洙, 金英姬, 김근호, 이정찬, 송지

언, 오현아, 이슬비, 강보선 등과 교류하고「러시아 한국학 교재개발-「태평천하」의 판소리 수용양상과 그 의의」를 발표

2008.10.18. 图们江포럼(延邊大)에서 金柄珉, 蔡美花, 김관웅, 金虎雄, 金强一, 박찬규, 金光洙, 李光一, 李敏德, 우상렬, 전영, 高喆君 등과 교류하고「「눈물 젖은 두만강」에 나타난 간도의 역사적 의미에 대하여」를 발표

2008.11.1. 제21회 한중인문학회 국제학술대회를 서울대에서「서울, 北京 그리고 上海」라는 주제로 개최하여 우한용, 유인순, 최병우, 박윤우, 김경혜, 오현아, 장호종, 金成玉, 최형용, 김성희, 조은주, 서복희, 박몽구, 김형규, 차희정, 박지혜 등과 교류

2008.12.7~10. International Coferance on Asian Studies-2008(中國 海口)에서「한국근대가족로망스론」을 발표

2008.12.31. 인문과학연구소 논문집『인문논총 특집 국내외 이주문화 연구』를 발간

2009.1.1~7.31. 2009년도 인문한국지원사업 수주 준비팀을 구성하고「국내 이주인의 언어문화 연구」라는 주제로 송현호(위원장), 김영래, 김용현, 김미현, 김종식, 문혜원, 박재연, 정재식, 조광순, 조성을을 공동연구원으로 구자광, 문영주, 이경돈, 이성재, 정경남을 연구원으로 김인섭, 박지혜, 차희정, 최은수를 연구보조원으로 하여 프로젝트 진행

2009.1.1. 교육과학기술부 산하 한국학진흥사업위원회 위원

2009.1.1. 교육과학기술부 연구현장모니터링단 인문사회분과위원장

2009.1.1~2013.12.31. 춘원연구학회 총무이사

2009.3.19~2011.8.31. 아주대학교 이주문화연구센터 센터장

2009.4.13. 아주대학교 이주문화연구센터에 500만원 기부

2009.4.25. 아주대학교 인문과학연구소 이주문화센터 특별기획 학술대회를 '이주민의 언어와 역사'라는 주제로 개최

2009.5.26. 아주대학교 인문과학연구소 정기학술대회 「이주의 인간학 창출을 위한 인문과학연구소의 역할」이라는 주제로 개최

2009.5.30. 제22회 한중인문학회 국제학술대회를 한국현대소설학회, 아주대 인문과학연구소와 공동으로 기획하여 「한국문화에 나타난 인간상 탐구: 1. 근대문화, 2. 이주문화」라는 주제로 개최

2009.5.30. 아주대학교 이주문화센터 『이주문화연구』 제1호 발간

2009.7.1~2010.7.31. 송현호, 강지혜, 김용현, 박구병이 아주대학교 우수연구그룹 육성지원사업에 선정되어 「이주의 인간학-이주문화의 인문학적 연구」 과제 수행

2009.7.5. 제23회 한중인문학회 국제학술대회를 浙江大學에서 「한중 문화에 나타난 강남」이라는 주제로 개최하여 朴逸勇, 우한용, 朴桂玉, 박명숙, 송윤미, 金健人, 陈辉, 白承鎬, 朴現圭, 김정효, 兪成善, 신성열, 赵荣光, 崔昌源, 최병우, 한승옥, 유인순, 이태숙, 임경순, 연남경, 김환기, 이춘매, 임향란, 박강, 吉田則昭, 한용수, 孫熙河, 장호종, 이양혜, 우형식, 배도용, 박흥배, 張春梅, 박윤우, 김유중, 박순애, 박인기 등과 교류하고 「일제강점기 경성과 上海의 인력거꾼 연구」를 발표

2009.10.18~23. 图们江포럼(延邊大)에서 金柄珉, 蔡美花, 김관웅, 金虎雄, 金强一, 박찬규, 金光洙, 李光一, 李敏德, 우상렬, 전영, 李官福 등과 교류하고 「고향 떠나 50년에 나타난 이주와 정주의 역사」를 발표

2009.11.3. 제24차 한중인문학회 국제학술대회를 11월 3일 대한민국 국회에서 「한중 문화(사)의 정치적 상관관계에 대한 인문학적 조명」이라는 주제로 개최하고 유기준, 沈定昌, 崔雄權, 우한용, 최병우, 이태숙, 박윤우, 한용수, 윤의섭, 김형규, 김은영, 차희정, 박지혜, 한명환 등과 교류

2010.1.1~2011.12.31. 학술단체총연합회 이사 위촉

2010.1.1~현재 한중인문학회 명예회장

2010.1.1~2011.12.31. 한국현대소설학회 회장

2010.1.5. 駐韓臺灣代表部 유숙진 방문

2010.1.19~22. 이주문화연구센터 특별기획 세미나를 山東大 威海分校에서 개최하여 牛林杰, 金哲, 劉寶全, 李學堂, 최병우, 한명환, 김형규, 윤의섭, 정수자, 김은영, 차희정, 박지혜, 최은수 등과 교류하고 「「이무기 사냥꾼」에 나타난 이주 담론 연구」를 발표

2010.2.20. 서울대에서 개최한 한국서사학회 특별기획 학술대회 기조강연에서 「다문화 사회의 서사유형과 서사전략」을 발표

2010.5.30. 아주대학교 이주문화센터 『이주문화연구』 제2호 발간

2010.6.27~7.2. 제25차 한중인문학회 국제학술대회를 사천외대에서 「동아시아의 근대 체험」이라는 주제로 개최하고 임향란, 金虎雄, 兪成善, 유인순, 朴順愛, 韩容洙, 김유중, 우한용, 최병우, 우상렬, 박윤우 등과 교류하고 「김학철의 「격정시대」에 나타난 이주담론에 대하여」를 발표

2010.9. 세계적 인명사전인 마르퀴즈 후즈후 인더월드(Marquis Whos Who in the World) 2011에 등재

2010.11.1. 中國 延邊大學 韓國學院 초청 특강에서 「한국근대소설사의 흐름」을 발표

2010.11.2. 图们江학술논단 2010에서 金柄珉, 蔡美花, 김관웅, 金虎雄, 金强一, 박찬규, 金光洙, 李光一, 李敏德, 우상렬, 전영, 柳燃山, 李官福, 高喆君, 허련순, 석화 등과 교류하고 「중국 조선족 이주민후예들의 삶의 풍경-「누가 나비의 집을 보았을까」를 중심으로」를 발표

2010.11.6. 제26차 한중인문학회 국제학술대회를 백석대학교에서 「한국근대 정신사에 대한 재검토」라는 주제로 개최

2011.1.1~2012.12.31. 교육과학기술부 산하 한국학진흥사업위원회 위원장에 위촉.

2011.4.1. 中國海洋大學에서 「한국근대소설의 성격」을 발표

2011.4.2. 아주대학교 이주문화연구센터와 中國海洋大學 한국학연구중심의 교류협정에 서명을 함

2011.5.11. 아주대학교 이주문화연구센터에서 延邊大 김관웅 교수, 山東大 牛林杰 교수를 초청 콜로키움 주재

2011.5.30. 아주대학교 이주문화센터『이주문화연구』제3호 발간

2011.6.3. 제11회 국제한인문학회와 한국문학평가론가협회 공동학술대회(경희대)에서 김종회, 김경훈, 이영미 등과 교류하고「중국조선족문학에 나타난 민족정체성에 대하여」를 발표

2011.6.21~25. 한중인문학회 국제학술대회를 廣東省 華南師大에서「현대 한중 문화교류의 흐름과 전망」이라는 주제로 개최하여 禹漢鎔, 钱兢, 권태경, 이해영, 양정, 신리리, 전영, 金春善, 윤해연, 김경선, 김미, 김령, 박경수, 이미림, 곽명숙, 김유중, 이태숙, 이승준, 전영의, 최유학, 김성진, 임향란, 이금희, 이헌홍, 李學堂, 조태흠, 전우, 孫熙河, 兪成善, 박순애, 이지영, Kiyomitsu Yui, 김영희, 박강, 许世立, 李仁顺, 吳偉明, 박인기, 김희경, 류종렬, 위려고, 한용수, 오양, 전영근, 김영희, 이빙빙, 교흔 등과 교류하고「중국에서의 한국학 연구 현황」을 발표

2011.7.18~24. 농어촌희망재단의 고구려 발해 문화유적지 답사 인솔 및 중국 遙寧大學, 延邊大學, 北京大學 방문

2011.9.1~2013.8.31. 학생처장 겸 종합인력개발원장으로 발령을 받아 중국의 여러 대학과 교류 추진 및 협정 체결

2011.11.12. 제28회 한중인문학회 국제학술대회를 한성대에서「한중간 한국 언어-문화교육 연구의 과제와 전망」이라는 주제로 개최

2011.11.18~21. 北京포럼에 참가하여 北京大學의 한국학 연구 및 교육 현황 점검하고 이상희, 권병현, 조백제, 엄영석, 박진백, 沈定昌, 이암송, 하홍위, 김경선, 왕광명 등과 교류

2011.12.3. 제29회 한중인문학회 국제학술대회를 학술단체총연합회 주최

특별학술대회로 영남대에서 「이주민 후속세대의 현실인식」이라는 주제로 개최

2012.1.1~현재 한국현대소설학회 명예회장

2012.3.28~31. 中國海洋大學 李海英 교수의 초청으로 戴華 국제처장과 인문과학연구소의 교류협정을 체결하고 「한국근대문학의 기점」 강연

2012.6.1~2014.5.30. 한국연구재단 인문학단 전문위원

2012.6.6~9. 中國中央民族大學에서 太平武, 李巖, 金春善, 강용택, 오상순, 김명숙 등과 교류하고 해외 석학 초청 강연(소설의 본질, 형식적 리얼리즘, 한국현대소설의 성격, 한국의 민주화운동과 소설의 미적 대응, 21세기 다문화 서사)

2012.7.8~14. 글로벌 SIT 인솔하여 네델란드, 벨기에, 프랑스, 룩셈부르그, 독일의 대학을 방문하고 칸트의 길과 괴테 하우스를 답사

2012.9. 중국해양대학 이해영 교수가 아주대를 방문하여 안재환 총장과 협의하고 아주대 겸직 교수로 방령을 내는 문제 협의

2012.10. 陳新錡 교수가 아주대학교를 방문하여 안재환 총장, 박영동 교무처장 등과 교류

2012.10.6. 高雄市 「평화의 말」 강연 참석 및 臺中市 東海大學 방문

2012.10.12. 延邊大學 와룡학술강좌 명사 초청 강연에서 「한국의 민주화운동과 소설의 미적 대응」 발표

2012.10.13. 신규식 박사 기념비 참관

2012.10.14. 图们江포럼에서 金柄珉, 蔡美花, 김관웅, 金虎雄, 金强一, 박찬규, 金光洙, 李光一, 李敏德, 우상렬, 전영, 李官福, 高喆君, 석화 등과 교류하고 「「가리봉 양꼬치」에 나타난 이주담론의 인문학적 연구」 발표

2012.12.13~15. 浙江論壇에서 문정인, 金健人, 박인국, 劉麗雅 등과 교류하고 「동북아의 평화를 위한 제언」을 발표

2013.1.1. 한국학중앙연구원 산하 한국학진흥사업위원회 제3기 위원장 피촉

2013.1.21~24. 中國海洋大學을 방문하여 해양대 吳德星 총장과 안재환 총장이 아주대학교와 中國海洋大學의 교류협정을 체결한 후 吳德星, 안재환, 李海英, 戴華, 李光在, 김윤태, 윤정용 등과 교류하고 초청 강연에서 「소설의 본질」을 발표

2013.3.1. 中國海洋大學 이해영 교수와 협의하여 차희정을 교수로 임용하고 한홍화를 연구원으로 임용

2013.4.17~24. 臺灣 臺中市 東海大學 방문

2013.5.24~26. 中國中央民族大學 에서 개최된 「한국학 교육과 연구의 당면한 과제」 학술대회에서 太平武, 李巖, 金春善, 강용택, 오상순, 김명숙, 윤여탁, 方龍南, 池水涌, 윤여탁 등과 교류하고 축사와 「중앙민족대학의 한국학 현황과 과제」를 발표

2013.9.1~2014.8.31. 中國中央民族大學 교환교수

2013.9.29~30. 山東大學 韓國學院 개원 10주년 기념 명사초청 강연에서 牛林杰, 劉寶全, 金哲 등과 교류하고 「한국현대소설의 흐름」을 발표

2013.10.1~2. 中國海洋大學의 초청으로 「형식적 리얼리즘」을 발표

2013.10.16~18. 中國中央民族大學에서 太平武, 李巖, 金春善, 강용택, 오상순, 김명숙 등과 교류하고 「광장에 투영된 평화에 대한 염원」을 발표

2013.10.17. 北京外大 김경선 교수의 초청으로 「한국의 민주화운동과 소설의 미적 대응」을 발표

2013.10.20~23. 图们江포럼에서 金柄珉, 蔡美花, 김관웅, 金虎雄, 金强一, 박찬규, 金光洙, 李光一, 李敏德, 우상렬, 전영, 柳燃山, 李官福, 高喆君, 우광훈, 최홍일, 허련순, 석화, 姜銀國, 金健人, 劉德海, 張東明 등과 교류하고 「延邊大學의 한국학 현황과 과제」를 발표

2013.11.10~12. 中國海洋大學을 방문하여 총장간의 학술교류협정을 체결하고 「21세기 다문화 서사」를 발표

2013.12.9~15. 中華民國韓國硏究學會에서 개최하는 제22회 중한 문화관계

국제학술회의(臺灣 國立政治大)에서 축사를 하고 周行一, 蔡連康, 劉德海, 李明, 曾天富, 陳慶智, 謝目堂, 張東明, 林明德 등과 교류

2014.1.1~2016.8.31. 춘원연구학회 부회장 겸 편집위원장

2014.3. 青島理工大學 外國語大學 學長 일행이 아주대 방문하여 교류 협정을 논의하면서 한홍화를 교수로 임용하는 문제 협의

2014.4.18. 한홍화의 추천서를 작성하여 青島理工大學 外國語大學 學長에게 인비로 우송

2014.6.27~28. 中山大學 魏志江 교수의 초청으로 「한중문화교류와 인문 공동체 건설」을 발표

2014.6.30~7.1. 제34회 한중인문학회 국제학술대회를 吉林大學 珠海學院에서 '한중 인문학 교류의 현황과 과제'라는 주제로 개최하여 付景川, 전영근, 이선이, 이해영, 이병인, 유성선, 韓容洙, 許世立, 李仁順, 최병우, 전영의, 정찬영, 李倩, 李海英, 정호웅, 이태숙, 김명숙, 오덕애, 박경수, 류종렬, 지성녀, 전우, 魏志江, 박경호, 李迎春, 전영, 최일의, 최경숙, 박강, 윤선자, 钱兢, 하효우, 박명관, 황선희, 정원일, Euiyon Cho, 최은영, 최윤곤, 金忠實, 황정혜, 임경순, 金正祐, 조수진, 朴寅基, 김애화, 이선, 장호종, 박성일, 王昊, 吉本一, 손옥현, 정동빈, 최재식, 李銀榮, 안필규, 최유학, 박순애, 刘畅, 권유리야, Watanabe Maria 등과 교류하고, 「한중인문교류의 현황과 전망-교육부의 한국학진흥사업을 중심으로」를 발표

2014.7.11~18. 터키 이스탄불, 으을란, 갑바드끼야, 안타리아, 에레소, 트로이, 차나깔레 방문

2014.8.15~25. 臺灣 臺中市 東海大學 방문

2014.12. 國立政治大學에서 張東明 교수를 만나 遙寧大學에 한국학진흥사업을 준비하는 문제와 권세영을 교수로 채용하는 문제를 협의

2014.12.18~25. 미국 캘리포니아, LA, 라스베가스, UCLA, 버클리대 등을

방문

2015.7.11~16. 臺灣 臺中市 東海大學 방문

2015.9.1. 青島理工大學에서 한홍화를 교수로 임용

2015.9.1. 遙寧大學에서 권세영을 교수로 임용

2015.12.9~14. 中華民國韓國硏究學會에서 개최하는 제23회 중한 문화관계 국제학술회의(臺灣 國立政治大)에서 周行一, 蔡連康, 劉德海, 李明, 曾天富, 陳慶智, 謝目堂, 張東明, 林明德 등과 교류하고 축사와 「중화민국 한국학의 현재와 미래」를 발표

2016.1.21~29. 인도 델리, 자마마스지드, 바라나시, 갠지스강, 아그라 타지마할, 자이푸르, 네루대학 방문

2016.6.19~6.27. 두바이, 폴란드, 헝가리, 체코, 오스트리아, 슬로베니아, 보스니아, 크로아티아 방문

2016.9.1. 춘원연구학회 총무이사 회장

2016.10.27~29. 유네스코 한국본부, 교육부, 한국연구재단 공동 주최 제4회 세계인문학대회 한국대표(고전문학 조동일, 현대문학 송현호, 국어학 백두현, 국어교육 김성룡)로 참가하여 「한국현대문학에 나타난 이주담론의 인문학적 연구」를 발표

2016.11.29. 제39회 한중인문학회 국제학술대회를 아주대에서 「한중인문학회 20주년 회고와 한중 인문학 연구의 전망」이라는 주제로 개최하여 김상대, 한계전, 沈定昌, 최병우, 박인기, 정기웅, 이미옥, 송향경, 박성일, 김영란, 손희하, 박화염, 姚委委, 김규훈, 郭沂濱, 전긍, 白雪飞, 이명아, 李铁根, 李莉, 赵楠楠, 金汝珍, Lertjirawanich Monrada, 김영주, 이석주, 임승권, 김승남, 조원일, 윤지원, 류종렬, 황영미, Thomas Andrew Peart, 박윤우, 김형규, 문철영, 박환, 유성선, 유흔우, 한용수, 임경순 등과 교류하고 「한중간 학술교류의 변천과 전망-한중인문학회의 학회사와 학술대회 추진과정을 중심으로」를 발표. 한중인문학

회 공로패 수득

2016.12.9~14. 中華民國韓國硏究學會에서 개최하는 제24회 중한 문화관계 국제학술회의(臺灣 國立政治大)에서 周行一, 蔡連康, 劉德海, 李明, 曾天富, 陳慶智, 謝目堂, 張東明, 林明德 등과 교류하고 축사와 「이광수의 「사랑인가」에 나타난 이주담론의 인문학적 연구」를 발표

2016.12.18. 왕명진의 추천서를 작성하여 江蘇大學에 인비로 우송

2017.1.25. 미시시피 주립대학교 수학과에 근무하는 김성재 교수가 『시간 밖 길 위의 수학자』(그림과책, 2017) 보내옴

2017.3.1. 江蘇大學에서 왕명진을 교수로 임용

2017.3.14~20. 캐나다 토론토에서 개최된 Association for Asian Studies Conference & CCEC 무정 발간 100주년 기념 학술대회에서 축사와 「『무정』의 이주담론에 대한 인문학적 연구」를 발표하고 송재숙, 최경희, 이정화, 강한자, 하타노, 아베 등과 교류

2017.6.23~25. 吉林大學 珠海學院에서 개최된 제8회 泛주강삼각주지역 한국어교육 국제학술대회에서 付景川, 李德昌, 許世立, 于柱, 이인순, 박화염, 權基虎, 전영근, 金基石, 강보유 등과 교류하고 축사를 하고 「화중지역 한국학의 현황과 전망」을 발표

2017.7.14~23. 두바이, 런던, 웨스트민스트, 템즈강, 베르사이유, 밀라노, 베니스, 피렌체, 바티칸, 로마 방문

2017.8.22. 한중수교 25주년 기념 포럼(駐韓中國大使館, 프레지던트호텔)에서 한국 대표로 「한중 수교 25년 인문교류 현황과 전망」을 발표하고 중국 대사관 관계자들과 교류

2017.10. 국가민족사무위원회 주관 민족단결잡지사 『中國民族』 김향덕 아주대 방문

2017.10.27~31. Centennial Symposium of Choonwons Mujeong and Newly Discovered Poems(워싱턴 조지 메이슨대)에서 「춘원의 무정, 새로운

독법과 한국문학사적인 재조명」을 발표

2017.12.8~11. 中華民國韓國硏究學會에서 개최하는 제25회 중한 문화관계 국제학술회의(臺灣 國立政治大)에서 축사를 하고 「『무정』 100년간의 연구사와 새로운 독법」을 발표

2017.12.17~20. 캄보디아 씨엠립, 앙코르왓, 로얄프놈펜대학 방문

2017.12.27. 김명숙 교수와 광주에 가서 전남대 손희하 교수, 광주문인협회 이희규 사무총장, 수피아여고 박정권 교수를 만나 5.18기념관을 참관하고, 화순 이불재의 정찬주 작가를 방문

2018.2.15~18. 일본 나고야, 다까야마, 이누야마 방문

2018.3.22~26. 개최된 Association for Asian Studies Conference & CCEC에서 축사를 하고, 「『무정』에 투영된 도산의 정의돈수사상과 유정한 사회」를 발표하고 강창욱, 최연홍, 이영묵, 김해암, 최수잔, 손지아, 이정화, 조지 와싱턴대학 김영기, 김성곤 등과 교류

2018.5.17~22. 中國 浙江省에서 개최된 中国浙江地区与韩国友好交流国际学术会议 暨 崔溥 漂海 登陆 530周年 纪念会에서 金健人, 葛振家, 陳校語, 方秀玉, 陈辉 楊雨蕾 등과 교류하고 축사와 「『무정』의 이주담론 연구」를 발표. 삼문역, 원링, 엔탕산, 杭州 서호 습지

2018.6.1~3. 吉林大學 珠海學院에서 개최된 제8회 泛주강삼각주지역 한국어교육 국제학술대회에서 축사를 하고 「華南地域의 海外韓國學 敎育事業 受注 戰略-中核大學 育成事業을 중심으로」를 발표

2018.6.30~7.4. 베트남 다낭, 후에 방문

2018.10.19~26. 미주 뉴욕 방문 및 피츠버그에 가서 이정화 박사와 기미년 독립운동 100주년 기념 학술대회에 대해 협의

2018.11.5. 한국문학번역원 해외 이산문학 자문위원 위촉

2018.11.5~12.16. 세계 이산문학 교류행사 초청자 추천

2018.12.21. 吉林大學 珠海學院 한국어과 교수와 학생들을 대상으로 「소설

과 영화의 수사학」 강연

2018.12.22. 吉林大學 珠海學院에서 개최된 제8회 泛珠江三角洲地域 한국어 교육 국제학술대회에서 축사를 하고 「중국지역 해외한국학 진흥사업의 미래」를 발표하고 金健人, 李德昌, 許世立, 于柱, 이인순, 박화염, 權基虎, 전영근, 方龍南, 陳校語 등과 교류

2019.1.9. 吉林大學 珠海學院 한국어과 학생들과 교류회 행사 진행

2019.1.30. 河北大 姚委委 교수, 허영표 변호사, 허영무 교수 등과 만나 6월 河北大에서 개최될 「淸 유폐시절 興宣大院君과 許蕉史」 학술대회에 대해 논의하고 박현규 교수에게 논문 준비상황을 확인

2019.2.11~2.28. 2월 중국권역 한민족 이산문학 교류 행사 예비 모임 준비, 4월 18일부터 21일에 걸쳐 浙江大學의 협조로 개최되는 「기미년 독립운동 100주년 기념 학술대회」 및 上海, 杭州 대한민국 임시정부 기념관 답사 준비, 5월 한국문학번역원의 주관으로 延邊大에서 개최되는 「중국권역 한민족 이산문학 심포지움 및 교류행사」 준비, 5월 한국문학번역원에서 개최하는 「세계 한민족 이산문학 교류행사」 준비, 5월 아주대학교 이주문화센터에서 개최하는 이산문학 학술대회 준비

송현호

문학박사(서울대)
아주대학교 국어국문학과 교수(1985~현)
浙江大(1995~1996), 서울대(2004), 延邊大(2006), 中央民族大(2013) 교환교수
아주대 문과대학장보(1987~1988), 학생부처장(1988~1990), 교무부처장(1990~1991),
인문대학장(2001~2003), 인문과학연구소장(2001~2003, 2008~2010),
학생처장(2004~2006, 2011~2013), 한중인문학회장(2003~2009), 한국현대소설학회장(2011~2012)
한국학진흥사업위원장(2011~2014), 춘원연구학회장(2016~현), 한국현대문학회 부회장(2003~현), 한국학술단체총연합회 이사(2010~2012), 한국문학평론가협회 국제이사(1999~2007)
Marquis Whos Who in the World 2011(2010.7)
IBC Man of the Year 2011(IBC Cambridge England, 2011.7)
IBC Man of the Year(2013.5), IBC Leading Educators of the World(2015.6)
IBC World Leader of the Humanities(2016.12)
아주학술상(1995.2.3), 자랑스러운 우암인 교육자상(2003.9.18),
한중인문학회 공로상(2016.11.19)

주요저서

『문학사기술방법론』(새문사, 1985)
『한국현대소설론』(민지사, 1986)
『한국현대문학론』(관동출판사, 1993)
『한국현대소설론연구』(국학자료원, 1993)
『한국현대소설의 해설』(관동출판사, 1994)
『한국현대문학의 비평적 연구』(국학자료원, 1995)
『논문작성의 이론과 실제』(국학자료원, 1997)
『비교문학론』(국학자료원, 1999)
『선비정신과 인간구원의 길-황순원』(건국대출판부, 2000)
『송기숙의 소설세계』(공저, 태학사, 2001)
『한국근대문학론』(국학자료원, 2003)
『현대소설의 분석』(관동출판사, 2003)
『문학이 있는 풍경』(새미, 2004)
『재일동포 한국어문학의 민족문학적 성격연구』(공저, 국학자료원, 2007)
『조선족문학의 탈식민주의 연구 1』(공저, 국학자료원, 2008)
『조선족문학의 탈식민주의 연구 2』(공저, 국학자료원, 2009)
『채만식연구』(공저, 태학사, 2010)
『한국현대문학의 이주담론 연구』(태학사, 2017)
『한중인문교류와 한국학 연구 동향』(태학사, 2018)

명사들과의 만남

초판 1쇄 발행 | 2019년 4월 22일

지은이 | 송현호
펴낸이 | 지현구
펴낸곳 | 태학사
등　록 | 제406-2006-00008호
주　소 | 경기도 파주시 광인사길 223
전　화 | 마케팅부 (031)955-7580
전　송 | (031)955-0910
전자우편 | thaehaksa@naver.com
홈페이지 | www.thaehaksa.com

값은 뒤표지에 있습니다.

ISBN 979-11-6395-025-7 93810